Sarah Harvey
Das Lilienhaus



PIPER

Zu diesem Buch

Als ihre Mutter stirbt, reist Ellis für die Beerdigung in ihre Heimat Cornwall. Ihr Leben scheint an einem Tiefpunkt angelangt: Ihr Mann betrügt sie, und der Tod der Mutter Rose ruft schmerzhafte Erinnerungen daran wach, wie ihr geliebter Vater vor vielen Jahren spurlos verschwand. Beim Sichten der Hinterlassenschaften stößt Ellis auf das Foto einer mysteriösen jungen Frau, deren Schönheit betörend ist. Welche Rolle mag sie im Leben ihrer Eltern gespielt haben?

*Sarah Harvey,* geboren 1969, lebte viele Jahre in einem alten Herrensitz in Cornwall. Vor Kurzem ist sie wieder zurück in ihre Heimatstadt Northampton gezogen, wo sie gemeinsam mit ihren Hunden in einem Cottage wohnt. Mit ihren atmosphärischen Romanen feiert sie seit vielen Jahren große internationale Erfolge.

Sarah Harvey

# Das Lilienhaus

Roman

Aus dem Englischen
von Frauke Brodd

PIPER
München Berlin Zürich

*Mehr über unsere Autoren und Bücher:*
*www.piper.de*

Von Sarah Harvey liegen im Piper Verlag vor:
Kann ich den umtauschen?
Das Rosenhaus
Der Apfel fällt nicht weit vom Mann
Wiedersehen in Stormy Meadows
Bitte nicht füttern
Die Hochzeit meiner besten Freundin
Kannst du mir verzeihen?
Eine Braut zu viel
Gib Pfötchen!
Long Division (englisch)
Fly-Fishing (englisch)
Rendezvous zu dritt
Das Lilienhaus

FSC
www.fsc.org
MIX
Papier aus verantwortungsvollen Quellen
FSC® C083411

Deutsche Erstausgabe
Juli 2015

Umschlaggestaltung: Bürosüd, München
Umschlagmotive: Mark Owen/Trevillion Images (Frau),
Image Source/Corbis (Landschaft)
Zeichnung: Sven Binner
Satz: Kösel Media GmbH, Krugzell
Gesetzt aus der Granjon
Druck und Bindung: CPI books GmbH, Leck
Printed in Germany ISBN 978-3-492-30207-4

*Für die Musik, die so schön ist,*
*dass ihr Echo selbst in der Stille nachklingt*

# Prolog

*»Für sie lassen die Lilien ihre Köpfe hängen, und sterben.«*
Alexander Pope

*Oh du mein geliebter Hüter des Sturms, Träumer meiner Träume und Verehrer jener Magie, die man nur im tiefen Helldunkel eines schillernden Waldes findet, suchtest du weiterhin meine Gegenwart, so würdest du auf meine Briefe antworten.*

*Ich habe dir mein Herz und meine Seele geschenkt, und nun erwiderst du meine Gaben mit nichts außer deinem rätselhaften Stillschweigen, das mir tiefen Schmerz zufügt?*

*Mein Verstand beschwört mich mit lautem Geschrei, ich solle aufhören, dir zu schreiben, aber ich schaffe es einfach nicht, weil mein armes, treues Herz sich so sehr damit quält, dich loszulassen. Verstehen kann ich es nicht, da du mich anscheinend so sorglos gehen ließest.*

*Wenn du keine Worte mehr für mich übrig hast, dann flehe ich dich an, mir wenigstens dies mitzuteilen, diese eine Sache nur. Sag mir, aus tiefsten Herzen – bist du für immer gegangen? Wenn dem so ist, dann spielt es keine Rolle mehr, dass ich hier an dich denkend sitze und verwundert um Atem ringe. Ich darf dich vermissen, aber ich verbiete mir, dir zu schreiben.*

*Werde ich dir nie wieder schreiben? Wirst du mir darauf eine Antwort geben? Keine Liebenden mehr, noch nicht mal mehr Freunde, nur Erinnerungen? Es läge mir fern, jemandem so tief*

*empfundene Zeilen zu schicken, der nur auf mein Schweigen hofft …*
*CV*

Der Sturm war so heftig, dass er einen brüllenden Riesen gebar, der mit geballten Fäusten gegen die Tür hämmerte, wohl wissend, sie würde schon bald unter seinen entfesselten Schlägen nachgeben. Den Geräuschen nach zu urteilen, schienen die Scheiben des unglaublich großen Gewächshauses unter der gewaltigen Kraft des Ausbruchs jeden Moment zu bersten.

Doch während draußen das Unwetter wütete, war es im Inneren der Oase aus Glas ruhig.

Eine andere Welt.

Die weitläufige Orangerie, wenn auch nahtlos an die alten Steinmauern des Hauses angefügt, bildete auf wundersame stille Weise einen in sich geschlossenen Fremdkörper in der kurzzeitig so außer Rand und Band geratenen Landschaft Cornwalls. Bis unters Dach voll mit tropischen Grünpflanzen und ihren bunt blühenden Artgenossen, hob es sich geradezu irrwitzig vom kalten Grau draußen vor der Tür ab.

Ein gezähmter Dschungel, der in all seiner Schönheit nur einer einzigen blühenden Blume Tribut zollte: der Lilie.

Im Herzen des Atriums unter einer Glaskuppel gab es eine freie Fläche, klar umrissen von einem verzierten Kreis aus aufwendig bemalten Bodenfliesen. In der Mitte des Kreises befand sich ein in gleichem Maße prächtig verzierter schmiedeeiserner Tisch mit zwei filigranen Stühlen, an dem eine Frau saß: Urheberin und schöpferische Kraft dieses Ortes.

Aus der Ferne betrachtet könnte ihre feingliedrige und elegante Gestalt zu einer jungen, schlanken Frau gehören, doch bei näherer Betrachtung verrieten ihr bereits silbrig durchzogenes Haar und ihre umschatteten blauen Augen in der Farbe eines bleichen Sommerhimmels ihr wahres Alter – sie hatte die Sechzig bereits knapp überschritten.

Scheinbar gleichgültig gegenüber dem Inferno vor ihrer Haustür, goss sie sich ein großes Glas Gin aus einer runden Flasche Hendrick's aus dunklem Apothekerglas ein, die vor ihr auf dem Tisch stand. Beim ersten kleinen Schluck verzog sie noch das Gesicht, dann nahm sie einen größeren, und diesmal schwenkte sie den scharfen Alkohol durch den Mund, bevor sie ihn resolut hinunterschluckte.

# TEIL I

# Cornwall

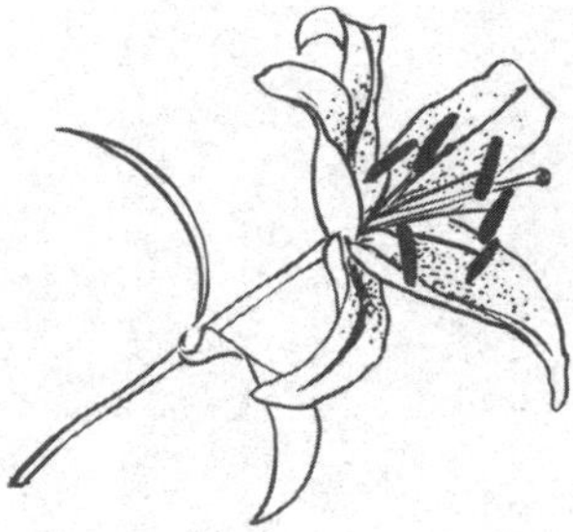

# 1

Der Sonnenaufgang schien sich an diesem eisigen Novembermorgen zu verspäten. Mühsam kämpfte er sich durch eine dichte, dunkle Wolkendecke, die die Spitzen des hügeligen Moorlands mit ihren kalten Lippen küsste. Die endlose Straße, die zwei Grafschaften durchschnitt, war eingehüllt in dicht über dem Boden schwebenden Nebelschwaden, als Ellis Taylor am Bodmin Moor vorbeikam. Alles, aber auch alles wurde hier verschluckt und in ein unheimliches, gespenstisches Grau getaucht.

An der nächsten Abzweigung bog sie von der A30 ab auf eine Landstraße, die sie nach Hause bringen würde. Allerdings sagte sie nur, sie führe »nach Hause«, weil sie an den Ort zurückkehrte, an dem sie als Kind gelebt hatte und zu einer jungen Frau herangewachsen war. Und wenn Ellis sich angesichts der vielen Ungewissheiten in ihrem Leben zumindest einer Sache sicher war, dann der Tatsache, dass sie nicht mehr wusste, ob sie überhaupt noch ein Zuhause hatte.

Zuhause war sicher nicht der Ort, von dem sie gerade kam und wo sie mit Edward, ihrem Mann, die letzten zwölf Jahre gelebt hatte. Und es war auch nicht der Ort, zu dem sie gerade auf kurvenreichen Straßen durch das windgepeitschte Moorland unterwegs war und der keinerlei heimelige Gefühle in ihr weckte.

Ihre Gedanken wurden begleitet von einer leise im Hintergrund laufenden Mozart-Sonate. Leise deshalb, weil sie beim Nachdenken keine laute Musik ertrug.

Heute Morgen hatte Edward sie zum Abschied geküsst, doch an seinen Lippen klebte bereits der bittere Nachgeschmack seiner Schuldgefühle.

»Ich sollte dich wirklich begleiten«, flüsterte er ihr ins Ohr und zog vor lauter Gewissensbissen eine Art Schmollmund. »Aber du weißt, dass der Termin heute schon seit Monaten feststeht … Ich kann wirklich nicht mitkommen. Du kommst doch alleine klar, oder?«

Sie gab sich nicht sonderlich Mühe, ihn in dem Glauben zu bestärken, dass sie damit schon irgendwie alleine klarkam, wie sie es sonst immer getan hatte. Dieses eine Mal hätte er ihr ohne Wenn und Aber zur Seite stehen müssen. Es war völlig egal, wo er seiner Meinung nach an diesem Tag unbedingt zu erscheinen hatte. Am Tag der Beerdigung ihrer Mutter. Was auch immer er für Gründe anführte, sie wusste sowieso instinktiv, dass er ihr etwas vormachte. Und selbst wenn seine Ausflüchte nicht gelogen waren, spielte es keine Rolle, wie er die Situation oder sie ihre Beziehung einschätzte: Er war immer noch ihr Ehemann, und nur deshalb gab es nicht einen einzigen guten Grund, ihr heute nicht beizustehen. Es gab nur hohl klingende Entschuldigungen.

Ellis fand, wer sich ständig entschuldigte, der kümmerte sich nicht mehr wirklich um den anderen, nahm keine Rücksicht mehr und handelte auch nicht mehr aus Liebe.

Handelte sie aus Liebe, wenn sie jetzt zu dem Haus fuhr, in dem sie ihre Kindheit verbracht hatte? Irgendwie schon, aber es drehte sich um eine andere Art von Liebe. Die zwischen Mutter und Tochter, wenn auch nur schwach ausgeprägt. Andere Leute gerieten ins Schwärmen, wenn sie über die Liebe zu ihren Kindern sprachen. Aber die Beziehung von Rose James zu ihrer Tochter Ellis war immer merkwürdig gewesen, und zwar richtig. Auch deshalb, weil Rose so ein merkwürdiger Mensch gewesen war. Kühl und unzugänglich. Genau wie die Moore Cornwalls, die das Markenzeichen der Gegend waren, in der sie gelebt hatte. Wunderschön und doch so trostlos – und feindselig.

Als Ellis vor vielen Jahren als naiver Teenager nach London gezogen war, hatte sie vielleicht noch gehofft, dass ihr Verhältnis sich bessern würde, aber je weiter sie voneinander weg waren, desto schlechter schien es zu werden. Die Distanz zwischen ihnen ließ ihre Herzen nicht weicher werden, im Gegenteil, beide Frauen entfernten sich innerlich noch mehr voneinander, und die Besuche wurden immer seltener.

Erst vor Kurzem hatte Ellis das Gefühl gehabt, dass sich etwas veränderte. Allerdings ohne auch nur den Hauch einer Ahnung, dass es nun bereits fast zu spät war. Ellis war überrascht gewesen, so etwas wie Unsicherheit an ihrer Mutter wahrzunehmen. Zeit ihres Lebens hatte Rose James eine Fassade aus purem Stahl zur Schau getragen, und doch entdeckte Ellis eines Tages ein paar Risse in dieser kalten, grauen Hülle, ein ängstliches Zittern. Der abweisende Blick ihrer Mutter war plötzlich wie weichgezeichnet durch einen glänzenden Schimmer aus zurückgehaltenen Tränen, und sie sagte Dinge, in denen fast so etwas wie Bedauern mitschwang.

Bei ihrem letzten Besuch hatte Rose sogar eine Hand ausgestreckt und sie berührt, ein seltener Moment mit Körperkontakt, und sie hatte diesen Satz geflüstert, der aus ihrem

Mund geradezu aggressiv klang: »Du weißt aber schon, dass ich dich immer geliebt habe.«

Natürlich wäre die ehrliche Antwort ein klares »Nein« gewesen. Nein, das wusste sie bei Gott nicht, sie war einfach immer davon ausgegangen, dass sich irgendwo in diesem kalten Herzen ein bisschen Liebe für sie befand, die aber nur äußerst selten darüber hinausging, ihr täglich die Haare zu bürsten, die Strickjacke zuzuknöpfen und darauf zu achten, dass sie das Gemüse aufaß. Jetzt rang Ellis sich ein Lächeln ab und murmelte »Ja, klar«, denn tief in ihrem Inneren wusste sie, dass sie es eines Tages bereuen würde, wenn sie es nicht gesagt hätte.

Mit anzusehen, wie jemand, der sich stets unter Kontrolle gehabt hatte, plötzlich immer zerbrechlicher wurde, brachte eine Saite in ihr zum Klingen, die sich seltsamerweise und nicht ganz ohne Ironie mütterlich anfühlte, und sie zog unerwartet die Möglichkeit in Betracht, zum ersten Mal in ihrem Leben von ihrer Mutter gebraucht, vermisst und vielleicht ein bisschen geliebt zu werden.

Sie hatte sogar beschlossen, sie öfters zu besuchen. Doch dazu war es jetzt zu spät. Diese Reise nach Hause diente nicht mehr dem Versuch, das Band zwischen ihnen zu festigen, das über die Jahre so brüchig geworden war, dass es bei dem kleinsten Hinweis auf Unstimmigkeiten riss. Sie fuhr nur noch nach Hause, um Abschied zu nehmen.

Ellis hing ihren Gedanken und Erinnerungen nach. In den Kegeln ihrer Scheinwerfer zog die trostlose und doch irgendwie wunderschöne Landschaft des Hochmoors an ihr vorbei. Deshalb sah sie das Tier erst im allerletzten Augenblick, als es schon fast zu spät war.

Ein kleiner Hirsch, ein Muntjak, zeichnete sich in der

Dämmerung als Silhouette gegen das Morgenlicht ab. Klein, aber kräftig, stand er auf den Hinterbeinen stolz und erstaunlich behände mitten auf der Straße. Ellis trat auf die Bremse, spürte, wie die Räder ihres kleinen BMWs blockierten und sie auf der nebelnassen Straße ins Schleudern geriet. Das Auto brach hinten aus und drehte sich nach links.

Ellis ging noch durch den Kopf, wie dumm es von ihr war, aber sie konnte nicht anders: Sie kniff die Augen zu, rammte den Fuß noch fester aufs Bremspedal – und machte somit genau das, was man nicht tun sollte. Sie verkrampfte sich und wartete auf den unvermeidlichen Aufprall im Graben oder gegen die Leitplanke, und deshalb brauchte sie einen Augenblick, um zu kapieren, dass ihr schleuderndes Auto von alleine stehen geblieben war. Und selbst danach dauerte es noch einen Moment, bis sie die Augen wieder aufbekam. Sie hatte sich mehrmals um die eigene Achse gedreht.

Das Erstaunlichste aber war, dass der Hirsch immer noch genau an derselben Stelle stand und sie unverwandt anstarrte, bis er mit einem Mal, als hätte jemand einen Schalter umgelegt und damit einen Automaten zum Leben erweckt, abdrehte, über eine Hecke sprang und verschwand.

Ellis rührte sich nicht, selbst als ihr bewusst wurde, dass ihr Wagen schräg über beide Spuren der Gott sei Dank unbefahrenen Landstraße stand. Ihr Puls fing an zu rasen, als das Adrenalin endlich durch ihre Adern jagte. Ihre Hände schienen am Steuer festzukleben.

Schließlich öffnete sie das Fenster und atmete einmal tief durch. Und als die frische Luft in ihren Lungenflügeln ankam und sie feststellte, dass auch ihr Herz noch schlug, wenn auch zu schnell, da schoss es ihr wie im Zeitraffer durch den Kopf, wie rasant doch alles vorbei sein konnte und dass sie zum

Glück ihr Leben noch vor sich hatte, bunt und verheißungsvoll mit all seinen schrecklichen und glücklichen Momenten. Und in diesem Augenblick, als ihre Gedanken sich im Kreis drehten wie ihr Auto vor ein paar Minuten, begann sie aus vollem Hals zu lachen.

## 2

Eigentlich hatte sie vorgehabt, gleich zum Haus zu fahren, aber die Zeit war zu knapp.

Sie hatte noch mindestens weitere zehn Minuten mitten auf der Straße zwischen den Bremsspuren gestanden, bis die Lichter eines herannahenden Autos sie aufscheuchten. Es war ganz einfach, sie musste nur den Motor starten und auf den nächsten Parkplatz fahren. Dort verbrachte sie noch mal zehn Minuten, bis ihr Herzschlag sich so weit verlangsamt hatte, dass er nicht mehr das Einzige war, was sie wie einen zu schnellen Trommelschlag hören und spüren konnte. Danach war sie ausgestiegen und im kalten Wintermorgen ein paarmal um ihren Wagen gelaufen.

Von außen war von dem ganzen Vorfall nichts zu sehen.

Dass überhaupt etwas passiert war, verrieten nur ihre immer noch leicht zitternden Hände auf dem Lenkrad, nachdem sie wieder eingestiegen war und die Fahrt durch die Grafschaft fortsetzte. Mittlerweile war es hell geworden, und die raue Ginsterlandschaft wechselte sich mit braunem Farndickicht ab, unterbrochen von tiefen, runden Seen mit grauem eisigen Wasser, geduckten Bauernhöfen und beisammenstehendem Vieh und Herden von wilden Moorland-Ponys mit dickem Winterfell.

Auf der nächsten Etappe ihrer Reise tauchten urplötzlich entlang der Landstraße vom Wind gebeugte Bäume auf, die einen Tunnel bildeten. Danach ging die weitläufige Kargheit von vorher in weichere Gefilde mit sanft abfallenden Wiesen über. Zwischendrin standen mit Licht gesprenkelte Wälder, in die das Meer spielerisch Mündungen und Flussarme hineinschickte, durch deren Salz- und später Süßwasser sich alles, was mit ihnen in Berührung kam, von braun und unfruchtbar zu üppig und saftig grün verwandelte.

Schließlich führte die Straße Ellis hinunter zur Brandung der Keltischen See und zu einem kleinen Ort an der Südküste, an dessen Ortsende jenes viel zu große, wie aus einer anderen Zeit stammende Haus – von allen nur Great House genannt – stand, zu dem sie nur widerwillig zurückkehrte, obwohl sie dort ihre prägenden Jahre verbracht hatte.

Ellis war insgeheim froh über ihre Verspätung, diente sie ihr doch als Ausrede dafür, nicht als Erstes zum Haus fahren zu müssen. Seit dem Tod ihres Vaters vor so vielen Jahren hatte das Anwesen jegliche Anziehungskraft für sie verloren. Ihr Zuhause war damals zu einem Ort geworden, von dem man weglief und nicht umgekehrt. Alles schien dort mit ihrem Vater angefangen und geendet zu haben. Er hatte ihrem Leben, ihrer Kindheit, den Anschein von Normalität verliehen, und mit seinem Verlust blieb nur noch dieses merkwürdige Verhältnis zu ihrer Mutter übrig. Ellis war einsam gewesen – und voller Schuldgefühle, weil sie insgeheim nicht gegen den übermächtigen Wunsch angekommen war, dass doch besser der andere Elternteil gestorben wäre, wenn sie schon einen so schweren Verlust hinnehmen musste.

Wie so oft, wenn man jemanden verliert, ist man mit nichts als Erinnerungen an die Momente beschäftigt, die man mit der Person verbracht hat, und so begleitete Rose James ihre Tochter auf der gesamten Fahrt von London nach Cornwall. Ihre Mutter war natürlich nicht immer unfreundlich zu ihr gewesen, aber ihr brüskes und wenig entgegenkommendes Verhalten wirkte schnell gefühllos auf andere, weil sie alle Dinge im Leben pragmatisch, sachlich und ohne ein Lächeln erledigte.

Selbst im Angesicht des Todes hatte Rose jedes noch so winzige Detail ihrer eigenen Beerdigung festgelegt. Ellis musste an nichts denken und lediglich pünktlich zur Stelle sein. Anlass zum Grübeln boten ihr nur die Fragen, die bei jedem unerwarteten Todesfall das Vermächtnis der Toten an die Hinterbliebenen waren. Und natürlich die unangenehme Wahrheit, dass Ellis ihre Reaktion auf den Tod der Mutter so kalt und gefühllos fand, wie Rose ihr Leben lang auf sie gewirkt hatte.

Ellis war überrascht, als sie auf die schmale Straße, die zur Kirche führte, einbog und die vielen Autos sah. Nach dem Tod ihres Mannes Alexander war Rose zur Eigenbrötlerin geworden, und sie hatte sich ausdrücklich eine Beerdigung im kleinsten Kreis gewünscht, sodass Ellis mit nur wenigen Anwesenden gerechnet hatte.

Ellis musste weit weg von der Kirche parken, was sich letzten Endes als Segen erwies. Denn als sie schließlich aus dem Auto stieg, stellte sie fest, dass sie immer noch zitterte. Sie hatte den Wagen ganz am Ende im Schatten des Kliffs abgestellt, direkt vor dem goldenen Sandstrand, an dem sie an sonnigen Tagen als Kind so oft mit ihrem Vater gewesen war. Gemeinsam hatten sie Felstümpel inspiziert, Steine flitschen lassen und barfuß in der Brandung getanzt.

Sie blieb einen Moment reglos stehen und versuchte, das Zittern in den Griff zu kriegen. Das Adrenalin, das sie aufgeputscht hatte, ließ nach, und plötzlich fühlte sie sich so schwach und machtlos wie ein Kind. Ihr Blick wanderte über den windgepeitschten Strand hinaus auf den aufgewühlten, an Land donnernden Ozean. Sie sog die unvergleichlich saubere Meeresluft ein, und auf einmal sah sie ein Bild ihres Vaters vor sich, so deutlich, dass sie beinahe nach ihm gerufen hätte.

Er hockte vor einem ausladenden Felstümpel, und sein Hintern berührte beinahe den Sand. Seine Knie wurden dreckig von dem mit Algen überwucherten Fels, und gemeinsam starrten sie in die Tiefen des Tümpels. Mit dem Finger einer Hand deutete er auf etwas im Wasser, und mit der anderen Hand hielt er sie fest, als sie sich vornüberbeugte und seine Anweisungen befolgte. Sie lachten.

Und dann verschwand das Bild wieder. Ellis schloss die Augen und ließ sich vom Wind eisige Küsse ins Gesicht pusten. Und sie erinnerte sich an ein Gedicht, das ihr an dieser Stelle immer einfiel …

*O thou ever restless sea*
*God's half uttered mystery*
*Where are all the ships that sailed so gallantly away*
*Tell us, will they never more*
*Furl their wings and come to shore*
*Eyes still watch and fond hearts wait; precious freight had they…*

Der Wind verschluckte ihre Worte, und als sie die Augen wieder aufschlug, stellte sie fest, dass ihre Wangen nicht nur vom Salzwasser der Brandung feucht geworden waren.

»Dad, ich vermisse dich so«, sagte sie leise und berührte das Medaillon, das er ihr geschenkt hatte. »Wo auch immer du bist ...« Dieser letzte Satz fasste das Schlimmste an seinem Tod in Worte.

Die Ungewissheit.

Sie war froh über jede Minute, die es dauerte, wieder nach oben ins Dorf zu laufen, und ebenso froh über die Kälte und den beißenden Wind, der zwar ihr schulterlanges dunkelblondes Haar in Zuckerwatte verwandelte, ihr aber gleichzeitig einen freien Kopf verschaffte und sie das Zittern vergessen ließ.

Als sie sich der Kirche näherte, begann es zu regnen, ein Eisregen, der noch nicht ganz zu Graupel geworden war, ihr aber die perfekte Ausrede bot, ihr Gesicht unter der mit Pelz gesäumten Kapuze ihres langen schwarzen Mantels zu verbergen.

Sie war mit gemischten Gefühlen hergekommen, und mit einem Anflug von Schuld, der etwas Farbe auf ihre blassen Wangen brachte, schoss ihr plötzlich durch den Kopf, dass sich ihre Ankunft in der Kirche so anfühlte, als ginge sie auf eine Party, die sie eher aus Pflichtgefühl denn aus wirklichem Interesse besuchte, und das Einzige, worüber man nachdachte, war, wie man unauffällig gleich wieder abhauen könnte.

Ellis schnappte hörbar nach Luft. Wie in aller Welt konnte sie das hier mit einer Party vergleichen? Löste die Trauer eine derartige Reaktion in ihr aus, oder lag es an der Erziehung, die sie durch die Frau erfahren hatte, die jetzt zerbrechlich und leblos in der Kirche auf sie wartete?

Ihre Mutter war gestorben, aber Ellis wusste immer noch nicht genau, was dieser Verlust für sie bedeutete. Sie spürte, dass sie noch nicht einmal begonnen hatte zu trauern. Sie wusste das aus dem einfachen Grund, weil die Trauer über den Tod ihres Vaters sofort wie eine Welle aus schrecklichen Gefühlen über ihr zusammengebrochen war.

Ganz anders als diese Taubheit, die sie jetzt erfasst hatte. Sie war sich nicht sicher, ob es vielleicht einfach ein verzögerter Schock war, denn Roses Tod war so völlig unerwartet gekommen. Man hatte immer gedacht, sie erfreue sich allerbester Gesundheit, zumindest körperlich. Alle, die sie gekannt hatten, waren davon ausgegangen, Rose würde noch im hohen Alter dem Tod ein Schnippchen schlagen und sie mit der ihr eigenen Zähigkeit überleben.

Obwohl sie mit niemandem reden wollte, freute sie sich doch, als sie Reverend Jonathan Peters sah, der unter einem grün-weiß gestreiften Regenschirm vor der Kirche auf sie wartete. Er war ein langjähriger, liebenswerter Freund ihres Vaters gewesen, der oft im Great House vorbeigekommen war und ihren Vater überredet hatte, die Arbeit liegen zu lassen und mit ihm segeln zu gehen.

Segeln war die große Leidenschaft ihres Vaters gewesen, und seine Art zu entfliehen. Unerreichbar zu sein. Auf dem Wasser wirkte er immer am glücklichsten, und der einzige tröstliche Gedanke war der, dass er auf hoher See verschwunden war.

Der Reverend begrüßte sie mit einem mitfühlenden, ehrlichen Lächeln. »Meine liebe Ellis, da bist du ja, da bist du ja. Wir fingen gerade an, uns Sorgen zu machen. Wie geht es dir? Wahrscheinlich eine dumme Frage, aber es ist so lange her, dass wir uns gesehen haben. Wie war deine Fahrt? Was macht London? Wo ist dein Ehemann? Ist Edward denn nicht mitgekommen?«

Er gehörte zu den Menschen, die tausend Fragen auf einmal stellen, aber keine Pause einlegen, um eine Antwort abzuwarten. Nicht gerade der beste Charakterzug für einen Priester, aber alle Mitglieder seiner Gemeinde schätzten ihn sehr, und Ellis war ihm einfach nur dankbar, dass er sie, während er weiterhin auf sie einredete, am Arm nahm und in die hohe Vorhalle des alten Steingemäuers führte, und sie nichts davon beantworten musste. Er schloss seinen Regenschirm, schüttelte ihn aus und schien gar nicht zu bemerken, dass er Ellis mit den herumfliegenden Tropfen eine Dusche verpasste.

Ellis sog den ihr so vertrauten Geruch nach Feuchtigkeit, alten Büchern und Weihrauch ein, und die Sehnsucht nach der Vergangenheit loderte wie ein Feuer in ihr auf.

Sie war zum ersten Mal hier seit …

Und genau wie am Strand vorhin wurde sie wieder von dieser Welle aus Verzweiflung über den Verlust ihres Vaters überrollt. So fühlte sich echte Trauer an. So sollte sich echte Trauer anfühlen.

Die bescheidene Kirche war fast bis auf den letzten Platz besetzt, stellte Ellis verstört fest und blieb in der Nähe von Reverend Peters, dessen Anwesenheit mit seinem gewohnten Geplapper sie in dieser verwirrenden Situation beruhigte. Die Vorstellung, ganz alleine in der leeren ersten Reihe sitzen zu müssen, während sich die Kirche in ihrem Rücken mit lauter fremden Menschen füllte, behagte ihr nicht, darum wich sie nicht von seiner Seite. Doch dann kam der Trauerzug an, auch wenn man einen Leichenwagen mit den Sargträgern im Schlepptau kaum als Prozession bezeichnen konnte, und es blieb ihr nichts anderes übrig, als den Spießrutenlauf durch den Mittelgang der Kirche anzutreten und ihren Platz an vorderster Front einzunehmen.

Trotz Platzmangels hatten alle Besucher aus Höflichkeit die erste Reihe für Familienangehörige frei gelassen. Ein paar der Gesichter kamen Ellis bekannt vor, die meisten jedoch hatte sie noch nie gesehen. Allerdings schienen alle zu wissen, wer sie war. Sie hielt den Kopf gesenkt, doch jeder ihrer Schritte wurde begleitet von verstohlenen Blicken, geflüsterten Worten, Ellbogenstupsern und Köpfen, die sich nach ihr umdrehten.

Es war eine kleine und eng verbundene Kirchengemeinde, in der ihre Mutter verschrien und ihr Vater verehrt worden war. Aufgrund dieser beiden Tatsachen hatte Ellis bei den Dorfbewohnern schon immer zu gleichen Teilen Neugier und Mitgefühl geweckt. Und dann war da noch ihre eigene flüchtige Bekanntheit, wodurch das Interesse an ihr eine Zeit lang groteske Züge angenommen hatte.

Sie hatte ein Buch geschrieben. Nur ein einziges, aber es reichte für den lächerlichen Titel »lokale Berühmtheit«, den die Grafschaft ihr, geradezu besessen von ihrem kulturellen Erbe, aufdrängt hatte. Genau deshalb waren sie jetzt alle da.

Vordergründig wollten sie ihrer Mutter die letzte Ehre erweisen, in der Hauptsache aber die Gerüchteküche einheizen.

Als sie es fast bis zur Bank geschafft hatte, entdeckte sie, dass dort bereits jemand auf sie wartete.

Er stand auf, als sie näher kam, und lächelte ihr aufmunternd zu. Zum ersten Mal, seit die Nachricht vom Tod ihrer Mutter sie erreicht hatte, war Ellis zum Weinen zumute.

Noch braun gebrannter als sonst wegen seiner letzten Reise

in die Sonne, die olivgrünen Augen strahlend vor Zuneigung, streckte er ihr unter genauester Beobachtung der Kirchenbesucher seine langen, kräftigen Arme entgegen und umschlang sie so, dass sie einen Augenblick lang für niemanden mehr zu sehen war. Die zierliche junge Frau verschwand im Mantel dieses dunkelhaarigen Riesen, der wie ein übergewichtiger Matador wirkte und nach Tannennadeln und verbranntem Holz roch.

Ferdinand Riva, ihr Patenonkel, ihr Freund, ihr Beschützer. Und im Augenblick ihr Rettungsanker.

Unendlich erleichtert drückte Ellis ihn noch einmal fest an sich.

Als eingefleischter Abenteurer hatte Ferdinand sich endlich einen lang gehegten Traum erfüllt und wollte drei Wochen von Indien nach Nepal reisen. Trotzdem war er den ganzen weiten Weg von Kathmandu nach Cornwall gekommen. Und Edward hatte es noch nicht mal von London bis in die Kirche geschafft.

»Ich kann's nicht glauben, dass du hier bist.« Ellis sah zu ihm auf und musste vor lauter Dankbarkeit fast weinen.

»Dachtest du wirklich, dass ich nicht kommen würde?«

»Ich dachte wirklich, du *könntest* einfach nicht kommen.«

»Kein Weg ist zu weit, Ellie-Schatz. Drei Flugzeuge, vier Züge und ein ausnehmend widerliches Taxi, das so roch, als hätte sich gerade ein Hund in Fuchskacke gewälzt. Und weil er fand, das reiche noch nicht aus, stürzte er sich noch mal in einen dicken fetten Kuhfladen. Die Reihenfolge der aufgezählten Transportmittel ist übrigens nicht zwingend richtig, und ich verschweige mit Absicht eine besonders anstrengende Busfahrt über eine flirrende, staubige Straße, da ich mich weigere, sie Teil meiner Erinnerungen werden zu lassen.«

Er ließ sie los und bedachte sie mit einem prüfenden Blick, den man eher von Müttern kannte, die ihren flügge gewordenen Nachwuchs zum ersten Mal an einem weit entfernten Studienort besuchten.

»Ich habe versucht, dich von Nepal aus anzurufen.« Es war ein Rüffel.

Ellis blickte schuldbewusst zur Seite. »Ich hatte das Handy ausgeschaltet.«

Er runzelte die Stirn, sagte aber nichts.

Ferdinand Riva bewies Einfühlungsvermögen und einen scharfen Verstand, da er nicht nachfragte, wo Edward Taylor abgeblieben war. Denn ganz offensichtlich befand er sich nicht hier in der Kirche. Und was Ferdinand betraf, war das Antwort genug auf alle möglichen Fragen. Genauso wie Ellis' angespanntes und müdes Gesicht.

Was war das für ein Mann, der seiner Frau an einem solchen Tag nicht zur Seite stand? Was in aller Welt war denn so wichtig, dass er es nicht absagen konnte, um hier bei ihr zu sein? Er selbst hatte seine Reisepläne in der Sekunde geändert, in der es Ellis endlich gelungen war, ihn zu kontaktieren, um ihm die Nachricht vom unerwarteten Tod ihrer Mutter mitzuteilen. Die ganze Rückreise über hatte er an nichts anderes mehr gedacht als an das Wohlergehen seiner Patentochter und den Verlust von Rose.

Verstohlen warf er einen Blick auf die junge Frau neben sich auf der Kirchenbank. Sie sah ihrer Mutter so verdammt ähnlich. Und doch waren die beiden unterschiedlicher, als man es sich je hätte vorstellen können. Rose war immer so selbstbewusst gewesen, so sicher, dass sie immer das Richtige tat. Ellis dagegen war immer verunsichert und dem Anschein nach unglaublich verletzlich. Selbst wenn er nicht ihr Patenonkel wäre, hätte er sich immer verpflichtet gefühlt, sie zu beschützen.

Beim Klang des Echos weiterer Schritte von Neuankömmlingen sah Ellis sich nervös um. »Unglaublich, wie viele Leute hier sind«, flüsterte sie Ferdie zu. »Meine Mutter hat sich ja nicht gerade um die Freundschaft ihrer Nachbarn bemüht.« Sie sagte immer »meine Mutter«, wenn sie über Rose sprach, Mama würde ihr nicht über die Lippen kommen.

Ferdie zog seine Handschuhe aus und nahm ihre kalten Hände zwischen seine warmen. »Deine Mutter hat sich nie um die Freundschaft von irgendjemandem bemüht.« Ein Lächeln umspielte seine vollen Lippen. »Das hätte ja geradezu etwas Verwegenes, Leidenschaftliches an sich gehabt, und das, meine Liebe, wie wir beide wissen, wäre Roses Meinung nach einfach nur geschmacklos gewesen. Was die lieben Nachbarn angeht ...« Er seufzte spöttisch, als wäre »Nachbarn« ein Wort, auf das man von ganz oben herabschauen musste. »Sie waren für sie wie die Möwen, eine lästige Unannehmlichkeit an ihrem Wohnort. Weißt du, ich glaube, sie hat sogar mal damit gedroht, ein paar der Nachbarn zu erschießen, als sie sich getraut haben, über die Wiese zum Haus hochzulaufen.« Ferdie grinste. »Richtete tatsächlich die Waffe deines Großvaters auf sie.« Dann ahmte er Roses hohe, schneidende Stimme nach, mit der man Glas hätte zu Bruch gehen lassen können. »Sie sagte: ›Wofür legt man denn völlig ausreichende Wege an, wenn Leute mit dem idiotischen Hang, immer den kürzesten Weg von A nach B zu nehmen, fälschlicherweise der Meinung sind, sie könnten das Leder unter ihren Sohlen schonen und dafür meinen Rasen ruinieren!‹«

Ellis konnte nicht anders – sie musste einfach losprusten.

Die Neugier in den Blicken der Trauergäste wurde durch ihr Lachen nur noch größer. Und bei einigen kam ein griesgrämiger Ausdruck dazu.

»Es ist doch viel besser, sich an die glücklichen Momente zu erinnern, zu lachen und ein Leben zu ehren, als in der eigenen Trauer zu ertrinken«, sagte Ferdie mit erhobener Stimme für alle, die es hören sollten. Und wie schon so oft seit ihrer Kindheit verbarg Ellis ihr knallrotes Gesicht an seiner Schulter und spürte die raue Wolle seines grauen Mantels in ihrem Gesicht.

»Ich wünschte, sie würden aufhören, mich so anzustarren«, murmelte sie.

»Du bist hier in der Gegend immer noch berühmt.«

»Berühmt!« Sie spuckte das Wort aus, als wäre es eine Beleidigung. »Mach dich nicht lächerlich. Ich hab nur ein einziges schlechtes Buch geschrieben!«

»Es war nicht schlecht, sondern sehr eindrucksvoll ...«, bemerkte Ferdie mit einem freundlichen Augenzwinkern, aber sie hörte ihm nicht zu.

»Also gut, ein eindrucksvolles Buch«, sie verzog das Gesicht zu einer Grimasse, »aber noch lange kein Grund, aus mir ein solches Ereignis zu machen.«

»Eine lokale Berühmtheit ...«, korrigierte Ferdie.

» ... die sich jetzt dem Publikum stellt«, ergänzte sie.

Er drückte ihre eine Hand, die er immer noch fest in seiner hielt. »Liebes, es lohnt sich nicht, weiter darüber nachzudenken. Niemand hier weiß, wer du wirklich bist.«

Aus ihren meeresgrünen Augen sah sie voller Ernst zu ihm auf. »Und das, mein lieber Ferdie, trifft leider auch auf dich zu.«

Die Trauerfeier zog wie im Nebel an ihr vorüber, als wäre sie gar nicht anwesend und als wären die Bilder in ihrem Kopf realer als die Wirklichkeit. Irgendwie kam ihr das Ganze so surreal vor. Als würde das alles jemand anderem passieren und sie nur als Beobachter danebenstehen, Zuschauer eines Schauspiels, oder besser gesagt: eines Dramas. Es fiel ihr schwer, ihren momentanen Aufenthaltsort mit ihrem eigenen Leben in Verbindung zu bringen, denn sie hatte sich schon zu Roses Lebzeiten so weit von ihr distanziert, dass es kaum möglich war, deren plötzlichen Tod in ihre eigene Welt zu integrieren.

Hätte sie je gedacht, Trauer zu empfinden? Ja, aber nicht für den erlittenen Verlust. Das vergeudete Leben ihrer Mutter machte sie traurig. Vor dem Tod ihres Vaters schien Roses Leben geradewegs einem Abenteuerroman entsprungen zu sein, die vielen Reisen ihrer Eltern, die Orte, an denen sie überall gewesen waren, Dinge, die sie gemeinsam entdeckt hatten. Und dann die Leute, mit denen sie befreundet waren, schillernde Persönlichkeiten und so weit weg von dem, was aus Rose geworden war: eine Einsiedlerin.

Nachdem das letzte Kirchenlied gesungen und kurze Gebete gesprochen waren und sich aus der sich auflösenden Menschenmenge einzelne Gesichter herausschälten, fiel Ellis auf, dass trotz ihres Gefühls, nur von Fremden umgeben zu sein, tatsächlich ein paar echte Freunde gekommen waren. Einige ihrer alten Schulkameraden, die noch im Dorf lebten, nahmen sie fest in den Arm, kondolierten aufrichtig und überredeten sie, in den kleinen altmodischen Pub mitzukommen, der nur ein paar Gehminuten von der Kirche entfernt war.

Ellis genoss die wärmenden Whiskys in der Gesellschaft

von Menschen, von denen sie vergessen hatte, wie sehr sie sie eigentlich mochte. Und ehrlicherweise war sie froh über den nächsten Aufschub, nicht gleich zum Haus gehen zu müssen. Auch wenn Ferdie ihr jetzt zur Seite stand, schreckte der Gedanke sie ab, diesen Ort betreten zu müssen, an dem es nichts als Erinnerungen an ihre toten Eltern gab. Sie war sich nicht sicher, wie es sich anfühlen würde, durch die riesigen Eingangstüren zu gehen, jetzt, wo Rose dort nicht mehr stehen würde.

Allmählich brachen die Leute auf, zurück zu ihren Familien und der Alltagsroutine ihrer heilen Welt, in der ein Drink am Nachmittag purer Luxus mit begrenzter Haltbarkeitsdauer war, wie für die meisten Menschen mit ganz normalen Jobs.

Und so nahte unausweichlich der Moment, in dem außer ihr nur noch Ferdie da war, der seit zwei Stunden vor demselben unberührten Glas Whisky saß.

»Sollen wir los?«, fragte er kurz und bündig.

Sie grinste, stellte ihr leeres Glas ab, und nickte. »Ich vermute mal, das müssen wir.«

# 3

Sie nahmen Ferdies Wagen und ließen ihr Auto am Strand stehen.

Ellis hatte zu viel getrunken, um noch selbst zu fahren, auch wenn sie sich vor lauter Anspannung, was sie wohl im Haus erwarten würde, noch erstaunlich nüchtern fühlte.

Es war immer noch bitterkalt, doch der Regen hatte aufgehört. Die Sonne unternahm sogar einen allerletzten Versuch, sich durch die dünner werdende graue Wolkendecke zu bohren, als sie mit einem vorabendlichen Abschiedsgruß auf der weichen Oberfläche des wogenden Ozeans versank. Ein auffrischender Wind aus Osten vertrieb die Wolken und wurde stärker, als sie das Dorf hinter sich ließen, das geschützt in einer Bucht lag, und sie sich der Landspitze näherten, an deren Ende die letzten vertrockneten Blätter der windschiefen Bäume abfielen und vor ihnen auf dem Weg landeten.

Das Haus lag knapp drei Kilometer vom Dorf entfernt. Von der Grundstücksgrenze, nach einem altmodischen Torbogen, schlängelte sich eine Auffahrt über einen Kilometer lang bis zum Haus Richtung Klippen.

Es gehörte zu der Sorte Haus, die einen Namen hatten, auch wenn er nur als Postadresse benutzt wurde: The Great House.

Es war ein passender Name, denn das Haus war atemberaubend schön, das ließ sich nicht leugnen. Mit seiner hoch aufragenden, rotgoldenen Fassade – eine Hommage an Edwin Lutyens, den berühmten Architekten englischer Landhäuser um die Jahrhundertwende – bot es einen ungewöhnlich Anblick für diesen Teil Cornwalls, in dem sich Fischercottages mit nicht dazu passenden Bungalows aus den Siebzigern abwechselten.

Jedes Mal, wenn sie durch das Säulentor und in das Wäldchen hineinfuhr und wieder aus den Bäumen hervorkam, um das gewaltige Haus am Ende eines fantastischen Ausblicks mit dem Meer im Hintergrund gebieterisch thronen zu sehen, verschlug es ihr den Atem. Und gleichzeitig versetzte es ihren Magen in Aufruhr wie die tosende See.

Natürlich hatte sie auch schöne Zeiten in diesem Haus erlebt, aber die hatten niemals wirklich etwas mit ihrer Mutter zu tun gehabt. Jeder Besuch nach seinem und ihrem eigenen Fortgehen wurde beherrscht vom Geist ihres abwesenden Vaters. Ihr war klar, dass sich von nun an auch die Echos der noch frischen Erinnerungen an ihre Mutter daruntermischen würden, in Kakofonie mit tausend unbeantworteten Fragen.

Was war vorgefallen? Warum hatte Rose das getan? Ein Cocktail aus Schlaftabletten und Alkohol, hatte der Gerichtsmediziner gesagt.

Zum ersten Mal seit der Todesnachricht gestattete Ellis es sich, den Gedanken zu Ende zu denken und sich darauf zu konzentrieren. Es gab keinen Zweifel, woran sie gestorben war, dafür aber jede Menge Zweifel, ob mit Absicht oder nicht.

Offiziell war Tod durch Unfall festgestellt worden. Denn

Rose James hatte doch ganz sicher nicht vorgehabt, sich das Leben zu nehmen?

Andererseits hatte Rose Zeit ihres Lebens weder dumm noch leichtsinnig gehandelt. Bedeutete das, sie hatte es vorsätzlich getan?

Und bedeutete Ellis' Anwesenheit hier, dass sie ein paar Antworten auf höchst verwunderliche Fragen bekommen würde? Lag hier im Haus irgendwo das Gegengift für die Verwunderung, die alle bei der Nachricht vom Tod ihrer Mutter erfasst hatte?

Sie hatte den Drang, jetzt sofort mit Ferdie darüber zu reden, aber als sie ihm einen Blick zuwarf und sein kummervolles Gesicht sah, war ihr sofort klar, warum er die ganze Fahrt über geschwiegen hatte, und sie spürte, dass es nicht der richtige Moment war, um die Umstände von Roses Tod anzusprechen.

Ein Teil von Ellis wollte eigentlich nicht wissen, was passiert war, aber sie lebte schon so lange mit viel zu vielen unbeantworteten Fragen über das Verschwinden ihres Vaters.

Fünfundzwanzig Jahre Ungewissheit.

Noch mehr Unsicherheit ertrug sie nicht, und wenn es Antworten gab, die gefunden werden mussten, dann würde sie danach suchen, und sie würde so lange suchen, bis sie alle fehlenden Puzzleteilchen zusammengeführt hätte. Bis sie endlich Antworten auf alle Fragen über Alexander und Rose James kannte.

Ferdie hielt vor dem gewaltigen Eingangsportal, stellte den Motor ab und blieb immer noch schweigend sitzen. Keiner von beiden rührte sich. Schließlich fasste Ellis sich ein Herz, stieg aus und trat in den drohenden Schatten des Gebäudes.

Wie immer übermannte sie die schiere Größe des Gemäuers, als sie nach oben blickte.

»Wie lange ist unser letzter Besuch her?«

Beim Klang seiner Stimme machte sie einen Satz. Sie war so überwältigt von dem Gedanken an ihre Rückkehr, dass sie ihn für einen Moment fast vergessen hatte.

»Viel zu lange, wie immer.« Sie drehte sich zu ihm um, als er Anstalten machte auszusteigen, und lächelte ihn schuldbewusst an.

»War nicht deine Schuld, Ellis«, wollte er sie sofort trösten.

»Findest du das wirklich?«, sagte sie, aber ihr Lächeln wirkte nicht sehr überzeugt.

»Deine Mutter ist …« Er ertappte sich bei seinem Fehler, schwieg einen Moment, blickte zu Boden, doch Sekunden später sah er sie wieder an, so gefasst und zuversichtlich wie immer. »Deine Mutter war ein äußerst *ungewöhnlicher* Mensch.«

»Das ist eine sehr höfliche Umschreibung.«

»Ich bin ein sehr höflicher Mensch.«

»Der Letzte einer vom Aussterben bedrohten Rasse.« Sie nickte, als wollte sie ihren Worten Nachdruck verleihen, und um ihm zu zeigen, wie sehr sie seine Art mochte, ging sie auf die Zehenspitzen und gab ihm einen Kuss auf die stoppelige Wange.

»Ich bin so froh, dass du da bist.«

Er hakte sich bei ihr unter. »Hab ich dir doch versprochen.« Er grinste sie an. Plötzlich so glücklich darüber, sie wiederzusehen, strahlte er sie an und fühlte sich einen Moment lang sogar beschwingt. »Und du weißt, dass ich dieses Versprechen immer halten werde, oder?«

»Klar, weiß ich das«, antwortete sie wie aus der Pistole

geschossen und im Brustton der Überzeugung – wie jemand, der zumindest von dieser Person noch nie enttäuscht worden war.

Roses Anwalt hatte ihr einen Schlüssel geschickt, was ihr schon seltsam symbolträchtig vorkam, vor allem in Anbetracht der Tatsache, dass sie noch nie einen eigenen Schlüssel zu dem Haus besessen hatte, das achtzehn Jahre lang ihr einziges Zuhause gewesen war.

Manche Leute fanden das sicherlich merkwürdig, aber es war einfach nie nötig gewesen. Rose war immer da gewesen, um ihr die Tür aufzumachen. Und manchmal auch, fiel ihr mit einem säuerlichen Lächeln ein, um sie hinter ihr zuzuschlagen.

Sie zog den großen, altmodischen Schlüssel aus einem Innenfach ihrer Handtasche, sah ihn unnützerweise lange an, bevor sie tief Luft holte und aufs Haus zuging.

Doch dann blieb sie auf halber Strecke stehen, machte kehrt und drückte Ferdinand den Schlüssel in die Hand.

»Kannst du nicht … bitte?« Auf seinen fragenden Blick, streckte sie ihm ihre Hände entgegen, um ihm zu zeigen, dass sie schon wieder zitterten. »Schau dir das an!«

Ferdie nahm ihr wortlos den Schlüssel ab und ging zu den meterhohen Flügeltüren. Er steckte ihn ins Schloss, wollte ihn drehen und stieß auf Widerstand. Da er jedoch nichts und niemandem mit roher Gewalt begegnete, um zu bekommen, was er wollte, hantierte er einfach nur gefühlvoll am Schließmechanismus herum, bis der Schlüssel seine Aufgabe erfüllte und endlich an die Stelle rutschte, in der das Schloss geöffnet werden konnte.

Selbst als die Türen weit offen standen, zögerte sie noch,

also hakte er sie wieder unter und schritt über die Schwelle. »Tageskarte für Besucher nur zehn Pfund, Rabatt für Seniorenheimbewohner«, schmetterte er durchs ganze Haus und war hocherfreut, als sie endlich wieder lachte.

Aber dann blieben sie beide kurz stehen und sahen sich schweigend in der riesigen, hohen Eingangshalle mit der prachtvollen Treppe um, die sich auf halbem Weg nach oben aufteilte und sowohl nach Osten als auch nach Westen weiter anstieg.

In der für Lutyens typischen Symmetrie teilte sich das Haus in zwei weitläufige Flügel auf, und am oberen Treppenabsatz hatte es sich für Ellis immer so angefühlt, als wären sie und ihre Eltern Reisende mit unterschiedlichen Zielen.

Seit Ellis sich erinnern konnte, gab es zwischen ihren Eltern diese emotionale Barriere, doch in der letzten Phase ihrer Ehe schienen sich die Gefühle zu etwas Konkretem verdichtet zu haben, denn ihr Vater hatte in dem einen und ihre Mutter in dem anderen Flügel gelebt. Ellis' Zimmer lag genau zwischen den beiden, wie ein Achsnagel, der den Zusammenhalt zweier eigenständiger Räder garantiert.

»Was machen wir jetzt?« Im Flüsterton quetschte Ellis die Worte zwischen ihren Zähnen hervor. Hier zu stehen und sich in der großen Halle wie Ameisen im Bauch eines Untiers zu fühlen, ließ die Erinnerung an die beiden beinahe überlebensgroß auf sie einstürzen.

»Ich weiß auch nicht genau«, flüsterte Ferdie zurück.

Ellis musste lachen, aber es klang nervös. »Ich weiß, dass du bloß Spaß gemacht hast«, sagte sie, »aber ich fühle mich wirklich wie ein Tourist im Buckingham Palace. Als würde ich auf den Saalordner warten, der mir sagt, welchem Seil ich folgen soll.«

»Halten Sie sich bitte links, und treten Sie nicht auf die Perserteppiche. Danke.« Ferdie lächelte zögerlich, denn seine Stimme, in der immer noch ein winziger Rest seines eigenen Akzents aus Brasilien mitschwang, hatte gerade Roses abgehacktes Englisch ziemlich gut nachgemacht. »Zumindest werden wir bei unserem heutigen Besuch nicht vom Staubsauger verfolgt.«

»Oder wegen der Ränder auf dem Tisch zurechtgewiesen.«

»Dazu kam man ja erst gar nicht, denn bevor die Tasse überhaupt auf das Holz traf, lag schon ein Untersetzer drunter.«

Ellis nickte. »Untersetzer konnte sie wie ein Frisbee-Profi durch die Gegend schleudern.«

»Sie war ein echter Reinlichkeits-Ninja«, scherzte Ferdie weiter.

Und mit weiteren Witzen machten sie sich gemeinsam auf den Weg durch die großen, stillen Räume, staunten und bewunderten alles und hatten das Gefühl, lieber nichts zu berühren. Eine Pilgerreise durch Roses Reich.

Ellis kam ins Grübeln. War sie wirklich hier aufgewachsen? War das hier wirklich mal ihr fröhliches Zuhause gewesen? Während einiger Jahre, die viel zu kurz gewesen waren, hatte es hier so etwas Ähnliches wie Normalität gegeben, eine Familie. Als ihr Vater noch bei ihnen war. Doch selbst damals, soweit sie sich zurückerinnern konnte, hatte es sich nicht ganz richtig angefühlt. Ihre Eltern wirkten oft ein bisschen wie Schauspieler in einem Drama, die immer wieder nachspielten, wie sie sich als Paar verhalten sollten. Doch beide waren schlechte Schauspieler, gekünstelt und hölzern. Nur wenn sie zusammen arbeiteten, herrschte eine Leichtigkeit zwischen ihnen, als würden sie in alte Rollen zurückfallen, die irgendwann mal so gut zu ihnen gepasst hatten, dass sie sich niemals fremd anfühlten.

Berührt hatten sie sich eigentlich nie, sie schienen immer nur in sicherer Entfernung umeinander herumzutanzen. Allerdings fasste ihre Mutter sowieso nie etwas an, außer um ihr Missfallen über ein Haar zum Ausdruck zu bringen, das nicht am rechten Platz lag, einen Knopf, der verkehrt zugeknöpft war, oder über offene Schnürsenkel. Dann griff sie zu und brachte alles in Ordnung.

Ganz anders als ihr Vater, der warmherzig und liebevoll gewesen war. Er umarmte sie wie ein Bär, tobte mit ihr herum und sah sich mit ihr aneinandergekuschelt auf dem Sofa Filme an, die er gehasst haben musste.

Ellis' Lieblingsbilder aus ihrer Kindheit waren fest verankert in ihrem Kopf: wie sie in seinen starken Armen durch die Luft flog oder mit ihm in dem riesigen Haus Verstecken spielte. Dann stapfte er wie ein Ungeheuer, damit sie ihn kommen hörte und so immer gewann. Sie streifte mit ihm am Strand herum, auf der Suche nach Meerfenchel und Muscheln, sie fuhr Kajak mit ihm im Meeresarm, und als sie alt genug war, ging sie mit ihm in seinem Schoner »Little Beagle«, benannt nach seinem Anthropologen-Held Charles Darwin, zum Segeln auf offener See. Es war eine glückliche Zeit mit Meeresbrandung, sonnenverbrannten Nasen, Delfinen am Horizont, glitzerndem Wasser und als Mittagessen Fish and Chips auf Zeitungspapier. Nur ganz selten riskierten sie, sich Roses Zorn zuzuziehen, und dann warfen sie ihr Versprechen, zum Tee wieder zu Hause zu sein, über Bord und gingen auf Abenteuerreise über den Kanal nach Frankreich. Nur sie beide, und das kleine Boot, das ihnen so am Herzen lag. Die Freiheit, die es ihnen bot.

Doch diese Erinnerungen waren schon lange getrübt durch die Tatsache, dass ihr Vater mit demselben Boot verschwunden war. Sie war damals sieben Jahre alt gewesen. Er setzte nachts die Segel und wurde nie mehr gesehen. Bis heute blieb sein Verschwinden geheimnisumwittert.

Ellis kam es immer so vor, als hätte nie jemand wirklich nach ihm gesucht. Alexander James war zwar in seinem Beruf sehr angesehen, aber keine Berühmtheit. Es stand nicht auf der Titelseite oder sprach sich in der ganzen Welt herum, dass er verschwunden war – aber es war fast so, als machte wirklich niemand viel Aufhebens darum, dass er weg war.

Die Polizei war natürlich mehrmals zu ihnen nach Hause gekommen, die Küstenwache wurde alarmiert. Doch Ellis, die vollkommen verzweifelt war, bekam nur Worthülsen zu hören und wurde wie ein Kleinkind behandelt. Man wollte die Wahrheit so gut wie möglich von ihr fernhalten, nur zu ihrem Schutz, vermutete sie, aber alles, was damit erreicht wurde, war, dass sie sich hintergangen fühlte.

Immerhin fand eine Trauerfeier statt, auch wenn die Gemeinde Rose quasi dazu zwingen musste. Reverend Peters sah es als seine Pflicht an, seinen Freund mit einem Gottesdienst zu verabschieden, genau zwölf Monate nach seinem Verschwinden.

Die Feier ging steif und schnell vonstatten. Rose nahm nur teil, weil Ferdie sie drei Stunden lang am Vorabend unter Druck gesetzt hatte, dass es das Richtige war, wenn nicht für sie, dann wenigstens für die Leute, die immerhin so viel von ihrem Mitmenschen, der nun verloren war, hielten, dass sie sich öffentlich von ihm verabschieden wollten.

Ellis erinnerte sich noch gut an den Abend, denn sie hörte

zum ersten Mal, dass Ferdie und ihre Mutter sich stritten. Normalerweise kam er besser als jeder andere mit Rose klar, und er schien immer zu wissen, wie er ihre freundlichere Seite aus ihr herauskitzeln konnte, und ließ ihre abweisende und überhebliche Art einfach an sich abperlen.

Sie selbst war damals acht Jahre alt und kam aus ihrem Zimmer nach unten, um ihren geliebten »Onkel« Ferdie zu begrüßen, dessen schnittigen Wagen sie in der Auffahrt gesehen hatte. Die lauten Stimmen aus dem Arbeitszimmer ihres Vaters ließen sie fast stolpern, also blieb sie erst mal stehen, setzte sich auf die Treppe und lauschte mit bis ans Kinn angezogenen Knien, als wollte sie sich vor dieser ungewohnten Situation schützen.

Ferdie sprach nie laut und diskutierte selten, aber gab normalerweise nur dann nicht nach, wenn er sich im Recht sah. Dann jedoch blieb er unerbittlich.

Trotz ihrer offensichtlichen Versuche, ihre Gefühle und Meinungsverschiedenheit unter dem Deckel zu halten, konnte sie fast jedes Wort verstehen. Ellis war sich nicht sicher, wie sie Ferdies Wut einordnen sollte. Die feinen Härchen auf ihrem Arm stellten sich wie die Nackenhaare eines Hundes in Alarmbereitschaft auf, als die Stimme ihrer Mutter immer schriller wurde, mit einem bockigen Unterton.

»Ich will aber nicht hingehen!«

»Wir müssen, das erwartet man von uns.«

»Dann wird das hier verdammt noch mal nicht das erste und auch nicht das letzte Mal sein, dass Erwartungen nicht erfüllt werden!«

Ferdie sprach plötzlich wieder leiser, und Ellis konnte ihn fast vor sich sehen, wie er sich beschwichtigend zu Rose herabbeugte, versöhnlich, wie er so oft ihr gegenüber war, seine Hände nach ihren ausstreckte und sie mit ernstem, liebevollem Blick ansah.

»Wir müssen den Tatsachen ins Auge sehen, Rose. Wir haben ihn verloren.«

Die Antwort ihrer Mutter klang weitaus weniger freundlich. Die Worte schlugen mit lautem Echo gegen die hohe Decke der Eingangshalle. »Glaubst du, das weiß ich nicht?«

Auf diese Explosion folgte eine Pause, als wartete Ferdie auf einen ruhigen Moment. Er war der geduldigste Mensch, den Ellis je kennengelernt hatte. Als er weiterredete, war er wieder gefasst und besonnen.

»Es wird für uns alle, und für jeden Einzelnen, dem er etwas bedeutet hat, die Gelegenheit sein, die grausame Wahrheit zu akzeptieren und sich von ihm zu verabschieden. Weiterzugehen. Nach vorne zu gehen.«

»Und wenn ich genau das nicht will?«

»Er kommt nicht wieder zurück, Rose. Es ist jetzt zwölf Monate her.«

»Glaubst du, ich weiß das nicht? Hältst du mich für bescheuert? Ignorant? Er ist weg, und er wird nie mehr zurückkommen. Wie können sie es wagen, mir diese lächerliche Zeremonie aufzuzwingen, und dann auch noch davon ausgehen, dass es vollkommen in Ordnung und richtig für mich ist, auf den Tag genau ein Jahr nach seinem Verschwinden in der Kirche zu sitzen und ihn zu besingen!«

Genau an diesem Punkt ging Ferdie in die Luft. »Wie kommst du eigentlich auf die Idee, dass es hier nur um dich geht? Dass das alles nur für dich geplant wurde?«, schrie er sie an. »Das Leben dreht sich Gott sei Dank nicht nur um dich, Rose James!«

In dem darauffolgenden Gebrüll fiel mehrmals Ellis'

Name, auf beiden Seiten, und auch wenn es nicht lange dauerte, musste sie trotzdem mühsam ihre Tränen runterschlucken.

Ein paar Minuten später ebbte der Streit ab, Ellis hörte nur noch Gemurmel, und dann kamen sie aus dem Zimmer wie die besten Freunde, so als wäre nichts gewesen. Nur dass Rose zum ersten Mal seit langer Zeit direkt auf Ellis zukam und sie fest in den Arm nahm.

Am nächsten Morgen nahm Rose an der Trauerfeier teil und verhielt sich, wie man es von ihr erwartete: die trauernde Witwe, gefasst, regungslos.

Und obwohl es bereits fünfundzwanzig Jahre her war, musste Ellis sich einen kurzen Augenblick lang genau auf dieselbe Stufe setzen wie damals. Doch heute setzte Ferdie sich neben sie. Keiner von beiden sagte ein Wort. Stattdessen starrten sie beide ein Gemälde an, das vor ihnen in der Halle hing – es war ein Porträt von Rose.

Damals war der Künstler eher unbekannt gewesen, aber heute hatte er Sammlerstatus. Und sein Bild war gelungen. Rose war unleugbar eine wunderschöne Frau, aber ihre Schönheit blieb schnell verborgen unter den weniger attraktiven Facetten ihrer Gesichtszüge. Sah man in ihr Gesicht, so bemerkte man erst gar nicht die hohen Wangenknochen, die makellose helle Haut, die tiefblauen Augen und den wohlgeformten Mund. Auffallend waren nur das Missfallen, der grimmige Blick, der Ellis' Meinung nach davon rührte, dass Rose ihr ganzes Leben damit zugebracht hatte, unzufrieden mit allem und jedem zu sein.

Während sie das Bild betrachtete, schwirrte Ellis der Kopf vor lauter Erinnerungen. Wenn ihre Mutter so aussah, als ihr Vater sich in sie verliebt hatte, dann konnte sie ihn zwar ein bisschen besser verstehen, aber dennoch blieb ihr Zuhause eins mit verschlossenen Türen und weggesperrten Gefühlen.

Froh über Ferdies tröstliche Gegenwart, stellte sie ihm, ohne ihn dabei anzusehen, die Frage, die ihr plötzlich durch den Kopf schoss.

»Glaubst du, sie haben sich geliebt?«

Die Frage überraschte Ferdie, und er, der sonst so gelassen war, wurde plötzlich ganz verlegen. »Ach du liebe Güte, ja, natürlich.«

Diesmal drehte sie sich zu ihm hin und lächelte ihn an. »So richtig überzeugt klingst du aber nicht.«

»Hatte nur nicht erwartet, dass du mich so etwas fragst, das ist alles.«

»Deiner Meinung nach waren sie also glücklich?«

»Ich habe nie zuvor eine Frau gesehen, die einem Mann so treu ergeben war wie deine Mutter deinem Vater.«

»Das beantwortet aber meine Frage nicht, Ferdie.«

»Weil ich nur wiedergeben kann, was ich sehe«, lautete seine diffuse Antwort, was sonst gar nicht seine Art war, »die einzigen Menschen, die dir wirklich die Wahrheit sagen könnten, sind deine Mutter und dein Vater.«

»Stimmt.« Sie neigte den Kopf zur Seite und nickte dann zustimmend. »Aber was ist denn nun deine Meinung, waren sie's oder nicht?«

Ferdie seufzte. »Ich weiß, manchmal wirkten sie, als lägen sie Welten auseinander, aber ich glaube felsenfest daran, dass sie sich sehr nahestanden.«

»Also war meine Mutter fähig, jemanden zu lieben?«

»Natürlich, sie liebte doch dich.«

»Wirklich?«

»Selbstverständlich, und ich bin überzeugt davon, dass sie

deinen Vater über die Maßen geliebt hat.« Er nahm ihre Hand. »Und jetzt, meine Liebe, was machen wir jetzt?«

Sie zuckte mit den Achseln.

»Hast du schon eine Idee, was du mit dem Haus anfangen willst?«

Sie zuckte noch mal mit den Achseln und verdrehte die Augen. »Überhaupt nicht! Um ehrlich zu sein, will ich im Moment auch überhaupt nicht darüber nachdenken.«

Ferdie sah sie einen Augenblick lang an, blickte dann auf die Uhr und nickte. »Dann tu's einfach nicht.« Er drückte die Hand, die er immer noch festhielt, und versuchte, Ellis mit sich hochzuziehen, als er aufstand. »Los, komm, lass uns abhauen.«

»Wohin?« Sie sah ihn fragend an und hielt seine Hand fest, stand aber auch nicht auf.

»Lass uns was essen gehen.«

»Ich weiß nicht, ob mir nach Essen zumute …«

»Hast du so gar keine Lust auf unglaublich gute Meeresfrüchte und eine schöne Flasche Sancerre?« Er spürte, wie der Druck ihrer Hand schwächer wurde. »An einem Ort, wo es sündhaft leckeren Nachtisch gibt?«

Ihr Mund verformte sich zu einem Lächeln, als ihr klar wurde, was er meinte.

»Was meinst du, sollen wir einen kleinen Ausflug an die Nordküste machen? Hast du vielleicht Lust auf eine etwas angenehmere Reise in die Vergangenheit?«

# 4

Ellis' Auto stand noch am Strand, aber Ferdie wollte sowieso fahren, da er hoffte, sie würde sich bei einem Glas Wein etwas entspannen. Immer wieder sah er sie während der Fahrt durch die Grafschaft von der Seite an. Es war bereits dunkel, deshalb bemerkte sie seine besorgten Blicke nicht. Sie starrte regungslos aus dem Fenster, und das, obwohl es in der sternenlosen Nacht da draußen außer ein paar hohen Hecken im Licht der Scheinwerfer absolut nichts zu sehen gab. Er wollte sie nach Edward fragen, traute sich aber nicht. Seit sie zusammen waren, hatte sie seinen Namen kein einziges Mal erwähnt, geschweige denn ihr Handy überprüft oder sich entschuldigt, um ihn anzurufen.

Ehrlicherweise musste Ferdie zugeben, dass er ein bisschen wütend auf sich selbst war. Wie konnte er nur so betriebsblind und unaufmerksam sein? Wie in aller Welt konnte ihm so lange entgehen, was direkt vor seiner Nase passierte?

Dass jetzt nicht der richtige Zeitpunkt für seine Fragen war, konnte er an ihrer Kopfhaltung erkennen. Also machte er stattdessen das Radio an, um das Schweigen im Auto zu entschärfen, und beschloss, seine Nachforschungen bis nach ihrer Ankunft in dem kleinen Restaurant an der Küste aufzuschieben.

Er hoffte, dass sie an dem Ort, der vor so vielen Jahren der Lieblingsplatz ihres Vaters gewesen war, endlich auftauen würde, denn sie mochte alles, was Erinnerungen an Alexander weckte.

Alexander James war ihr Held – aber vielleicht nur, dachte Ferdie und stieß einen stummen Seufzer aus, weil ihm nicht genug Zeit geblieben war, sie zu enttäuschen.

Das Blue Dolphin hatte sich verändert. Das Holzhaus, in dem ehemals eine Rettungsstation untergebracht gewesen war, hatte genau so ausgesehen, wie die meisten Menschen sich ein Restaurant am Strand vorstellen: rustikale Stühle und Tische, Bilderrahmen aus Treibholz mit stümperhaft gemalten Seelandschaften und Seeleuten in Öl, Aschenbecher aus Muscheln und an der Decke Fischernetze, alte Glasbojen und Fender. Diese Klischees, unterstützt von freundlichen Besitzern und treuen Gästen aus der Gegend, die immer wieder wegen der unglaublich frischen und köstlich zubereiteten Meeresfrüchte vorbeikamen, sorgten für eine gemütliche Atmosphäre.

Natürlich war im Zuge der Renovierung die Dekoration sehr viel moderner geworden, aber auf Kosten des speziellen Charmes, der durch die zugegeben sehr schöne, aber doch auch beliebige Bistro-Ausstattung nicht ersetzt werden konnte. Als man sie zu einem Tisch mit Ausblick auf das tiefschwarze Meer direkt vor der breiten Fensterfront führte, fragte Ellis sich einen Moment lang, was ihr Vater, der so an Traditionen hing, jetzt wohl dazu sagen würde. Immer wenn er hier gewesen war, hatte das schäbige Ambiente ihn zum Lachen gebracht, und wenn er lachte, fühlte er sich am wohlsten.

Nach Alexanders Tod sah Ferdie es als seine freundschaftliche Pflicht an, Rose und Ellis immer wieder hierher einzuladen: zu besonderen Anlässen, in den Ferien, an Geburtstagen. Rose lehnte meistens ab, deshalb war Ellis oft mit ihm alleine hier gewesen. Zuerst hatte es sich komisch angefühlt, aber nach ein paar Besuchen erfüllte das Restaurant wieder seine ihm zugedachte Rolle als friedlicher Hafen: ein Zufluchtsort, an dem man Spaß hatte und viel lachte.

Manchmal ließ Rose sich überreden und kam mit, und dann konnte Ellis beobachten, wie Ferdie ihre Mutter zum Lachen brachte, und sie fragte sich jedes Mal, warum sie nicht öfter fröhlich war, denn sie war wunderhübsch, wenn sie lächelte.

Kennengelernt hatten ihre Eltern sich als Kommilitonen während ihres Anthropologie-Studiums. Alexander, wahnsinnig schlau, aber eher getrieben von den Erwartungen seiner Eltern als vom eigenen Ehrgeiz, hatte sich schnell an das ausschweifende und turbulente Gesellschaftsleben in Oxford gewöhnt, woingegen Rose eher der stille, fleißige und kluge Typ Studentin war, der sich auf seine Seminare und Hausarbeiten konzentrierte. Rose war ein Jahr weiter als Alexander, und es wäre viel wahrscheinlicher gewesen, dass ihre Wege sich niemals kreuzen. Aber dann verheizte Alexander spätnachts auf Partys mit Alkohol und einem nicht enden wollenden Reigen kluger und schöner, aber dennoch ihm ergebener und formbarer junger Mädchen sein Denkvermögen und begann, bei den Prüfungen durchzufallen. Als die Semesterabschlussprüfungen drohten und seine Zukunft in Oxford ernsthaft gefährdet war, beschloss sein schwuler Professor, der mehr als nur ein bisschen in ihn verliebt war, seinen Sonnyboy zu unterstützen, und sorgte dafür, dass seine Vorzeigestudentin mit ihm büffelte.

Zuerst lachten Alexander und seine vergnügungssüchtigen Freunde über Rose. Wie aus dem Ei gepellt, die Haare streng zurückgebunden und ihre blauen Augen hinter einer hässlichen Brille versteckt, verklemmt und immer zu früh dran, sah sie in ihren langen Röcken und zugeknöpften Blusen aus wie eine Verbliebene des viktorianischen Zeitalters. Sie war so anders als die Frauen, mit denen er sich sonst umgab, in ihren Hotpants, Schlaghosen, wehenden Föhnfrisuren und ihrer Lust, mit ihm zu flirten.

Alexander konnte diese zickige alte Jungfer vom ersten Augenblick an nicht leiden. Sie war das genau Gegenteil von allem, was er an Frauen so liebte, und im Gegenzug machte sie aus ihrer Abneigung für ihn auch keinen Hehl. Für sie war er lediglich ein Tunichtgut, der Mann, dem alles in den Schoß fiel, unschlagbar gut aussehend und klug, aber ohne einen Funken Ehrgeiz, das Beste aus seinen Gaben zu machen. Er verschwendete die Möglichkeiten, die Oxford ihm bot, und setzte sich auf eine Diät aus Sex, Selbstsucht, durchgefeierten Nächten und Spitzenhöschen.

Doch nach einer Weile änderten sich die Vorzeichen. Langsam aber sicher entdeckte er etwas an ihr, das ihm immer gefehlt hatte: eine Zielgerichtetheit, die er fürchtete und gleichzeitig bewunderte. Schnell war klar, dass sie ihm intellektuell überlegen war, und er begriff, dass sie tatsächlich studierte, statt sich auf ihr Aussehen, eine schnelle Auffassungsgabe und einen wachen Verstand zu verlassen. Dank ihr las er zum ersten Mal nicht einfach nur irgendwelche Texte und konzentrierte sich auf seine Hausarbeiten, sondern sah in sich hinein und war enttäuscht von seiner eigenen Orientierungslosigkeit.

Also legte er sich ins Zeug und lernte, wie befriedigend es

war, sich über selbst verdiente Erfolge zu freuen und seine Talente wirklich zu nutzen.

Und er musste sich irgendwann eingestehen, dass er nicht anders konnte, als Rose zu bewundern. Wenn seine Freunde über sie und seine »täglichen Foltersitzungen« lästerten, verteidigte er sie. Und dann kam der Tag, an dem er ihr aufgeregt eine Hausarbeit unter die Nase hielt, die von einem Tutor, der ihn sonst nur als Paradebeispiel eines schlechten Studenten vorführte, mit einem dick in Rot geschriebenen »Hervorragend« benotet worden war. Sie sah ihn an, nahm ihre Brille ab und lachte vor Freude.

Von dem Augenblick an war sie wie verwandelt und er gerettet. Ohne sie wäre er zweifelsohne durch die Prüfungen gerasselt, aber als sie sah, wie er sein Leben wieder in den Griff bekam und seinen Verstand benutzte, wurde selbst Rose ihm gegenüber nachsichtiger, auch wenn sie ihn zuerst nur für einen Luftikus gehalten hatte.

Immer wenn Ellis sich bei ihrem Vater über das strenge Regime ihrer Mutter beschwerte, was Schularbeiten betraf, widersprach ihr Vater ihr deutlich.

»Tu, was deine Mutter dir sagt, Ellis. Sie will nur dein Bestes, denk immer daran und vertraue darauf.« Und weil es die Worte ihres Vaters waren, hatte sie sich Zeit ihres Lebens so sehr angestrengt, Roses Ansprüchen zu genügen.

»Jetzt wüsste ich gerne, was du denkst«, unterbrach Ferdie ihre Gedanken.

Sie fand zurück in die Gegenwart und lächelte ihn an. »Nur jetzt?«

»Ich lade dich auch zum Essen ein.«

»Das machst du doch sowieso immer.«

Ferdie wusste, dass sie ihren Kummer oft mit kleinen

Scherzen zu überspielen versuchte. »War es eine dumme Idee, ausgerechnet hierher zu kommen?« Ferdie blickte sich um.

Sie schüttelte den Kopf und legte beruhigend eine Hand auf seinen Arm. »Nein, im Gegenteil, es war eine tolle Idee. Obwohl es hier jetzt so anders aussieht … warum ändern sich Menschen nur so ungern, und sind dann aber bereit, das, was gut ist im Leben, in einem Nu kaputt zu machen und durch Schlechteres zu ersetzen?«

»Willst du damit sagen, dass du die Plastikhummer und Seepferdchen-Salzstreuer vermisst?«

»Ganz genau.« Sie grinste ihn an. »Du etwa nicht?«

Das Essen war Gott sei Dank noch genauso gut wie früher, doch Ellis schien nichts davon mitzubekommen. Sie hatte sich zwar mit dem ersten Glas Wein ein bisschen entspannter zurückgelehnt und durchs Fenster aufs Wasser geschaut, das jetzt mit einem Spot angestrahlt wurde. Doch während Ferdie seine in Wein und Knoblauchsahnesoße gekochten Muscheln im Eiltempo verdrückte, rührte sie ihre Vorspeise kaum an.

Ferdie spürte, dass Klatsch und Tratsch jetzt das beste Gesprächsthema wären, also heiterte er sie mit ein paar Anekdoten aus der Verlagswelt auf und vielen, vielen pikanten Details über gemeinsame Freunde und Bekannte. Ferdie liebte es zu tratschen, die einzige Schwäche seines sonst so tadellosen Charakters, aber als sie das zweite Glas halb ausgetrunken hatte, kam er auf ernstere Themen zu sprechen.

Zuerst fragte er nach Edward und ihrem Haus, und die Antwort überraschte ihn nicht weiter.

»Der Umbau ist eine enorme Belastung, aber ich habe mich so an das Chaos gewöhnt, dass ich es irgendwie lieb gewonnen habe, und obwohl du unter den Sorgen fast zusammenbrichst, bringst du es nicht übers Herz, die Sache zu beenden.«

Ferdie nickte verständnisvoll und tröstete sie mit dem einzigen Spruch, der ihm gerade einfiel. »Wenn man überhaupt nicht mehr weiß, was man tun soll, ist es oft am besten, nichts zu tun, bis man es wieder weiß. Euer Haus ist doch praktisch seit Jahrzehnten ein Museum, und ein paar Monate mehr oder weniger Mottenkugeln werden ihm schon nicht schaden. Lass dir Zeit, meine Kleine, nimm dir eine Auszeit, um die richtige Entscheidung zu treffen.« Er schenkte ihr Wein nach, beugte sich nach vorne und stibitzte eine Jakobsmuschel von ihrem Teller, die er sich als Ganzes in den Mund stopfte und beim Kauen unverständliche, aber genussvolle Geräusche von sich gab. »Himmel noch mal, Ellis, die sind einfach unglaublich … hau endlich rein, bevor ich sie dir alle klaue!«

Als Antwort schob sie ihren Teller in seine Richtung. »Bedien dich, ich habe wirklich keinen Hunger.«

Sein Plan, sie zum Essen zu animieren, war gescheitert. »Machen wir halbe-halbe?« Er ließ nicht locker, immer auf der Suche nach einem Kompromiss.

Da er mit einer langen Diskussion gerechnet hatte, war er überrascht und erleichtert, als sie endlich eine Muschel mit der Gabel aufspießte, auch wenn sie wie in Zeitlupe und mit abwesendem Blick aß, sodass er sich gar nicht sicher war, ob sie überhaupt etwas schmeckte.

Da sie seiner Aufforderung gefolgt war, traute er sich, seine Fragen einen Schritt in Richtung des Themas zu lenken, das er eigentlich ansprechen wollte.

»Also …« Er wollte sich vorsichtig herantasten, aber sie kannte ihn zu gut und lächelte ihn schwach an.

»Du kannst seinen Namen ruhig aussprechen.«

Ferdie musste lachen. »Na gut, dann erzähl du mir, warum Edward nicht …«, legte er los. Ihr Lächeln wurde zwar breiter, wirkte aber immer noch ganz und gar nicht fröhlich. Und dann fiel sie ihm auch schon ins Wort.

»Ich möchte heute nicht darüber reden«, sagte sie mit Nachdruck.

Er überlegte einen Moment lang und nickte dann. »Alles klar, aber sag mir bitte wenigstens, ob es dir halbwegs gut geht?«

»Ist gut nicht ein irre dehnbarer Begriff?«, antwortete sie und spießte sich demonstrativ eine zweite Jakobsmuschel auf. »Hm, lecker«, sagte sie anerkennend, »du hattest total recht.«

»Okay, okay«, er hob die Hände und ergab sich, »du möchtest heute nicht darüber reden, aber vergiss nicht: Ich bin da, wenn du deine Meinung änderst.«

Ihr dankbarer Blick genügte ihm, und er musste ein bisschen über sich selbst lachen. Es war so typisch für Ellis, ihn erst mal fragen zu lassen und dann auf ihr Recht zu pochen, nicht antworten zu müssen, da sie ganz genau wusste, dass er sie nicht drängen würde.

Ihr Verhältnis war von Anfang an unkompliziert gewesen. Instinktiv wussten sie, wie der andere tickte, und zwischen ihnen gab es nie etwas anderes als Liebe und Respekt. Sie hatten sich noch nie gestritten, selbst dann nicht, als Ellis sich von Rose und dem Great House gelöst hatte und unweigerlich die Autorität ihrer Mutter in allen Bereichen infrage stellte. Als Ellis und Rose sich nur noch frustriert anbrüllten, weil beide Scheuklappen aufhatten und keiner den anderen mehr verstand, war er der unparteiische Schiedsrichter geblieben, die leise, ruhige Stimme im Auge des Sturms.

Sobald Ellis gefragt wurde, was Ferdie ihr bedeutete, sagte sie wie aus der Pistole geschossen: »Er ist mein bester Freund.«

Beide wussten aber ganz genau, dass er mehr war als nur ihr Freund. Er war ihr Ersatzvater und ihr Mentor, alles vereint in einer Person.

Er verstand sie einfach, und manchmal dachte sie, dass er weit und breit der Einzige war.

Während Ferdie wie gehabt die Rolle des Alleinunterhalters übernahm, plätscherte ihr Gespräch dahin, und Ellis konnte wenigstens für eine Weile alles, worüber sie nicht nachdenken wollte, in den hintersten Winkel ihres Gedächtnisses schieben, wo all die Dinge hinkommen, die man am liebsten ganz vergessen würde.

Trotz der Umstände, unter denen sie sich getroffen hatten, wurde es ein angenehmer Abend. Ellis hatte zwar auch ihren Hauptgang kaum angerührt, aber sie behielten ihr Ritual bei und bestellten zwei Nachtische: Jeder suchte sich einen aus, und nach der Hälfte tauschten sie. Als sie gerade dabei waren, die Teller herumzuschieben, blieb ein Mann auf dem Weg nach draußen an ihrem Tisch stehen, musterte Ellis mit gerunzelter Stirn und fragte schließlich ziemlich unverblümt: »Sie sind Ellis James, oder?«

Ellis nickte erst nur, denn sie wusste überhaupt nicht, wer er war, und das machte sie verlegen und misstrauisch.

»Also eigentlich Ellis Taylor«, brachte sie schließlich heraus, »aber ich war … Ellis James, also, nein, das bin ich immer noch.« Ferdie fiel auf, dass sie nicht nur bei dem T von Taylor ein bisschen gestottert hatte.

»Anthony McFarlane«, stellte der Mann sich vor und streckte ihr die Hand entgegen.

Der Name sagte ihr nichts, dennoch schüttelte sie zurückhaltend seine Hand und stellte Ferdie, aus welchen Gründen auch immer, hastig als ihren »Onkel Ferdie« vor. Vielleicht fühlte sie sich sicherer damit, vor diesem Fremden anzudeuten, dass Ferdie zur Familie gehörte. Ihr Gegenüber ergriff Ferdies Hand ohne zu zögern, kniff neugierig die Augen zusammen und sagte: »Ich wusste gar nicht, dass Ihre Eltern Geschwister hatten.«

»Onkel ehrenhalber«, erwiderte Ferdie und strahlte leutselig, denn jetzt war klar, dass dieser Mensch, wer auch immer er genau war, Ellis' Eltern gekannt hatte.

»Und mein Patenonkel«, fügte Ellis noch hinzu.

»Freut mich sehr.« Mr McFarlane lächelte Ferdie freundlich an, konzentrierte sich dann aber sofort wieder auf Ellis. »Sieh an, sieh an«, sagte er, legte die Hände auf die ausladenden Hüften und musterte sie irritierenderweise von oben bis unten.

Das darauffolgende Schweigen war unglaublich unangenehm, doch Ferdie rettete schließlich die Situation.

»Es ist wohl schon lange her, dass Sie beide sich begegnet sind?«

»O ja«, Mr McFarlane strich sich über seinen grau melierten Bart und nickte, »wahrlich, das ist lange her.«

»Sehr, sehr lange«, soufflierte Ferdie, um Mr McFarlane endlich dazu zu bringen, ihnen zu verraten, wer er war.

»Sie waren ungefähr sieben, als ich Sie das letzte Mal gesehen habe, kurz bevor ich in Rente ging, ein hübsches kleines Mädchen, aber ich habe Sie sofort wiedererkannt, denn Sie sind Ihrer Mutter unglaublich ähnlich. Meine Frau hat Ihr Buch gelesen, meine erste Frau, und fand es prima. Und ich bin sehr erfreut darüber, Sie hier zu sehen, wo ich doch gerade erst vor Kurzem Rose hier entdeckt …«

»Meine Mutter war hier?«, unterbrach Ellis ihn überrascht.

Ihr ungestümer Ausbruch irritierte ihn kurz, hinderte ihn aber nicht daran, Ellis weiterhin freundlich anzulächeln.

»Ja, nicht letztes, sondern vorletztes Wochenende. Ich hatte sie seit Jahren nicht gesehen, aber sofort wiedererkannt. Was für eine Schönheit, Sie sind Ihr wie aus dem Gesicht geschnitten, wissen Sie … Ich hatte sie seit Jahren nicht gesehen …«, sagte er noch einmal, »und jetzt treffe ich Sie hier. Ich hoffe …«

Ellis unterbrach ihn zum zweiten Mal. »War sie alleine hier?«

Er schüttelte den Kopf. »O nein, das ist ja das Komische daran. Ich hätte sie gar nicht entdeckt, sie saß in einer dunklen Ecke, die Kerzen waren heruntergebrannt, und sie war so schmal geworden. Aber sie aß mit Henry Tremaine zu Abend, und den kann man ja nicht übersehen, diesen blutsaugenden Mistkerl. Wegen der Scheidung von meiner ersten Frau habe ich viel zu viel Zeit in seinem Büro zugebracht und eine Wucherrechnung dafür bezahlt. Sie hatte zwar einen guten Geschmack, was Bücher anging, aber war unersättlich hungrig nach jungen Männern. Ist mit einem der Kellner abgehauen, einem kauzigen Spanier, der immer nach Hackbällchen roch.« McFarlane zwinkerte Ellis zu. »Deshalb habe ich Tremaine sofort wiedererkannt, selbst bei dem schummrigen Licht. Seinen teuren Geruch erkenne ich sogar, wenn es stockdunkel ist. Ich wusste gar nicht, dass er auch der Anwalt Ihrer Mutter war. Das beweist ja nur einmal mehr, wie klein die Welt ist, stimmt's?«

Ganz offensichtlich hatte er nichts von Roses Tod gehört. Und weder Ellis noch Ferdie hatten das Bedürfnis, ihn ins

Bild zu setzen, denn keinem von beiden war nach der üblichen Betroffenheit zumute. Sie wünschten ihm einen schönen Abend und warteten, bis er außer Hörweite war, doch dann konnte Ellis sich nicht mehr beherrschen.

»Sie war drei Tage vor ihrem Tod mit ihrem Anwalt beim Essen!«, fauchte sie Ferdie mit mühsam unterdrückter Stimme an. »Was sollte das denn, Ferdie? Mutter ging nie aus! Und sie traf sich nie mit jemandem! Warum sollte sie plötzlich so etwas tun?«

Ferdie kaute nervös auf seiner Unterlippe herum, zuckte vage mit den Schultern und schwieg.

»Meinst du, sie wollte noch schnell ein paar Dinge erledigen?« Ellis nahm Ferdie in die Mangel. »Glaubst du, sie wusste genau, was sie tat, als sie die Flasche Gin geöffnet hat, um ihre Schlaftabletten runterzuspülen?«

Er brauchte etwas Zeit, um ihr darauf eine Antwort zu geben. Zuerst griff er quer über den Tisch nach ihrer Hand und drückte sie fest. Dann runzelte er sorgenvoll die Stirn und zog eine Grimasse. Als er endlich bereit war, etwas zu sagen, wählte er seine Worte sorgfältig und sprach sehr langsam.

»Ellis, deine Mutter hätte so etwas nie und nimmer vorsätzlich gemacht.«

»Wie kannst du dir da so sicher sein?«, entgegnete sie postwendend.

Und das Problem an ihrer Frage war, dass er darauf keine Antwort wusste. Er besaß kein einziges sachliches Argument, mit dem er seine Überzeugung untermauern konnte – außer der Tatsache, dass er sich zu glauben weigerte, Rose hätte jemals beschließen können, ihr Leben absichtlich zu beenden.

»Weil sie so etwas einfach nicht gemacht hätte.« Mehr

konnte er ihr nicht bieten. In der Hoffnung auf einen Themenwechsel brachte er McFarlane ins Spiel. »Kannst du dich an ihn erinnern?«

Ellis nickte. »Als er das von seiner Frau und dem Kellner erzählt hat, fiel es mir wieder ein. Ihm hat der Laden hier gehört, als er noch eine gemütliche Fischerkneipe war. Ich glaube, sein Sohn hat ihn übernommen. Du musst ihm auch schon mal begegnet sein, Ferdie, als wir alle zusammen hier gegessen haben. Er kam immer zum Plaudern an den Tisch und hat mit Rose geflirtet …«

»Jemand hat es gewagt, mit deiner Mutter zu flirten?«

Ellis versuchte, sein Lächeln zu erwidern.

»Ob ihnen das Restaurant wohl immer noch gehört?«, überlegte Ferdie laut.

Ellis zuckte mit den Achseln. »Vielleicht ging es bei der Scheidung an seine Exfrau über?« Sie bemühte sich sichtlich, auf seine Scherze einzugehen. »Aber, mal ehrlich, Ferdie … Mutter hier? Mit Henry Tremaine …?«

»Ellis, lass das, beschreite diesen Weg erst gar nicht.« Er erhob die Hand wie zu einem Stoppzeichen. »Sie hätte so etwas nicht gemacht, das weiß ich. Schluss, aus.«

Und weil er sie noch nie angelogen hatte, fühlte sie sich verpflichtet, ihm zu signalisieren, dass sie beruhigt war, auch wenn sie ehrlicherweise immer noch Zweifel hatte. Also leerte sie ihr Weinglas, fixierte seinen Blick für einen kurzen Moment, und dann nickte sie, als hätte er sie überzeugt.

Ferdie trank ebenfalls sein kleines Glas aus, fragte, ob sie noch Kaffee wolle, und als sie – in Gedanken schon wieder ganz woanders – ablehnte, schlug er vor, wieder zum Haus zurückzufahren.

Ellis zögerte nicht eine Sekunde lang, seine Frage zu bejahen, denn sie entdeckte gerade ein ganz und gar ungewohntes, abwegiges und irgendwie makabres Gefühl in ihrem Herzen: Plötzlich war sie neugierig, was es im Great House wohl noch alles zu entdecken gab.

# 5

Ellis war auf der Rückfahrt wieder nach Schweigen zumute. Ferdie machten die Schlussfolgerungen aus ihren noch unverdauten Neuigkeiten zu schaffen, und da er schon immer der Meinung war, dass Musik das beste Beruhigungsmittel war, wenn einen etwas aufwühlte, stellte er das Radio an und begann, bei einem Vivaldi-Konzert mitzusummen.

Summen war sein Markenzeichen, beim Arbeiten, beim Kochen und sogar beim Essen, wenn ihm etwas besonders gut schmeckte. Ellis kannte das Geräusch gut, und sie fand es tröstlich und überhaupt nicht störend. Und es war ansteckend.

Ferdies Stimme war ein angenehmer Bassbariton, und als schließlich »Mir ist die Ehre widerfahren« aus dem *Rosenkavalier* von Richard Strauss lief, drehte er das Radio lauter und sang mit, da er das Duett auswendig kannte. Seine Stimme hielt sich in der Rolle Octavians erstaunlich gut neben dem weiblichen Mezzosopran.

Als im Duett die Partie der Sophie an der Reihe war, drehte er sich grinsend zu ihr um. Jetzt war sie gefragt, das wusste sie genau, denn sie hatten dieses Duett wie so viele andere schon oft gesungen. Ein weiteres ihrer Rituale, das sie mehr schlecht als recht beherrschte, und das sie jetzt in voller Absicht ignorierte. Ihr brummte der Kopf vor lauter Grübeln, denn trotz Ferdies Versuchen, sie zu beruhigen und aufzumuntern, machte sie sich Sorgen und dachte nur noch über eine einzige Sache nach: Warum war ihre Mutter in diesem Restaurant gewesen?

Anders als Ferdie gelang es ihr nicht, sich abzulenken. Warum Henry Tremaine dabei gewesen war, beschäftigte sie nicht so sehr, aber die Frage, warum Rose ausgerechnet *dieses* Restaurant ausgesucht hatte, trieb sie fast in den Wahnsinn. Es war eine Tatsache, dass Rose James nicht zu ihrem Anwalt ins Büro fuhr, sondern dass er zu ihr kam, was aber Ellis' Kenntnis nach schon lange nicht mehr vorgekommen war. Wenn sie ihn also treffen wollte, vielleicht sogar zum Abendessen, warum ausgerechnet im Blue Dolphin? Warum nahm sie die weite Fahrt zur Nordküste auf sich, wenn sie im Süden und Henry in Truro wohnte, das genau in der Mitte lag? Und warum in genau dem Restaurant, das zu besuchen sie sich mehrfach geweigert hatte, weder in Begleitung ihrer Tochter noch ihres besten und vielleicht einzigen Freundes?

Ellis kannte Henry Tremaine nicht besonders gut, aber er war, seit sie denken konnte, der Anwalt ihrer Eltern gewesen. Er hatte ihr telefonisch die Nachricht vom Tod ihrer Mutter überbracht. Er hatte mit ihr über das Testament ihrer Mutter geredet. Und mit keiner Silbe erwähnt, dass er Rose erst vor Kurzem getroffen hatte. Hatte der Mann im Restaurant sich vielleicht geirrt? Aber er war sich so sicher gewesen.

Es gab nur eine Möglichkeit herauszufinden, was stimmte: Morgen früh würde sie als Erstes Henry Tremaine anrufen und um eine Erklärung bitten.

Der Gedanke beruhigte sie ein bisschen, und Ellis spürte, wie sie wieder in die Gegenwart zurückkehrte. Sie musste heimlich grinsen, als ihr auffiel, dass Ferdie, da sie sich als Gesangspartner verweigert hatte, einfach ihren Part mit einer schrecklichen Fistelstimme auch noch mitsang.

Endlich konnte Ellis sich ihm zuwenden und lachen, aus Verzweiflung, aber auch aus Dankbarkeit, dass sie immer diesen einen Menschen an ihrer Seite hatte, der sie nie aufgab, egal in welcher Lebenslage sie sich gerade befand. Sie gab sich einen Ruck und stimmte mit in das Duett ein, und wenigstens für eine kurze Zeit fühlte sich alles normal an, als Ferdie und sie ihren schrägen Gesang in die Nacht hinausschmetterten.

Das Great House ragte düster wie eine schwarze Klippe vor ihnen auf, und der Himmel, bewölkt, ohne Sterne, ohne Mondlicht, war keine Hilfe.

»Wir hätten das Licht anlassen sollen«, seufzte Ellis und starrte die gespenstisch wirkende Fassade an.

»Und Strom verschwenden? Deine Mutter hätte uns umgebracht …«, legte Ferdie los, schlug sich aber dann betroffen eine schmale, braun gebrannte Hand vor den Mund. »Ach, Ellis, es tut mir leid …«

Doch sie schüttelte energisch den Kopf. »Sei nicht albern. Wir beide fassen uns doch gegenseitig nicht mit Samthandschuhen an, oder?«

»Nein, aber wir zerstören manchmal die Sandburg des anderen«, witzelte er, dankbar dafür, dass sie ihm nicht böse war.

Bei der Erinnerung an ein weiteres Ritual mit Ferdie aus ihrer Kindheit musste Ellis lächeln. Er war nicht von Anfang an ihr Patenonkel gewesen, aus dem einfachen Grund, dass sie vor dem Tod ihres Vaters nicht getauft worden war. Ferdie und ihre Eltern waren, seit sie denken konnte, eng befreundet gewesen, doch damals arbeitete er noch als Reisejournalist, war viel und weit weg unterwegs, und besuchte sie nur selten.

Nach dem Tod ihres Vaters zog er nach London, nahm einen Job in einer renommierten Literaturagentur an und sorgte dafür, dass er im Leben der Tochter seiner beiden besten Freunde eine wichtige Rolle spielte. Und irgendwann stellte er fest, dass er fast jedes Wochenende in Cornwall verbrachte.

Da Rose sich in eine unheimliche Welt aus Trauer zurückgezogen hatte, freute Ellis sich bald immer mehr auf »Onkel Ferdies« Besuche.

Ferdie wusste, wie sehr Ellis Ablenkung brauchte und ermutigte sie, ihm Cornwall zu zeigen, als wäre er ein echter Tourist, der er rein äußerlich auch war in seinen schrill gemusterten Hawaiihemden, Bermudashorts und dem allgegenwärtigen Panamahut. Sie düsten in seinem Triumph Stag mit offenem Verdeck über Land, stopften sich mit Eiscreme voll und fotografierten sich vor den gewohnten Kulissen von Land's End, Hell's Mouth, St Ives, Bodmin Jail und der Kathedrale von Truro. In jedem Ort an der Küste von Polperro bis nach Padstow aßen sie Scones mit Erdbeermarmelade, fuhren mit der Dampflok und besichtigten jedes Landhaus und jeden Garten. Jahr für Jahr, während sie vom kleinen Mädchen zur jungen Frau wurde.

Der einzige Ort, an den sie nie gingen, war der Strand vor ihrer Haustür, denn seit dem Verschwinden ihres Vaters war es unmöglich für Ellis, dort auch nur eine Minute Zeit zu verbringen.

Bis zu dem Sommertag, an dem Ellis gerade zwölf Jahre alt geworden war, der letzte Tag ihrer Schulferien, den Ferdie mit ihr verbringen würde. Sie waren den ganzen Tag draußen gewesen, beim Reiten in einem versteckten Tal zwischen Rhododendren und Palmen. Die Schönheit und Schnelligkeit der Partbred-Araber ließen sie alle Sorgen vergessen, und sie war entspannt und glücklich. Ferdie konnte sehr gut reiten und hatte sich zu ihrer Erheiterung vom Pferd fallen lassen, woraufhin sie lachend zu ihm kam, ihre Arme um ihn schlang und zum ersten Mal aus tiefstem Herzen rief: »Onkel Ferdie, ich liebe dich!« Er hatte sie auch umarmt und gerufen: »Ich dich auch, Ellis, auf immer und ewig.« Und erst dann, und nur an diesem Tag, fühlte er sich gewappnet genug, sie dorthin zu bringen, zu dem kleinen Sandstrand in der Bucht, ganz in der Nähe des Dorfes, ein perfekt geformtes Hufeisen aus Sand und tiefblauem Meer.

Er fuhr mit dem Auto auf den sandigen Parkplatz, hielt an, stieg aus und lief die paar Schritte zum Strand.

Sie blieb stumm, rührte sich nicht aus dem Auto und beobachtete mit einem maskenhaften, leicht trotzigen Gesichtsausdruck, wie er seine Schuhe auszog, die Hosenbeine aufrollte, unter denen seine gebräunten, behaarten Waden zum Vorschein kamen, und über den weißen Sand schlenderte.

Mit verschränkten Armen ignorierte sie ihn, als er an die Wasserkante kam, sich zu ihr umdrehte und sie zu sich winkte. Unbeirrt planschte er ein paar Minuten lang mit den Füßen im Meer herum, während sie immer noch im Auto saß und schmollte. Irgendwann ging er seelenruhig auf den breiten Strand zurück, ging in die Hocke und fing an, ganz systematisch die schönste und größte Sandburg, die sie je gesehen hatte, zu bauen. Gegen ihren Willen konnte sie den Blick nicht abwenden, um die erhabenen Türme, dicken Mauern und eine lange Zugbrücke über einem tiefen Burggraben zu bewundern, bis dort vor ihren Augen etwas entstanden war, das direkt aus einem Märchenbuch zu entstammen schien.

»Hey, Ellis! Sieh dir das an!« Und als sie gerade antworten wollte, entfuhr ihr lediglich ein überraschter Schrei, und sie erstarrte vor Schreck, denn Ferdie war bereits in die Luft gesprungen und landete gerade mitten in seiner Burg.

Ohne nachzudenken raste sie über den Parkplatz und ließ sich zwei Meter entfernt von ihm in den Sand fallen. »Aber … aber …«, sie konnte ihr Entsetzen nicht in Worte fassen, »sie war doch so schön!«

Er strahlte sie an. »Ja, das stimmt, aber Teil ihrer Schönheit war das Wissen darum, dass sie aus Sand gebaut war. Wir können jederzeit noch eine andere bauen. Wir wissen, wie es geht.« Er grinste, streckte eine Hand in ihre Richtung aus und sagte: »Los, komm, Ellis, hilf mir. Erst machen wir den Boden platt, und dann bauen wir sie wieder auf. Komm her, ich weiß, dass du Lust dazu hast …«

Er hatte recht, sie konnte dem Drang, die Reste dem Erdboden gleichzumachen und dann wieder von vorne anzufangen, nicht widerstehen.

Also stand sie langsam auf, ging zu ihm und ergriff seine Hand, und dann stampften sie die Burg ein. Und endlich kamen die Tränen, zuerst Tränen der Trauer, doch irgendwann wurden Freudentränen daraus, dankbare Tränen, dass er sie erlöst hatte. Sie hüpften und stampften und zertraten alles, was gewesen war, und dann ließen sie sich genau in der Mitte der Stelle nieder, an der Ferdies Sandburg gestanden hatte. Außer Atem und ungewohnt aufgekratzt stellte sie Ferdie eine Frage, auf die er schon lange gewartet hatte.

»Warum«, war alles, was sie sagte, und mehr war auch nicht nötig.

Ferdie holte tief Luft und befürchtete, seine Lunge würde platzen, aber dann kamen die Worte wie von selbst.

»Ich weiß es nicht. Manchmal ist es uns nicht vorbestimmt, die Dinge, die wir am meisten lieben, zu verlieren. In einer idealen Welt wäre das anders, aber so läuft das nun mal nicht. Es gibt keinen ersichtlichen Grund, kein Gerecht oder Ungerecht, die Dinge passieren einfach. Alles im Leben ist vergänglich, mein Liebling, verstehst du, was dieses Wort bedeutet?«

Sie hatte nur einen Herzschlag lang geschwiegen, dann nickte sie, und er lächelte insgeheim über sich selbst. Natürlich verstand sie, was er damit sagen wollte, sie war schließlich die Tochter von Rose und Alexander, und sie verfügte über einen für ihr Alter ungewöhnlich breit gefächerten Wortschatz.

Er nahm etwas Sand in die Hand und ließ ihn durch seine Finger rinnen. »Manchmal«, fing er behutsam an zu sprechen, während sie gemeinsam den rieselnden Sand beobachteten, »manchmal, wenn man versucht, jemanden festzuhalten, der entschlossen ist, aus welchem Grund auch immer, uns zu verlassen, dann ist das so, als würde man dabei zusehen, wie der Wind oder eine Welle eine Sandburg verschlingt. Man möchte diesen Menschen unbedingt festhalten, aber das geht nicht. Aber weißt du, ich glaube, niemand verlässt uns wirklich ganz und gar. Wir verändern uns, nehmen eine andere Form an, vielleicht so, wie der Wind, den wir spüren, aber nicht sehen können, wenn er die Sandburg verweht oder die Blätter flüstern lässt. Wenn jemand stirbt, dann reisen diese Menschen nur an einen Ort, an dem sie immer noch bei uns sind, wir sie aber nicht mehr sehen können. Aber wir spüren ihre Gegenwart, vor allem hier …« Er legte eine Hand auf ihr Herz und die andere auf sein eigenes. »Ich weiß, manchmal lieben wir einen Menschen so sehr, dass wir glauben, ohne ihn nicht leben zu können. Aber wir können. Irgendwie macht man weiter. Ellis James, du hast noch dein ganzes Leben vor dir, und ich weiß wirklich ganz genau, dass dein Vater dich sehr, sehr liebt und sich wünscht, dass du in jeder Sekunde deines Lebens so glücklich wie möglich bist.«

Daran gab es nichts zu rütteln, Alexander war in seine Tochter vernarrt gewesen, und deshalb fragte Ferdie sich, nachdem das zarte Mädchen ihn fest umarmt hatte und anschließend mit dem Wiederaufbau der Sandburg begann, warum er ausgerechnet in jener Nacht, als Ellis im Krankenhaus auf der Intensivstation lag, hinaus aufs Meer gesegelt war. Auf diese Frage schien einfach niemand eine Antwort zu wissen.

Kurz nach diesem Gespräch mit Ellis schlug Rose vor, dass Ferdie ihr Patenonkel werden sollte, worüber beide überrascht und begeistert waren. Diese offizielle Rolle fühlte sich richtig an und gab beiden Halt. Sie trauerten unterschiedlich, aber von nun an gelang es beiden, besser mit dem erlittenen Verlust klarzukommen.

»Los, junge Dame, mir wird kalt«, riss Ferdie sie beide aus ihren Gedanken. Er stieg behände aus, hielt ihr die Tür auf und reichte ihr galant die Hand. Er war der vollendete Gentleman und liebte gute Manieren. Wieder einmal fragte sie sich, warum Ferdie immer noch Single war. In ihren Augen war er der perfekte Mann: intelligent, humorvoll, geistreich, zärtlich und einfühlsam. Und natürlich erfolgreich. Und zum ersten Mal hatte sie das dumpfe Gefühl, als sie ihm dabei zusah, wie er die Haustür aufschloss, dass es vielleicht an ihr und Rose gelegen hatte. Sie hatten so viel von ihm erwartet, und vielleicht war deshalb in seinem Leben nie genug Platz für eine eigene Familie gewesen.

»Es tut mir so leid, wenn ich dir immer nur Kummer bereite«, rutschte es ihr heraus.

Ferdie drehte sich überrascht zu ihr um und sah sie verständnislos – und vielleicht auch ein bisschen gekränkt – an. »Ellis, was soll das denn? Deine Sorgen sind immer auch meine Sorgen, das weißt du doch, oder?«

Sie nickte mit einem Kloß im Hals.

»Und ich hätte es nie anders haben wollen, verstanden?«

»Ich auch nicht.« Verlegen stupste sie mit einem Finger auf seine Nase, so wie er es normalerweise bei ihr gemacht hatte, als sie klein war, um sie zum Lachen zu bringen. »Und du hast recht, ich sollte keine vorschnellen Schlüsse ziehen, vielleicht war es ja wirklich nur Zufall, dass Rose im Blue Dolphin war. Henry Tremaine hat es nur mit keinem Wort erwähnt, als er mit mir telefonierte. Das Testament war noch dasselbe, das sie kurz nach Vaters Tod aufgestellt hatte, und soweit ich weiß, gibt es keine Änderungen. Vielleicht wollte sie nur mit einem alten Freund reden, immerhin sind sie ja schon jahrzehntelang befreundet.«

»Gut möglich, Ellis«, pflichtete Ferdie ihr bei. »Das alles war ja wirklich ein ziemlicher Schock, da ist es nur natürlich, dass wir uns Fragen stellen. Vielleicht solltest du mal mit Tremaine darüber reden?«

»Genau das habe ich auch gedacht. Gleich morgen rufe ich ihn an. Noch was, Ferdie … vorhin im Auto … da habe ich nachgedacht …«

»Darauf wäre ich ja nie gekommen.« Er zwinkerte ihr zu.

Ellis stieß ihm einen Ellbogen in die Seite und fing noch mal von vorne an. »Also, ich habe nachgedacht, weil mir aufgefallen ist, dass sie in letzter Zeit ein bisschen aufgetaut ist, obwohl sie ja wahrlich keine besonders gesellige Person war. Hast du das auch bemerkt?«

»Möglich«, erwiderte er. »Vielleicht eine kleine Veränderung … aber noch mal, meine Liebe, eine kleine Veränderung an deiner Mutter ist in etwa so unwahrscheinlich wie ein Elefant, der seine Stoßzähne lila anmalt.«

Das einzige Geräusch, das ihnen beim Betreten des Hauses entgegenschlug, war das eintönige Ticken der großen Standuhr im Eingangsbereich. Nur wenn man ganz leise war, konnte man ein schwaches Rauschen hören, wie Blätterrascheln im Sommerwind, doch hier war es das Meer.

Es war viel zu still im Haus.

Ellis marschierte schnurstracks ins Wohnzimmer, in dem das alte Grammophon ihrer Mutter stand. Sie hatte es geliebt und sich standhaft geweigert, es auszutauschen. Die »Scheherazade« von Rimsky-Korsakov lag auf, und Ellis schoss es durch den Kopf, dass dies wohl die letzte Platte gewesen sein musste, die ihre Mutter gehört hatte. Sie stellte den Apparat an, und die besänftigenden Töne des ersten Satzes durchfluteten das Zimmer. Anschließend tat sie automatisch das, was sie immer machte, wenn Ferdinand dabei war, und ging zum Barschrank, holte eine Flasche schottischen Single-Malt-Whisky hervor und goss für jeden von ihnen ein großzügiges Glas ein.

Ferdie kniete bereits vor dem großen gemauerten Kamin. Das Holz war bereits aufgeschichtet – typisch für Rose. Er legte nur noch die Anzünder aus einer alten Seifendose dazu, die Rose seit jeher im untersten Regal eines überquellenden Bücherbords aufbewahrt hatte, und zog ein Streichholz aus der Schachtel in seiner Manteltasche. Das Feuer ging sofort an, und hellgoldene Flammen schossen in die Höhe.

Alles war so aufgeräumt und sauber. Als würde Rose jeden Moment ins Zimmer gerauscht kommen. Ihr gewohnter Ohrensessel stand augenfällig leer neben dem Kamin.

Da der Anblick bei Ferdie eindeutig Unbehagen auslöste, er sich aber auch sicher war, dass er das Richtige tat, ließ er sich auf Roses Sessel nieder. Mit seiner wuchtigen Gestalt füllte er dankenswerterweise eine Leere, die sich wie ein schwarzes Loch angefühlt hatte, in dem alle anderen Dinge im Wohnzimmer jederzeit verschwinden könnten.

Ellis ließ sich wie immer auf dem Teppich vor dem Kaminfeuer nieder.

Eine ganze Weile hörten sie einfach nur der Musik zu und tranken ihren Whisky. Ferdie beobachtete, wie das Licht der Flammen auf dem zarten Gesicht seiner Patentochter tanzte.

Er hob sein Glas. »Auf deine Mutter«, prostete er Ellis zu, die heftig den Kopf schüttelte.

»Sie wollte keine Totenwache.«

»Das hier ist auch keine, wir wollen auf ihr Leben anstoßen.«

»Mal ehrlich, Ferdie, glaubst du, das können wir? Wie denn? War sie denn jemals glücklich? Sie hat sich in dieses riesige ... Mausoleum zurückgezogen, sich von der Welt abgewandt, von den Menschen ... und sich hinter ihren verdammten fixen Ideen versteckt, die doch nichts mit dem wirklichen Leben zu tun hatten. Sie existierte doch nur. Hat sie jemals Freude empfunden? Auf was in ihrem Leben sollen wir anstoßen?«

Wie gewohnt begegnete Ferdie ihrer Angst ruhig und gelassen. Er hievte sich aus dem Sessel, ging zu ihr und ließ sich neben ihr auf dem Teppich vor dem Kaminfeuer nieder. Seine Hände hielt er wärmend davor.

»Es gibt etwas Unglaubliches, außergewöhnlich Wertvolles im Leben deiner Mutter, Ellis.« Während er zu sprechen begann, ruhte sein Blick auf den Flammen. »Etwas, auf das es sich lohnt, tausendmal anzustoßen. Etwas, für das man die allerschönsten Freudentänze aufführen möchte.«

»Und was genau soll das sein?«, fragte sie.

Er wandte sich ihr mit seinem sanften, vertrauten, liebevollen Lächeln zu, und dann antwortete er mit der allergrößten Überzeugung: »Du.«

# 6

Als Ferdie gegen den Jetlag nicht mehr ankam, schlief er neben Ellis auf dem Teppich ein. Sie blieb bei ihm und hing ihren Gedanken nach. Irgendwann weckte sie ihn sanft auf, und beide gingen nach oben ins Bett: Ferdie schlief in seinem üblichen Zimmer, in dem er schon so oft übernachtet hatte, dass es längst kein Gästezimmer mehr war, sondern seins, und Ellis in ihrem Kinderzimmer.

Es lag gegenüber von Ferdies Zimmer, aus dem sie kurz nach dem Zubettgehen sein lautes, aber immerhin melodisches Schnarchen zu hören bekam. Und wie so oft an diesem Ort konnte Ellis, obwohl sie spürte, wie erschöpft sie war, nicht einschlafen. Also stand sie wieder auf und wandelte durch ihr Zimmer, das sich seit ihrem Weggang vor sechzehn Jahren kaum verändert hatte.

Es war ein wunderschöner Raum, dessen Einrichtung und Ausstattung nur immer schon viel zu erwachsen für ein Kind gewesen waren, mit der mittlerweile zwar leicht verblassten, aber immer noch unglaublich genau gezeichneten Tapete von William Morris mit Vögel- und Blumenmotiven, der Daunendecke mit goldenem Seidenbezug, den schweren, goldenen Brokatvorhängen vor den Fenstern und den antiken Möbeln. Sie ging durch das Zimmer, als sähe sie es mit neuen

Augen. Alles war ihr so vertraut und doch so fremd. Und wie jedes Mal zog es sie zum Schluss an den verschnörkelten Tisch mit den geschwungenen Beinen vor dem Fenster mit Blick auf das Meer, an dem sie Nacht für Nacht schlaflos mit Stift und Papier gesessen hatte.

Sie war achtzehn Jahre alt gewesen, als sie an diesem Tisch vor der Realität geflüchtet war. Die Wörter strömten aus ihrem Inneren und verdichteten sich schließlich zu einer Geschichte, die ihren Ursprung in der Liebe und dem Verlust des Vaters hatte, und die ihr Leben so sehr verändern sollte wie sein Tod.

Niemals hatte sie daran gedacht, aus ihren Tagebuchaufzeichnungen ein Buch zu machen. Niemals hätte sie es für möglich gehalten, dass sie ihre innersten Gedanken mit der ganzen Welt teilen würde.

Und ausgerechnet ihre Mutter, die mit niemandem etwas zu tun haben wollte, hatte sie der Öffentlichkeit preisgegeben. Ellis hatte das Tagebuch in einer Schachtel versteckt, doch Rose entdeckte die Schachtel, las die Aufzeichnungen und zeigte sie Ferdie – ohne Ellis etwas davon zu sagen, und ohne Ferdie darauf hinzuweisen, dass Ellis nichts davon wusste.

Ferdie las die hunderttausend Wörter, die Ellis sich von der Seele geschrieben und dann versteckt hatte, in einem Rutsch, er weinte, er lachte, und er wischte Tränen weg. Und dann zeigte er es voller Stolz einem befreundeten Verleger, dem das Tagebuch, aus dem nun ein Manuskript geworden war, so gut gefiel, dass er Ferdie für diesen Text, den er für ein Romandebüt hielt, auf den ein weiterer Roman folgen würde, einen Zwei-Buch-Vertrag anbot.

Ellis erfuhr zum ersten Mal davon, als ein begeisterter und aufgedrehter Ferdie im Great House vor ihr stand und triumphierend mit dem offiziellen Angebot vor ihrer Nase herumwedelte.

Ellis war zutiefst geschockt, und Rose gab sich nicht einmal den Anschein, Reue zu zeigen. Wieso auch, sie hatte Ellis doch immer angetrieben, das Beste aus sich herauszuholen, und sie schnell und deutlich gerügt, wenn ihre guten Noten nachzulassen schienen. Doch dann musste sie dabei zusehen, wie ihre intelligente und schöne Tochter, die dafür bestimmt war, an demselben renommierten College in Oxford zu studieren wie sie und ihr Vater, nach dessen Tod völlig die Orientierung und jedweden Ehrgeiz verlor. Als sie Ellis' anrührendes und hintergründiges »Manuskript« fand, ergriff sie die Gelegenheit, um das leichtsinnige und ziellose Herumdümpeln ihrer Tochter doch noch zum Guten zu wenden.

Immerhin hatte sie mit guten Absichten gehandelt, und das versuchte Ellis sich stets aufs Neue vor Augen zu führen, wenn sie an diese Verletzung ihrer Privatsphäre dachte. Rose hatte sich nie für diesen Übergriff entschuldigt und ohne viel Aufhebens, wie es nun mal ihre Art war, die sachlichen Vorzüge eines solchen Angebots so präzise dargelegt, dass man nichts mehr dagegen vorbringen konnte: Ellis hatte ihre Abschlussprüfungen verpatzt, die von ihr ausgewählten Universitäten nahmen sie nicht auf, also musste ein neuer Weg für ihr Leben als Erwachsene beschritten werden.

Ellis wurde schnell klar, dass dieser Weg, mal abgesehen davon, wie er ihr präsentiert worden war, unbestritten einen Ausweg darstellte. Trotzdem war sie wütend, und so stand dieser Vorfall wie ein weiteres Hindernis zwischen ihr und Rose, die sich sowieso fühlten wie zwei wildfremde Menschen in einem stecken gebliebenen Fahrstuhl.

Das Buch hatte sich in nur drei Monaten wie von selbst geschrieben. Ihre Trauer ergoss sich aufs Papier, als hätte sie die Wunde mit einem scharfen Rasiermesser aufgeschlitzt und sie ausbluten lassen. Danach fühlte sie sich ausgelaugt, aber leichter als in den ganzen Jahren zuvor.

Leichter und bereit, loszurennen.

Zum Erscheinen des Buches war das Interesse der Medien an ihr groß, sicherlich auch, weil sie noch so jung war, und es verkaufte sich gut. Wegen der vielen Interview-Anfragen war ein Umzug zu Ferdie nach London sinnvoll.

Edward betreute ihr Buch im Verlag. Er war fünfzehn Jahre älter als sie, sah gut aus, war gelassen und selbstsicher. Er gab ihr Selbstvertrauen und nahm ihr die Panik und war scheinbar durch nichts aus der Ruhe zu bringen. Ziemlich schnell fühlte sie sich total verloren, wenn er nicht in ihrer Nähe war, nicht nur bei den Buchpräsentationen oder Interviews, denn diese fünfzehn Minuten Ruhm hatten Ellis ziemlich durcheinandergebracht. Daher war es irgendwie unvermeidlich, dass aus ihnen ein Paar wurde. Die Hochzeit fand nur acht Monate nach ihrer ersten Begegnung statt, Ellis war gerade neunzehn geworden.

Ohne jeden Zweifel waren sie eine Zeit lang richtig glücklich gewesen, und sie war sich immer noch nicht sicher, was eigentlich schiefgelaufen war. Aber diese schleichende Unzufriedenheit auf beiden Seiten war deutlich zu spüren: ein vages Gefühl, dass es im Leben noch mehr geben musste als das, was sie einander bedeuteten. Vielleicht lag es auch an der Enttäuschung, dass sie nicht mehr schreiben konnte und sie den Erwartungen an sie nicht gerecht geworden war. Und das wiederum lag vielleicht daran, dass sie nach diesem einmaligen Gefühlsausbruch nichts mehr zu erzählen hatte.

Sie hatte einen Zwei-Buch-Vertrag unterschrieben, doch der Abgabetermin für den zweiten Roman wurde immer wieder aufs Neue verschoben. Immer wenn sie sich hinsetzte, um zu schreiben, passierte – nichts. Sie saß einfach nur da und starrte ausdruckslos auf den Bildschirm. Und bis heute hatte sich nichts daran geändert.

Was war sonst in ihrem Leben in den vergangenen sechzehn Jahren passiert außer der Abfolge von immer gleichen Tagen, die man alle in ein paar wenige zusammenpacken könnte, wenn man sie nebeneinanderlegen und vergleichen würde?

Nichts außer dem ganz normalen Alltag in einer Vorstadt-Existenz mit sogenannten Freunden, Dinner-Einladungen, Ferien und Hausarbeit. So normal, wie sie es sich als Kind immer sehnlichst gewünscht hatte. Weder besonders unerfreulich noch besonders langweilig, sondern beständig und bequem. Aber einfach nicht genug, vor allem für Edward, wie sich herausgestellt hatte.

Den Verdacht, er träfe sich mit einer anderen Frau, hatte sie zum ersten Mal vor ungefähr einem Jahr gehabt. Es gab die typischen Anzeichen: Er konnte sich keine Minute mehr von seinem Handy trennen, hatte dumme Ausreden, warum er nicht zum Essen nach Hause kam, immer mehr »schwierige« Autoren, um die er sich kümmern musste, manchmal sogar über Nacht. Neue Klamotten. Ein frischer Haarschnitt. Ein anderes Rasierwasser. Neuer Elan. Und im Bett mindestens sechzig Zentimeter Abstand zwischen ihnen. Wenn er es überhaupt zu ihr ins Bett schaffte.

Aber sie selbst war ja nicht viel besser, denn wenn sie ehrlich war, dachte sie heute zum ersten Mal an ihn. Sie fragte sich, wo er wohl war, und die Bilder in ihrem Kopf, die ihr als

Antwort darauf einfielen, waren eher beunruhigend. Trotzdem schaltete sie ihr Handy erst ein, als sie endlich doch ins Bett ging: Edward hatte zwei SMS geschickt und zweimal versucht, sie anzurufen. Seine Stimme auf der Mailbox klang besorgt und versöhnlich und triefte vor Schuldgefühlen.

Unwillkürlich musste sie an den Abend vor zwei Wochen denken, als sie die versteckte Karte gefunden hatte. Das uralte Klischee der betrogenen Ehefrau, die die Manteltaschen ihres Mannes vor der Reinigung leert. Der Sommer hatte sich verabschiedet, und die ersten bitterkalten Tage brachten sie dazu, seinen Wintermantel von der Plastikhülle mit den Mottenkugeln zu befreien. Zwischen dem üblichen Krimskrams aus Stiften, Visitenkarten und Staubfuseln fand sie den Beweis.

Eine Valentinskarte. Fast neun Monate alt. Ohne Namen, aber die Handschrift erkannte sie auch so.

Sie war auf so vielen Geburtstags- und Weihnachtskarten für Ellis, nicht für Edward. Auf Briefen, Danksagungen, kleinen Briefchen für die beste Freundin, Einladungen.

Dass Edward jemanden traf, überraschte Ellis nicht besonders, aber wen genau er traf, war ein Schock für sie. Ihre echten Freundinnen konnte sie an einer Hand abzählen, und Anna war eine der längsten und engsten von ihnen. Kennengelernt hatten sie sich bei einer Buchpräsentation. Anna hatte auch ihren ersten Roman veröffentlicht, allerdings mit sehr viel weniger öffentlicher Furore als Ellis. Doch während Ellis nicht in der Lage zu sein schien, etwas aufs Papier zu bringen, schrieb Anna ein Buch nach dem anderen und war damit sehr erfolgreich. Ihrer Freundschaft schien dies nichts anhaben zu können, sie hatten sich immer gut miteinander gefühlt: offen, ehrlich und vereint gegen den Rest der Welt.

Ironischerweise war Anna die Erste gewesen, der Ellis von ihrem Verdacht wegen Edwards Untreue erzählt hatte, und das tat besonders weh. Anna hatte gelacht – oder besser gesagt: sie hatte sie ausgelacht – und gemeint, Ellis solle sich doch nicht lächerlich machen. Ellis hatte ihr zugehört und an sich selbst gezweifelt, denn zu dieser Zeit vertraute sie dem Urteil ihrer Freundin mehr als sich selbst, so verunsichert wie sie war.

Doch als sie die drei Worte auf der Karte las, wurde Ellis klar, dass sie diese Frau nie richtig gekannt hatte, und diese Erkenntnis tat mehr weh als alles andere.

Eigentlich hatte sie vorgehabt, Edward mit der Karte zu konfrontieren. Sie saß mit dem verdammten Ding in der Hand am Küchentisch, und sie hasste sich selbst für ihre Blauäugigkeit. Und dann, nachdem sie die Zeile eine Stunde lang immer wieder gelesen und die harmlose Abbildung auf der Vorderseite – einen zuckersüßen Bären, der ein Herz in den Händen hielt – so ernsthaft studiert hatte wie einen Picasso im Museum, ertappte sie sich dabei, wie sie die Karte wieder dahin zurückbrachte, wo sie herkam, und sich dabei die allergrößte Mühe gab, zu vertuschen, dass sie entdeckt worden war.

Als Edward sie fragte, ob sie seinen Mantel in die Reinigung gebracht hätte, behauptete sie, sie hätte es vergessen, und sie ertrug stoisch seine Stänkerei, wie dringend er ihn jetzt bräuchte. Doch schon bald erfuhr sie, dass er selbst ziemlich schnell darauf kam, wie knapp er noch mal davongekommen war oder zumindest dachte, dass dem so sei. Als er nämlich rummeckerte, er würde den Mantel jetzt selbst in die Reinigung bringen, obwohl er doch ach so viel zu tun hätte, kam er am selben Abend früher als erwartet nach Hause, mit einer Flasche ihres Lieblingsweins, einem Supermarkt-Blumenstrauß und einem merklich schlechten Gewissen.

Die Geschenke, behauptete er, seien als Entschuldigung dafür gedacht, dass er sie so angeschnauzt hatte, und dann tischte er ihr eine tolle Geschichte auf über einen schwierigen Autor, der mit unberechenbaren Forderungen seine Geduld beträchtlich auf die Probe stellte, weshalb er schnell explodierte und ungerechtfertigt gereizt sei.

Sie hatte ihm zugehört, ihn beobachtet und gleich gewusst, dass er log. Die Erfahrung fühlte sich surreal an, und seine Geschichte war so detailliert und facettenreich ausgeschmückt, dass er besser Autor statt Lektor geworden wäre. Und dann war da noch dieses selbstgefällige Lächeln, oder bildete sie es sich nur ein, darüber, dass er nicht aufgeflogen war oder zur Rede gestellt wurde, und es kam ihr so vor, als gefalle er sich in seiner treuherzigen und genial gespielten Rolle.

An diesem Abend wollte er zum ersten Mal seit Langem wieder mit ihr schlafen. Bei dem Gedanken an seine Hände auf ihrem Körper hatte es sie geschaudert, und ihr war nichts Besseres eingefallen, als zu behaupten, ihr ginge es nicht gut. Sie schob es auf den Hummer, den er ihr auch noch mitgebracht hatte, was noch nicht mal gelogen war: Ihr war beim Essen fast schlecht geworden.

Am nächsten Morgen fand sie es merkwürdigerweise ganz einfach, das perfekte Frühstück durchzuspielen, mit all ihren Ritualen. Vielleicht lag es daran, dass es ihr leichter fiel, sich hinter der Normalität zu verschanzen, als der neuen Realität ins Auge zu sehen.

Doch nachdem er zur Arbeit gegangen war, tat sich ein Abgrund auf, und sie verfiel in Panik. Ihr ganzes Leben krachte zusammen, und sie stürzte ab, im freien Fall.

Was tun? Was jetzt? Was kommt noch?

Gelähmt wie ein Tier, das die Scheinwerfer eines Autos auf sich zukommen sieht, konnte sie sich nicht rühren, obwohl sie genau wusste, dass sie handeln musste. Doch je länger sie über die Situation nachdachte, und als sie es schaffte, die Klischees von der betrogenen Ehefrau beiseitezuwischen, wurde ihr klar, dass sich irgendwo hinter der Katastrophe die Wahrheit verbarg. Ja, alles brach zusammen, das stimmte, aber wie lange schon war sie mit ihrem Leben unglücklich? Viel zu lange, wenn sie ehrlich war. Nicht durchgehend und nicht jeden Tag, aber diese schleichende Unzufriedenheit hatte schon lange am Fundament ihrer Beziehung genagt. Und als sie sich erlaubte, diese Gedanken weiterzudenken und die Wahrheit anzuerkennen, da hatte sie zum ersten Mal wieder das Gefühl von Freiheit verspürt: so seltsam und so stark, dass es schon fast an Euphorie grenzte. Ein Gefühl, das sie daran erinnerte, dass sie lebt.

Sie hatte ihre Sachen gepackt und wollte Edward verlassen. Als das Telefon klingelte und sie mit einem Auge die vertraute Vorwahl von Cornwall erkannte, dachte sie, ihre Mutter sei dran. Doch es war Henry Tremaine, mit der Nachricht vom Tod ihrer Mutter.

Ellis war so in Gedanken vertieft, dass sie einen Satz machte, als nun ihr Handy tatsächlich klingelte. Vor Schreck schmiss sie das Gerät in die Ecke, als wäre es eine gezündete Handgranate. Ihr Handy schlitterte über den auf Hochglanz polierten Holzboden und blieb unter dem Tisch am Fenster liegen. Es herrschte kurz Ruhe, dann klingelte es erneut.

Um diese Zeit rief sie nur ein einziger Mensch an, und sie war kurz in Versuchung, die Anrufe zu ignorieren. Doch

Edward würde es so lange probieren, bis sie mit ihm redete, das wusste sie genau.

Sie stand wieder auf, zog ihren Bademantel an, setzte sich an den Tisch und nahm den nächsten Anruf mit einem gespielt verschlafenen »Hallo« entgegen.

»Warum hast du mich nicht zurückgerufen?«, ließ er seinem Ärger, von ihr ignoriert zu werden, freien Lauf.

»Ich wollte ja«, log sie und war erstaunt, wie geschmeidig ihr die Worte über die Lippen kamen, für jemanden, der es hasste zu lügen, »aber es war so ein langer Tag, und ich muss wohl so müde gewesen sein, dass ich mit dem Handy in der Hand eingeschlafen bin.«

Typisch für jemanden, der weiß, dass er im Unrecht ist, hielt Edward sich nicht damit auf, sie zu fragen wie es ihr ergangen ist, sondern legte gleich mit seiner Verteidigung los. »Tut mir wirklich leid, dass ich nicht mitkommen konnte. Du weißt ja, dass ich unbedingt bei dir sein wollte, wenn es irgendwie gegangen wäre. Aber dieses Meeting war wirklich wichtig, und wir haben Wochen gebraucht, alle an einen Tisch zu kriegen. Und du weißt ja, wie es ausgesehen hätte, wenn ich …«

»Wie lästig, dass meine Mutter ausgerechnet zu deinem Termin sterben musste.« Den spöttischen Unterton konnte sie sich nicht verkneifen, war aber zu müde, um sich ernsthaft mit ihm am Telefon zu streiten. »Ist aber nicht so schlimm, Ferdie war da. Er ist extra aus Kathmandu angereist.«

Natürlich war das eine spitze Bemerkung, und das war beiden klar. Aber Edward hatte nichts anderes verdient. Und er wehrte sich nicht, denn er wusste, dass es so war, konnte sich aber eine kleine Retourkutsche nicht verkneifen. »Der liebe, gute alte Ferdie«, sagte er mit dem gleichen süffisanten Unterton wie sie.

Aus irgendeinem Grund hatte er Ferdie noch nie leiden können und war eifersüchtig gewesen auf die enge Bindung zwischen ihm und Ellis. Denn Edward ging es immer um eins: Exklusivität. Ellis sollte nur für ihn da sein, und deshalb hatte er auch nie Kinder gewollt, obwohl er wusste, wie sehr sie sich danach sehnte, eine Familie zu haben. Er wollte sie mit niemandem teilen.

Jetzt teilte sie ihn sich mit Anna. Ellis musste plötzlich kichern – vielleicht waren gute Freundinnen dafür da: um dir den Ehemann wegzunehmen, wenn du ihn nicht mehr willst.

»Was gibt es da zu kichern?« Edward holte sie in die Realität zurück.

Ellis wusste nicht, was sie sagen sollte. »Ich habe nicht gekichert.«

»Ich hab's doch gehört.«

»Vielleicht«, sagte sie leise und fühlte sich bei der nächsten Lüge ein bisschen unwohl, »vielleicht habe ich versucht, nicht zu weinen.«

»Oh, Ellis, es tut mir so leid.« Er klang zerknirscht, und sie spürte zum ersten Mal, dass er tatsächlich meinte, was er sagte. Doch bevor sie darauf reagieren und endlich ehrlich mit ihm reden konnte, hörte sie den Klingelton. Er wurde sofort unterdrückt, aber es war zu spät, sie hatte die Melodie erkannt. Sie kannte nur eine Person, die »New York, New York« als Klingelton eingestellt hatte.

Anna. Der größte New-York- und *Sex-and-the-City*-Fan aller Zeiten.

»Was war das?«, fragte sie ihn, obwohl sie die Antwort vorhersehen konnte.

Sein Zögern war nur einen Herzschlag lang zu spüren, und dann log er so zuckersüß wie billiger Orangensaft aus der Tüte.

»Das war nur im Fernsehen … Jetzt erzähl doch mal, wie war der Tag? Geht es dir gut? Konntest du viel erledigen?«

Sie drückte auf die Aus-Taste ihres Handys, bevor er hören konnte, wie sie nach Luft schnappte. Sie ließ sich auf den Boden gleiten, beugte sich vor, zog die Beine an und umschlang mit dem Handy in der Hand ihre Knie. Sie kauerte sich zusammen und hatte eine Sekunde lang das Gefühl, nie wieder einatmen zu können.

Das Handy klingelte schon wieder. Sie hob den Kopf und starrte es mit leerem Blick an. Mit größter Mühe schaffte sie es, sich gegen die Verzweiflung zu stemmen, die sie innerlich auseinanderzureißen drohte. Zum ersten Mal hatte sie Angst, die Kontrolle zu verlieren – über sich, ihr Leben, ihre Zukunft, ihren Verstand.

»Geh ran, Ellis«, sprach sie sich Mut zu. »Sprich mit ihm, lass dich nicht unterkriegen!« Sie konnte damit umgehen. Sie hatte schon Schlimmeres überstanden. Viel Schlimmeres.

Ein tiefer Atemzug, dann drückte sie die grüne Taste.

»Ellis?«, überfiel er sie, bevor sie die Gelegenheit hatte, ihren Namen zu sagen. Sie hörte an seiner Stimme, dass auch er Angst hatte – Angst, aufzufliegen.

Vielleicht wäre jetzt tatsächlich der Moment, ehrlich zu sein, und ihn zu bitten, ihr die Wahrheit zu sagen, aber das Leben hatte sie gelehrt, dass die meisten Menschen lieber ihr Geheimnis bewahrten, als sich zu offenbaren und nach vorne zu blicken. Und deshalb fiel ihr das Lügen so leicht wie ihm.

»Ich hatte plötzlich kein Netz mehr, du weißt ja, wie das hier draußen ist.«

Seine Erleichterung war fast zu hören.

»Dir geht es also gut?«, wiederholte er seine Frage.

Diesmal wappnete sie sich mit einem tiefen Atemzug, um ihr viel zu schnell pochendes Herz zu beruhigen, und dann antwortete sie ihm fast ehrlich. »So gut, wie es mir den Umständen entsprechend wohl gehen kann. Es war ein langer Tag, Edward«, sie seufzte, »und ich bin wirklich hundemüde. Ich möchte einfach nur schlafen. Können wir morgen weiterreden?«

»Natürlich«, antwortete er wie aus der Pistole geschossen, »dann schlaf gut.«

»Du auch.«

Doch keiner der beiden beendete das Gespräch sofort, denn sie wussten, dass noch etwas fehlte. Paare, die füreinander da waren, hätten sich nicht einfach nur eine gute Nacht gewünscht, vor allem nicht an so einem Tag wie diesem. Was fehlte, war das »Ich liebe dich«. Aber aus unterschiedlichen Gründen, und nicht zuletzt, weil es schon so lange weder gesagt noch sich so angefühlt hatte, wollte keiner der beiden es aussprechen.

»Pass auf dich auf«, war alles, was Ellis noch herausbrachte, und da er vor allem erleichtert war, dass sie das unangenehme Schweigen gebrochen und die richtigen Worte gefunden hatte, und weil er noch nicht ahnte, dass es das Letzte war, was Ellis ihm auf den Weg gab, sagte er ihr einfach nur: »Du auch.«

# 7

In Anbetracht des traurigen Anlasses schlief Ferdinand eigentlich viel zu gut, doch als er um halb sechs am nächsten Morgen nach einer stürmischen Nacht, in der der verhangene graue Winterhimmel verjagt worden war, aufwachte, passierte das mit einem Satz, als wäre ihm plötzlich etwas eingefallen, das er dringend erledigen sollte. Im ersten Augenblick wusste er überhaupt nicht, wo er war, doch dann dämmerte ihm nicht nur, wo er sich befand, sondern auch weshalb.

Um sechs konnte er seine rasenden Gedanken nicht länger im Zaum halten und zwang seinen von der Reise immer noch erschlagenen Körper dazu aufzustehen. Er machte sich auf die Suche nach seinen Schlappen und einem Morgenmantel und trottete leise und frierend durch den düsteren, eiskalten Flur, um nachzusehen, ob Ellis noch schlief.

Ihre Augen waren geschlossen, ihr Mund leicht geöffnet, und sie atmete tief und ruhig. Ihr aschblondes Haar lag wie ein ausgebreiteter Fächer auf dem Kopfkissen. Einen Moment lang sah er das kleine Mädchen vor sich, das sie einst gewesen war, und wieder verspürte er tief in seinem Herzen das Bedürfnis, sie zu beschützen. Wie so oft fragte er sich, was wohl aus Ellis geworden wäre, wenn ihr Vater und nicht Rose am Leben geblieben wäre.

Trotz der großen Sehnsucht nach einem Kind, hatte sich Rose nie mit ihrer Mutterrolle angefreundet. Alexander war dagegen der geborene Vater gewesen, und sein Tod hatte keine Lücke, sondern eher eine tiefe, bodenlose Kluft in Ellis' Leben gerissen. Ferdie bemühte sich zwar nach Kräften, aber wie sollte er jemanden ersetzen, der Ellis' Auffassung nach unersetzbar war?

Leise zog er die Tür zu Ellis' Zimmer wieder zu und ging in die Küche. Vielleicht könnte er sie mit einem typischen englischen Frühstück à la Ferdie dazu bringen, ihm doch noch vor seiner Abreise zu erzählen, was zwischen ihr und Edward vorgefallen war. Da Edward nicht zu Roses Beerdigung gekommen war, musste die Sache ernst sein, und niemals würde er Ellis mit etwas Ernstem alleine lassen. Er war wild entschlossen, sie zum Reden zu bewegen.

Die Küche war vermutlich der gemütlichste Raum im ganzen Haus. Hier hatte sich wenigstens ein bisschen Krimskrams ansammeln dürfen: dicke Kochbücher, bunt gemischte Keramik aus der Gegend, Gartenzeitschriften und jede Menge alte Fotos an der Wand hinter dem großen Holztisch, manche noch aus der Zeit, bevor Ellis auf der Welt war.

Der Kühlschrank war leer, und außer Tee und Kaffee befand sich nichts in den Schränken, also blieb Ferdie nichts anderes übrig, als zum Lebensmittelladen im Ort zu fahren. Da der Laden erst um acht Uhr öffnete, trödelte er in der Küche herum und sah sich die Fotos auf dieser Wand voller Erinnerungen an. Besonders eins von Rose, sein Lieblingsbild, das er selbst bei einem seiner seltenen Besuche im Sommer geschossen hatte, vor Alexanders Tod.

Er nahm es von der Wand und war überrascht, wie staubig es war. Ausgiebig betrachtete er die wunderschöne, elegante

Frau auf dem Bild, deren weißblondes Haar vom Sonnenlicht zum Strahlen gebracht wurde, ihre rosigen Wangen, die Züge um ihren Mund, der eigentlich hübsch war, wenn sie ihn nicht gerade wieder zusammenkniff.

Sie war nicht kamerascheu, man hatte ihr beigebracht, sich brav hinzusetzen und zu lächeln, sobald man sie darum bat, aber dahinter spürte man immer ihr Unbehagen, fotografiert zu werden. Andere Betrachter sahen vielleicht nur ihren herablassenden, hochnäsigen Gesichtsausdruck, doch er konnte durch sie hindurchsehen, oder zumindest hatte er das geglaubt. Vielleicht hatte er sie aber längst nicht so gut gekannt, wie er dachte.

»Rose, meine liebe Rose«, murmelte er, »was hast du bloß getan?«

Er drehte den Rahmen um und las sich die Worte auf der Rückseite leise vor, so behutsam, als sänge er ein Schlaflied.

*Sah ein Knab ein Röslein stehn,*
*Röslein auf der Heiden,*
*War so jung und morgenschön,*
*Lief er schnell, es nah zu sehn,*
*Sah's mit vielen Freuden.*
*Röslein, Röslein, Röslein rot,*
*Röslein auf der Heiden.*

*Knabe sprach: Ich breche dich,*
*Röslein auf der Heiden!*
*Röslein sprach: Ich steche dich,*
*Daß du ewig denkst an mich,*
*Und ich will's nicht leiden.*
*Röslein, Röslein, Röslein rot,*
*Röslein auf der Heiden.*

*Und der wilde Knabe brach*
*'s Röslein auf der Heiden;*
*Röslein wehrte sich und stach,*
*Half ihm doch kein Weh und Ach,*
*Mußt es eben leiden.*
*Röslein, Röslein, Röslein rot,*
*Röslein auf der Heiden.*

Er hängte Roses Porträt wieder an die Wand und fragte sich, ob Ellis die einzige Person in diesem riesigen Haus war, die endlich mal reden sollte. Doch jetzt war nicht der richtige Moment, ihr zu erzählen, was er wusste, oder vielmehr: was er vermutete. Denn er wusste sicherlich nicht alles, genau wie Rose, und der einzige Mensch, der möglicherweise die Ausnahme von der Regel war, war vor fünfundzwanzig Jahren spurlos verschwunden.

An der Wand, direkt neben Rose, hing auch ein Foto von Alexander und Ellis. Er stand hinter dem kleinen Mädchen, groß und stark, mit einem breiten Lächeln im Gesicht, die blonden Haare vom Wind verwurschtelt, und hatte beide Arme beschützend um ihre Schultern gelegt. Ellis war noch sehr klein, vielleicht sechs Jahre alt, und umklammerte mit beiden Händen ein Eimerchen und eine Schaufel. Ihr Lächeln war so strahlend wie der Sonnenschein an diesem Tag.

Rein äußerlich war Ellis wirklich ein Abbild ihrer Mutter, aber vom Charakter her kam sie nach ihrem Vater: Sie war offen, herzlich und besaß einen unaufdringlichen, leicht selbstironischen Charme, der es jedem leicht machte, sie sofort zu mögen.

Das Bild daneben war auch ein altes Foto, von ihm und

dem nicht sehr glücklich wirkenden Ehepaar. Viele Leute hatten sich gefragt, warum Alexander und Rose zusammen waren.

Er wusste genau, warum. Es gab sie mal, die Liebe zwischen den beiden, er hatte sie gespürt. Mit dem rechten Zeigefinger fuhr er über das Bild, betrachtete sein eigenes Gesicht und trauerte einen Moment lang seiner verlorenen Jugend nach.

Ferdinand Augustus Riva. Der furchtlose Journalist. Wie naiv er doch gewesen war für jemanden, der nach außen immer so weltgewandt und unerschrocken tat.

Als Ellis aufwachte, wusste sie genau, wo sie war, was nicht unbedingt eine angenehme Erfahrung war. Und sie wusste genau, wo sie nicht hingehörte: weder hierher, noch dorthin, wo sie gestern hergekommen war.

Cornwall war sie entkommen, indem sie zu Edward nach London gezogen war. Doch dieser Teil ihres Lebens war jetzt vorbei. Was nun?

Die Vorstellung, von heute an die alleinige Besitzerin des Great House zu sein, fühlte sich seltsam an. Sie hatte nie das Gefühl gehabt, hier zu Hause zu sein, und sie konnte sich einfach nicht vorstellen, dass dies alles hier, dieses riesige, imposante Haus, jetzt ihr gehörte.

Sie beschloss, vorerst einfach nur zu funktionieren. Sie stand auf, duschte, zog sich an und folgte dem unverkennbaren Geruch nach gebratenem Speck, der sie zu Ferdie in die Küche führte.

Er hatte sich die blau-weiß gestreifte Küchenschürze ihrer Mutter umgebunden, das Radio auf ihren Lieblingssender eingeschaltet, den Tisch gedeckt, Tee gekocht und sogar Blumen gekauft, Rosen, die jetzt in einer kleinen Vase auf dem Tisch standen.

Als er sich zu ihr umdrehte und sie mit einem warmen Lächeln willkommen hieß, während sie die Gerüche einatmete, die nach einem Zuhause rochen, da dachte sie kurz, sie könnte einfach alles vergessen: ihren Vater, ihre Mutter, Edward, Anna. Eine Sekunde lang wünschte sie nichts weiter als Normalität.

»Guten Morgen, meine Liebe. Wie wär's mit einer Tasse Tee und einem Schinkensandwich?«

Ellis machte fast einen Satz, als Ferdie sie ansprach, auf sie zukam und sie in den Arm nahm. Sie nickte.

»Und dann erzählst du mir von dir und Edward …«, schob er vorsichtig nach und suchte ihren Blick.

Sie wich ihm nicht aus, neigte den Kopf, blinzelte und nickte schließlich noch einmal.

»Ich habe ihn verlassen, Ferdie«, sagte sie, und in dem Moment, in dem sie es laut aussprach, wurde ihr zum ersten Mal klar, dass es genau so war. Sie hatte Edward verlassen. Endgültig.

Und dann erzählte sie ihm endlich alles, und komischerweise fiel diese Benommenheit langsam von ihr ab, und als sie zu der Stelle mit Annas Klingelton kam, musste sie nicht weinen, sondern lachen.

»Es war total irre, Ferdie. Im Hintergrund bimmelt Annas Klingelton, er tut so, als höre er nichts, und ich tue so, als glaubte ich ihm. Wie lange kennen Edward und ich uns schon? Warum reden wir nicht einfach darüber wie zwei normale Menschen?« Sie musste noch mehr lachen. »Und weißt du, was noch viel verrückter ist? Seit ich diese blöde Melodie gehört habe, kann ich nicht aufhören, sie vor mich hin zu summen. Und statt der Zeile mit ›Start spreading the news‹ singe ich in meinem Kopf ›Start spreading your legs‹! Das ist doch gar nicht komisch, aber warum muss ich dann so lachen?«

»Lachen ist immerhin besser als weinen.« Ferdie musste mitlachen, denn ihr Lachen war schon immer ansteckend gewesen, doch dann fühlte er sich nutzlos und wollte einfach nur irgendetwas tun, um sie zu trösten. Hilflos schenkte er ihr Tee nach, obwohl sie ihre Tasse noch kaum angerührt hatte.

»Weiß Edward denn schon, dass du ihn verlassen hast?«

Sie schüttelte den Kopf. Sie nahm die Tasse in die Hand, die irgendwo auf halber Höhe zwischen Mund und Tischkante hängen blieb.

»Ich wusste es ja selbst nicht bis gestern Nacht. Jedenfalls nicht genau. Wäre mir klar gewesen, worauf das hinausläuft, hätte ich mehr Klamotten eingepackt!« Wieder prustete sie los.

Ferdie sah sie neugierig an und hoffte, sie würde endlich etwas trinken. »Na ja«, sagte er schließlich, »du wirst ja sowieso noch mal nach London fahren und mit ihm reden müssen.«

»Muss ich das?«

»Willst du ihn im Unklaren lassen?«

Sie zuckte mit den Achseln und zog eine Grimasse. »Ich weiß nicht, was ich ihm sagen soll. Und das wiederum sagt doch sowieso schon alles.« Sie stellte die Tasse ab und holte ihr Handy aus der Hosentasche. »Hier, ich glaube, er weiß es.«

Ferdie nahm das Handy und sah auf dem Display, dass Edward vier Mal angerufen hatte, und es war erst halb zehn Uhr morgens.

»Annas Klingelton im Hintergrund war so deutlich zu hören, und die Tatsache, dass er gelogen hat …«

Ferdie nickte. »Man müsste schon ein Vollidiot sein, um nicht zu merken, was los ist, und das trifft weder auf dich noch auf ihn zu. Trotzdem wirst du irgendwann mit ihm reden müssen.«

»Muss ich das?«

»Du kannst ihm nicht für immer und ewig aus dem Weg gehen.«

»Vielleicht nicht, aber momentan kann ich das ganz gut.«

Ferdie beließ es dabei und war erleichtert, dass sie sich ihm überhaupt anvertraut hatte. Endlich trank sie auch ihren Tee und aß brav das Sandwich, um die Glucke in ihm zufriedenzustellen. Er leistete ihr Gesellschaft, aß sein zweites Morgensandwich und gestattete sich, seinen eigenen Gefühlen, die diese neue Situation in ihm auslöste, nachzugehen.

Natürlich hätte er niemals laut gesagt, dass er Edward nicht mochte, zumal die beiden immer ganz gut miteinander klarzukommen schienen. Trotzdem hatte Edward immer etwas an sich gehabt, das Ferdie nicht leiden konnte, etwas Undefinierbares, das wie ein Stachel in Ferdies Fleisch gesteckt hatte. Edward hatte Ellis immer gut behandelt, doch manchmal hatte er eine Seite von sich gezeigt, die Ferdie Unbehagen bereitete. Er wollte alles kontrollieren, und manchmal schien dieser Kontrollwahn, wenn es um Ellis ging, übers Ziel hinauszuschießen.

Am Anfang hatte er geglaubt, das sei genau das Richtige für Ellis: jemand, der für sie in den Ring steigt, sie erdet und ihr die Stabilität gibt, die sie seit dem Tod ihres Vaters nicht mehr erfahren hatte. Aber wie sich herausstellte, ging es Ellis wie den Lilien in Roses Gewächshaus – die Gefangenschaft schützte sie, aber bei falscher Pflege würden sie langsam aber sicher eingehen. Solange Ellis glücklich gewesen war, war Ferdie es auch, und für ihn hatte es danach ausgesehen, auch wenn er sehr genau wusste, dass sie ihre wahren Gefühle unter Verschluss hielt.

Plötzlich hatte er keinen Appetit mehr. »Vielleicht hätte ich mich mehr einmischen müssen«, murmelte er vor sich hin. Und dann sagte er lauter: »Es tut mir so leid, entschuldige!«

Sie stellte ihre Teetasse ab und sah ihn überrascht an. »Was soll ich denn entschuldigen?«

»Ich hätte es wissen müssen.«

»Wie denn, wenn ich dir nichts sage?«

»Und genau deshalb tut es mir leid. Du weißt, dass du mir alles erzählen kannst, aber du hast es nicht getan.«

»Sei nicht albern. Natürlich weiß ich das, aber ich war mir ja selbst noch nicht sicher, was ich tun soll.«

»Wenn man darüber redet, wird die Entscheidung realer, das stimmt.«

»Vielleicht.« Sie zuckte mit den Achseln.

»Würdest du dir denn wünschen, dass es nicht so wäre?«

Wieder zuckte sie mit den Achseln. »Ich bin sauer, aber ich hatte viel Zeit zum Nachdenken. Und deshalb glaube ich, dass ich wegen der falschen Dinge sauer bin.«

Er sagte nichts und wartete ihre Erklärung ab.

Sie schwieg eine Weile, und als es Ferdie zu lange dauerte, stand er auf, ging um den Tisch herum und nahm sie in den Arm. Nachdem er sie fest gedrückt hatte, ging er wortlos wieder an seinen Platz zurück und setzte sich.

Es schien zu funktionieren, denn sie seufzte tief, goss erst mal ihm und dann sich eine frische Tasse Tee ein, verteilte den

Zucker und sagte schließlich: »Ich bin sauer, dass beide mich angelogen haben. Diese Hinterhältigkeit macht mir zu schaffen. Deshalb bin ich so sauer. Ich weiß, dass das ganz normal ist, und meine Reaktion sollte Teil meiner Wut darüber sein, dass meine Ehe am Ende ist, dass ich eine Freundin verloren habe, dass mein Mann mich betrügt. Nur so ist es nicht. Ich bin einfach nur sauer, weil sie mich hintergangen haben, und nicht, weil dadurch meine Ehe vorbei ist. Darüber bin ich nämlich erleichtert, zumindest hauptsächlich. Mir geht viel durch den Kopf, und ich sollte weinen und toben und ihnen Rache androhen, aber das wäre total blöde, denn ich will nicht mehr mit ihm zusammen sein, warum also sollten die beiden nicht miteinander glücklich werden? Womit sich der Kreis schließt, dass ich sauer auf die beiden bin, weil sie mich angelogen haben.«

Ferdie nickte verständnisvoll. »Das ist dein gutes Recht, und Annas Verhalten überrascht mich sehr. Was Edward betrifft …«

»Das Verrückte ist ja, dass ich viel wütender auf Anna bin als auf ihn«, unterbrach Ellis ihn, was sie selten tat, weil sie normalerweise immer zuerst genau zuhörte, was ihr Gegenüber zu ihr sagte. »Edward wusste, dass es zwischen uns nicht mehr gut lief, wir wussten es beide. Aber Anna nicht, ihr habe ich nie erzählt, dass ich unglücklich bin, sondern nur, dass ich den Verdacht hätte, Edward würde mich betrügen …«

»Das hast du ihr erzählt?«, rief Ferdie und sah sie fassungslos an. »Und was in aller Welt hat sie dazu gesagt?«

»Ich soll nicht so blöd sein.«

»Das kann doch nicht wahr sein.«

Ellis nickte. »Doch, sie hat gelacht, mich ausgelacht, und meinte, ich sei verrückt. Aber weißt du, was mich wirklich nervt?« Der Bann war gebrochen. und alles platzte aus Ellis heraus. »Sie war in erster Linie meine Freundin. Nicht seine. Sie hätte mich fragen müssen, nicht ihn. Mich. Deshalb bin ich so wütend. Ich kann mir gut vorstellen, was Edward ihr gesagt hat: dass es zwischen uns aus ist und dass wir seit Jahren nicht mehr richtig zusammen sind. Mag ja alles sein, aber warum hat sie verdammt noch mal nicht mich gefragt, ob ich das auch so sehe? Nein, sie pennt einfach mit ihm und kommt danach zu mir nach Hause, sitzt mit ihm zusammen an meinem Esstisch und tut so, als sei nichts passiert. Mit Menschen, die einem wirklich wichtig sind, macht man so etwas nicht.«

»Nein!« Ferdie schüttelte wütend den Kopf. »Nein, und es tut mir so leid, Ellis, die beiden widern mich an. Was kann ich für dich tun? Möchtest du, dass ich mit Edward rede? Vielleicht kann ich mich ja mit ihm treffen und ihm mal die Augen öffnen, was er für ein Idiot ist!«

Sein Beschützerinstinkt brachte Ellis zum Lachen, und es fühlte sich komisch an, Ferdie so wütend zu sehen. Natürlich taten die Lügen weh, aber es fiel ihr immer noch schwer, deshalb selbst so richtig wütend zu werden. Sie musste zugeben, dass sie schon eine ganze Weile nichts mehr von Edward wollte. Sie hatte an ihren Gefühlen gezweifelt, aber das lag nicht an dem, was sie tief in ihrem Herzen spürte, sondern an der langen Zeit, die sie zusammen gewesen waren. An allem, was sie sich gemeinsam aufgebaut hatten. Ihre Leben waren so eng miteinander verwoben, und wenn man zu lange überlegte, fragte man sich logischerweise irgendwann, wie man das alles jemals entwirren sollte. Aber manchmal brachte es nichts mehr, die Knoten zu entwirren. Manchmal musste man ein Messer nehmen und die Fäden durchschneiden.

Sie log sich doch in die eigene Tasche, wenn sie sich jetzt über die Lügen der beiden empörte, wo sie doch selbst so lange über ihre wahren Gefühle geschwiegen hatte.

»Danke für das Angebot, Ferdie«, sagte sie schließlich und griff nach seiner Hand, »danke, aber das musst du nicht. Weißt du, es ist alles ganz einfach. Edward und ich möchten nicht mehr zusammenleben, er hat jemand anderen gefunden, und ich wünsche ihnen viel Glück und blicke nach vorne.«

»Fühlt es sich wirklich so an, oder sagst du das nur, weil du denkst, du solltest so empfinden und solche klugen Sätze sagen?«, hakte er skeptisch nach.

»Vielleicht versuche ich, ein besserer Mensch als die beiden zu sein, aber es fühlt sich auch so an, und ich weiß eins ganz sicher: Ich möchte nicht mehr mit ihm zusammen sein, und ich möchte nicht mehr mit ihm verheiratet sein.« Sie neigte den Kopf zur Seite und sah ihn fragend an. »Hältst du das für falsch, Ferdie? Findest du, man sollte kämpfen, wenn man sich mal für jemanden entschieden hat, denn schließlich verspricht man sich das bei der Hochzeit?«

Es war kein Zufall, dass beide gleichzeitig den Kopf hoben und das Foto ihrer Eltern anschauten.

Ferdie seufzte und fuhr sich mit der Hand durch die graumelierten Haare. »Manchmal kommt einem alles sehr kompliziert vor, doch im Endeffekt geht es immer nur um die Frage: ›Macht mich das, was ich tue, glücklich?‹ Wenn du mit Edward so unglücklich warst, mal abgesehen von der jetzigen Situation, und wenn du das Gefühl hast, du tust das Richtige, dann sehe ich das genauso. Denn ich möchte nur, meine liebe Ellis, dass du glücklich bist. *So* einfach ist das.«

# 8

Ferdie hatte sie nach dem Frühstück zu ihrem Auto gefahren und versucht, sie zu überreden, ihn nach London zu begleiten und bei ihm zu wohnen. Er wollte sie auf gar keinen Fall in diesem riesigen, kalten Haus zurücklassen, konnte aber wegen eines Termins nicht länger bleiben.

»Die Pflicht ruft«, sagte er zerknirscht und umarmte sie zum dritten Mal vor der Haustür. »Aber wenn du mir jetzt sagst, dass ich hier bleiben soll, dann sage ich alles ab!«

Das wusste sie, denn Ferdie würde sie niemals mit leeren Worten abspeisen.

»Warum fühlt es sich bloß schon wieder so an, als wärst du neun Jahre alt und ich muss dich alleine zurücklassen?« Er verzog schmollend das Gesicht.

Sie musste über sein Dilemma herzhaft lachen, schob ihn weiter aus der Tür hinaus und genoss das Gefühl, immer auf ihn vertrauen zu können. »Ferdie, sei kein Frosch, ich komm schon klar. Und vergiss nicht, dass ich dich liebe!«

»Ich dich auch! Auf immer und ewig. Und ruf mich an, wenn irgendwas ist, versprochen?«

»Versprochen!« Nach der vierten Umarmung, in der er sie fast zerquetschte und sie zu ersticken drohte, brachte er es endlich fertig, einzusteigen und abzufahren.

Ellis verschränkte die Arme, um sich gegen die Kälte zu schützen, und blieb so lange in der Tür stehen, bis das Auto am Ende der Auffahrt ganz außer Sicht war. Der Himmel war wieder grau in grau, und die Möwen drehten ihre Runden. Sie blickte nach oben, hörte ihre Schreie und atmete die eiskalte Morgenluft ein. Hörte, wie am Strand die Wellen gegen die Felsen klatschten. Trotz der Kälte fühlte es sich draußen wärmer an als drinnen, auch wenn sie am ganzen Körper zitterte.

*Zum ersten Mal ganz allein im Great House,* dachte sie. Der Gedanke ließ sie noch mehr frieren, aber sie riss sich zusammen, ging ins Haus und schloss die massive Tür. Es war lächerlich, sich allein zu fühlen, auch wenn nur noch sie hier war. Denn selbst mit Edward im Haus hätte sie sich allein gefühlt, vielleicht sogar noch mehr.

Bei Ferdie klang alles ganz logisch. Was es ja auch war: »Ich möchte, dass du glücklich bist.« Aber wollte das nicht jeder?

Wieder musste sie an ihren Vater denken, der immer glücklich gelächelt hatte, wenn er mit ihr zusammen war. Außer an dem Tag, als sie ihn zum letzten Mal gesehen hatte. Er hatte geweint, zumindest dachte sie das, denn die allerletzte Erinnerung an ihn war verschwommen. Wie in einem Traum, oder besser gesagt in einem Albtraum.

An jenem Tag hatte sie im Krankenhaus gelegen. Ein Autounfall, doch alles, was Rose ihr widerstrebend darüber erzählt hatte, klang vage und ausweichend. »Wir müssen nach vorne schauen, Ellis, nicht zurück«, war der Standardsatz ihrer Mutter auf bohrende Fragen gewesen.

Manchmal träumte Ellis noch davon, von Reifen, die über eine dunkle, leere Straße schlittern. Wie sie vor Schreck nach

Luft schnappt. Die Stille, als würde die Zeit stillstehen. Der Lärm und die Schmerzen. Und danach Dunkelheit.

Zwei Tage später war sie wieder im Krankenhaus aufgewacht. Rose und Alexander saßen an ihrem Bett, Rose mit einem Arm in der Schlinge, die Nase gebrochen, die Augen violett umrandet von Blutergüssen.

Alexander war weiß wie ein Gespenst gewesen.

Sie war wieder eingeschlafen, und als sie wieder wach wurde, war nur noch ihr Vater da. Er beugte sich über sie, küsste sie auf die Stirn, und seine Augen waren voller Tränen. Trotz der schweren Schlafmittel bekam sie mit, dass er etwas um ihren Hals befestigte, aber sie wusste nicht, was, bis sie am nächsten Morgen wieder aufwachte: die Silberkette seiner Mutter mit einem Anhänger – dem heiligen St. Christophorus.

Es war das letzte Mal, dass sie ihren Vater sah, und alles, was sie wusste, war, dass er noch am selben Abend aufs Meer hinausgesegelt war.

Keiner seiner Freunde hatte je verstanden, warum, und niemand hatte dieses Rätsel bislang für sie gelöst.

Rose hatte den Standpunkt vertreten, dass er für sie verloren und dies nicht mehr zu ändern war. Daher hatte sie weitergemacht wie bisher und nicht in der Vergangenheit gewühlt – bis zu ihrem Tod. Sie redete einfach nicht mehr über ihn.

Ellis vertrat genau den gegensätzlichen Standpunkt und war immer der Meinung gewesen, dass man manchmal der Vergangenheit einen Besuch abstatten muss, um die Zukunft zu verstehen. Und nun war keine Rose mehr da, sie daran zu hindern.

Sie hätte das Haus absperren und mit Ferdie mitfahren

können, dann wäre hier alles beim Alten geblieben, langsam eingestaubt, bis sie irgendwann wiedergekommen wäre – oder auch nicht. Aber sie hatte so viele Fragen, alte und neue, und alles, worauf sie hoffen konnte, war, im Great House wenigstens ein paar Antworten zu finden. Und sie wusste auch genau, wo sie mit ihrer Suche beginnen würde.

Ellis stand mitten in der Eingangshalle, sah zu Roses Porträt hoch und sagte so laut sie konnte in die Stille des Hauses: »Tut mir leid, Mutter, wenn ich dich schon wieder enttäusche.«

Der Anruf bei Henry Tremaine konnte warten. Zuerst musste sie den Ort betreten, den sie seit ihrer Ankunft gemieden hatte. Den Lieblingsort ihrer Eltern. Der Grund, warum Rose und Alexander James in Cornwall gestrandet waren.

Sie holte tief Luft und machte sich auf den Weg den endlosen Flur entlang zur Bibliothek. An den Wänden wechselten sich auf unzähligen Regalen bis unter die Decke von Hand gebundene Raritäten und moderne Ausgaben ab. Das Herz eines jeden Bibliophilen schlug schneller angesichts der Schätze, aber heute schenkte sie den Büchern keine Beachtung und ignorierte den Geruch nach altem Papier, den sie so liebte. Sie blieb noch einmal kurz stehen, blickte nach vorne und nahm ihren ganzen Mut zusammen. Einen Moment lang hatte sie das Gefühl, eine Bewegung wahrzunehmen, einen Schatten, der verschwommen hinter den Türen vor ihr vorbeilief.

Sie schüttelte den Kopf und schimpfte mit sich. »Komm schon Ellis, keine faulen Ausreden. Jetzt wird nicht mehr gekniffen.«

In der Bibliothek war es düster und kühl, doch als sie

die wunderschönen verzierten Buntglastüren am Ende des Raums aufstieß, versteckt zwischen lauter Regalen, schlug ihr tropische, mit dem Duft einer einzigen Blume geschwängerte Hitze entgegen, die wie so oft schon erst Übelkeit und dann Staunen in ihr auslöste.

Das Lilienhaus. Genau genommen war es eine prunkvolle Orangerie mit einer luftigen Glaskuppel. Die Glasstruktur zog sich über die gesamte Breite des Hauses und war direkt an die alten Mauern angebaut worden. Man fühlte sich sofort wie in einer Verfilmung von Jane Austen oder E. M. Forster und rechnete damit, elegante Damen in Krinolinen und mit Sonnenschirm über den marmorierten Boden schlendern zu sehen, oder Liebespaare, die in mit Blättern umrankten Lauben turtelten, oder vielleicht bunte Sittiche, die in dem üppigen smaragdgrünen Dschungel aus Flora und Fauna unter Glas ihr Paradies gefunden hatten.

Und genau diese Üppigkeit fiel Ellis als Erstes auf. Ihre Mutter war seit drei Wochen tot. Sie hatte mit einem Blumenmassaker gerechnet und sich den ganzen Weg durchs Haus gewappnet, das Werk ihrer Mutter abgestorben und verrottet zu sehen. Sie hatte sich auf den süßlichen Geruch nach Fäulnis vorbereitet, doch nichts davon war Wirklichkeit geworden. Beim Durchschreiten der Glastüren trat sie in das pure Leben, strotzend vor Energie wie eh und je. Ein tropischer Dschungel an der Küste Cornwalls.

Zum ersten Mal in ihrem Leben war sie in der Lage – wenn auch nur für einen kurzen Augenblick –, die Schönheit des Ortes zu erkennen und sich daran zu erfreuen. Denn seit dem Tod ihres Vaters verband sie das Lilienhaus mit der unerschöpflichen Liebe und Kraft ihrer Mutter – für die Lilien, nicht für sie. Während das Glashaus umsorgt wurde, bis die üppigen Blüten das Dach zu sprengen schienen, verkümmerte Ellis in der Düsternis des restlichen Hauses.

Rose hatte es geschafft, ihre Lilien so lange zu kreuzen, bis sie eine Züchtung erschaffen hatte, die außerhalb der Saison blühte, sodass im Lilienhaus ganzjährig alles bunt war.

Rose Aster James, dachte Ellis, immer so elegant, so unnahbar. Hier hatte sie gelebt. Hier war sie gestorben. Die stickige, duftgeschwängerte Luft bedrängte sie und machte sie benommen, aber dennoch ging Ellis langsam weiter durch die üppige Szenerie, berührte hier und da Blätter, Blüten und Gestänge, nur um sicherzugehen, dass sie nicht träumte, bis sie in der Mitte des lang gezogenen Raums angekommen war. In der Mitte des Epizentrums strömte Licht ungehindert durch die Glaskuppel und beleuchtete unbarmherzig den verzierten schmiedeeisernen Tisch und die beiden Stühle in dem verzierten Kreis aus aufwendig bemalten Bodenfliesen. An diesem Ort hatte ihre Mutter endlos lange Nachmittage zugebracht, dabei unzählige Tassen Kamillentee getrunken und durch Gartenmagazine geblättert oder mit leerem Blick in die Ferne gestarrt, an einen Horizont, den nur sie sah.

Ellis war sich nicht sicher, wonach sie hier eigentlich suchte, und sie hielt einen Sicherheitsabstand zu dem Tisch, auf dem der übliche Stapel Zeitschriften und die Lesebrille ihrer Mutter lagen. Eine einzelne, voll erblühte Lilie in einer Vase stand daneben. An dem ganzen Bild war nichts Ungewöhnliches, und seltsamerweise war Ellis davon enttäuscht. Aber dann schimpfte sie mit sich selbst, denn was hatte sie schon erwartet? Einen Brief, der das Geheimnis ihrer kaputten Familie lüften würde? Oder den reumütigen Geist ihrer Mutter, der mit geradem Rücken und Leichenbittermiene nur darauf wartete, alle Leerstellen im Leben ihrer Tochter aufzufüllen?

Sie musste laut über sich selbst lachen, denn obwohl niemand auf, unter oder am Tisch saß, sah sie ihre Mutter so deutlich dort sitzen, wie in all den Jahren ihrer Kindheit und Jugend, in denen sie versucht hatte, ihre Aufmerksamkeit von den Lilien auf sich selbst zu lenken. Rose war im Lilienhaus allgegenwärtig, auch über ihren Tod hinaus.

Doch dann fiel ihr Blick noch mal auf die Lilie in der Vase. *Komisch*, dachte sie und sah sich um, als wäre sie gerade erst aus einem Traum erwacht: Im Gewächshaus hatte sich nichts verändert, als hätte ein dienstbarer Geist die Lilien Tag für Tag liebevoll gepflegt. Wobei dieser Geist besonders pedantisch sein musste, denn die Blumenpracht ließ sich nicht so einfach vor dem Verwelken bewahren.

Ellis ging zur hinteren Tür, die über einen Hof in den Garten hinausführte. Wie sie vermutet hatte, war sie unverschlossen. Niemals hätte ihre Mutter jemandem offiziell gestattet, ihr zu helfen, wer also traute sich in diesen Dschungel hinein und hielt alles in Schuss?

Bei dem Gedanken, dass sich jemand durch die Orangerie ins Great House schleichen könnte, fröstelte es Ellis, und sie verriegelte die Gartentür. Sie drehte sich um, und als sich vor ihr der Dschungel erneut auftat, wurde sie von seiner unglaublichen Blütenpracht überwältigt und blieb nach ein paar Schritten wieder stehen. Wollte sie wirklich, dass hier alles verrottete?

»Was soll's«, sagte sie zu sich selbst, »wer immer hier reinkommt, nimmt mir die Arbeit ab, mich um diesen Mist hier zu kümmern. Und vielleicht bekomme ich so wenigstens Besuch und höre mit meinen Selbstgesprächen auf.« Sie ging zurück zur Gartentür, lehnte kurz den Kopf gegen das kühle Glas und sah dabei zu, wie ihr Atem die Scheibe beschlagen ließ. Nach kurzem Zögern legte sie ihre Hand auf das kalte Eisen und schob den Riegel wieder beiseite. Auf dem Weg zurück in die Bibliothek hielt sie den Blick gesenkt und schenkte dem prallen Leben um sie herum keine Beachtung mehr.

Nach dem Besuch im Gewächshaus widersetzte sie sich zum zweiten Mal an diesem Tag den Wünschen ihrer Mutter. Anders als das Lilienhaus, das Ellis zwar betreten durfte, ohne jedoch auch nur eine Sekunde beachtet zu werden, waren Roses Privatgemächer für Ellis absolut tabu gewesen. Niemals wurde sie dort vorgelassen. Niemals war sie sonntagmorgens zu Rose unter die Bettdecke geschlüpft. Niemals hatte sie dort Trost gefunden, als die Albträume losgingen. Niemals hatte sie auch nur einen Fuß über die Schwelle gesetzt. Und deshalb fühlte sie sich wie ein Eindringling, als sie auf Zehenspitzen und mit angehaltener Luft so leise wie möglich das Zimmer betrat.

Hier war im Gegensatz zum Glashaus alles verblüht. In einer Vase auf dem Fensterbrett standen verwelkte Rosen, deren Blätter auf dem blassblauen Teppich gelandet waren. Doch außer diesem unerhörten Ausrutscher in Sachen Unordnung hatte sich hier nichts geändert, seit sie den Raum ein einziges Mal zusammen mit ihrem Vater betreten und sich alles ganz genau eingeprägt hatte. Dieselbe Tagesdecke mit dem verblassten Muster aus winzigen Rosen. Dieselbe cremeweiße Tapete. Der blassblaue Teppich. Die polierten Möbel aus Walnussholz. Die schweren Vorhänge aus Damast, die immer halb zugezogen waren, um nicht zu viel Sonnenlicht hereinzulassen. Das monotone Ticken der Uhr auf dem Kaminsims, die einst ihrer Urgroßmutter gehört hatte.

Und doch war es der Geruch in Roses Zimmer, der in Ellis die meisten Erinnerungen an ihre Mutter weckte: der Duft nach Maiglöckchen. Roses Obsession mit Lilien ging so weit, dass sie nur den Duft nach Maiglöckchen, die zur Familie der Lilien zählten, an sich haben wollte.

Ellis schloss die Augen und sah sich selbst, wie sie ihre Mutter vom Flur aus heimlich beobachtet hatte, wenn die Tür einen Spalt offen stand. Rose saß in einem seidenen Morgenmantel an ihrer Frisierkommode und bürstete ihr weißblondes Haar jeden Morgen mit hundert Strichen.

Als Erstes riss Ellis mit einem Ruck die Vorhänge auf, und trotz der peniblen Ordnung flirrten jetzt die Staubkörnchen im Licht der Sonnenstrahlen. Und dann schob sie die Fenster weit auf, die zuerst knirschend protestierten, als Holz auf Holz gegeneinander arbeitete, dann aber einen Schwung frische Luft in das ungelüftete Zimmer einließen.

Ellis atmete tief durch und genoss die eisige Brise feuchter Seeluft. Obwohl die Sonne durchzubrechen versuchte, war es immer noch bitterkalt, also vergewisserte sie sich, dass der durchdringende Geruch das Zimmer verlassen hatte und schloss dann die Fenster wieder.

Den schweren, süßen Duft des Parfüms ihrer Mutter mochte sie noch nie, denn er passte überhaupt nicht zu ihr. Die Einrichtung des Zimmers hingegen war das äußere Spiegelbild ihrer Persönlichkeit: hübsch, aber altmodisch und verblasst. Aufgeräumt. Alles an seinem Platz. Fast schon unpersönlich. Und einsam.

Ellis wusste nicht genau, wonach sie in Roses Zimmer suchen sollte, also öffnete sie auf gut Glück die Kleiderschränke. In Fächern lag alles sorgfältig gefaltet an seinem Platz, und auf den Bügeln waren Röcke, Hosen, Kleider und Blusen fein säuberlich zusammengehängt.

Roses Geschmack war diskret, aber teuer gewesen, und sie war immer wie aus dem Ei gepellt herumgelaufen, selbst wenn sie die banalsten Dinge erledigte. Ellis würde gerne behaupten, Rose hätte in Chanel gegärtnert, aber das war zu viel der Ehre: Rose war alles andere als avantgardistisch, sondern viel zu konservativ für diese Art von lässigem Chic. Sie hatte ihre Kleidung wie eine Art Uniform getragen, mit der Haltung einer Frau, die man in ein Korsett eingezwängt hatte. Völlig egal, ob man noch Luft bekam, so lange die äußere Erscheinung ohne Fehl und Tadel war. Nichts an Rose erinnerte daran, dass sie eigentlich ein Kind der Sechzigerjahre war.

Ellis öffnete jede Schublade, jeden Schrank, jede Kommode, doch alles, was sie fand, waren nur noch mehr Beweise dafür, wie wenig ihre Mutter je von sich preisgegeben hatte. Es gab keine Schachtel in der hintersten Ecke des Schranks, mit einer rosa Schleife aus Samt verschlossen, in der sich Liebesbriefe, Fotos oder getrocknete Blumen befanden. Wie hatte sie nur eine einzige Sekunde lang dem irrigen Glauben erliegen können, ihre Mutter hätte Geheimnisse, die aus ihr einen liebenswerten Menschen machen würden?

Ellis wurde wütend und gestand sich endlich ein, dass sie hier nur ihre Zeit verschwendete. Wenn es in diesem Zimmer etwas zu entdecken gab, dann nur die Tatsache, dass sie ihre Mutter niemals verstehen würde.

# 9

Im Schlafzimmer ihres Vaters wollte sie nur eins: weinen. Rose hatte keinen traurigen Schrein daraus gemacht, zumindest nicht ganz. Seine persönlichen Sachen waren sorgfältig weggepackt worden – das Einzige, was Mutter und Tochter ungefähr zwei Jahre nach seinem Verschwinden gemeinsam gemacht hatten –, ansonsten war alles gleich geblieben. Sie erinnerte sich noch an jedes einzelne Stück, das sie in Truhen verstaut und auf den riesigen Dachboden gebracht hatten. Trotzdem spürte sie seine Gegenwart hier am stärksten.

Das Zimmer hatte einen gemütlichen männlichen Touch, und sie war überzeugt davon, dass sie immer noch die Wolke aus verbranntem Holz, Meer, Sonne und Pfefferminz, die ihn umgeben hatte, riechen konnte.

Einen Moment lang spielte sie mit dem Gedanken, in den Truhen zu suchen, auch wenn sie eigentlich genau wusste, dass sie dort nichts finden würde, was sie nicht schon gesehen hatte. Deshalb ging sie weiter zum Arbeitszimmer ihres Vaters, denn dort hatte sie auch schon früher immer Trost gefunden.

Es war das einzige Zimmer im Great House, in dem sie sich jemals geborgen gefühlt hatte. Hier herrschte eine Ungezwungenheit und Wärme vor, die nirgendwo sonst zu finden war. Eine Gemütlichkeit, die den anderen Räumen schon deshalb abging, weil sie viel zu groß waren.

Genau wie in den Zimmern ihrer Mutter war hier nie wirklich etwas verändert worden, allerdings seit sehr viel längerer Zeit. Und im Gegensatz zu seinem Schlafzimmer lagen seine persönlichen Sachen noch überall verteilt herum, als wären sie noch in Benutzung. Trotzdem wirkte dieser Raum auch nicht wie ein Museum, denn er hatte mit seinem großen, mit Leder bezogenen Tisch und dem einzelnen Ohrensessel vor dem offenen Kamin weiter als Arbeitszimmer gedient. Auf ihre nüchterne Art war Rose der Meinung gewesen, dass es keinen Grund gab, etwas zu verändern, was sich bereits bewährt hatte, und Ellis war insgeheim immer glücklich darüber gewesen.

Ellis holte tief Luft, und wieder kam es ihr so vor, als würde er neben ihr stehen und sie könnte ihn riechen. »Vielleicht werde ich wirklich langsam verrückt«, murmelte sie. »Fehlt nur noch, dass der Tisch wackelt und ein Buch aus dem Regal fällt.«

Sie ließ ihren Blick über die deckenhohen Wandregale schweifen und staunte wieder wie ein kleines Kind über das, was sie sah: Bücher über Bücher, aber diesmal Bildbände und Reiseführer, ungewöhnliche Artefakte, mitgebracht von seinen vielen Reisen, dicke Fotoalben sowie gerahmte Fotos von fernen Ländern und schon verstorbenen Familienmitgliedern, Fossile, die sie gemeinsam am Strand gesammelt hatten, ihre Kinderzeichnungen, die er mit väterlichem Stolz aufgehängt hatte, und aus bemalten Kieselsteinen gebastelte Tiere. Und schließlich noch Unmengen von CDs.

Ihre Mutter war eine Verfechterin der klassischen Musik,

die ihr Vater auch schätzte, doch seine erste und große Liebe galt der Jazzmusik. Um genau zu sein, verdankte Ellis ihren Namen seinem zweitliebsten Jazzmusiker aller Zeiten.

Da er davon überzeugt gewesen war, das lang ersehnte Kind würde ein Junge sein, hatte er beschlossen, ihn Louis zu nennen, nach dem von ihm am meisten verehrten Louis Armstrong.

Allerdings sollte sich herausstellen, dass Louis James, geboren am 16. Juni 1980, als Mädchen auf die Welt kam.

Rose wollte ihre zarte, wunderschöne Tochter nach ihrer Großmutter Elizabeth nennen, und einigen konnten sich ihre Eltern auf Ellis, zu Ehren von Ellis Marsalis.

Neben den CDs und einer kleinen, aber teuren Bang & Olufsen-Stereoanlage befanden sich im untersten Fach des einen Regals jede Menge dicht aneinandergelehnte Schallplatten. Ellis griff unwillkürlich an der richtigen Stelle nach der Lieblingsplatte ihres Vaters und legte sie auf einen alten Plattenspieler, den Alexander sich extra gekauft hatte, um seine Sammlerstücke abzuspielen. Schon als Kind war sie von dieser Musik in den Schlaf gelullt worden, einer süßen, aber auch melancholischen Melodie, die den kleinen Raum mit Erinnerungen füllte.

Genau wie ihre Mutter konnte sie sich ihren Vater klar und deutlich hier in seinem Zimmer vorstellen, wie er dort in seinem abgewetzten Ledersessel an seinem schweren Schreibtisch saß und mit halbem Ohr der Musik zuhörte, während er in einem seiner Reisetagebücher schrieb.

Seine Aufzeichnungen standen früher ebenfalls im Regal, eine ganze Reihe, wunderschön gebunden und beschriftet. Er hatte eine ausgefallene Handschrift, die aus einer Zeit zu stammen schien, als man auf diese Dinge noch Wert legte. Sie hatte oft auf seinem Schoß gesessen und ihm beim Schreiben zugesehen und war begeistert gewesen von seinen Erzählungen über die mit Rose gemeinsam entdeckten und erforschten exotischen Orte.

Ellis war immer furchtbar stolz auf die Arbeit ihres Vaters gewesen, und nach seinem Tod wachte Rose beinahe eifersüchtig über sein Reich und seine Ausbeute.

»Mit deinen dreckigen Fingern beschmutzt du seine Tagebücher nur«, wurde sie jedes Mal von ihrer Mutter zur Rede gestellt, sobald Rose sie vor dem Kamin entdeckt hatte, wie sie in den Büchern blätterte und mühsam mit dem Finger Zeile für Zeile und Wort für Wort, Zeichnung für Zeichnung zu entziffern suchte. Es endete immer damit, dass sie aus dem Zimmer geschickt und ihr verboten wurde, die Sachen ihres Vaters in die Hand zu nehmen. Irgendwann entdeckte Ellis, dass die Bücher nicht mehr im Regal standen, sondern außer Reichweite in einer Glasvitrine weggesperrt worden waren.

Dabei hatte Ellis nie dreckige Finger, und plötzlich fragte sie sich, ob es wirklich ihre Finger oder nicht vielmehr die Geheimnisse zwischen den Zeilen gewesen wären, die diese Tagebücher in den Augen ihrer Mutter beschmutzt hätten. Und da niemand mehr da war, der sie hätte abhalten können, ging sie schnurstracks zu der Vitrine.

Irritiert stellte sie beim Näherkommen fest, dass der winzige silberne Schlüssel bereits im Schloss steckte. Normalerweise hatte ihre Mutter den Schlüssel wie einen Schatz in einem Kästchen neben ihrem Bett gehütet. Ein bisschen überrumpelt öffnete sie behutsam die Tür und fuhr zuerst sachte mit einem Finger über die Rückseiten der dicht an dicht stehenden Bücher, bevor sie schließlich eines herauszog. Es war schwer und in Leder gebunden. Und es war ihr Lieblingsband, die Geschichte über eine Abenteuerreise nach Südamerika, bei der ihr Vater eine bis dato unbekannte Lilienart entdeckt hatte. Lilien waren seine Berufung und bedeuteten ihm mehr als seine Karriere. Den Großteil seines beruflichen Lebens verbrachte er als wissenschaftlicher Mitarbeiter an der Universität, an der er auch seinen Abschluss gemacht hatte. Doch zum Zeitpunkt der Reise war er vorübergehend freigestellt und arbeitete als Berater für ein Projekt der argentinischen Regierung, in dem seine besonderen Kenntnisse bei der Erhaltung des natürlichen Lebensraums im Yunga gefragt waren, einer Höhenstufe beiderseits der Anden in der Provinz Jujuy.

Während seines dortigen Aufenthalts hörte er immer wieder faszinierende Geschichten über die Catatumbo-Gewitter in Venezuela, die sich am Maracaibo-See in Venezuela abspielten, an der Mündung des Rio Catatumbo. Schon in England hatte er viel darüber gelesen, und er schaffte es, ein paar Tage freizubekommen, um einmal in seinem Leben Zeuge dieses Wetterphänomens und einzigartigen Naturschauspiels zu werden.

Ellis erinnerte sich genau an jedes einzelne Wort seiner Geschichte. Wegen eines schweren Sturms hatte er seine Reisegruppe verloren und war gezwungen, nachts in einer niedrigen, dunklen Höhle Zuflucht zu suchen. Im Schneidersitz saß er im Höhleneingang und beobachtete die unglaublichsten Blitze, die wie silberne Messer durch den pechschwarzen Nachthimmel schnitten. Als er am nächsten Morgen erwachte, erwartete ihn strahlender Sonnenschein – und nur ein paar Schritte vom Eingang entfernt seine Lilie, an einem Ort, von dem er geglaubt hatte, dass sie dort niemals wachsen würde. Es war die zarteste Lilie, die er jemals gesehen hatte.

In dieser Nacht veränderte sich sein Leben für immer, in vielerlei Hinsicht, so hatte er es Ellis immer gesagt.

Während sie seine eigenen Aufzeichnungen las, schwirrten diese Worte in ihrem Kopf umher wie ein Drehbuch im Kopf eines Schauspielers und ließen sie nicht mehr los. Wie früher fuhr sie mit dem Finger Zeile für Zeile und Wort für Wort entlang und stellte sich vor, wie er dort am Schreibtisch saß und schrieb, was sie jetzt las. Sie berührte seine Zeichnungen und die detaillierte Skizze der Lilie, *lilium fulguris,* die Gewitterlilie, wie er sie getauft hatte. Sie besaß einen langen Stil mit einer Ansammlung winziger zarter Blüten, deren lang gezogene Blätter reinweiß mit einer lodernden roten Flamme in der Mitte waren. Eine unglaubliche Entdeckung für eine Gegend, die hauptsächlich für ihre Wasserlilien bekannt war.

Trotzdem hatte Rose aus nicht näher erläuterten Gründen nie versucht, diese Lilie im Gewächshaus zu züchten, nicht ein einziges Mal.

Ellis musste lächeln, denn jeder Strich, jedes Wort ihres Vaters war ihr so vertraut, auch nach so vielen Jahren, und deshalb stutzte sie sofort, als sie die Seite umblätterte. Ungläubig starrte sie auf die Fotografie, die plötzlich zwischen den Seiten auftauchte. Sie runzelte die Stirn und überlegte noch einmal, ob sie sich irren könnte.

»Nein«, sagte sie laut und bestimmt, »hier war nichts. Du gehörst nicht hierher.« Es irritierte sie zutiefst, dass jemand die Tagebücher ihres Vaters manipuliert hatte, und sie wollte das Foto einfach nur so schnell wie möglich aus dem Buch entfernen und ihren unverfälschten Erinnerungen nachhängen. Trotzdem war sie neugierig und sah sich das Bild genauer an.

Die Ecken waren umgeknickt, und die Oberfläche war

beschädigt von unzähligen Berührungen. Fast kam es Ellis so vor, als hätten tausend und mehr Blicke darauf das Bild seit seinem Entstehen verblassen lassen. Trotzdem konnte man die Personen noch gut erkennen.

Ihr Vater, und neben ihm stand eine wunderschöne Frau.

Ellis hatte unzählige Fotos von ihrem Vater zusammen mit anderen Personen gesehen, mit Freunden, Kollegen, ihrer Mutter und nicht zuletzt mit ihr selbst.

Doch das hier war anders.

Es lag an dem Blick, den die beiden austauschten.

Dieser Blick war so viel leichter zu entziffern als alles, was ihr Vater je mit der Hand geschrieben hatte, denn er sprach eine Sprache, die universal und ewig gültig war.

Die Sprache der Liebe.

## 10

Da sie nicht wusste, was sie jetzt machen sollte, ging sie erst mal in die Küche zurück und machte sich einen Kaffee. Sie setzte sich mit der vollen Tasse an den Tisch, wo sie vor ein paar Stunden noch mit Ferdie gefrühstückt hatte. Doch sie rührte den Kaffee nicht an, sondern starrte unentwegt auf dieses unbekannte Foto, diese Gesichter. Irgendwann bemerkte sie, dass der Kaffee kalt geworden war, also machte sie sich einen neuen, den das gleiche Schicksal ereilte. Ihre ganze Aufmerksamkeit galt dem Foto.

Ihr Vater und diese Frau.

Sie trugen beide die Art von Kleidung, die ihr Vater auf seinen Abenteuerreisen bevorzugt hatte: selbst damals schon ein bisschen altmodisch wirkende Westen und Hosen aus kakifarbener Baumwolle, die die Vorliebe ihres Vaters für Armeeklamotten verrieten.

Ihr standen die Sachen besser als ihm. Die Jacke hatte sie mit einem Gürtel zugebunden, um ihre schmale Taille zu betonen, und statt einer schlabbrigen Cargohose trug sie perfekt sitzende Breeches.

Sie war keine Engländerin, so viel stand fest. Sie hatte einen dunklen Teint, und ihr Haar war dick, wellig und glänzte selbst auf einem so stark vergilbten Foto wie eine frisch geschälte Rosskastanie. Ihr Gesicht wirkte mit den hohen Wangenknochen und den vollen Lippen sehr sinnlich, und soweit man erkennen konnte, hatte sie eine schlanke, aber doch kurvenreiche Figur.

Ellis war von dieser Frau fasziniert. Wer war sie? Und noch viel wichtiger – was hatte diese Frau ihrem Vater bedeutet? Irrte sie sich? Sah sie mehr in diesem Blick, als da gewesen war? Immerhin war es nur ein altes Foto.

Ellis seufzte verwirrt. Seit Jahren suchte sie in allem und nichts nach Antworten, die das Verschwinden ihres Vaters mit einem Fingerschnippen erklären würden. Und weil sie keine fand, ging ihre Fantasie manchmal mit ihr durch. Es war nicht das erste Mal, dass sie sich wilde Geschichten ausdachte. Und trotzdem hatte sie dieses Mal ein anderes Gefühl. Unerschütterlich glaubte sie daran, dass die Augen das Fenster zur Seele eines jeden Menschen waren, und dass man so viele Dinge in ihnen lesen konnte.

Ihr fiel ein, dass sich in seinem Schreibtisch ein wertvolles Vergrößerungsglas befand, eingefasst mit einem Rand aus echtem Silber, der Griff aus Elfenbein, mit dem er immer seine Blumen genauer untersucht hatte. Sie durchsuchte die Schublade, und als sie es gefunden hatte, setzte sie sich in seinen Ledersessel und sah sich das Foto genauer an. Auch bei genauerer Betrachtung war diese Frau eine Schönheit, und die beiden liebten sich, das war keine Frage. Aber was ihr mit einem Mal die Luft zum Atmen nahm, war etwas anderes. Sie ließ die eine Hand mit dem Foto und die andere mit dem Vergrößerungsglas auf ihren Schoß sinken. Das Foto hatte nie zu dem Reisetagebuch gehört, da war sich Ellis ganz sicher. Und es gab nur eine einzige Person, die es dort hineingelegt haben konnte. Weil sie wusste, dass genau dieses Tagebuch Ellis'

Lieblingserinnerungsstück war, wenn sie an ihren Vater denken wollte und Trost suchte. Nur ihre Mutter konnte es dort versteckt haben weil sie wollte, dass Ellis es fand.

Wollte Rose ihr nur einen Hinweis darauf geben, warum es zwischen ihr und Alexander immer diesen unüberwindbaren Graben gegeben hatte? War ihre Mutter so eifersüchtig gewesen, dass ein Blick allein reichte, um ewigen Zwist zu säen? Ellis hatte nie etwas über Eifersüchteleien gehört, weder von Ferdie noch von Rose, oder über eine Affäre ihres Vaters. Das hätte sie doch mitbekommen, schließlich lebte sie ja noch etliche Jahre mit ihrer Mutter zusammen. Spätestens als Teenager wäre ihr doch aufgefallen, dass ihre Mutter konkrete Gründe hatte, sich dem Andenken Alexanders gegenüber so zwiespältig zu verhalten.

»Meine Güte, Mutter, warum hast du mir nie etwas von diesem Foto erzählt?«, rief sie in die Stille des Hauses. »Warum rückst du erst jetzt damit heraus?«

Ellis fröstelte es, als sie darüber nachdachte, wie einsam ihre Mutter gewesen sein musste. Sie hatte nie Mitleid für Roses Situation empfunden, aber jetzt spürte sie doch so etwas Ähnliches wie Anteilnahme. Es fühlte sich schrecklich an, in diesem riesigen Haus allein zu sein. Und alles wurde noch schrecklicher dadurch, dass man verraten worden war. Doch Ellis wollte auf gar keinen Fall über Edward und Anna nachdenken und verdrängte sofort alle Parallelen zwischen ihrem Leben und dem ihrer Mutter. Ihre Mutter war Zeit ihres Lebens eine verbitterte Frau gewesen, und das war etwas, was Ellis weit von sich wies.

Sie riss sich zusammen und versuchte, ihren unerwarteten Fund und die abweisende, kontrollierte Art ihrer Mutter unter einen Hut zu bringen. Rose tat oder sagte nie etwas

»einfach so«, sie hatte immer gute Gründe. Lob gab es so gut wie nie, und jede Rüge war zudem eine Aufforderung, sich mehr anzustrengen und nicht aufzugeben. Nie durfte man mit dem Erreichten zufrieden sein. Was also wollte Rose ihr mit dem Foto tatsächlich sagen?

Mit einem Ruck richtete Ellis sich kerzengerade in dem alten Sessel ihres Vaters auf. »Natürlich!«, rief sie und musste auf einmal mit Tränen in den Augen lachen. »Natürlich, Mutter, das ist es!«

# 11

Ferdie war überraschenderweise bereits um halb zehn wieder zu Hause. Ganz entgegen seiner Gewohnheiten, in Gesellschaft netter Geschäftsfreunde bis Mitternacht im Club zu bleiben, wurde er früh müde und konnte den Gesprächen kaum mehr folgen. Ein heftiger Jetlag und die Strapazen der Reise machten ihm zu schaffen, also entschuldigte er sich und fuhr nach Hause.

Doch kaum dort angekommen, war er – Ironie des Schicksals – wieder hellwach. Da er vormittags nur kurz das Gepäck abgestellt, geduscht und sich umgezogen hatte, machte er es sich erst mal gemütlich. Und dann ließ er zu, wogegen er sich innerlich den ganzen Tag gewehrt hatte: Er hing seinen Gedanken an Rose nach. Wegen Ellis hatte er sich die ganze Zeit zusammengerissen, denn sie sollte nicht sehen, wie nahe ihm der Tod ihrer Mutter ging. Als er mit ihr auf der Treppe gesessen hatte, war ihm wie immer das innere Strahlen aufgefallen, das der Künstler eingefangen hatte, auch wenn er – wie er sehr wohl wusste – der Einzige war, dem es aufzufallen schien.

Er überlegte, wann er Rose zum letzten Mal getroffen hatte. Es war ihr Geburtstag gewesen, zusammen mit Ellis – nur Edward hatte mal wieder gefehlt. Sie hatte gut ausgesehen, war wohlauf gewesen, und er hatte sie ohne Ellis auf ihrem täglichen Spaziergang begleitet.

Die Sonne schien und streichelte sanft über die Schaumkronen der Wellen, die unten am Strand wie leises Flüstern gegen die Felsen strichen, blaue Küsse statt wütender grauer Faustschläge. Wie gewohnt ging sie ein paar Schritte vor ihm, als würden sie ein Rennen laufen. Und dann blieb sie plötzlich stehen, drehte sich zu ihm um und lächelte ihn an. Einen winzigen Augenblick lang sah er die junge Frau in ihr, als die er sie kennengelernt hatte. Genau so, wie sie auf diesem Bild aussah: weltfern und ein bisschen entrückt. Und wunder-, wunderschön.

Um sich von der Melancholie abzulenken, widmete er sich seiner Post. Ein ganzer Stapel wartete im Arbeitszimmer auf ihn, wo seine Haushälterin bereits das Holz im Kamin vorbereitet hatte. Er machte das Feuer an, setzte sich an seinen ausladenden, altmodischen Schreibtisch und begann, die Umschläge zu öffnen. Währenddessen drückte er auf die Play-Taste des Anrufbeantworters – zwanzig Nachrichten, hauptsächlich von zwei Frauen, mit denen er in letzter Zeit ausgegangen war, deren Hoffnungen aber bei Weitem über sein Interesse hinausgingen.

Zwischen lauter Werbesendungen entdeckte er plötzlich einen richtigen Brief, dessen Handschrift ihm nur allzu bekannt war. Sofort vergaß er den Anrufbeantworter und alles andere um sich herum und runzelte die Stirn. Zuerst hielt er den Umschlag einfach nur reglos in der Hand und starrte ihn ausdruckslos an. Wieder und wieder las er dann die paar Worte, die auf ihm standen: sein Name, seine Adresse. Schließlich öffnete er ihn mit zitternden Händen.

Im Umschlag befand sich ein Brief.

Er las ihn dreimal. Und dann ein viertes Mal. Und noch einmal.

Aus seiner Kehle bahnte sich ein Geräusch nach oben, das sich wie Schluchzen anhörte, aber nur fast, denn bevor es zu laut und unerträglich wurde, presste er eine Hand vor den Mund, als wollte er auch nur den kleinsten Ton im Keim ersticken.

Er griff zum Telefon, wählte Ellis' Nummer, aber bevor ihr Handy zu klingeln begann, legte er wieder auf. Wie bei dem Brief brauchte er vier, ja fünf Anläufe, aber selbst danach schaffte er es nicht, auf ihre Stimme am anderen Ende der Leitung zu warten. Er schmiss das Telefon hin, legte den Brief aus der Hand und seufzte.

Dann blieb er wortlos und wie erstarrt im Dunkeln sitzen, sah den Flammen beim Tanzen zu, ohne etwas wahrzunehmen, gedankenverloren und geplagt von Erinnerungen, bis das Feuer ausging und es kalt im Zimmer wurde.

# 12

Plötzlich erschien es Ellis logisch, dass Rose das Foto an dieser Stelle versteckt hatte, weil sie ganz genau wusste, dass Ellis nach diesem Reisetagebuch greifen würde. Und wenn dieser Hinweis von Rose als erste Fährte einer Schnitzeljagd ausgelegt worden war, dann wollte sie, dass Ellis sich auf den Weg machte, um deutlichere Hinweise zu entdecken als nur eine Momentaufnahme, die auf ein vorübergehendes Tief in der Beziehung ihrer Eltern hindeutete. Sie schickte Ellis auf die Suche nach Gründen für diese unüberwindbar tiefe Kluft in der Ehe ihrer Eltern.

Ellis sah sich im Arbeitszimmer ihres Vaters um und analysierte es mit den Augen ihrer Mutter. Ganz offensichtlich waren seine Reisetagebücher ihrer Mutter ein Dorn im Auge gewesen. Sie hatte sie zwar behalten, aber weggesperrt. Vielleicht sollte sie hier weitersuchen.

Mit einer Mischung aus Furcht vor dem, was sie womöglich entdecken würde, und ungezügelter Euphorie, dass es jetzt keinen Weg zurück gab, begann Ellis, eins nach dem anderen gewissenhaft durchzublättern. Zuerst war sie ganz vorsichtig, aber als sie das letzte Tagebuch ohne weitere Hinweise beiseitelegen musste, wurde sie wütend und schmiss den Stapel neben sich mit einem Fußtritt um und suchte im

Schreibtisch ihres Vaters weiter und anschließend in den Regalen. Als sie irgendwann fertig war, sah das sonst so penibel aufgeräumte Zimmer aus, als hätten Einbrecher alles durchwühlt. Der Inhalt aller Schubladen lag ausgekippt auf dem Boden, ganze Bücherregale waren auf den Kopf gestellt, in der Hoffnung, es möge endlich irgendwo etwas auftauchen, das dort vorher nicht gewesen war.

Aber es gab nichts Neues. Nichts Verstecktes war ans Licht gekommen. Und das Zimmer, das ihr heilig gewesen war, wirkte nun verwüstet. Vielleicht hatte ihre Mutter genau das beabsichtigt und darauf gesetzt, dass Ellis nicht nur das Zimmer, sondern damit auch alle kostbaren Erinnerungen an ihren Vater eigenhändig zerstören würde.

Es hätte ihrer Mutter ähnlich gesehen, dachte Ellis. Erschöpft ließ sie sich auf den Boden sinken, mitten in das Chaos, und begann endlich zu weinen. Sie weinte wie seit langer Zeit nicht mehr, bis ihre Augen rot und verquollen waren.

Wenn das, was sie auf dem Foto gesehen hatte, stimmte, passten plötzlich viele Puzzleteile aus der Ehe ihrer Eltern zusammen – nicht nur das, auch Roses Verhalten ergab plötzlich Sinn. Aber wenn es wirklich wahr war, dann musste es irgendwo noch Beweise dafür geben.

»Komm schon«, ermahnte sie sich selbst, »denk nach!«

Ellis beschloss, noch einmal zu versuchen, wie ihre Mutter zu denken, egal wie stark von Alkohol und Schlaftabletten beeinträchtigt ihr Handeln am Ende ihres Lebens gewesen sein mag. Also klapperte sie alle Orte im Haus ab, die sie systematisch bei ihren Besuchen zu Hause aufgesucht hatte. Aber sie fand nichts. Frustriert suchte sie sogar an Stellen, die keinerlei Bedeutung für sie hatten. Und fand trotzdem nichts.

Niedergeschlagen und zutiefst verunsichert schüttelte sie den Kopf und ging nach dem Rundgang durch das düstere Haus zurück ins Arbeitszimmer ihres Vaters. Wie in Trance begann sie aufzuräumen, und mit jedem Gegenstand, den sie wieder an seinen angestammten Platz stellte, wurden die Zweifel größer, dass überhaupt etwas auf dem Foto zu sehen war außer zwei Menschen auf einem Reiseschnappschuss.

Aber warum hatte Rose ihr dieses Bild zugespielt? Vielleicht war sie selbst schuld an ihrer Enttäuschung, weil sie sich so sehr nach einer Erklärung für das Verschwinden ihres Vaters und für ihre traurige Kindheit sehnte.

Sie setzte sich an den Schreibtisch und war den Tränen nah. Links daneben hing ein Porträt ihres Vaters, eine Bleistiftzeichnung. Es war ihr Lieblingsbild von ihm, denn es ähnelte ihm so sehr. Stundenlang hatte sie nach seinem Tod heimlich hier gesessen und es angestarrt, weil sie solche Angst hatte, eines Morgens aufzuwachen und nicht mehr zu wissen, wie er ausgesehen hatte. Dem Zeichner war es gelungen, seine Seele einzufangen, nicht nur sein attraktives Gesicht mit dem kräftigen Mund, den ausgeprägten Wangenknochen und der Adlernase: Man erkannte das glückliche Strahlen in seinen Augen mit den Lachfältchen und sein freundliches und liebevolles Lächeln.

Als sie jünger war, hatte sie sich oft mit dem Porträt unterhalten, mit diesem perfekten Vater. Und jetzt sah sie ihn mit ganz anderen Augen und wünschte sich sehnlicher als jemals zuvor, er möge doch etwas sagen.

Und dann fiel es ihr wie Schuppen von den Augen, und ihr Herz begann zu rasen. Dieses Porträt bestätigte so offensichtlich alles, was sie auf dem Foto gesehen hatte. Wieder lag dieser zärtliche Blick in seinen Augen, der auf jemand ganz

Bestimmten gerichtet war. Sie bildete sich nichts davon ein – der Ausdruck in seinen Augen war so echt wie ihr eigenes Spiegelbild im Glas des Bilderrahmens.

Mit wackeligen Beinen stand sie auf, nahm das Bild von der Wand und drehte es um.

Sie musste so heftig nach Luft schnappen, dass es wehtat. Auf der Rückseite des Porträts haftete eine zweite Fotografie. Als sie sie umdrehte, sah sie die elegante, leicht schräg abfallende Handschrift ihrer Mutter. Nur ein einziges Wort: Carlita.

Auf dem Bild standen alle drei zusammen. Alexander hatte seine Arme rechts und links um die beiden Frauen gelegt.

Die junge dunkelhaarige Frau lachte aus vollem Herzen mit strahlenden Augen. Ihre Mutter lächelte ebenfalls, aber nicht mit den Augen, und ihr Mund war nur ein schmaler Strich. So wie Ellis es allzu oft gesehen hatte, wenn ihre Mutter etwas missbilligte.

Aber nicht nur der Gesichtsausdruck ihrer Mutter kam ihr bekannt vor, sondern auch die Kulisse und das Gebäude im Hintergrund. Sie erkannte die Kleidung wieder und die Frisur ihrer Mutter, die ihr Haar nur zu dieser Zeit ein wenig länger als sonst und offen getragen hatte, statt wie normalerweise streng zurückgekämmt und zu einem festen Knoten im Nacken gebunden. Sie erkannte das alles wieder, weil sie sich die Fotoserie, aus der diese Aufnahme stammte, bereits unzählige Male in ihrem Leben angesehen hatte.

Die Fotos stammten aus Argentinien. Aufgenommen zu dem Zeitpunkt, als ihr Vater am Maracaibo-See den Anschluss an seine Gruppe während jenes spektakulären Gewitters verloren hatte. Zu dem Zeitpunkt und an dem Ort, an dem ihre Eltern Ferdie kennengelernt hatten.

Das Erste, was ihr logischerweise einfiel, war, Ferdie anzurufen, aber er meldete sich nicht. Also hinterließ sie eine Nachricht auf seinem Anrufbeantworter. Sie versuchte, beim Sprechen so normal wie möglich zu klingen, und bat ihn, sie dringend zurückzurufen.

Kaum hatte sie aufgelegt, suchte sie im Bücherregal nach dem Fotoalbum, in dem sich die restlichen Bilder befanden: *Argentinien 1980*.

Diesmal ließ sie sich Zeit und blätterte hoch konzentriert durch die alten Fotos, die aber nichts Neues preisgaben. Auf keinem der Bilder lungerte im Hintergrund eine dunkelhäutige Schönheit herum, die ihr früher nicht aufgefallen war, weil sie dieser Frau keinerlei Bedeutung beigemessen hatte.

Frustriert ließ sie sich wieder in den Sessel ihres Vaters fallen und schloss die Augen. Angestrengt versuchte sie, sich an seine Erzählungen aus jener Zeit zu erinnern. Sie wusste noch, dass sie in der Nähe von Buenos Aires gewohnt hatten, dass sie Rosario, Córdoba und Mendoza besucht hatten, dass sie durch die weiten Ebenen Argentiniens geritten waren und die Berge im Nordwesten bestiegen hatten. Sie waren durch die Nebelwälder, die mit Dunst verschleierten Yungas, und die Dschungel in der Provinz Jujuy gewandert.

Und dann war da noch die Reise ihres Vaters zum Maracaibo-See. Ein einflussreicher Politiker hatte ihm freundlicherweise sein Privatflugzeug umsonst zur Verfügung gestellt, damit er nach Venezuela zum Catatumbo-Gewitter fliegen konnte. Ihr Vater war ein begeisterter Geschichtenerzähler, der so genau von allem berichtete, dass sie noch jede Einzelheit im Gedächtnis hatte. Der Name Carlita war dabei kein einziges Mal gefallen.

Auch wenn es sinnlos war, versuchte sie noch einmal, Ferdie zu erreichen, aus dem schlichten Grund, weil sie nicht wusste, was sie sonst tun sollte. Diesmal hinterließ sie keine Nachricht. Stattdessen legte sie die beiden neu aufgetauchten Fotos sorgfältig nebeneinander auf den Schreibtisch und räumte, um sich abzulenken, die Bücherregale weiter auf. Doch sie konnte nicht anders, als alle paar Minuten wieder zum Schreibtisch zurückzugehen. Wieder und wieder nahm sie die Fotos in die Hand, hielt sie mal ganz dicht vor die Augen, mal mit zusammengekniffenen Augen weit von sich weg, als könnte sie noch irgendetwas darauf entdecken, das ihr weiterhelfen würde.

Auf den Fotos gab es nichts mehr zu sehen, aber als sie Buch für Buch in die Hand nahm und zurück an seinen Platz stellte, konzentrierte sie sich auf jeden einzelnen Titel. Statt wie ein paar Stunden vorher blindlings zu suchen, überprüfte sie jetzt jedes Buch, ob sie es beim Herunterschmeißen beschädigt hatte. Und nur deshalb entdeckte sie den schmalen Band, den sie noch nie zuvor gesehen hatte. Es war ein altes Buch, das ihr auch aus dem Grund unbekannt war, weil es in einer fremden Sprache geschrieben war: auf Spanisch.

Ungläubig hielt sie es für einen Moment einfach nur in ihren zittrigen Händen und starrte es an. Im Gegensatz zu den Reisetagebüchern und den Fotoalben konnte sie, was die Bücher betraf, nicht behaupten, genauestens zu wissen, was sich wo im Great House befand. Vielleicht gehörte das Buch ihrer Mutter, die immer gern gelesen hatte. Allerdings sprach sie kein Spanisch. Ihr Vater schon, und zwar fließend.

Der Einband war dunkelblau mit silbernen Einsprengseln, die man erst wahrnahm, wenn man genauer hinsah. Dann ergaben die silbernen Tupfen das abstrakte Bild der

Brandung eines Ozeans mit einem zerstückelten Mond über den sich überschlagenden Wellen.

Das Buch hatte keinen Titel, es war nur der Name der Autorin zu lesen: Carmen Velasquez.

Ellis traute sich kaum, es aufzuschlagen, und blätterte mit zittrigen Fingern die erste Seite um. Es handelte sich um einen Gedichtband, das sah man sofort, mit einer eindringlichen Widmung: *A un amor perdido*.

*Einer verlorenen Liebe*.

Sie brauchte etwas Geduld, bis sie mit dem Smartphone ins Internet kam. Passenderweise hatte sie in der Küche den besten Empfang, genau an der Wand der Erinnerungen, deren Fotos sie jetzt mit anderen Augen sah. Sie kamen ihr seltsam vor, unecht, als wäre das Ganze eine Inszenierung. Stillleben aus einem Theaterstück, das sie mal gesehen hatte, aber sicherlich nicht die Realität, in der sie lebte und gelebt hatte.

Carmen Velasquez.

Da war etwas: »Carmen Velasquez, Künstlerin. In den Achtzigern sehr renommiert in ihrem Heimatland und in der Kunstszene Europas, danach verschwand sie unerklärlicherweise aus der Öffentlichkeit. Lebt heute sehr zurückgezogen in Argentinien.«

Die letzte große Ausstellung fand 1989 in einer eher unbekannten Galerie im Südwesten Frankreichs statt. In dem Jahr, in dem ihr Vater verschwand, und – Ellis schnappte nach Luft – in einem Ort in der Nähe von Biarritz, in dem sie mal mit ihrem Vater auf einem ihrer Segeltörns gelandet war.

Bilder der Künstlerin gab es im Netz nicht.

Carmen und Carlita? Waren die beiden ein und dieselbe Person?

Ellis hatte plötzlich eine Idee und ging zurück zu dem Porträt im Arbeitszimmer ihres Vaters, das sie vorhin wieder an die Wand gehängt hatte. Sie hatte sich nie gefragt, wer das Bild eigentlich gemalt hatte, und war immer davon ausgegangen, dass es nicht signiert war. Und sie erinnerte sich ziemlich deutlich daran, dass ihr Vater, als sie einmal nachgefragt hatte, von wem das Bild sei, ihr erzählt hatte, der Maler sei jemand, den er auf seinen Reisen kennengelernt, dessen Name er aber vergessen hatte.

Noch einmal nahm sie es ab, löste es vorsichtig aus dem Rahmen und drehte es um. Dann holte sie aus derselben Schublade, in der sie das Vergrößerungsglas gefunden hatte, sein Schweizer Armeemesser heraus und löste mit der Spitze des Messers vorsichtig die Klemmen des Rahmens. Und da war sie – eine Signatur, die vorher unter dem Rahmen verborgen gewesen war.

»AJ 1980, CV 1981«

CV. Carmen Velasquez. Carlita. Es musste ein und dieselbe Frau sein. Etwas anderes war gar nicht möglich.

Es dauerte Stunden, bis sie sich in der Küche durch die obskursten Verweise im Internet gearbeitet hatte. Manche führten sie, wenn auch selten, zu Verkaufsangeboten ihrer Bilder, zu unglaublich hohen Summen, oder zu Zeichnungen, die irgendwann einmal zum Verkauf gestanden hatten, aber längst weg waren. Bei manchen Einträgen ging es um frühere Preise und Ehrungen, andere wieder waren Sackgassen ohne jegliche Bedeutung, aber irgendwann stolperte sie über etwas, das nicht nur wichtig war, sondern auch noch aktuell.

Eine Todesanzeige, ungefähr neun Monate alt.

Es ging um einen Leandro Velasquez, der seine Frau hinterließ. Carmen.

Es war eine wortkarge Anzeige, selbst für eine Todesanzeige, aber über sie gelangte Ellis schließlich zu einem Artikel in derselben Zeitung, den sie mithilfe eines Wörterbuchs aus dem Internet mehr schlecht als recht übersetzte. Es ging um den unerwarteten Tod von Leandro Velasquez, ehemaliger Diplomat, Pferdezüchter, Kunstmäzen und Ehemann der hiesigen Künstlerin Carmen Velasquez.

Sie gab das Stichwort Pferdezüchter ein und stieß nach einer Weile auf die Adresse einer Zuchtfarm, ungefähr fünfhundert Kilometer südwestlich von Buenos Aires in der Nähe der Sierra de la Ventana.

Als sie die dazugehörigen Bilder aufrief, staunte sie über die Schönheit der Landschaft, die selbst auf dem kleinen Bildschirm ihres Smartphones eindrücklich war. Endlose Ebenen wechselten sich ab mit zerklüfteten Bergketten, smaragdgrünen Seen und wogenden Lavendelfeldern. Glänzende Pferde mit langen Mähnen ruhten sich auf grünen Wiesen unter Bäumen im scheckigen Licht der Abendsonne aus.

Und irgendwo inmitten dieses weiten und wunderschönen Erdteils lebte jene Frau, die vielleicht Antworten hatte auf so viele Fragen.

Ellis war schon immer der Meinung gewesen, dass man die Gelegenheit beim Schopfe packen musste, wenn einem das Leben anbot, die Wahrheit über sich selbst herauszufinden. Wenn man die Möglichkeit bekam, diese Wahrheit mit eigenen Augen zu sehen, zu spüren und zu erfahren, dann sollte man nicht den Kopf in den Sand stecken, sondern stur geradeaus gehen und sein Schicksal beherzt in die Hand nehmen.

Deshalb traf Ellis in diesem Augenblick eine Entscheidung. Sie wollte nicht hier sein, in diesem wuchtigen, seelenlosen Haus. Sie wollte auch nicht zurück nach London, denn da gab es nichts mehr für sie, was ihr etwas bedeutete. Sie war ohne Wurzeln, heimatlos. Sie war frei.

Instinktiv spürte sie, dass das Great House seine Geheimnisse preisgegeben hatte. Mehr würde sie hier nicht finden, aber letzten Endes hatte sie genug entdeckt, um den Weg zu beschreiten, der geradeaus, nach vorne ging, statt wie all die Jahre zuvor im Kreis herumzulaufen und Gespenstern hinterherzujagen.

Eigentlich war sie nicht besonders impulsiv, aber was hieß das schon? Woher sollte sie wissen, wie sie wirklich war, wenn sie jahrelang ohne eigene Ziele umhergelaufen war und einfach nur die Erwartungen der anderen erfüllt hatte?

Ein paar Minuten später drückte sie auf den Knopf »Buchung bestätigen« und checkte sich auf einen Flug am nächsten Morgen ein.

Ihr Ziel: Argentinien.

# TEIL II

# Argentinien

Hinterher schworen sie sich, es sei ein Versehen gewesen, aber keiner der beiden glaubte wirklich daran. Sie schoben die Schuld auf das unerwartet aufgezogene Gewitter, dass sie von ihrer Gruppe getrennt worden waren, auf die schlechte Sicht, die Panik, die hektische und unüberlegte Suche nach einem Unterschlupf.

Sie schoben es auf alles, nur nicht auf das, was offensichtlich war: das Begehren, das über allen guten Gründen, die dafür oder dagegen sprachen, schwebte. Ob sie nun der Wahrheit ins Auge sahen oder nicht, sie wählten einen anderen Weg als der Rest der Gruppe und waren schließlich allein unter schwarzen Wolken und prasselndem Regen. Und dann begann das Gewitter. Es war ein unglaubliches Spektakel, als würden eingefrorene Flammen feurige Furchen durch den Himmel schneiden. Und einen Moment lang geriet alles andere in Vergessenheit, und sie hielten inne, um das Wunder über ihnen zu bestaunen.

Man konnte jedoch kaum still stehen, da die Regentropfen wie Fäuste auf ihre nach oben gerichteten Gesichter einschlugen, also nahm er sie an der Hand, und gemeinsam rannten sie wieder los. Plötzlich mussten sie beide lachen, ein unbändiges, fast schon hysterisches Gelächter.

Sie waren sich nicht sicher, ob es Schicksal oder Zufall war, dass sie die Höhle fanden, aber sie stürmten das Loch im Fels so ungestüm wie Kinder, die das Zielband am Ende eines Rennens zerrissen.

Stützten sich immer noch lachend gegenseitig, weil sie so außer Atem waren.

*Der Regen hatte sie bis auf die Haut durchnässt, sogar auf ihren langen, schwarzen Wimpern hingen schwere Wassertropfen fest. Als er seinen Blick nach unten auf ihr Gesicht richtete, verstummte das Lachen. Er wollte die Tropfen mit einer Hand wegwischen, doch als er ihr Gesicht berührte, hielt sie seine Hand fest und drückte sie einen Wimpernschlag lang gegen ihre Wange, bevor sie die Handfläche zu ihrem Mund zog und küsste.*

*Diese unerwartete Geste setzte ein Gewitter in seinem Körper frei, als stünde er und nicht der Himmel unter Strom. Sein Verlangen war so gewaltig wie das Naturschauspiel, das sie gerade gesehen hatten, und er fürchtete, es würde ihn innerlich zerreißen.*

*Und dann – endlich – küssten sie sich.*

*Und es fühlte sich an, als hätten sie ihr Zuhause gefunden.*

# 13

Als sie aus dem Flugzeug stieg, traf sie die Hitze völlig unvorbereitet. Ihr Körper, der bestens an schlechtes Wetter angepasst war, rebellierte gegen diese irre Hitze.

Aber es war nicht nur die Temperatur, die in so krassem Gegensatz zu ihrer Heimat stand, sondern auch der Lärmpegel. England war ein kühles und stilles Land. Doch schon in der Ankunftshalle, während sie auf ihren Koffer wartete, fühlte sie sich, als wäre sie an einem Ort gelandet, an dem jedes Wort, jede Geste und jeder Blick mit vollem Körpereinsatz dargeboten wurde.

Die Leute unterhielten sich nicht nur mit Worten, sondern mit Händen und Füßen, sie tanzten umeinander herum und riefen sich in voller Lautstärke und den buntesten Tonlagen quer durch die Halle unverständliche Sätze zu, die Ellis, so übermüdet, wie sie war, an das Knattern von Gewehrsalven erinnerten.

Doch als sie mitsamt dem Koffer endlich ein Taxi ergattert hatte und durch das Gewimmel der vibrierenden Stadt fuhr, vergaß sie augenblicklich, wie erschöpft sie war, und streckte den Kopf so weit es ging aus dem Fenster, um nichts zu verpassen von der Lebenslust, der heißen, würzigen Luft und der ausgelassenen Stimmung.

Der Taxifahrer schien weit und breit der Einzige zu sein, der schwieg. Er hatte sie nach ihrem Ziel gefragt, nach ihrer Antwort das Radio laut aufgedreht und seitdem kein Wort mehr gesagt.

Sie hatte sich für das Sheraton-Hotel als Ausgangsbasis entschieden, weil sie bereits in sechzehn verschiedenen Ländern in einem Hotel dieser Kette gewohnt hatte. In Cornwall hatte sie die Wahl aus praktischen Gesichtspunkten getroffen, aber jetzt, wo ihr alles hier so fremd vorkam, war sie froh über die Vertrautheit, die ihr das komfortable, aber auf der ganzen Welt gleich ausgestattete Zimmer bieten würde. Denn sie spürte trotz allem ein aufgeregtes Kribbeln im Inneren, als wäre sie das erste Mal alleine im Ausland unterwegs.

Ihren Koffer konnte sie leicht selbst aufs Zimmer bringen. Das Kleid und den Mantel für die Beerdigung hatte sie sowieso zurückgelassen, aber Gott sei Dank auch fast alle Sachen, die sie mit nach Cornwall gebracht hatte, denn sie waren hier völlig nutzlos. In England hatte es den ersten Wintereinbruch gegeben, während es hier drückend und sommerlich heiß war. Das Einzige, was sie aus dem Great House mitgenommen hatte, waren ihre uralten Flipflops für den Strand, die es nie von Cornwall nach London geschafft hatten, drei T-Shirts, die sie sonst unter dicken Winterpullis trug, und eine Jeans, aus der sie notfalls auch Shorts machen könnte.

Bei dem Gedanken an die Shorts dachte sie nicht zum ersten Mal seit dem Abflug an ihre Mutter. Der heftige Streit fiel ihr ein, den sie sich geliefert hatten, als Ellis in einem der Sommer als Teenager ihre Jeans abgeschnitten hatte. Die Ungeheuerlichkeit, eine »gute« Hose in ein gerade noch die Pobacken bedeckendes Bekleidungsstück zu verwandeln, das den Jungs gefiel, brachte ihre Mutter zur Weißglut.

Ellis hatte den ganzen Flug über gegrübelt, ob ihr Vater wohl daran schuld war, dass aus Rose diese verbitterte, einsame Frau geworden war. Die gehörnte Ehefrau – auch wenn man das Wort eigentlich für Männer benutzte, passte perfekt als Beschreibung ihrer Mutter: kalt, distanziert, gefühllos.

Ferdie war so überzeugt davon, dass Rose Alexander geliebt hatte, und Ferdie sagte niemals etwas, was er nicht wusste oder wovon er nicht zutiefst überzeugt war. Aber wenn ihr Vater tatsächlich eine andere Frau geliebt hatte? Dann konnte sie sich sehr gut vorstellen, warum ihre Mutter eine Mauer um ihr Herz errichtet hatte. Wenn sie selbst noch in Edward verliebt wäre, hätte sie sicherlich ganz anders auf seine Untreue reagiert. Sie wäre verzweifelt und am Boden zerstört gewesen statt erleichtert und mit einem neuen Ziel vor Augen.

Ellis beschloss, sich um passende Klamotten zu kümmern. Sonntags waren die kleinen Geschäfte geschlossen, aber die großen Einkaufszentren hatten geöffnet. Und es war ihr lieber so, denn unter den Augen der Verkäuferinnen in kleinen Boutiquen hatte sie sich schon immer unwohl gefühlt. Sie zog die Anonymität der großen Geschäfte vor, in denen man in den Sonderangebotsstapeln wühlen und sich tonnenweise Zeug mit in die Umkleidekabine nehmen konnte. Sie war selber durchaus in der Lage zu entscheiden, wie ihr Po in einer Hose aussah, dazu brauchte sie nicht das Urteil einer Verkäuferin mit Größe XS.

Diesmal erwischte sie einen redseligen Taxifahrer, und auch wenn sie kein Wort verstand, genoss sie die Fahrt durch die überfüllten Straßen. Es kam ihr vollkommen surreal vor, dass sie gestern noch in Cornwall gewesen war.

Das Einkaufszentrum war ihr so vertraut wie das Hotel: Auch hier sah es aus wie in jedem Konsumpalast auf der Welt. Sie erstand Shorts, T-Shirts, Leinenhosen, Sommerkleider, eine Strickjacke, eine leichte Sommerjacke, Sandaletten, Wanderschuhe und eine geräumige Tasche, in der sie noch ein paar weitere nötige Dinge, die sie einkaufte, würde unterbringen können.

Als sie schwer bepackt wieder im Sheraton ankam, musste sie zum ersten Mal wieder an Edward denken. Sobald die ersten Kreditkartenabrechnungen auf dem Konto sichtbar wurden, wüsste er, wo sie war, und bei dem Gedanken an seinen verständnislosen, völlig überrumpelten Gesichtsausdruck musste sie zugeben, dass sie ihre Schadenfreude mehr als genoss. Dann fiel ihr Ferdie ein, und sie bekam sofort ein schlechtes Gewissen. Er dachte bestimmt, sie wäre noch in Cornwall oder – viel schlimmer – würde sich gerade mit Edward streiten. Sie hatte ihr Handy seit dem Abflug nicht mehr eingeschaltet, aber da sie auf keinen Fall wollte, dass er sich Sorgen machte, rechnete sie nach, ob sie ihn anrufen konnte, machte es sich auf dem Hotelbett gemütlich und schaltete das Handy ein.

Sie hatte zwei Nachrichten von Edward, die sie sich kurz anhörte und danach löschte. Von Ferdie war noch kein Rückruf eingegangen, was sie stutzig machte. Sie rief ihn an, aber er antwortete nicht. Sie beschloss, in ein Café in der Nähe des Hotels zu gehen, und sie hatte sich gerade eben hingesetzt, als ihr Handy klingelte.

»Ellis, geht es dir gut? Tut mir leid, dass ich mich so lange nicht gemeldet habe …«

Jeder der ihn nicht so gut kannte, würde glauben, dass Ferdie ganz normal klang, aber Ellis war sofort alarmiert. »Ferdie, was ist los? Du klingst so komisch.«

»Äh, ja, der Jetlag, weißt du, diesmal werde ich den einfach nicht los. Aber sag mal, wo bist du denn, noch im Great House?«

Sie wusste nicht, was sie sagen und wo sie anfangen sollte. »Also, na ja, nein, ich bin nicht mehr in Cornwall.« Natürlich würde er jetzt davon ausgehen, dass sie zurück in London war.

Und prompt fragte er: »Also bist du wieder zu Hause?« Er klang erleichtert. »Habt ihr geredet? Was hat er gesagt? Wie ist es gelaufen?«

»Ich habe Edward noch gar nicht gesehen. Also ehrlich gesagt bin ich auch nicht zu Hause.«

Ellis hatte sich bereits am Tresen einen starken Kaffee bestellt, den der Kellner ihr gerade brachte. Sie nahm einen Schluck, was ihr die Gelegenheit gab, die Antwort hinauszuzögern.

»Ellis? Bist du noch dran?«, fragte Ferdie, weil sie nichts sagte.

»Ja, Ferdie, klar, also, na ja, ich bin in Argentinien.«

Jetzt fehlten ihm offenbar die Worte, denn es herrschte Totenstille am anderen Ende. Und diesmal war sie es, die das Schweigen irgendwann nicht mehr aushielt und nachhakte. »Ferdie? Bist du noch da? Ich höre dich nicht mehr«, log sie.

»J...j...a, die Verbindung war wohl unterbrochen«, griff er ihre Lüge dankbar auf. »Wo bist du noch mal, Ellis, ich hab's nicht ganz verstanden.«

»Ich bin in Argentinien«, wiederholte sie, und ihre Stimme klang beim zweiten Mal um einiges fester.

»Warum?«

Statt einer Antwort bombardierte sie ihn mit der Frage, die

ihr seit der Entdeckung im Great House als Dauerschleife durch den Kopf ging. »Ferdie, du kanntest meine Eltern doch seit Jahren, und du kennst mich wahrscheinlich besser als irgendwer sonst auf der Welt. Deshalb frage ich dich jetzt ohne großes Drumherumgerede: Hatte mein Vater eine Affäre?«

Die Pause, die auf diese Frage folgte, war eigentlich schon Antwort genug. Zumindest interpretierte sie Ferdies Schweigen so. Als ihr im selben Augenblick klar wurde, dass es also etwas gab, was Ferdie ihr jahrelang verschwiegen hatte, wurde sie von einem plötzlichen Unwohlsein überrollt. Sie widerstand dem Drang, das Handy in die nächste Ecke zu schmeißen.

»Ferdie?« Sie riss sich gerade noch zusammen und wartete weiter darauf, dass er etwas sagte.

Er räusperte sich – ein typisches Zeichen dafür, dass auch er sich nicht wohlfühlte.

»Ich habe es nie erwähnt, weil ich mir nie ganz sicher war. Es wäre reine Spekulation gewesen, und du weißt, wie sehr ich Spekulationen hasse. Ich halte mich an Tatsachen. Allerdings hat deine Mutter mir gegenüber mal eine Andeutung gemacht, sodass es mir möglich erschien. Aber du weißt ja, wie sie war, Ellis. Sie gab nie etwas preis. Und nach seinem Tod war es sowieso bedeutungslos.«

Ellis nickte wie zur Bestätigung dessen, was er gerade gesagt hatte. Sie kannte ihn so gut, dass sie seine Gründe, darüber kein Wort zu verlieren, nachvollziehen konnte, aber es machte es nicht einfacher für sie, da er *sie* auch gut genug kannte, um zu wissen, wie sehr ihr jede auch noch so kleine Information geholfen hätte, der Wahrheit auf die Spur zu kommen. »Ich hätte mir trotzdem gewünscht, dass du mir etwas gesagt hättest.« Sie konnte nicht verhindern, dass sie trotzig klang.

Wieder schwieg er nur.

Und dann passierte etwas, das es noch nie gegeben hatte: Zwischen ihnen baute sich ein ungutes Schweigen auf.

Ferdie beendete die schreckliche Situation. »Warum bist du in Argentinien, Ellis?«, fragte er mit zittriger Stimme. »Was machst du da? Was in Gottes Namen hat dich dazu gebracht?«

Und sie versuchte, es ihm, so gut es ging, zu erklären. Doch ihre Hoffnung, er würde ihre Geschichte mit Einzelheiten ausschmücken, wurde zerstört, als er genau wie sie völlig ahnungslos zu sein schien, wer Carmen oder Carlita sein sollte.

Und auch als sie ihn ausquetschte, was ihre Mutter ihm gegenüber für Andeutungen gemacht hatte, konnte er wenig bieten.

»Ich weiß wirklich rein gar nichts Genaues, da war nur dieses komische Gefühl, als ich die beiden kennenlernte, als würde deine Mutter sich hintergangen fühlen. Eigentlich hat sie nur etwas zitiert, ich glaube, es war George MacDonald, was überhaupt nicht zu ihr passte: ›Vertrauen zu genießen ist ein größeres Kompliment als geliebt zu werden.‹ Und dann hat sie etwas über deinen Vater gesagt, aber an den genauen Wortlaut kann ich mich nicht mehr erinnern. Wie gesagt, ich verabscheue Spekulationen. Um ehrlich zu sein, Ellis, warum bist du nicht zu mir gekommen, statt ins Flugzeug zu steigen und abzudüsen? Was hast du dir denn dabei gedacht?«

»Dass ich so vielleicht endlich die Wahrheit erfahre.«

»Wie denn? Was willst du denn machen, wenn du auf der Farm angekommen bist? Einfach an die Tür dieser Frau klopfen? ›Entschuldigen Sie bitte, aber hatten Sie eine Affäre mit meinem Vater?‹«

So wie er es sagte, klang es völlig absurd, und Ellis konnte nicht anders, als zu lachen, auch wenn es nicht besonders fröhlich klang.

»Darüber habe ich noch nicht nachgedacht, aber die Fahrt dauert lang, und ich werde viel Zeit haben, mir zu überlegen, wie ich es anstelle. Und ich lasse mich nicht davon abbringen, Ferdie …«

»Du hast noch eine lange Fahrt vor dir?« Er klang alarmiert. »Das heißt, du bist noch gar nicht da? Wo musst du denn hin? Ich sollte zu dir kommen, ja, ich sollte wirklich zu dir kommen und dich begleiten.«

»Ferdie.« Sie klang jetzt ungewohnt bestimmend. »Mir geht es gut, ehrlich. Aber das hier muss ich machen, und so sehr ich es zu schätzen weiß, dass du mich begleiten willst, so sehr kann ich dir versichern, dass deine Anwesenheit absolut nicht notwendig ist. Ich bin erwachsen, Ferdinand Riva. Ja, okay, vielleicht benehme ich mich nicht immer so, vielleicht lasse ich gerne zu, dass andere mir Entscheidungen abnehmen. Aber jetzt ist es für mich an der Zeit, meinen eigenen Weg zu gehen. Ich schaffe das. Ich *muss* es tun.«

»Genau darum geht es doch!« Zu Ellis' großer Überraschung unterstützte er sie nicht wie sonst immer in ihren Vorhaben, sondern widersprach vehement. »Du *musst* gar nichts tun. Und wenn du nicht möchtest, dass ich nach Argentinien komme, dann komm du zurück nach England, Ellis, komm zu mir, wohne bei mir, und dann finden wir zusammen eine Lösung.«

Ellis war fassungslos. »Ich dachte, dass du mich verstehen würdest.«

»Verstehen, dass du zu einem völlig verrückten Abenteuertrip aufbrichst? Und keine Sekunde überlegst, mich mal zu fragen, was ich davon halte?«

»Mir war nicht klar, dass ich zuerst deine Erlaubnis einholen muss«, erwiderte Ellis säuerlich.

»Es geht hier doch nicht um eine Erlaubnis, sondern ums Abwägen. Überlegen. Du weißt, ich war immer für dich da.«

»Ja, das weiß ich, und ich dachte, das wärst du jetzt auch ... dass du wenigstens verstehst, warum ich hierherfliegen musste ...«

»Es tut mir leid, Ellis, ich möchte ...« Wieder wusste er nicht, was er sagen sollte. Sie hatte ja recht. Natürlich wollte er für sie da sein, und natürlich hätte er ihr normalerweise schon längst verziehen, dass sie ihn nicht um Rat gefragt hatte, und ihr geholfen, aber jetzt, nachdem ... Ferdie seufzte, und trotz großer Schuldgefühle bat er sie: »Komm nach Hause, Ellis, bitte, komm nach Hause.«

Sie hörte an seiner Stimme, wie unglücklich und verzweifelt er war, aber sie wollte sich nicht umstimmen lassen, von nichts und niemandem.

»Genau *darum* geht es für *mich*, Ferdie. Ich weiß nämlich nicht mehr, wo mein Zuhause ist! Mein Zuhause ist kaputtgegangen, als mein Vater starb, und du weißt besser als jeder andere, wie wichtig es für mich ist, herauszufinden, was ihm zugestoßen ist.«

»Und du glaubst tatsächlich, Argentinien beantwortet dir diese Fragen!«

»Ich glaube, dass diese Frau, Carmen oder Carlita, ist ja auch egal, mir vielleicht meine Fragen beantworten kann.« Der Hoffnungsschimmer, der in ihrer Stimme mitschwang, war nicht zu überhören.

Er war kurz davor, ihr von dem Brief zu erzählen. Er fragte sich, ob sein Inhalt sie zur Rückkehr bewegen oder, ganz im Gegenteil, sie noch weiter bestärken würde, den Spuren nachzugehen. In Sekundenbruchteilen wog er das Für und Wieder ab, und wusste einfach nicht, was er sagen sollte.

Ellis nahm sein Schweigen als Missbilligung auf. »Du bist also nicht der Meinung, dass ich hier sein sollte?«

»Ich denke …«, begann Ferdie und unterbrach sich selbst, um sich zu korrigieren, »ich würde es begrüßen, und es wäre mir sehr daran gelegen, wenn du zurückkämst.«

Er sah im Geiste vor sich, wie sie Tausende Kilometer von ihm entfernt den Kopf schüttelte.

»Und ich denke«, sie betonte das »ich« demonstrativ, »dass ich genau zur richtigen Zeit am richtigen Ort bin.«

So sehr er ihr auch widersprechen wollte – tief in seinem Inneren wusste Ferdie ganz genau, wie recht sie hatte. Er hätte es ihr so gerne gesagt und sie bestärkt, aber er konnte einfach nicht.

Nachdem sie sich gestelzt voneinander verabschiedet hatten, legten sie beide mit einem unguten Gefühl auf.

Ellis erinnerte sich an die Geschichten ihres Vaters, wie Ferdie und er sich kennengelernt hatten. Ferdie arbeitete damals als freier Journalist, und seine Haupteinnahmequelle war der *National Enquirer*, dazu ein paar Aufträge von der gleichen Sorte. In der Hauptsache ging es ihm aber ums Reisen, und mit jedem Auftrag finanzierte er seine Weiterreise. Eines Tages erhielt er einen Anruf von einem alten Studienfreund, der gerade in der Redaktion des *National Geographic* in Washington ein Praktikum absolvierte. Man suchte händeringend jemanden für ein Interview mit einem englischen

Anthropologen, der gerade in Argentinien war – Alexander James.

Ihr Vater hatte Ferdie ein paar Mal damit aufgezogen, wie schlank er damals noch gewesen war, ein großer, dunkelhaariger, unglaublich gut aussehender und intelligenter junger Mann, der mit seinen vierundzwanzig fast sechs Jahre jünger war als ihr Vater. Doch trotz des Altersunterschieds verstanden sie sich auf Anhieb, jeder war von dem anderen sofort fasziniert. Als sie feststellten, dass sie beide Jazz-Liebhaber waren, war ihre Freundschaft zementiert.

Gleichwohl zog Ferdie erst nach Alexanders Tod nach England und ließ sich in London nieder, im Geburtshaus seiner Mutter, einem wunderschönen Stadthaus. Und erst nach seinem Umzug war er ein so wichtiger Teil ihres Lebens geworden.

Obwohl sie überrascht und ehrlicherweise auch mehr als nur ein bisschen getroffen von seiner Reaktion auf ihre Argentinienreise war, wünschte sich ein Teil von ihr, dass er bei ihr wäre. In Ferdies Nähe fühlte sie sich immer sicher und geborgen, und außerdem kannte er dieses Land wie seine Westentasche. Aber eine innere Stimme sagte ihr, dass sie kämpferisch genug war, diese Reise auch alleine durchzustehen. Und dazu brauchte es nicht nur Mut, sondern vor allem ein Transportmittel.

Buenos Aires war nur die erste Anlaufstation. Ihr eigentliches Ziel lag mindestens sechs Autostunden Richtung Süden entfernt, glücklicherweise auf nur zwei verschiedenen Landstraßen, sodass die Fahrt zwar lang, aber einfach sein würde.

Für die folgende Nacht hatte sie bereits ein Zimmer in einem kleinen Hotel in Sierra de la Ventana reserviert. Die

Estancia selbst lag noch mal einige Kilometer außerhalb des Ortes, also entschied sie sich für einen Mietwagen.

Sie verließ das Café. Und zurück im Hotel war der Concierge ihr liebend gerne behilflich, sodass sie in weniger als einer Stunde Mieterin eines ziemlich imponierenden Geländewagens war.

Erst mal wollte sie ein paar Stunden schlafen und am nächsten Morgen früh aufbrechen. Ihr Plan beruhte immer noch hauptsächlich auf der impulsiven Entscheidung in Cornwall, aber so vage er auch war, so streng führte sie ihn aus: Berücksichtigte man die Zeitverschiebung, musste sie früh ins Bett, damit sie morgen rechtzeitig fit war.

Erst jetzt fiel Ellis auf, wie müde sie tatsächlich war. Seit zwei Tagen hatte sie reines Adrenalin in den Adern, und der Klimawechsel tat sein Übriges. Eigentlich wollte sie noch etwas essen und im Internet etwas über Carmen erfahren, aber sie schaffte es nur noch, kalt zu duschen, bevor sie ins Bett fiel. *Nur ein paar Minuten ausruhen*, dachte sie, als ihr Kopf in das weiche Kissen sank.

Vielleicht wurde sie zwei Stunden später von einem schreienden Baby im Hotelflur geweckt oder von einem leicht angetrunkenen Gästepaar, das sich vor ihrem Zimmer küsste und unterhielt. Vielleicht war es aber auch die fremde Geräuschkulisse, die sie unterbewusst wach hielt und nicht wie in London durchschlafen ließ. Der Hotelwecker auf ihrem Nachttisch verriet ihr, dass es zwanzig nach zehn war.

Um halb elf klingelte ihr Handy, das sie vergessen hatte auszuschalten, und sie tastete schlaftrunken im Dunkeln danach, schaffte es aber nicht, dranzugehen. Kurz darauf ging das Klingeln wieder los, dazu noch das störende Vibrieren auf dem Holz des Nachttisches. Diesmal zwang sie sich, mit einem Auge einen Blick darauf zu werfen. Natürlich war Edward der Anrufer, und natürlich wies sie den Anruf ab, und es war ihr vollkommen egal, dass das auch für ihn offensichtlich sein musste. Genauso offensichtlich, wie die Tatsache, dass der Klingelton ihn darauf hinwies, dass sie außer Landes war.

Sollte er doch denken, was er wollte. Allerdings überraschte es sie schon, dass er es tatsächlich ein drittes Mal probierte. Diesmal stellte sie das Handy stumm und sah ausdruckslos dabei zu, wie es vibrierend auf der Holzplatte hin und her zuckte. Sie wusste, dass Ferdie recht hatte und sie irgendwann mit ihm reden musste. Aber sie wusste auch, dass jetzt nicht der richtige Zeitpunkt dafür war.

Aus dem Fenster ihres Hotelzimmers konnte sie das beleuchtete Zifferblatt der Uhr auf dem Torre Monumental sehen, vor einem tief violetten Nachthimmel, der durch die vielen Lichter in der Stadt einen orangefarbenen Schimmer hatte.

Ihr Vater hatte immer mit solcher Wärme von dieser Stadt gesprochen. Er war nicht oft hier gewesen, hatte sie aber intensiv erlebt. Besonders angetan hatte es ihm das pinkfarben gestrichene Museo Nacional de Bellas Artes. Als großer Verehrer der Impressionisten und Post-Impressionisten schwebte er auf seinen Rundgängen durch die Ausstellungen der ganz Großen mit Bildern von Monet, Manet, Pissarro, Cézanne und Degas im siebten Himmel. Der Friedhof La Recoleta war sein zweiter Lieblingsort: sechs stimmungsvolle Hektar Land, vollgestopft mit architektonisch spektakulären Grabstätten von Präsidenten, Soldaten und Nobelpreisträgern. Er hätte sich wie in einem James-Bond-Film gefühlt, berichtete er, und jede Sekunde damit gerechnet, dass der Beißer aus einem der prächtigen Mausoleen auftauchte. Und er erzählte ihr anschaulich, wie er einen ganzen Sonntagnachmittag auf einem Antikmarkt auf der Plaza Dorrego verbrachte, wo abends die Cafébesucher und Tangotänzer auf die Straßen hinausschwappten und sich, begleitet von gutem Essen, Musik und Tanz, zu einem wunderschönen Tumult vermischten.

Eigentlich wäre es schön gewesen, dorthin zu gehen und den Erzählungen ihres Vaters nachzuspüren, aber sie wollte morgen zeitig losfahren. Doch dann lag sie wieder über eine Stunde lang wach. Schließlich gab sie Punkt Mitternacht auf und griff nach dem Gedichtband in ihrer Handtasche. Im Flugzeug hatte sie außer einem Reiseführer aus dem Flughafenshop nichts anderes gelesen und trotzdem nicht mehr aus dem Buch herausgequetscht als Name, Titel und die Widmung. Es musste ein Privatdruck sein, denn es gab kein Impressum mit den üblichen Angaben zum Copyright.

Der Band enthielt zehn Gedichte, und jedes einzelne war unglaublich schön illustriert, mit Bleistift und Wasserfarben: Zeichnungen von Schmetterlingen mit gebrochenen Flügeln, von bezaubernden Frauen mit stürmischen Ozeanen als Haarpracht, Sternen als Augen und zerfließenden Herzen.

Der schmale Band war ein Meisterwerk, und da sie sowieso nicht mehr schlafen konnte, beschloss sie, das erste Gedicht mithilfe des Hotel-Internets zu übersetzen.

*Sin mi amor soy ecos vacías*
*Soy una historia sin sentido ni fin*
*Un silencio sin llenar por el pensamiento*
*Una página para siempre a la espera de ser escritos en*
*Un jardín sin flores*

*un día sin fin sin las horas*
*un viaje sin destino*
*un espejo sin reflejo*
*perdido y perplejo*
*un hambre que nunca se sacia*
*un charca líquido de apatía*
*un alma abandonada*
*perdido y nunca más será hallada*

*Ohne meinen Liebsten bin ich nur ein leeres Echo*
*eine Geschichte ohne Inhalt und ohne Ende*
*Schweigen ohne jeden Gedanken*
*eine Seite, die für immer darauf wartet, beschrieben zu werden*
*ein Garten ohne Blumen*
*ein endloser Tag ohne die Stunden*
*eine Reise ohne Ziel*
*ein Spiegel ohne das Spiegelbild*
*verloren und verwirrt*
*hungrig, ohne Hoffnung, jemals satt zu werden*
*ein stiller Tümpel*
*eine vergessene Seele*
*verloren und niemals mehr aufzufinden*

In den wenigen Zeilen lag echte Verzweiflung. Ellis stiegen Tränen in die Augen, denn sie wusste instinktiv, dass es die gleiche Art von Verzweiflung war, die sie selbst so intensiv und unauslöschlich erfahren hatte. Diese Frau hatte die gleichen die Seele zerstörenden, lähmenden, das Herz aus der Brust reißenden Qualen erlitten wie Ellis. Und diese Worte auf Papier waren der gleiche Trauerschrei, das einzige Ventil, das blieb. Ellis hatte ihr Buch geschrieben und Carmen ihre

Gedichte. Einen Moment lang verspürte sie eine so starke Zuneigung zu dieser Frau, die sie doch noch nie getroffen hatte, und ein Gefühl tief in ihrem Herzen sagte ihr, dass es echt war, auch wenn ihr Kopf immer wieder Einwände vorbrachte.

Aber dann schoss ihr ein ganz anderer Gedanke durch den Kopf. Gab es da nicht, wenn sie ganz ehrlich war, einen klitzekleinen Teil in ihr, der sich immer ausgemalt hatte, dass Alexander vielleicht einfach nur abgetaucht und nicht gestorben war? Dass er einfach nur von seinem Weg abgekommen war? Oder einen neuen eingeschlagen, das eine Leben gegen ein anderes eingetauscht hatte? Hoffte sie nicht irgendwo tief in ihrem Innersten, dass sie morgen zur Estancia kam und nicht nur Carmen oder Carlita, sondern auch ihm gegenüberstand?

»Jetzt drehst du komplett durch, Ellis James!« Sie sprang vom Bett auf und lief durchs Zimmer, um sich zu beruhigen. »Hör auf mit deinen Hirngespinsten, diese Frau, wer immer sie auch ist, hat ihn auch verloren, genau wie du!« Und selbst wenn es gar nicht so war, und selbst wenn Carmen noch nie in ihrem Leben von einem Alexander James gehört hatte, musste sie sich selbst davon überzeugen. Sie konnte niemanden mehr fragen, der die Wahrheit kannte, warum ihr Vater in jener stürmischen Nacht die Segel gesetzt und auf das tückische Meer hinausgefahren war, während sie im Krankenhaus lag.

All ihre Hoffnungen beruhten auf dieser Frau, die sie noch nie getroffen hatte: Carmen Velasquez.

Sie schloss die Augen, konzentrierte sich auf diesen Namen, und plötzlich spürte sie eine Kraft und Zielstrebigkeit in sich und wusste, was sie zu tun hatte. Sie zog sich an und packte.

# 14

Fünf Stunden später befand sie sich fünfhundert Kilometer südlich von Buenos Aires und genoss auf den letzten paar Kilometern Richtung Sierra de la Ventana den Sonnenaufgang.

Im Morgenlicht war die Landschaft überwältigend: Wo sie hinsah, nur Pampa und in der Ferne ein beeindruckender Gebirgszug. Aus dem Reiseführer wusste sie, dass der größte der Berge vor ihr der Cerro Ventana war, dessen Einschnitte in der Bergkette wie Fenster aussahen. Außerdem hatte sie gelesen, dass der sanfte Hügel, der an die Stadt heranreichte, zu der sie gerade unterwegs war, Cerro del Amor hieß. Und sie wusste, dass irgendwo hinter diesem »Amorhügel«, irgendwo in dieser magischen Landschaft, die Estancia der Familie Velasquez lag.

Als ihr bewusst wurde, wie nah sie ihrem Ziel war – und vielleicht der Wahrheit? –, begann sie, am ganzen Körper zu zittern, nicht vor Müdigkeit oder vor Angst, sondern aus Vorfreude. Dieses Gefühl steigerte sich noch, als sie die idyllische Kleinstadt erreichte, die sie sich eher als Dorf vorgestellt hatte. Langsam fuhr sie an wunderschönen großen Villen und kleinen Ferienhäusern vorbei, an kunterbunten Läden, Teehandlungen und winzigen Restaurants.

Begrenzt wurde diese Wohngegend durch den Rio Sauce Grande, dahinter schloss sich ein weiterer belebter Stadtteil an, in dem sich ihr Hotel befand. Es war eine ungewöhnliche Villa, über hundert Jahre alt, und sie sah aus, als hätte man sie direkt aus einem Schweizer Bergdorf hierhergebracht. Sie parkte das Auto vor dem Hotel, stieg aus und sah sich erst mal um. Zahlreiche Touristen schlenderten durch die baumgesäumte Straße oder blieben vor den Schaufenstern stehen. Viele zog es in eine Bäckerei, in der es warme und süß duftende Churros gab. Sie sog die noch angenehm frische Bergluft ein, streckte sich und gähnte herzhaft. Dann holte sie ihr bescheidenes Gepäck aus dem Kofferraum und betrat die kühle Lobby mit Rezeption, in der die Jalousien heruntergelassen waren, um die sich ankündigende Hitze auszusperren.

Sie war allein, hörte aber im Büro hinter der Rezeption die Geräuschkulisse einer spanischen Soap Opera im Fernsehen, schallendes Gelächter aus der Konserve, in das eine reale Frauenstimme einfiel. Auf dem Tresen befand sich keine Klingel, also machte sie sich auf die feine englische Art bemerkbar, indem sie ihr Gepäck laut auf den Boden fallen ließ und anschließend noch vernehmlich hüstelte.

Der Fernseher wurde leiser gestellt, woraufhin ein lärmender Deckenventilator zu hören war, und eine stattliche Frau in einem leuchtend roten Kleid mit Blumenmuster kam aus dem Büro. Ihr Lächeln wirkte herzlich und einladend. Ihr Lippenstift war so rot wie das Kleid, und ihre Haare hatte sie zu einem bemerkenswerten, seidig glänzenden Wirbel aufgetürmt.

Sie sagte etwas Unverständliches auf Spanisch und fragte grinsend, als sie den konsternierten Gesichtsausdruck der jungen Frau vor ihr bemerkte: »Americano?«

Ellis schüttelte den Kopf. »Engländerin.«

»Ah, England. Hallo, Engländerin. Willkommen. Brauchen Sie ein Zimmer?«

»Ich habe eins reserviert.«

Irgendwie schaffte die Frau es, ihr breites Grinsen noch breiter werden zu lassen. »Ah, si, si, ja, ja, ja, Sie sind meine Reserve.« Sie griff unter den Tresen und zog ein altmodisches Anmeldebuch hervor, schlug es am heutigen Tag auf und schob es zu Ellis hin.

»Ich habe Ihre Anmeldung, Sie unterschreiben nur noch hier.« Zuerst tippte sie demonstrativ auf die entsprechende Stelle, dann reichte sie den Stift Ellis. »Und Richard Burton, er kommt später zu Ihnen, eh?«

»Wie meinen Sie das?« Ellis hielt mitten beim Unterschreiben inne und sah verwirrt zu der Frau hoch.

»Richard Burton!«, nickte sie mit Nachdruck. »Elizabeth Taylor«, sie deutete auf Ellis, »und Richard Burton. Elizabeth Taylor und Richard Burton. Hollywoods schönstes Traumpaar, eh?« Dann lachte sie lautstark los und war so begeistert von ihrem eigenen Witz, dass Ellis es nicht übers Herz brachte, ihr die Pointe zu verderben.

»Ach so, ja, ich verstehe. Aber, nein, es gibt keinen Richard Burton, tut mir leid. Nur mich.«

»Tststs.« Die Frau schürzte die Lippen und wedelte mit einer Hand durch die Luft, als wollte sie eine lästige Fliege verscheuchen. »Kein Richard Burton. Kein Problem. Wir brauchen keinen Richard Burton. Männer sind toll, wenn man sie kriegen will, und eine einzige Enttäuschung, wenn man sie hat.« Sie zwinkerte Ellis zu, dann zwängte sie sich durch eine schmale Klappöffnung in dem Tresen aus Holz und schnappte sich Ellis' Reisetasche.

»Kommen Sie, ich zeige Ihnen das Zimmer. Bestes Zimmer für einen Filmstar, oder?«

Ellis hielt es tatsächlich für wahrscheinlich, dass sie das beste Zimmer im ganzen Hotel bekommen hatte. Es war rustikal und gemütlich eingerichtet, der Boden war aus Holz, genau wie die schweren Möbel. Hell und geräumig, mit eigenem Bad, und so groß, dass es drei Fenster mit Aussicht auf einen weitläufigen Garten gab, in dem im Sonnenlicht ein tiefblauer Swimmingpool schimmerte, umgeben von grünem Gras und Mesquitebäumen, zwischen denen Schwalben hin und her schossen und nach unsichtbaren Fliegen schnappten.

»Ist ein gutes Zimmer, oder? Gefällt es Ihnen?«

»Ja, sehr. Vielen Dank.« Ellis lächelte und nickte, was die Frau zufrieden mit einem breiten Lächeln quittierte.

»Wenn Sie etwas brauchen, fragen Sie mich.« Sie stellte Ellis' Tasche auf einer Ottomane am Ende des Bettes ab und klopfte mit einer Hand auf ihr ausladendes Dekolleté. »Fragen Sie nach Marilyn. Ich bin Marilyn. Meine Mutter, sie war verliebt in Marilyn Monroe«, erklärte sie. »Hätte noch schlimmer kommen können«, sie verdrehte ihre großen dunklen Augen und verzog den Mund zu dem schier allgegenwärtigen Grinsen, »denn meine Mutter war auch verliebt in Rock Hudson.«

Nachdem Marilyn wieder gegangen war, sah Ellis sich noch mal in aller Ruhe um und staunte, dass sie tatsächlich an ihrem Ziel angekommen war. Sie ging ans Fenster und bewunderte noch einmal die Aussicht. In der Ferne konnte man noch die Berge erkennen, ein dunkles Blaugrau wilder Schönheit aus Fels. Sie wusste, dass sie in Richtung genau dieser Berge fahren musste, um die Estancia Velasquez zu finden.

Vor achtundvierzig Stunden war sie noch auf der Beerdigung ihrer Mutter gewesen und hatte keine Ahnung gehabt, dass dieser Ort hier existierte. Es fühlte sich surreal an, und ihr wurde schwindelig.

Fünf Stunden Fahrt nach Heathrow, dreizehn Stunden Flug, sechs Stunden weit weg von Buenos Aires. So sehr sie auch wach bleiben und ihre Suche mit dem Adrenalinschub fortsetzen wollte, so sehr sie auch gleich wieder in ihren Mietwagen steigen und zur Estancia aufbrechen wollte – sie konnte einfach nicht mehr. Plötzlich spürte sie, wie die Müdigkeit sie überrollte, und sie schaffte es gerade noch mit letzter Kraft, die Fensterläden zu schließen, bevor sie – ohne zu duschen oder sich auszuziehen – zwischen die frischen weißen Laken krabbelte und sofort einschlief.

Sie wachte erst von einem komischen Geräusch wieder auf, als die Sonne hoch oben am Himmel stand. Sie eilte ans Fenster, öffnete die Läden und folgte dem sonderbaren Kreischen. Mit Begeisterung entdeckte sie im Garten ein Papageienpaar mit grünen Backen und leuchtend grünen Flügeln, das eine ernsthafte Unterhaltung zu führen schien.

Augenblicklich musste sie wieder an ihren Vater denken, der die Liebe zur Natur in ihr geweckt hatte. Doch in seinen Erzählungen hatten die Tiere und Pflanzen aus Cornwall immer so fade gewirkt, verglichen mit den exotischen Vögeln, die manchmal sogar wie Menschen klangen, den springenden Guanakos, wilde Verwandte der Lamas, und den Gürteltieren, die Plage der heimischen Bauern, weil sie hartnäckig riesige unterirdische Löcher buddelten, in die die Pferde und das Vieh der Bauern stolperten und sich verletzten, oder den

Affen und Faultieren und langrüsseligen Ameisenbären, und nicht zu vergessen die seltenen blauen Schmetterlinge, die größer als Vögel waren.

Er hatte ihr Fotos in Hülle und Fülle gezeigt, weil er an so vielen Orten gewesen war, aber Argentinien war immer sein Lieblingsziel geblieben.

Bei dieser Erinnerung wurde ihr erst klar, wo sie eigentlich genau war: an einem Ort, den ihr Vater über alles geliebt hatte, und vielleicht sogar in der Nähe eines Menschen, für den er das Gleiche empfunden hatte.

Sie sah auf die Uhr und stellte fest, dass sie immer noch auf die Londoner Zeit eingestellt war: halb zehn. Vier Stunden weiter, dann war es hier halb zwei. Sie hatte also nur ein paar Stunden geschlafen. Und schon war sie in Gedanken schon wieder an ihrem letzten Ziel. Wenn sie doch nur mit den Fingern schnippen und sich dorthin beamen könnte: direkt vor die Füße von Carmen Velasquez.

Vielleicht war es ganz gut, dass sie noch eine längere Fahrt vor sich hatte, dann konnte sie noch in Ruhe überlegen, was sie dort tun würde. Wie stellte sie sich die Begegnung denn eigentlich vor? Ferdie hatte ja recht, wenn er sagte, sie könne dort nicht einfach auftauchen und Fragen stellen.

Aber warum eigentlich nicht? Warum sagte sie nicht einfach, wer sie war, und fragte Carmen Velasquez, ob sie Carlita sei und ob sie etwas über den Verbleib ihres Vaters wüsste? Selbst das kleinste Detail wäre als Antwort mehr wert als alles, was Ellis sich je hätte erträumen können.

Aber sie wusste nur zu gut, dass man, selbst wenn man offen und ehrlich fragte, noch lange keine ehrliche Antwort erhielt. Das hatte das Leben ihr gerade erst beigebracht. Sie musste kurz an Edward denken, schob ihn aber gleich wieder in die hinterste Ecke ihres Kopfes, wo er nichts weiter war als ein verschwommener Schatten, den sie gelegentlich wahrnahm, wenn sie zurückblickte.

Sie fand es selbst erschreckend, wie weit entfernt sie sich von ihm fühlte. Sie waren so lange zusammen gewesen, und trotzdem kam er ihr überhaupt nicht mehr wie ihr Ehemann vor, schon gar nicht seit ihrer Ankunft in Argentinien. Es kam ihr so vor, als existiere der Teil von ihr, der mit ihm verbunden gewesen war, nicht mehr. Als wäre sie noch ein und dieselbe Person und dennoch jemand anders. Jemand mit einem klaren Ziel vor Augen. Jemand, der vorwärts ging.

Sie duschte lange, zog sich um, schnappte sich ihre Handtasche und eine detaillierte Karte, die sie in Buenos Aires zusammen mit einem Spanischlexikon erstanden hatte. Auf der Karte hatte sie sich die Strecke bis zur Estancia bereits eingezeichnet. Sie prägte sich alles noch einmal genau ein, bevor sie nach unten ging.

Auf dem Weg durch die Hotellobby begann ihr Magen so laut zu knurren, als stünde ein Gewitter bevor. Sie rechnete nach und stellte fest, dass sie in den letzten vierundzwanzig Stunden genau zwei Medialunas gegessen hatte. Selbst Marilyn hatte das Knurren gehört und schickte sie zu der Bäckerei, die Ellis bereits gesehen hatte. Dort bestellte sie sich ein üppiges Sandwich, das locker zwei Tage für eine ganze Familie gereicht hätte, eine Flasche Wasser und einen großen Kaffee zum Mitnehmen.

Fast kam sie in Versuchung, sich wie ein normaler Tourist an einen Tisch zu setzen, einen Moment Pause zu machen und an nichts zu denken.

Aber diese innere Stimme, die sie aufforderte, der Wahrheit auf die Spur zu kommen, gab ihr Antrieb. Also ging sie zu ihrem Mietwagen, ließ alle Fenster hinunter, um die drückende Hitze aus dem Auto zu jagen und die Schwere aus ihrem erschöpften Körper, und machte sich wieder auf den Weg.

# 15

Der Schweiß rann ihr in Strömen den Rücken hinunter. Sie verfluchte ihre Jeans, die sie in ihrem kühlen Zimmer angezogen hatte, ohne darüber nachzudenken, wo sie war und was sie vorhatte, sondern nur darüber, wohin sie fuhr. Schwitzend wischte sie sich über die Stirn und trocknete ihre Hand an der Hose ab.

Sie hatte einen kurzen Stopp eingelegt, nachdem sie den Wagen fünfmal hintereinander beim Abbiegen abgewürgt hatte. Es war nicht mehr weit bis zur Estancia, aber sie hatte eine geschlagene Stunde damit zugebracht, an ein und derselben Kreuzung immer wieder auf und ab zu fahren, auf der Suche nach einem Schild oder irgendeinem Hinweis, wo sie abbiegen sollte. *Tief durchatmen,* dachte sie, als sie wieder ins Auto stieg, *wahrscheinlich hast du einfach falsch gekuppelt*. Sie drehte den Zündschlüssel – und nichts passierte. Der Motor verschluckte sich einmal und schwieg. Das Geräusch hatte er vorhin auch schon gemacht, nur sprang er jetzt überhaupt nicht mehr an. Fluchend stieg sie wieder aus. Sie wusste, dass es nichts brachte, gegen die Reifen zu treten, aber irgendwie musste sie ihren Frust loswerden, dass ihr verdammtes Auto den Geist aufgegeben hatte.

»So nah und doch so fern.« Sie seufzte und öffnete die

Motorhaube, auch wenn sie keine Ahnung hatte, nach was sie suchen sollte. Sie starrte den Motorblock an und hoffte auf ein Wunder.

Und da hörte sie ein Auto, das erste, seit sie an dem Abzweig herumgeirrt war, denn außer ihr war hier die ganze Zeit niemand unterwegs gewesen.

Sie winkte dem Fahrer, und der Wagen, ein eingestaubter offener Wrangler Jeep, hielt auf der anderen Straßenseite an.

*»Te puedo ayudar?«,* rief der Mann ihr quer über die Straße zu.

Weil die Sonne sie blendete, konnte sie nicht mehr erkennen als dunkle Haare und eine Aviator-Sonnenbrille.

»Tut mir leid, ich verstehe Sie nicht«, rief sie, begleitet von einem hilflosen Schulterzucken, und als Antwort stellte der Mann den Motor ab, stieg aus und kam auf sie zu. *»No hablo español«,* schob sie als Erklärung hinterher, den einzigen Satz, den sie stammeln konnte.

Vielleicht lag es an ihrer Aussprache, jedenfalls zuckte über das ziemlich mürrische Gesicht ein kurzes Lächeln.

»Was für ein Glück, dass ich wenigstens Englisch spreche. Kann ich Ihnen irgendwie helfen?«

Ellis' Seufzer strotzte vor Erleichterung. »Oh, das hoffe ich. Kennen Sie sich mit Autos aus?«

Er zuckte nur mit den Achseln. »Ein bisschen.«

»Na ja, dieses hier hat jedenfalls beschlossen, den Dienst zu quittieren.«

»Einfach so?«

Sie nickte.

Das Lächeln wurde etwas breiter. »Und mehr können Sie mir dazu nicht sagen?«

»Äh, nein«, gestand Ellis und ihre totale Unwissenheit, was Autos betraf, war ihr plötzlich ein bisschen peinlich.

Jetzt grinste ihr unbekannter Retter über das ganze Gesicht. »Hat der Motor laute Geräusche von sich gegeben? Oder gab es vielleicht eine Explosion?«

Ellis schüttelte den Kopf. »Der Wagen blieb einfach stehen, stotterte, und dann stand er.«

»Stotterte? Tut mir leid, aber das Wort kenne ich nicht.«

Ellis gab sich große Mühe, das Geräusch nachzumachen und klang dabei wie ein Kettenraucher, der seine Lunge freihusten wollte.

Diesmal wurde aus dem Grinsen echtes Gelächter. »Verstehe. Ihr ›Stottern‹ gefällt mir. Das war sehr anschaulich. Klingt so, als wäre Ihr Auto ernsthaft krank. Da wollen wir mal nachschauen.«

Er schob seine Sonnenbrille nach oben, und zum Vorschein kamen freundlich lächelnde Augen, die abgrundtief blau waren wie das Meer.

Verstohlen beobachtete sie ihn, als er sich über den Motor beugte. Er trug Reithosen und Stiefel. Die Ärmel seines Polohemds hatte er bis zu den Ellbogen aufgekrempelt, und am linken Handgelenk trug er eine wuchtige Uhr mit vielen verschiedenen Anzeigen. Er war ziemlich braun gebrannt.

Wären seine Lederstiefel nicht so staubig und hätte er nicht Dreck, vermutlich Gras, auf der Hose, dann sähe er fast zu gepflegt aus, um freiwillig beide Arme in einen ölverschmierten Motorblock zu stecken. Doch er zögerte keine Sekunde, zog, drückte und zerrte im Inneren des Motorraums herum. Als er wieder auftauchte, wischte er sich gedankenlos beide Hände an den Oberschenkeln sauber, sodass außer dem Grasfleck jetzt auch noch Öl darauf verschmiert war.

»Auf den ersten Blick ist nichts kaputt«, sagte er achselzuckend, doch dann, als würde ihm gerade etwas einfallen, legte er den Kopf schräg zur Seite, musterte sie einen Moment lang und fragte: »Dürfte ich mal die Schlüssel haben?«

»Sie stecken im Zündschloss«, sagte Ellis, und ihre Stimme klang eine Oktave höher nach einem solch offensichtlichen prüfenden Blick.

Er nickte, machte die Autotür auf und setzte sich auf den Fahrersitz. Dann drehte er den Schlüssel, aber zu ihrer großen Überraschung nur so weit, dass die Zündung an war, ohne den Motor anzumachen. Er wartete einen Augenblick, dann stieg er wieder aus und ging mit dem Schlüssel in der Hand ums Auto herum, bis er wieder vor ihr stand. Mit verschränkten Armen lehnte er sich lässig gegen den Wagen und schüttelte den Kopf.

»O weh ...« Er stieß einen tiefen Seufzer aus, als gäbe er sich geschlagen. »Tut mir leid, aber ich weiß genug über Autos, um eingestehen zu müssen, dass ich dieses hier nicht reparieren kann!«

»Autsch«, Ellis runzelte besorgt die Stirn, »was ist damit?«

»Der Motor ist vollkommen in Ordnung. Alles läuft bestens.«

Sie verstand immer noch nicht. »Aber warum springt der Wagen dann nicht an?«

»Tja«, sagte er, stieß sich geschmeidig vom Auto ab und ging zur Motorhaube, um sie zu schließen. »Haben Sie schon mal was von diesem gewissen Etwas gehört ... ich glaube, man nennt es Benzin?« Er stand jetzt direkt vor ihr, und es war nicht zu übersehen, wie sehr er sich amüsierte.

Ellis fielen die von den Gürteltieren gebuddelten Löcher aus den Erzählungen ihres Vaters ein, und sie wünschte sich inbrünstig, es würde sich eins vor ihr auftun und sie augenblicklich verschlingen.

»Soll das ein Witz sein?«, fragte sie angriffslustig.

»Tut mir leid, aber ich scherze nicht, ich glaube daran, dass es sehr wichtig ist, immer die Wahrheit zu sagen, und die Wahrheit lautet, dass Sie ein Problem haben, was mir unter der Bezeichnung ›leerer Tank‹ geläufig ist.«

Sie wusste nicht, ob sie lachen oder vor Peinlichkeit weinen sollte, und das Geräusch, das ihr entfuhr, erinnerte ziemlich stark an das des stotternden Motors. »Herrje, wie dumm von mir! Sie können sich gar nicht vorstellen, wie peinlich mir das Ganze ist …«

»O doch, das kann ich mir sehr gut vorstellen«, erwiderte er. Seine Mundwinkel zuckten verdächtig vor Heiterkeit, aber er bemühte sich redlich, sie nicht auszulachen. »Aber sehen wir es doch einfach positiv: Dieser Schaden ist leicht zu beheben!«

»Ja, zum Glück.«

»Und ich verspreche, niemandem davon zu erzählen.«

»Gott sei Dank gibt es niemanden, dem man es erzählen könnte, aber das ändert auch nichts daran, dass ich mir total blöd vorkomme. Ich war so auf das Ziel meiner Reise konzentriert …«

»Und wohin wollen Sie? Sie sind Touristin, das sieht man sofort.« Sein spöttisches Lächeln wurde etwas breiter. »Also, wo wohnen Sie?«

Sie fuhr sich frustriert mit einer Hand durch die schweißnassen Haare, sodass sie wie die Zotteln eines Löwen vom Kopf abstanden, ein goldener Heiligenschein, der von der Sonne im Hintergrund angestrahlt wurde.

»Ich war auf dem Weg zur Farm der Familie Velasquez.

Wissen Sie, wo die ist?«, antwortete sie resigniert, denn sie fürchtete, unverrichteter Dinge ins Hotel zurückkehren zu müssen.

Die klaren blauen Augen verengten sich kaum sichtbar nach ihrer Frage, und das freundliche Lächeln wurde eine Spur abweisender. Zuerst fiel es ihr gar nicht auf, sondern erst, als er ihr antwortete und die Freundlichkeit aus seiner Stimme verschwunden war. »Ja, das weiß ich. Haben Sie dort geschäftlich zu tun?«

Ellis nickte wie in Zeitlupe. »Ja«, antwortete sie, weil es ja irgendwie auch stimmte.

»In welcher Angelegenheit?«

Sie zögerte ihre Antwort hinaus und sah ihm ins Gesicht. Das Lächeln war noch nicht ganz verschwunden, aber er schien auf der Hut zu sein, also wurde auch sie instinktiv vorsichtiger mit dem, was sie sagte. Er schien tatsächlich auf eine Antwort zu warten. Aber was sollte sie ihm sagen, wo es doch offensichtlich war, dass er sich nach ihrer ersten Antwort anders verhielt.

Am liebsten hätte sie ihn gefragt, was ihn das anginge, aber das wäre wohl nicht sehr höflich, schließlich hatte er angehalten, um ihr zu helfen.

»Ich treffe dort Carmen Velasquez.«

»Erwartet sie Sie?«, fragte er und erwischte sie damit kalt. Und diesmal nickte sie nur, denn sie wollte nicht noch mehr lügen, oder zumindest Unwahrheiten laut aussprechen.

Er sah sie nachdenklich an, aber sein Gesicht war so ausdruckslos, dass sie kurz sogar überlegte, ob sie sich seinen Stimmungsumschwung nur eingebildet hatte. Dann nickte er, als wollte er sich selbst etwas bestätigen und würde sich selbst eine stumme Frage beantworten.

»Ich fahre auch zur Estancia. Ich nehme Sie mit, damit Sie Ihren Termin einhalten können. Jemand von der Farm kann sich währenddessen um Ihr Auto kümmern.«

»Wirklich? Sind Sie sicher?«

»Ich kann Sie ja schlecht hier stehen lassen.«

Es kam ihr gar nicht in den Sinn, dass sie etwas tat, wovor weltweit gewarnt wird, vor allem, wenn man alleine ein Land bereist: dass sie in das Auto eines vollkommen Fremden stieg und mit ihm an einen vollkommen fremden Ort fuhr.

Doch Ellis verließ sich auf ihr Bauchgefühl, und irgendwie kam es ihr so vor, als würde sie ihn schon besser kennen. Plötzlich wurde ihr bewusst, dass sie noch nicht einmal wusste, wie er hieß, und trotzdem fasste sie den Entschluss, bei ihm mitzufahren.

»Danke«, sagte sie und meinte es auch so. »Das ist wirklich sehr nett von Ihnen.«

Er nickte.

»Ich nehme nur schnell ein paar Sachen mit, okay?«

»Ja, klar.«

Sie holte ihre Tasche aus dem Mietwagen, und als er sah, dass sie alles hatte, drückte er den Knopf zum Verschließen auf ihrem Schlüssel, ging gemächlich zu seinem Auto zurück und öffnete die Beifahrertür für sie.

Für den Rest der Fahrt blieb er schweigsam, und Ellis war etwas beunruhigt, da er zuerst so freundlich gewesen war. Sie hatte wirklich gehofft, sich seinen plötzlichen Argwohn nur eingebildet zu haben, nachdem sie ihr Ziel erwähnte hatte. Und ihre Notlüge über einen Termin auf der Farm bereitete ihr jetzt ziemliches Unbehagen. Wie ein winziger Stachel, der unter dem Daumennagel saß und sich immer wieder pochend in Erinnerung brachte.

Aber vielleicht konzentrierte er sich einfach nur aufs Fahren, denn der Weg war weiß Gott schwer zu finden.

Sie musterte ihn noch einmal, aber da er nicht auf ihren Blick reagierte, lehnte sie sich zurück und versuchte, sich zu entspannen. Ihr ging durch den Kopf, was er wohl auf der Farm zu erledigen hatte, und musterte ihn noch mal verstohlen von der Seite.

Er war gebräunt, aber nicht so dunkel wie die meisten Männer, die sie hier gesehen hatte, und trotz der schwarzen dicken Haare sah er vom Profil her eher europäisch aus, bedingt durch die hohen Wangenknochen, dem wohl proportionierten Mund und seine Augen, die durch eine leichte, nach oben verlaufende Schrägstellung außen fast slawisch oder sogar nordisch wirkten. Seine Wimpern hingegen waren so lang und so dunkel, dass man das Gefühl hatte, sie wären mit Kohle nachgefärbt worden.

Sie stellte fest, dass er unglaublich gut aussah. Und zwar so sehr, dass sie jedes Gefühl für Anstand verlor und ihn einfach nur anstarrte, ohne es zu merken.

Bis er ihrem Blick begegnete und sie dabei ertappte, wie sie ihn beobachtete. Schnell sah sie weg, um dann wiederum seinen Blick viel zu lange auf ihrem eigenen Gesicht ruhen zu spüren. Natürlich behielt er die Straße im Auge, aber was sie in seinen Augen sah, als sie sich einmal kurz zu ihm umdrehte, war – sie konnte es nicht anders beschreiben – Interesse.

Nachdem sich ihre Blicke ein paarmal unfreiwillig gekreuzt hatten, lachte er laut auf und grinste sie an.

»Tut mir leid, dass ich Sie so anstarre«, sie hatte das Gefühl, als Erste etwas sagen zu müssen, »aber Sie erinnern mich an jemanden.«

»An wen denn?«

Ihr fiel niemand ein, also zuckte sie nur mit den Schultern und verstummte wieder.

Sein Unbehagen war wie weggeblasen, und ihre wortkargen Antworten schienen ihn nicht zu stören, denn er grinste einfach weiter, lehnte sich entspannt zurück und fing wieder an, mit ihr zu flirten, so wie vorher auf der Straße. »Woher kommen Sie eigentlich?«, fragte er als Nächstes.

Wieder brauchte sie viel zu lange für eine Antwort. »London«, sagte sie schließlich zögerlich.

»Das ist ganz schön weit weg.«

»Stimmt.«

»Und was machen Sie in Argentinien?«

Sie musste fast lachen. »Das ist eine sehr gute Frage!« Einen Moment lang war sie versucht, ihm alles zu erzählen. Es fühlte sich seltsam an, wie überwältigend das Bedürfnis war, sich ihm anzuvertrauen, aber stattdessen verschloss sie sich in der Gesprächspause, die auf ihre Antwort folgte, nur noch mehr. Die Stimmung im Auto drohte wieder zu kippen, doch plötzlich sprang aus dem Gebüsch ein Tier aus dem hohen Gras am Seitenrand und raste vor ihnen über die Straße. Er versuchte, ihm auszuweichen, und trat auf die Bremse.

Ellis stieß einen Schrei aus. »Was war denn das?«

»Ein Guanako.«

»Wirklich?« Sie kannte sie nur aus Erzählungen ihres Vaters und war überglücklich, endlich eins zu sehen. »Mein Vater hat mir oft von Guanakos erzählt«, sagte sie.

Als er sah, wie sehr sie sich freute, hellte sich seine Miene vollends wieder auf. »Ist es das erste Mal, dass Ihnen eins begegnet?«

Sie drehte sich zu ihm um und nickte heftig.

»Wie lange sind Sie schon hier?«

»Etwas mehr als vierundzwanzig Stunden.« Zum ersten Mal war sie ihm gegenüber hundertprozentig ehrlich. Sie wusste auch genau, warum: Sie fühlte sich zu ihm hingezogen, völlig unerwartet und gänzlich unpassend. Und es ließ sich auch nicht länger leugnen, dass die Anziehungskraft beiderseitig war. Hätte sie ihn in einer Bar und nicht bei einer Autopanne kennengelernt, hätte er sie höchstwahrscheinlich auf einen Drink eingeladen, und zu später Stunde hätten sie getanzt und wären vielleicht zusammen nach Hause gegangen.

Sie konnte nicht anders und sah ihn schon wieder an, und als ihr bewusst wurde, dass er sie ebenfalls unverwandt anstarrte, sah sie peinlich berührt zu Boden, weil sie plötzlich das Gefühl hatte, er könnte ihre Gedanken lesen. *Was ist bloß mit mir los,* dachte sie, *mein Leben ist ein einziges Chaos, und ich stelle mir vor, wie ich mit einem Wildfremden ins Bett gehe.*

Als sie sich wieder traute, den Blick zu heben, stellte sie verwundert fest, dass er sie nicht auslachte, sondern mit nachdenklicher Miene musterte. Fragen stellte er keine mehr, er fuhr wortlos wieder an und bog kurz danach in einen wenig vertrauenerweckenden Feldweg ein. Niemals hätte sie sich mit ihrem Mietauto dort hineingewagt.

»Hier wären wir«, sagte er.

Sie sah ihn überrascht an. »Wie gut, dass ich eine Panne hatte und Sie mich gefunden haben. Niemals wäre ich hier abgebogen. Ich frage mich nur, warum es kein Schild gibt.«

»Brauchen wir nicht und wollen wir nicht. Die Besitzerin, Señora Velasquez, lebt sehr zurückgezogen.«

*Wir? Señora Velasquez? Er kannte sie persönlich?* »Sie kennen sie?« Ellis wand sich innerlich, als sie hörte, wie hysterisch sie klang.

Er sah sie irritiert an, bevor er ihr antwortete. »Natürlich.« Dann dachte er kurz nach und entschied sich für eine weitere Erklärung. »Ich bin der Gutsverwalter.«

Ellis konnte ihre Überraschung kaum verhehlen. Er sah so jung aus – sie hätte ihn höchstens auf Mitte zwanzig geschätzt. »Sie leiten die ganze Farm?«

Er prustete laut los, als er ihr ungläubiges Gesicht sah.

»Tut mir leid, aber Sie sehen so jung aus.«

»Jung? Ich würde mal behaupten, dass wir beide gleich alt sind, stimmt's?«

Sie musste grinsen. »Eher nicht. Ich bin dreiunddreißig, und Sie?«

»Sechsundzwanzig ...« Er sah sie verschmitzt an. »Gerade eben geworden.«

Sie hatte also recht gehabt, dass er jünger war als sie – ganze sieben Jahre!

»... aber das heißt gar nichts, ich mache hier einen guten Job. Ich bin mit Pferden aufgewachsen. Ich kenne sie in- und auswendig, und sie sind mir so vertraut wie meine Muttersprache. Bevor ich laufen konnte, saß ich schon auf dem Pferd. Zugeritten habe ich mein erstes Pferd mit sieben, mein erstes Fohlen gezüchtet und zur Welt gebracht mit neun, und meine ganzen Sommerferien habe ich jedes Jahr auf der Farm gearbeitet. Ach ja, einen Abschluss von der Columbia University habe ich auch noch.«

Den letzten Satz sagte er so, als bedeutete ihm der Abschluss gar nichts.

Ihr Vater war während seiner Anstellung in Oxford mehrmals Gastdozent an der Columbia gewesen. Er hatte immer mit viel Enthusiasmus davon erzählt und keinen Hehl daraus gemacht, wie viel es ihm bedeutete, an so einer renommierten Ivy-League-Uni zu lehren.

Schnell schob sie die Erinnerungen an ihren Vater wieder beiseite, denn ihr namenloser Retter redete immer weiter, und sie wollte nichts verpassen.

»... für argentinische Verhältnisse ist es ein kleines Gut, 185 Hektar Land, teilweise Pampa, teilweise bauen wir Soja und Oliven an, und wir haben einen kleinen Weinberg, der zur Zeit ungefähr siebentausend Flaschen pro Jahr abwirft. So, gleich sind wir da, und dann werden Sie sehen, was unsere wahre Leidenschaft ist.«

Noch während er den Satz beendete, wurden aus der wilden Pampa immer grüner werdende, endlose Wiesen. Und das vor ihr auftauchende Gut war einem englischen Landgut gar nicht so unähnlich, mit seiner baumgesäumten Straße und den gepflegten Wiesen rechts und links. Einen kurzen Moment lang musste Ellis an den Park des Great House denken, doch statt einer wunderschönen, aber einsamen Landschaft lebten auf diesen satten Wiesen hier wahre Zauberwesen, bei deren Anblick Ellis mit offenem Mund staunte.

»O mein Gott!« Ergriffen vor Ehrfurcht holte sie tief Luft. »Sie sind traumhaft schön.«

Die Pferde waren ein wahrhaft atemberaubender Anblick, muskulös, elegant, mit glänzendem Fell. Sie grasten, dösten oder tänzelten umher, schlugen mit ihren märchenhaft schönen Schweifen, um die Fliegen zu vertreiben oder einfach nur aus Spaß, und schüttelten ihre wallenden Mähnen.

»Sind das Polo-Ponys?«, fragte sie und wusste die Antwort schon im Voraus: natürlich nicht.

Jetzt lachte er sie zum ersten Mal lauthals aus und schüttelte den Kopf. »Ich weiß, dass meine Landsleute von diesem Sport besessen sind, aber es gibt in Argentinien bereits über sechshundert Züchter von Polo-Ponys. Señor Velasquez sagte immer: ›Wenn du untergehen willst, laufe in der Masse mit.‹«

Er fuhr langsamer und deutete auf ein Feld auf der anderen Seite des Weges.

»Wir züchten keine Polo-Ponys, und was Sie da drüben sehen, sind Criollos, eine in Argentinien entstandene Pferderasse. Sie zählen zu den widerstandsfähigsten und zähesten Pferden der Welt. Ihr Engländer würdet sie wohl als ›Arbeitstiere‹ bezeichnen. Wenn man sie mit einem Vollblüter kreuzt, kommt dabei ein Polo-Pony heraus. Aber die hier«, er hielt rechts neben dem Feld an, auf dem die wunderschönen Kreaturen standen, die Ellis so bewunderte, »die hier sind reinrassige Andalusier, die besten in ganz Argentinien, mit einem langen, rein spanischen Stammbaum.« Als er sie ansah, war der Stolz in seinem Blick nicht zu übersehen. »Sie sind schön, stark und sehr intelligent. Daher eignen sie sich hervorragend für Disziplinen wie Dressur oder andere Wettkampfarten. Sie werden sogar im Stierkampf geschätzt, aber Señora Velasquez verabscheut diese Praktiken und würde so etwas nie unterstützen. Sie passt ganz genau auf, wohin ihre Pferde verkauft werden. Manchmal ist der Kauf eines Velasquez-Pferdes genauso kompliziert wie die Adoption eines Kindes.« Er klang verärgert, doch sein Lächeln verriet auch den Stolz über diese Tatsache. »Im Moment haben wir fünf Hengste, dreiundzwanzig Zuchtstuten und neun Fohlen, und in den vergangenen Jahren haben wir Olympiasieger und zahlreiche Grand-Prix-Goldmedaillen-Gewinner hervorgebracht.«

Er bemerkte gar nicht, dass Ellis ihm schon lange nicht

mehr zuhörte, denn er hatte etwas gesagt, das für sie viel interessanter war als die herrlichen Pferde vor ihrer Nase. Er hatte Carmen erwähnt, und zwar nicht nur ihren Namen, sondern etwas über ihren Charakter. Ellis konnte sich nicht bremsen, noch mehr zu erfahren.

»Wie ist sie so, ich meine, die Señora Velasquez?«, fiel sie mit der Tür ins Haus.

»Sind Sie denn nicht wegen der Pferde hier?«, überging er ihre Frage mit einer Gegenfrage.

»Äh, na ja, nicht ganz.« Und weil ihr klar war, dass das die falsche Antwort war, schob sie im nächsten Atemzug hinterher: »Also eigentlich gar nicht, aber selbst wenn, hätte ich große Mühe gehabt, das Gut zu finden.«

»Hm.« Er neigte den Kopf ein bisschen nach rechts, als wollte er ihr recht geben. »Das stimmt, aber die meisten unserer Kunden kommen auf Empfehlungen. Und *immer* mit einem festen Termin.« Und als sie dazu nichts sagte, fuhr er fort: »Es wäre übrigens keine schlechte Idee, wenn Sie mir Ihren Namen verraten würden, damit ich Señora Velasquez informieren kann, dass ihr Gast da ist.«

Ellis nickte schuldbewusst, war aber gleichzeitig unglaublich erleichtert, dass er tatsächlich vorhatte, sie Carmen vorzustellen. »Natürlich. Ich heiße El…« Sie stutzte, denn sie war sich plötzlich nicht mehr sicher, ob sie ihm ihren richtigen Namen sagen sollte. Ohne groß nachzudenken, streckte sie ihm die rechte Hand entgegen. »Elizabeth. Ich heiße Elizabeth Taylor.«

Er wich buchstäblich vor ihr zurück, ignorierte die dargebotene Hand und sah sie so angewidert an, als hätte sie ihn gerade tödlich beleidigt. »Soll das ein Witz sein?«, fragte er ungläubig. Ganz offensichtlich hielt er ihren Namen für falsch – und einen schlechten Scherz dazu –, aber er ließ es auf sich beruhen.

»Na dann, *Mrs Taylor.*« Er betonte die Anrede so, als ärgerte er sich darüber, und ihr wurde blitzartig klar, dass sie sich das Knistern zwischen ihnen beiden während der ganzen Fahrt nicht eingebildet hatte. »Dann werde ich Mrs Velasquez gleich sagen, dass Sie da sind.«

Als das Herrenhaus kurz darauf zu Ellis' großer Überraschung vor ihnen auftauchte, schwieg ihr Fahrer eisern. Ellis brachte auch nicht viel mehr als ein staunendes »Mein Gott« hervor, denn so ein schönes, weitläufiges Anwesen im Neokolonialstil kannte sie bisher nur aus Zeitschriften: die weiß getünchten Wände, die Säulenterrassen, die wuchernden Bougainvilleen. Ihr namenloser Retter – sie ärgerte sich insgeheim, dass sie ihn nicht gleich nach seinem Namen gefragt hatte – fuhr rasant die geschwungene Einfahrt hoch, die in einen Kreis um einen geschmackvollen Steinbrunnen herum mündete. Erst als er den Motor abgestellt hatte und Ellis schon nach dem Griff tastete, um die Beifahrertür zu öffnen, drehte er sich zu ihr um und beantwortete ihre Frage doch noch.

»Señora Velasquez ist verständnisvoll und klug und Furcht einflößend und geistreich und stur wie ein alter Esel. Und zuletzt ging es ihr sehr schlecht, obwohl sie das niemals zugeben würde. Stattdessen versucht sie, so weiterzumachen wie bisher, was sie meiner Meinung nach – ich rede natürlich nur über Dinge, die das Gestüt betreffen – nicht tun sollte. Aber sie hat vor Kurzem buchstäblich ›die Zügel etwas gelockert‹ und überlässt den Großteil der Geschäfte jetzt ihren Angestellten. Daher überrascht es mich sehr, dass sie einen Termin hat, von dem ich nichts weiß … Aber selbstverständlich würde ich mir nie anmaßen, zu behaupten, dass ich über alles, was hier passiert, Bescheid weiß.« Seine Stimme hatte zum Schluss einen spöttischen Unterton bekommen, und in dem Blick, mit dem er sie jetzt musterte, lag eine gewisse Schärfe. »Sie haben mir ja bereits gesagt, dass man Sie erwartet, also wird das wohl auch so sein, nicht wahr?«

Es war beiden klar, dass er ihr nicht glaubte. Sie bekam von ihm eine zweite Chance, die Wahrheit zu sagen. Und beide waren enttäuscht von ihr, als sie nach einer langen Pause, in der keiner von beiden etwas sagte, wortlos nickte.

# 16

Die beiden wussten nicht, dass sie von der Balkontür eines Schlafzimmers im ersten Stock aus beobachtet wurden. Der Raum war luftig und hell, groß genug für ein ausladendes Himmelbett mit Schals aus hauchdünner Baumwolle, die sich in der schwachen Brise vom offenen Fenster her leicht bewegten, und einen wuchtigen Schreibtisch, auf dem so viele gerahmte Fotos standen, dass es verwunderlich war, wie man daran überhaupt noch arbeiten konnte, sowie einen alten Stuhl, der mit einem aufwendigen Blumenschnitzmuster verziert war.

In einer Ecke des Zimmers stand eine Staffelei mit einem unfertigen Gemälde, daneben ein Tisch mit einem Krug voller Pinsel und dahinter ein Regal, das nur als Lagerfläche für Farbtöpfe und -tuben, Stifte und Papier sowie Leinwände zu dienen schien.

An den Wänden hingen so viele Bilder und Zeichnungen, dass man sich wie im Vorzimmer eines kleinen, aber beeindruckenden Stadtmuseums gefühlt hätte, wären da nicht die Möbel.

Die drei Flügeltüren, die auf einen Balkon hinausgingen, bedeuteten, dass der Raum normalerweise lichtdurchflutet war, aber heute waren nur die Holzfensterläden auf einer

Seite geöffnet worden. Die Frau war nur schwer zu entdecken, teils wegen der leichten Vorhänge, teils wegen des gleißenden Sonnenlichts, das draußen herrschte und in zu starkem Gegensatz zu dem gedämpften Halbdunkel stand. Sie war barfuß und trug einen bestickten Morgenmantel aus Seide, der ihre Figur sanft umschmeichelte.

Sie gehörte zu den Frauen, deren Alter schwer zu schätzen war. Eine exotische Schönheit, deren Gesicht nicht mehr jugendlich, aber auch noch nicht gezeichnet war von den Spuren der Zeit. Ihr volles dunkles Haar fiel in weichen Wellen bis über ihre Schultern und glänzte im Sonnenlicht. Vereinzelt zeigte sich etwas Grau, als hätte jemand silberne Fäden eingesponnen.

An den schmalen Händen, mit denen sie die Vorhänge zur Seite schob, während sie in das grelle Tageslicht nach unten blickte, trug sie keinen Schmuck außer einem einfachen Ring aus Weißgold am linken Daumen.

Ihr Körper war formvollendet, mit schmalen Gliedern und aufreizenden Rundungen, und ihre Haut war weich und makellos. Sie war einfach eine beeindruckende Erscheinung.

Doch noch bestechender als ihr Körper waren ihre Augen, nicht nur wegen ihrer ungewöhnlichen Bernsteinfarbe. Wenn es stimmte, dass die Augen Fenster der Seele waren, dann lag hinter diesen Augen eine Seele, die gleichzeitig so schön und rein wie Körper und Gesicht zu sein schien und doch zutiefst leidend war.

Momentan jedoch blitzte sorgenvolle Neugierde in ihren Augen auf, während sie sich auf die beiden Personen konzentrierte, die gerade in einem verstaubten Jeep vor dem Haus geparkt hatten. Den Mann kannte sie nur zu gut, die junge Frau dagegen hatte sie noch nie gesehen. Er sagte kurz etwas zu ihr, dann hörte sie seine Schritte auf der Veranda, als er im kühlen Haus verschwand. Dass er schlecht gelaunt war, war selbst von hier oben nicht zu übersehen.

Zuerst rief er nach Esperanza, doch nachdem er festgestellt hatte, dass aus der Küche im hinteren Teil des Hauses ohrenbetäubend laute Musik ertönte und sie ihn unmöglich hören konnte, führten seine Schritte hinauf in den ersten Stock, bis es an ihrer Tür klopfte.

»Carmen«, rief er zaghaft, »kann ich dich kurz sprechen?« Als sie nicht antwortete, klopfte er noch mal, aber dann war seine Ungeduld zu groß, und er öffnete die Tür, streckte den Kopf ins Zimmer und sah sich um. »Carmen, da ist jemand, der dich sehen möchte.«

»Wer ist das?«, fragte sie ruhig, ohne ihren Blick von der jungen Frau abzuwenden.

»Sie behauptet, sie wäre mit dir verabredet.«

»Und obwohl du weißt, dass das gelogen ist, bringst du sie hierher?«

»Sie wusste nicht mehr weiter …«

»Dann ist sie hier ja genau richtig«, antwortete sie trocken.

»Und sie hat gelogen. Heißt das ebenfalls, dass sie hier richtig ist?«

Sie drehte sich nicht zu ihm um, aber für einen Moment musste sie die Augen schließen und seufzte. »Lucas, bitte …«, sagte sie leise.

»*Bitte was,* Carmen?«

Sie ignorierte seinen Hohn.

Sie schluckte einen weiteren Seufzer hinunter und bemühte einmal mehr ihre Geduldsreserve, die allerdings in den letzten acht Monaten arg strapaziert worden war. »Wer ist sie,

Lucas? Wie heißt sie?«, wiederholte sie ihre Frage so gelassen wie möglich.

Er antwortete ihr nicht.

Sie ließ die Frau nicht aus den Augen, die zu bernsteinfarbenen Schlitzen wurden, wie die einer Katze auf Mäusejagd, dann drehte sie sich zu ihm um. »Hast du sie überhaupt nach ihrem Namen gefragt?«, fragte sie mit scherzhaftem, versöhnlichem Unterton. Sie lächelte ihn gutmütig an.

Er erwiderte ihr Lächeln, aber es wirkte gezwungen. »Sie hat ihn mir gesagt, aber ich hab ihn vergessen.«

Es war nicht zu übersehen, dass er sie anlog, denn er war immer schon viel zu ehrlich gewesen, um ein guter Lügner zu sein. Trotzdem überraschte sie sein Verhalten, aber sie wollte nicht weiter in ihn dringen und blickte stattdessen wieder hinaus auf die Einfahrt.

»Wir wussten, dass sie kommen würden.«

»Du hältst sie für eine Journalistin?«

»Was denn sonst? Seit Leandros Tod sind sie doch die reinste Plage, oder?«

»Ich verstehe wirklich nicht, warum alle das so interessant finden. Sein Leben war ja nun wirklich nicht anders als das der ganzen anderen Männer in diesem Land, die nur wenig oder gar nichts für Moralvorstellungen übrig haben.«

Sie warf ihm einen warnenden Blick zu, und er hielt sich mit weiteren Giftspritzen zurück, wenn auch weder sein Gesichtsausdruck noch seine Stimme verhehlten, wie abweisend er war.

»Außerdem ist Señor Velasquez' Tod Monate her. Man sollte meinen, dass die Geschichte sie endlich mal langweilt«, schob er mit einem bitter klingenden Seufzer hinterher.

»Ein Skandal ist wie ein Ei: einmal ausgebrütet, bekommt

er Flügel – ein altes Sprichwort aus Madagaskar.« Sie dachte nach. »Obwohl, in letzter Zeit kamen ja weniger Journalisten vorbei ...« Ihre Miene verdüsterte sich. »Vielleicht sollte ich tatsächlich mit ihr reden? Vielleicht könnte ich mit einem einzigen Interview die Sache endlich begraben. Was meinst du?«

»Was geht mich das an?«, entgegnete er tonlos. »Ich mache hier nur meinen Job, für den du mich bezahlst.«

Und bevor sie etwas darauf erwidern konnte, war er verschwunden.

Carmen schüttelte den Kopf und seufzte. Dann schloss sie die Balkontür und murmelte etwas vor sich hin. Sie ging zu einer altmodischen Klingel, mit der man nach den Bediensteten läuten konnte, die sie höchst selten benutzte. Sie zog unerwartet heftig an der Klingelschnur, fluchte frustriert und ließ sie danach sofort wieder los, als hätte sie sich verbrannt. Dann ging sie zurück an ihren Aussichtsposten und beobachtete die immer noch wartende junge Frau.

Ihre Haushälterin Esperanza reagierte unerwartet schnell auf den Ruf ihrer Herrin. Kugelrund und von kleiner Statur verstand Esperanza ihre Rolle eher als Glucke denn als Haushälterin, und sie erledigte ihre Pflichten kreischend und zeternd. Sie hatte die Grenzen ihrer Position schon so oft überschritten, dass es mittlerweile von ihr erwartet und darauf Wert gelegt wurde. Denn niemand war so loyal wie sie. »Madam« kam für sie an erster Stelle, der »Boss« weit abgeschlagen dahinter.

»Sie haben geklingelt, Madam?« Vom schnellen Treppensteigen war sie außer Atem, aber die Klingel wurde so selten benutzt, dass die Sorgenfalten in ihrem Gesicht noch tiefer waren als sonst

»Danke, Esperanza.« Carmen zögerte einen Moment unentschlossen, und erst als sie Lucas wieder aus dem Haus kommen sah und er wütend zu ihr hochblickte, weil er genau wusste, dass sie wieder dort stand, traf sie eine Entscheidung. »Offensichtlich habe ich Besuch, aber ich fühle mich heute nicht so gut ...«

»Dann soll der Besuch wieder gehen.« Das war keine Frage, sondern ein Befehl, den Esperanza ausführen würde, zur Not unter Anwendung von Gewalt.

Carmen überging die Handlungsbereitschaft geflissentlich. »Wenn du der jungen Dame ausrichten würdest, dass ich verhindert bin, wäre ich dir sehr dankbar.«

»Natürlich, Madam.«

»Danke, Esperanza.«

»Soll ich abräumen?« Die alte Frau zeigte auf ein Tablett mit Tee und Frühstück, das auf einem Beistelltisch neben dem Stuhl stand.

»Ja, danke.«

»Sicher?«, insistierte Esperanza, als hätte man sie persönlich beleidigt, dass von dem Frühstück nichts angerührt worden war.

»Ja, danke, Esperanza,« Carmen lächelte die mürrische alte Frau liebevoll an, »da bin ich mir ganz sicher.«

Esperanza grummelte missbilligend vor sich hin, tat aber wie geheißen, sodass Carmen wieder allein war und ungestört die Szene vor dem Haus beobachten konnte.

Sie wüsste nur zu gerne, warum Lucas diese Fremde auf die Farm gebracht hatte, denn es war so gar nicht seine Art, vor allem nicht seit dem unerwarteten Tod ihres Ehemanns vor acht Monaten. Was hatte die junge Frau an sich? Sie war unübersehbar eine Schönheit, aber der selbst sehr gut aussehende Lucas schien bislang völlig immun gewesen zu sein gegen hübsche Gesichter, die ihn anlächelten.

Die junge Frau drehte sich zu Lucas um, der gerade aus dem Haus auf sie zuging. Das Sonnenlicht fiel auf ihr Profil, und für den Bruchteil einer Sekunde hatte Carmen das Gefühl, sie käme ihr bekannt vor. Doch der Moment war so schnell vorüber, wie er gekommen war, und Carmen hakte den Gedanken als einen Streich ihrer Fantasie ab und konzentrierte sich stattdessen wieder auf den wütenden jungen Mann.

Sie hatte so sehr darauf gehofft, dass seine Verbitterung mit der Zeit nachlassen würde, genau wie das Interesse der Journalisten, und dass daraus Verärgerung und irgendwann Verständnis werden würde. Doch bis heute loderte in ihm ungebrochen das Feuer der Empörung, und sie hatte bis jetzt keine Lösung gefunden, die Flammen zu ersticken.

Er tat zwar so, als bedeute ihm das alles nichts, aber er war eindeutig – genau, wie sie es vorhergesehen hatte – der beste Gutsverwalter, der die Farm je bewirtschaftet hatte. Doch trotz seiner gewissenhaften und pflichtbewussten Art war die Stimmung belastet, und mit ihm zusammenzuarbeiten fühlte sich manchmal an, als säße man mit einer tickenden Zeitbombe im selben Raum.

Flüchtig ging ihr durch den Kopf, ob Leandro doch recht gehabt hatte, als er ihr nahelegte, ihn ziehen zu lassen. Doch genauso wie kurz vorher verscheuchte sie den Gedanken und schüttelte heftig den Kopf.

Warum sollte ausgerechnet Lucas für die Fehler der anderen bezahlen.

»Sie sind gar nicht mit ihr verabredet, aber das wussten wir beide, oder?«

Ellis zuckte zusammen, als der junge Mann sie vorwurfsvoll ansprach, kaum dass er aus dem Haus gekommen war. Sie wollte etwas erwidern und ihm alles erklären, auch wenn sie noch nicht wusste, wie sie das anstellen sollte, aber es war zu spät. Er ging einfach weiter und warf ihr den nächsten Satz im Vorübergehen zu, als schmeiße er ihr Müll vor die Füße.

»Ihr Auto wird gleich hier sein. Ich gehe davon aus, dass Sie den Weg zurück in die Stadt alleine finden.«

Ihr vor lauter Enttäuschung kaum hörbares Dankeschön war an ihn verschwendet, denn er kümmerte sich längst nicht mehr um sie. Ellis war wütend auf sich selbst – warum hatte sie nicht früher darüber nachgedacht, was sie bei ihrer Ankunft hier sagen könnte? Wie sie ihr Interesse an Carmen begründen könnte? Andererseits – woher hätte sie denn wissen sollen, dass man einen Termin brauchte, um zu Carmen Velasquez vorgelassen zu werden.

Sie stampfte wütend mit dem Fuß auf und hätte am liebsten laut losgeschrien. Jetzt war es zu spät, man hatte sie nicht nur abgewiesen, nein, sie hatte sich auch noch jemanden zum Feind gemacht.

Es machte ihr zu schaffen, dass sie jetzt als Lügnerin dastand. Ausgerechnet sie, die es doch sonst so genau nahm mit der Wahrheit! Ein Teil von ihr wollte ihm nachlaufen und ihm alles erzählen, aber der andere Teil in ihrem Inneren warnte sie, dass die Wahrheit vielleicht gar nichts daran ändern würde, wie man sie hier empfing. Und wie sollte sie ihre ganze Lebensgeschichte einem völlig Fremden anvertrauen, der es ganz offensichtlich noch nicht mal so lange in ihrer Nähe aushielt, wie es dauerte, sich zu verabschieden?

Ihr Retter war mittlerweile in einem riesigen, ungefähr

dreißig Meter vom Haupthaus entfernten Stall mit angeschlossenen Wirtschaftsgebäuden verschwunden, der an einem mit Bäumen bepflanzten Weg lag. Er hatte sich kein einziges Mal zu ihr umgedreht.

Es überraschte sie, dass er noch nicht mal wissen wollte, warum sie gelogen hatte, und auch nicht nachfragte, wer sie wirklich war. Oder warum sie hier war. Es schien, als wäre sein Interesse an ihr in dem Augenblick erloschen, als feststand, dass sie ihn tatsächlich angelogen hatte. Ihr schwirrte der Kopf, und sie vergrub ihr Gesicht in beiden Händen. Was sollte sie bloß tun, bis sie ihr Auto wiederhatte? Und sie fragte sich, warum ihr seine Meinung überhaupt so viel bedeutete, wo sich doch die Strapazen einer Tausende von Kilometern langen Reise gerade als sinnlos herausgestellt hatten.

Plötzlich spürte sie die Hitze, und sie befürchtete, gleich zusammenzuklappen. Sie hatte definitiv nicht genug geschlafen und gegessen – und getrunken. Sie schaffte es bis zu dem Steinbrunnen in der Mitte des Vorplatzes und zwang sich mit dem letzten bisschen Stolz und Willenskraft, nicht auf dem staubigen Boden zusammenzusacken. Kaum lehnte sie an der Wand des Brunnens und fand etwas Halt, wurde sie von einer so großen Enttäuschung überrollt, dass sie die Tränen, die in ihren Augen brannten, nicht mehr zurückhalten konnte.

Carmen stand immer noch an der Balkontür und hatte das kurze Wortgefecht der jungen Leute und die Reaktion der Frau stirnrunzelnd beobachtet: Sie war zusammengebrochen. Carmen hatte zwar gelernt, dass Journalisten viele Gesichter hatten und die unterschiedlichsten Rollen spielten, aber diese junge Frau sah nicht so als, als täusche sie etwas vor.

Ehrlich gesagt sah sie aus wie ein Kind, dem Unrecht angetan worden war.

»Esperanza!« Sie rief ihre Haushälterin zurück, die immer noch missmutig im ersten Stock zugange war, statt nach unten zu gehen und der jungen Frau Bescheid zu sagen.

»Madam?«

»Sag der jungen Dame, sie soll morgen wiederkommen.«

»Madam?«

»Meinem Besuch. Sag ihr, sie soll wiederkommen.«

»Wiederkommen?«

»Ja, morgen, sie soll morgen zum Lunch kommen.«

»*Morgen,* zu *dem* Lunch?«

»Ja, Esperanza, zu *dem* Lunch.«

Die stämmige Frau sah ihre Arbeitgeberin, die sie so verehrte wie ein griesgrämiger, aber gut umsorgter Hund seine Herrin, fassungslos an, als hätte sie gerade den Auftrag erhalten, diesen neuen Eindringling vor der Tür zu erschießen, was ihr ehrlich gesagt lieber gewesen wäre, als sie zu *dem* Lunch einzuladen. Doch obwohl sie wie üblich mit ihrem Missfallen nicht hinterm Berg hielt, tat sie wie immer alles, worum Carmen sie bat.

Nachdem sie ihre Tränen weggewischt hatte und der erste Schock verarbeitet war, beschloss Ellis, die Einfahrt entlang Richtung Straße zu gehen, um irgendwo ihr Auto entgegenzunehmen. Auch wenn es ihr verrückt vorkam, wieder wegzugehen, wo sie doch so weit gereist war, um an Ort und Stelle zu sein, fiel ihr kein Grund ein, der ihr Bleiben gerechtfertigt hätte. Sie musste zum Hotel zurückfahren, sich ausschlafen und einen klaren Kopf kriegen und dann einen Plan für einen zweiten Versuch schmieden, Carmen zu treffen.

Gerade als sie sich aufrappeln wollte, hörte sie, wie eine krächzende Stimme ihr etwas zurief. Sie drehte sich um und sah eine stämmige Hausangestellte auf sie zu hasten, die ihren langen Rock mit ihren abgearbeiteten Händen hochhielt, damit er nicht staubig wurde.

*»Señorita! Señorita!«*, keuchte Esperanza außer Atem. *»Tengo un mensaje para ti de Señora Velasquez… a ella le gustaría invitarte a su casa para el almuerzo de mañana…«*

Ellis schüttelte den Kopf und versuchte, ihrem Gegenüber klarzumachen, dass sie kein Wort verstand.

Die Frau schnalzte frustriert mit der Zunge und wiederholte ihr Anliegen in gebrochenem Englisch mit einem starken Akzent. »Madam sagt, Sie sollen kommen morgen.«

»Wie bitte?« Ellis hatte sie ganz genau verstanden, war aber so überrascht, dass sie davon ausging, sich verhört zu haben.

Esperanza verdrehte die Augen. »Sie«, sie deutete auf Ellis, »hier«, jetzt zeigte sie auf das Haus, »morgen. Klar? Verstanden? Sie hier morgen.«

Sie suchte in ihrer Schürze nach etwas und zog schließlich eine altmodische Taschenuhr hervor, dann legte sie ihren dicken Finger auf die Eins. »Morgen, hier, Sie, essen.« Sie tat so, als führte sie eine unsichtbare Gabel zum Mund und machte Kaubewegungen. »Klar, verstanden?«

Ellis nickte. Dass sie kommen sollte, hatte sie begriffen, nur warum, war ihr nicht klar. Aber sie konnte auch niemanden mehr fragen, denn Esperanza hatte sich nach Erfüllung ihres Auftrags bereits keuchend und krächzend auf den Rückweg zum Haus gemacht. Und vielleicht war es auch besser, gar nicht weiter nachzuforschen. Sie hatte erreicht, weshalb sie hergekommen war: Sie würde Carmen kennenlernen.

Nach dem Schock und der unerwarteten Kehrtwendung verwendete sie jede Minute, die sie am Brunnen stand und auf ihr Auto wartete, darauf, ihre Umgebung in sich aufzusaugen. Sie musste andauernd an ihren Vater denken, und sie fragte sich, ob er wohl hier gewesen war, ob er das Haus gesehen hatte, ob er den Brunnen kannte, ob es irgendetwas hier gab, das er geschaffen hatte.

Doch da war noch etwas: Sie hatte auf eine Gelegenheit gehofft, noch mal mit ihm zu reden, auch wenn sie nicht gewusst hätte, was sie sagen sollte. Vom Stall her drangen Stimmen und das Traben von Pferdehufen auf dem Kiesweg sowie Schritte in derben Stiefeln zu ihr herüber, aber niemand gesellte sich zu ihr und sprach sie an.

Als ihr Mietwagen in der Einfahrt auftauchte, war sie fast enttäuscht, dass es so schnell gegangen war. Ein älterer Mann, mit einem Gesicht, das so braun und runzelig war wie eine Walnussschale, saß am Steuer. Er trug einen Gaucho-Hut mit breiter Krempe und hatte einen beeindruckenden Schnauzbart, der in der Sonne glänzte.

Er hielt in der Einfahrt an und stieg aus. Auch er trug Breeches und Stiefel, aber sein gestreiftes Hemd wirkte altmodisch, und um seinen dünnen Hals hatte er ein rotes Tuch gebunden.

Als er auf langen Beinen auf sie zukam und mit dem Schüssel wedelte, fragte er freundlich: »Ihrer?«

Sie nickte.

»Ah, si. Alles wieder gut. Alles in Ordnung.«

»Oh, vielen Dank, *gracias,* vielen, vielen Dank.« Sie atmete erleichtert einmal tief durch, suchte in ihrer Handtasche nach dem Portemonnaie und sah ihn an. »Wie viel schulde ich Ihnen für das Benzin?«

»*No, no, no,* nein, nein!« Er wehrte das Geld mit den Händen ab und offenbarte bei einem schiefen Lächeln einen abgebrochenen Zahn, was irgendwie charmant aussah. Dann ließ er eine Salve auf Spanisch los, von der sie kein Wort verstand. Innerlich verfluchte sie sich zum wiederholten Mal an diesem Tag für ihre mangelnden Sprachkenntnisse und brachte wieder nur den einen Satz hervor: »Es tut mir so leid, *no hablo español.*«

»Nein, nein, nein, nein!«, wiederholte er, diesmal lauter. Dann ergriff er ihre Hände mit den Geldscheinen und dem Portemonnaie und steckte sie zurück in die Handtasche. »*No dinero,* kein Geld, nein, nicht nötig, kein ›*español*‹, hier wir sprechen *Castellano,* man sagt: ›No hablo castellano‹. Alles klar?« Er lächelte verschmitzt.

»*Castellano?*«

»*Sí, sí,* sehr gut.«

»Und *no dinero?* Sicher?«

Er zwinkerte ihr zu. »Ganz sicher. *Todo es bueno.*«

»*Gracias …*«

»Gerardo«, sagte er stolz, griff wieder nach ihrer Hand und schüttelte sie lang und fest. »Und du, du bist Elizabeth.«

»Woher …?«

»Lucas, er mir erzählt.« Er feixte ein bisschen, zumindest bildete sie sich das ein, und drückte ihr schließlich den Autoschlüssel in die Hand. »Gute Fahrt, Elizabeth.«

»Lucas, also«, wiederholte sie. Nun wusste sie also seinen Namen.

»Ja, Lucas.« Er musterte sie neugierig und fing aus unerklärlichen Gründen lautstark an zu lachen. Dann drehte er sich um und ging Richtung Stall.

Als Ellis die Estancia hinter sich ließ, hatte sie das Gefühl, noch stärker durcheinander zu sein als bei ihrer Ankunft.

Warum hatte man sie eingeladen, wieder vorbeizukommen? Natürlich war sie dankbar für eine zweite Chance, nur verstand sie immer noch nicht, warum. Hatte Carmen sie gesehen? War sie die ganze Zeit über, als sie auf das Auto wartete, von ihr beobachtet worden? Man hatte ihr schon so oft gesagt, wie ähnlich sie ihrer Mutter sah … Hatte es vielleicht damit zu tun?

Nach der langen Hinreise zur Estancia kam ihr die Rückfahrt wie ein Katzensprung vor. Den Hotelschlüssel hatte sie behalten, und Marilyn war mit neu ankommenden Gästen beschäftigt, sodass sie unauffällig an der Rezeption vorbeihuschen konnte. Sie war einfach zu müde, um auch nur noch einen Satz zu sagen, wusste aber, dass sie eigentlich dringend Ferdie anrufen sollte. Sie sehnte sich nach seinen klugen Kommentaren, nach seinen Tipps, wie sie sich jetzt am besten verhielt, konnte sich aber trotzdem nicht dazu durchringen, mit ihm zu reden. Stattdessen schickte sie ihm eine SMS: Alles gut, melde mich bald.

In Sekundenschnelle hatte sie eine Antwort auf dem Bildschirm: Selig sind die, die nichts erwarten, denn sie werden nie enttäuscht werden.

Sie konnte ein wehmütiges Lächeln nicht unterdrücken und nickte.

Nachdem sie, müde wie sie war, noch vor dem Abendessen ein bisschen schlafen wollte und sich auf das große, bequeme Bett gelegt und die Augen geschlossen hatte, gab sie nach kurzer Zeit frustriert auf. Zu viele Gedanken schwirrten ihr durch den Kopf und hinderten sie daran, endlich abzuschalten. Also stand sie auf, zog sich Shorts und ein T-Shirt an und ging in den Garten.

Er war wunderschön, eine Oase des Friedens. Die einzigen Geräusche, die man hörte, waren das Rauschen der leichten Brise in den Bäumen und die Vögel, die miteinander kommunizierten. Von weit entfernt hörte sie Stimmen aus der Lobby, aber im Garten war weit und breit niemand zu sehen. Und da es heiß war und sie fast umkam vor Hitze und vor ihr der Swimmingpool auftauchte, zog sie sich in Windeseile bis auf die Unterwäsche aus, die, wenn sie erst mal im Wasser war, hoffentlich als Bikini durchgehen würde.

Das Wasser war angenehm kühl, trotz der starken Sonneneinstrahlung, und sie stieß überrascht einen Schrei aus, als sie eintauchte.

Sie war immer eine gute Schwimmerin gewesen; ihr Vater hatte es ihr früh beigebracht, denn seiner Meinung nach konnte man nicht am Meer leben, ohne wie ein Fisch im Wasser zu schwimmen. Und das tat sie. Als sie jetzt mit kräftigen Zügen das Becken durchquerte, spürte sie förmlich, wie mit jedem Schlag ein Stück Anspannung von ihr abfiel. Sie fühlte sich in ihrem Element und schwamm so lange, bis ihre Arme wehtaten und sie ihre Oberschenkel kaum noch spürte. Sie holte tief Luft und ließ sich einfach auf den Boden des Pools sinken, stieß Luftblasen nach oben und beobachtete, wie das Sonnenlicht auf der Wasseroberfläche Streifen malte.

Als sie kaum mehr Luft hatte, schoss ihr plötzlich durch den Kopf, was in Gottes Namen sie hier eigentlich machte. Wieso war sie hier? War sie verrückt? Was würde sie morgen dort sagen? Und was hoffte sie, wenn sie ganz ehrlich zu sich selbst war, dort zu finden?

Sie hatte – wie schon den ganzen Tag über – keine Antworten parat, also bewegte sie sich langsam nach oben, atmete tief durch, als sie auf dem Rücken treibend in den blauen Himmel starrte und sagte zu sich selbst: »Okay, Ellis, Ferdie hat recht. Erwarte besser nichts, denn sonst wirst du nur enttäuscht.«

In diesem Augenblick sah sie einen blauen Schmetterling quer über den Pool fliegen, und er war tatsächlich größer als ein Vogel, genau wie ihr Vater es ihr immer erzählt hatte. Lächelnd schloss sie die Augen und wünschte sich aus tiefstem Herzen, dass der morgige Tag keine Enttäuschung werden würde.

# 17

Guten Morgen, Elizabeth Taylor, wie geht es unserem Filmstar heute?«

Beim Klang von Marilyns lauter Begrüßung blickten alle übrigen Gäste auf und beobachteten Ellis beim Betreten des Frühstücksraums am nächsten Morgen.

»Haben Sie gut geschlafen in meinem schnuckeligen Hotel? Warten Sie, ich besorge Ihnen einen Platz, einen schönen Tisch für eine schöne *chica*. Vielleicht auf der Terrasse?«

Ellis war dankbar, als Marilyn auf ihr Nicken hin sofort nach draußen ging, denn alle starrten sie neugierig an.

Es war ein herrlicher Tag, die Sonne warf Tupfen aufs Gras, die Vögel zwitscherten, und eine leichte Brise machte die Hitze erträglich. Marilyns Absätze klackerten auf den Fliesen, als sie Ellis zu einem kleinen Tisch führte, der diskret und hübsch platziert an einer Mauer stand, mitten zwischen riesigen Töpfen mit Fuchsien und überhängenden Passionsblumen.

Sie war immer noch müde, aber der Hunger hatte sie zum Frühstück aus dem Zimmer gescheucht. Das gestrige Abendessen hatte sie verschlafen, nachdem sie nach dem Schwimmen nach oben gegangen war, um sich zu duschen. Sie hatte danach nur einen winzigen Augenblick die Augen schließen wollen. Aufgewacht war sie gegen drei Uhr nachts und hatte mit wirren Gedanken bis zum Sonnenaufgang, der alles rosa färbte, wach gelegen. Und war dann prompt noch mal eingeschlafen.

Ihre innere Uhr war vollkommen durcheinander, genau wie ihr Verstand.

Marilyn begutachtete die dunklen Ringe unter Ellis' Augen und lächelte sie verständnisvoll an. »Ich bringe Ihnen Kaffee. Sie sehen aus, als bräuchten Sie dringend eine ganze Kanne.«

»O ja«, sagte Ellis zu Marilyn, die sich schwungvoll umdrehte und zurück in die Küche ging, und dann entfuhr ihr ein tiefer Seufzer. »Und nicht nur das«, rutschte es ihr leise heraus. Gestern war ein durch und durch seltsamer Tag gewesen, und was den heutigen betraf, war sie sich überhaupt noch nicht sicher, was sie als Erklärung für ihren Besuch anbringen sollte.

Aber am meisten machte ihr die Tatsache zu schaffen, dass sie immer noch so viel an Lucas denken musste. Warum lag ihr so viel daran, dass er sie nett fand? Sie kannte ihn doch kaum und würde ihn sowieso nicht wiedersehen. Schließlich war sie ja hier nicht auf Männerjagd. Ihre Ehe war gerade eben erst gescheitert, und sie suchte nach Antworten, nicht nach neuen Schwierigkeiten.

Und immer noch ließ ihr die Frage, warum man sie zum Lunch eingeladen hatte, keine Ruhe. Carmen wusste doch ganz genau, dass sie gelogen hatte, warum also die Gastfreundlichkeit?

Der duftende Kaffee in Marilyns Hand riss sie aus ihren verworrenen Gedanken. In der anderen Hand hielt die Hotelbesitzerin einen riesigen Teller mit allem, was das Frühstücksbuffet hergab. Sie hatte Ellis gar nicht erst nach ihren Vorlieben gefragt, und fast hätte der schiere Anblick von so viel Essbarem Ellis den Appetit verdorben, aber aus Höflichkeit – und Dankbarkeit für die Fürsorge – griff sie nach einem *mediluna*.

Marilyn hatte ihr eine Tasse Kaffee eingeschenkt, machte aber keine Anstalten, wieder zu gehen.

Ellis sah sie fragend an und bewunderte insgeheim das sorgfältig geschminkte Gesicht. Und dann hatte sie eine Idee. »Leben Sie schon lange hier, Marilyn?«, fragte sie und fingerte an ihrem Croissant herum.

Marilyn schien nur auf ein Stichwort gewartet zu haben, und Ellis hatte kurz das komische Gefühl, Marilyn sei genauso fasziniert von ihr wie sie von den Bewohnern der Estancia Velasquez.

»*Mia madre* war aus Spanien, sie lebte in Barcelona. Traf dort einen Argentinier, einen Pferdehändler. Er hat sie hierhergebracht. Ich bin in diesem Haus geboren, als es noch unser Zuhause und kein Hotel war. Nachdem mein Vater mit seiner Geliebten abgehauen war, habe ich mit meiner Mutter dieses Hotel aufgebaut. Meine Mutter hat gesagt, verlierst du einen Mann, behalte das Haus, ist das bessere Geschäft. Sie hat auch gesagt, argentinische Männer taugen nicht für die Liebe. Sie sagt: ›*A donde el seto es bajo todos pasan*‹, was so viel bedeutet wie: ›Männer springen da über die Hecke, wo sie am niedrigsten ist‹. Mal sehen, vielleicht gehe ich eines Tages nach Spanien und suche mir einen Spanier, den ich dann hierherbringe, eh? Oder meinen Sie, ein Engländer wäre noch besser? Vielleicht kennen Sie ja einen netten Colin-Firth-Typ für mich? Sind Engländer ihren Frauen treu?«

Ellis dachte an Edward und im selben Moment an ihren

Vater, der Rose sehr wahrscheinlich auch betrogen hatte. Das Lachen blieb ihr erst fast im Hals stecken, aber dann fühlte es sich befreiend an, die Sache mit Humor zu sehen.

»Manche schon, denke ich, aber sicher nicht alle. Ganz sicher nicht alle.«

Marilyn stieß einen Seufzer zwischen ihren perfekt geschminkten rubinroten Lippen aus. »Wissen Sie, ich hoffe so sehr, dass nicht alle Männer gleich sind und es nur hier so ist, dass die Mehrheit niedrige Hecken bevorzugt. Manchmal bin ich kurz davor, dieses Hotel in ›Hotel Rendezvous‹ umzubenennen! Ich kenne jeden Mann im Umkreis von dreißig Kilometern, und ich kenne die Geliebte von jedem einzelnen von ihnen.«

»Und die Leute kennen Sie alle, weil Sie hier aufgewachsen sind?« Ellis brachte Marilyn wieder zu ihrem Ausgangspunkt zurück.

»Genau hier.« Sie wirbelte einmal mit ausgebreiteten Armen auf einem Absatz um sich selbst.

»Dann kennen Sie die Umgebung auch richtig gut, oder?«

»Ich bin eine wandelnde Touristeninformation. Brauchen Sie etwas?«

»Ich habe mich nur gefragt, ob Sie die Familie Velasquez kennen, von der Pferdezucht?«

Marilyns Lächeln gefror, und dann schnalzte sie mit der Zunge und stieß einen undefinierbaren Laut aus.

»Und ob ich die kenne. Na ja, was ich damit sagen will, ist, dass ich natürlich weiß, wer die sind. Jeder hier weiß das. Und seit letztem Jahr weiß es wohl halb Argentinien … Traurig, traurig, das Ganze …«

Ellis setzte sich ruckartig aufrecht hin, als könnte sie so besser zuhören. »Was ist denn so traurig?«, fragte sie neugierig.

Marilyn seufzte und schüttelte den Kopf. »Sie war so voller Lebensfreude, und jetzt sieht sie aus wie eine verwelkte Blume, zumindest erzählt man sich das, denn es sehen sie nicht mehr viele, sie versteckt sich auf dem riesigen Gut wie ein Einsiedlerkrebs in einer Muschel. Vielleicht ist der Skandal der Grund dafür, vielleicht ist sie deshalb auch so krank …«

»Skandal?«

»Ach!«, rief Marilyn laut und warf die Arme in die Luft. »Was für ein Skandal!«, aber diesmal sagte sie das Wort »Skandal« eine Oktave tiefer als beim ersten Mal und sah sich vorsichtig um, als hätte sie Angst, jemand beobachte sie oder höre mit. Dann zog sie einen Stuhl nahe zu Ellis heran, setzte sich hin und bemühte sich zu flüstern, so gut es eben ging bei jemandem, der es sonst gewohnt ist, laut zu reden.

»Als Señor Velasquez verstarb, tauchten so viele Leichen aus seinem Privatkeller auf, dass man daraus einen Friedhof hätte machen können. Andere Frauen, so viele andere Frauen, und das bei dieser schönen Ehefrau. Wenn *la hermosa* Señora Velasquez ihn nicht zufriedenstellen konnte, welche Hoffnung haben dann wir Normalsterblichen, einen Mann in unserem Bett zu halten? Ja ja, ich weiß, dass eine Geliebte für einen Latino ungefähr dasselbe ist wie ein großer Hut für den Papst, es wird einfach von ihnen erwartet, aber natürlich war er als Lokalpolitiker bekannt, als ein fairer und ehrenhafter Mann, der sich für Gerechtigkeit und die Belange anderer Leute eingesetzt hat, und alle stellten danach so viele Fragen, vor allem weil eine der Frauen eine, nun, sagen wir mal, eine von ihnen hatte einen zweifelhaften Ruf …« Marilyn sog Luft zwischen den Zähnen ein, um ihr Missfallen zu äußern. »Hier gab es gar keine Hecke! Wenn Sie verstehen, was ich meine!

Und natürlich reden alle darüber. Sie tratschen. Sie verbreiten Gerüchte. Sie fragen sich, was er wohl als Politiker alles gemacht hat, wenn er als Privatmensch so ein Lügner ist. Und weil er Politiker ist, war das Ganze keine private Angelegenheit mehr, sondern kam in den Nachrichten. Mein Hotel war ausgebucht, alles Journalisten. Die Fotografen versteckten sich im Gebüsch, es war verrückt. Alle drehten durch, und die Männer auf der Estancia Velasquez standen kurz davor, jeden Unbekannten zu erschießen, der es wagte, ihr Land unbefugt zu betreten.«

So langsam dämmerte Ellis, warum Lucas so gereizt reagiert hatte. Kein Wunder, dass er seine Arbeitgeberin schützen wollte, und stattdessen bringt er einen neuen Eindringling bis vor ihre Tür. Jemanden, der seine Absichten nicht verraten will und mit einer offensichtlichen Lüge daherkommt.

»Warum fragen Sie das eigentlich?«

Ellis war unwohl dabei, aber sie entschied sich, ein bisschen mit der Wahrheit zu geizen. »Ich hatte gestern Probleme mit meinem Auto, und jemand von der Farm hat mir geholfen. Er war sehr nett.«

»Ah, ja? Und wer war Ihr Retter in der Not?«

Sie wollte schon Lucas' Namen sagen, aber aus unerfindlichen Gründen erwähnte sie den Mann, der wirklich nett zu ihr gewesen war. »Gerardo.«

»Ja, Gerardo!«, rief Marilyn begeistert, und ihr Lächeln kehrte bei der Erwähnung seines Namens umgehend zurück. »Ich kenne Gerardo. Ein guter Mann. Ein sehr guter Mann. Und dieser Gerardo hat vier oder fünf Söhne. Und keine Frau. Keine Frau seit fünf Jahren, seit sie tot ist. Vielleicht nehme ich den Vater, und Sie suchen sich einen Sohn aus. Wir machen ein Doppeldate, ja? Was halten Sie davon, die zwei Filmstars Elizabeth und Marilyn mit je einem sexy *gaucho*… Oder ich nehme auch einen Sohn, so wie Madonna…«

# 18

Diesmal fuhr sie nur einmal an der Abzweigung vorbei, doch je näher sie der Farm kam, desto stärker wurde das flaue Gefühl in ihrem Magen. Weder die Schönheit der Landschaft noch der friedliche Anblick der weidenden Pferde besänftigten ihre aufgewühlten Gedanken. Nur noch wenige Minuten, und sie würde Carmen – und möglicherweise Carlita – gegenüberstehen.

Doch als sie auf den Vorplatz einbog, stellte sie fest, dass sie nicht der einzige Gast war. Um den Steinbrunnen herum parkten so viele Autos, dass sie Mühe hatte, ihr eigenes zu parken. Schon beim Aussteigen hörte sie das sanfte Plätschern von sich unterhaltenden Menschen mit Musik im Hintergrund. Das war kein ungezwungenes Mittagessen, das war eine regelrechte Party. Begrüßt wurde sie an der offen stehenden Eingangstür von einer sauertöpfisch dreinblickenden Esperanza, die in einem unverständlichen Spanisch auf sie einredete, während sie sie durch das kühle Haus hinaus auf eine Veranda führte. Der Garten und die dort anwesenden Gäste boten einen derart spektakulären Anblick, dass sich Ellis sofort völlig fehl am Platz fühlte.

»Was wird denn hier gefeiert?«, fragte sie die schlecht gelaunte Esperanza.

*»Feliz Cumpleaños Carmen.«*

Selbst mit ihren begrenzten Spanisch-, oder genauer gesagt *Castellano*-Kenntnissen, wie Gerardo sie freundlicherweise korrigiert hatte, war ihr klar, dass es so viel hieß wie »Alles Gute zum Geburtstag, Carmen«.

Ellis war einerseits wie vor den Kopf gestoßen, da sie mit einem Mittagessen zu zweit gerechnet hatte; andererseits war sie wahnsinnig aufgeregt, denn Carmen hatte sie ganz offensichtlich zu ihrer Geburtstagsparty eingeladen, was man ja nicht mit jedem Fremden machte.

Die Menschenmenge war nicht sehr groß, aber beeindruckend glamourös: lauter wunderschöne, auffallend gut gekleidete Menschen, auch die Männer, die allesamt aus der Kartei einer Modelagentur zu stammen schienen.

In Ellis' Fantasie trug man zum Lunch in einem heißen Land Flipflops, abgeschnittene Jeans und eine luftige bunte Bluse oder ein ärmelloses T-Shirt. Man saß an einem alten Holztisch, bei Oliven und Brot, Sangria und Käse und anderen Tapas, zwischendurch trank man etwas Kaltes und unterhielt sich angeregt.

Gott sei Dank hatte sie sich mit ihrem Outfit etwas mehr Mühe gegeben als nur ausgewaschene, zerschlissene Jeans und T-Shirt, aber trotzdem fühlte sie sich hier wie ein Landei in Beverly Hills. Ihr geblümtes Sommerkleid, in dem sie sich in Buenos Aires so hübsch vorgekommen war, stach angesichts der geballten Eleganz aus der Menge heraus. Sie war so etwas wie ein Ackergaul zwischen Rennpferden. Mit dieser Situation wäre sie selbst schon unter Menschen, die sie kannte, überfordert gewesen. Da sie auf dieser Party nur ihr völlig unbekannte Gesichter sah, überforderte sie die Situation so sehr, dass sie sich wieder einmal ein Gürteltier-Loch herbeisehnte, um blitzschnell zu verschwinden. Vielleicht sollte sie sich in Esperanzas Nähe aufhalten, dann ginge sie als Angestellte durch, denn die Leute begannen schon, sie anzustarren. Als wäre sie ein ungeladener Gast, der von der Landstraße aufs Gelände gewandert war.

Doch dann sah sie endlich ein bekanntes Gesicht: Lucas. Sie konnte ihn in Ruhe beobachten, bevor er sie bemerkte, und seltsamerweise fühlte sie sich durch seine Anwesenheit gleich wohler. Er versorgte die Gäste mit Getränken, nicht wie ein Kellner, sondern wie ein Gastgeber, der sich mit einem Tablett voller Champagnerkelche plaudernd durch die zusammenstehenden Grüppchen bewegt, Leute vorstellt und zusammenbringt. Sie hatte Edward oft genug dabei beobachtet, wie er geschickt auf den ersten Blick unzertrennlich wirkende Paare und Cliquen auseinanderdividierte, um zu wissen, dass es ein beneidenswertes Talent und Lucas dafür eigentlich noch zu jung war.

Als sich ihre Blicke trafen, lächelte Ellis ihn schüchtern an. Sie war geschockt, als er sie erst völlig überrascht und einen Augenblick später konsterniert ansah und sofort wieder wegschaute, ohne sie zu begrüßen.

Ihr wurde schwer ums Herz, und sie hatte das Gefühl, als würde sie in sich zusammenfallen. So sehr sie sich auch danach gesehnt hatte, heute hier zu sein, so wenig gelang es ihr auszublenden, dass sie hier offensichtlich nichts zu suchen hatte. Trotzdem konnte sie nicht aufhören, ihn zu beobachten. Eine attraktive Frau begrüßte ihn lächelnd und legte eine Hand auf seinen Arm. Er blieb einen Moment bei ihr stehen, erwiderte ihr Lächeln und unterhielt sich kurz mit ihr.

Also wusste er noch, wie man jemanden freundlich begrüßte. Nur sie eben nicht. Ellis wurde rot vor Empörung, aber auch, weil sie sich wegen ihrer Lügen schämte. Sein Verhalten zeigte ihr deutlich, dass er sie für eine Journalistin auf der Suche nach einer sensationellen Story hielt. Sie atmete tief durch. »Na warte, Lucas«, murmelte sie vor sich hin, »komm du erst mal in meine Nähe, dann verrate *ich* dir, was ich von dir halte.« Schließlich musste sie sich ja nicht alles gefallen lassen.

Aber es war wie verhext – als hätte sie einen Bannkreis um sich, den er auf gar keinen Fall betreten wollte. Er mied sie und schaffte es immer wieder aus ihrem Umfeld zu verschwinden.

Ellis versuchte, sich darauf zu konzentrieren, warum sie auf die Estancia gekommen war, denn wenn sie zuließ, dass sie sich wegen Lucas unwohl fühlte, würde sie bald wieder abfahren. Doch dafür war der Weg zu weit gewesen. Sie hob stolz den Kopf, straffte die Schultern, und glücklicherweise sah sie genau in diesem Moment jemanden, der kein Problem damit hatte, ihr freundlich Hallo zu sagen: Gerardo, Marilyns Traummann, der gestern so nett zu ihr gewesen war.

Als Gastmahl gab es keine Tapas, sondern ein üppiges argentinisches Barbecue, das man hier *asado* nannte. Der Grill hatte keinerlei Ähnlichkeit mit dem, was Ellis aus England kannte und was die Engländer benutzten, um ihre Hamburger zu grillen, bis sie verbrannt waren. Hier handelte es sich um eine riesige Kuhle im Boden voller Grillkohle, auf der ein Rost lag. Fleisch gab es genug, um eine ganze Armee satt zu kriegen, und Ellis, die Vegetarierin war, unterdrückte angesichts der Fleischberge das Gefühl von Übelkeit.

Gerardo war offensichtlich der Herrscher über das saftige Fleisch, doch im Gegensatz zu Lucas verzog er, als er sie sah, den Mund zu einem schiefen, freundlichen Lächeln, winkte ihr begeistert zu und ließ augenblicklich den riesigen Spieß, mit dem er die Fleischstücke umdrehte, fallen, schnappte sich ein Glas Champagner vom Tablett eines Kellners und kam damit auf sie zu.

»Ah, hallo Elizabeth, hier, das ist für Sie.« Er reichte ihr das Glas. »Wie geht es Ihnen? Alles in Ordnung? Carmen sagte, Sie sind da heute, also suche ich nach Ihnen. Sie ist auch bald da, aber jetzt kommen Sie erst mal mit. Möchten Sie meine *hijos*, meine Söhne kennenlernen? Möchten Sie sehen, wie wir kochen?«

Natürlich wollte sie das, und sie war ihm so dankbar, dass er sich um sie kümmerte, dass sie sogar ein Steak essen würde, um ihm damit zu erfreuen.

Um den Grill herum hatte sich eine Gruppe von Leuten versammelt, die ganz anders aussahen als die übrigen Gäste, eher wie Normalsterbliche. Wie sich herausstellte, waren es hauptsächlich Angestellte und Arbeiter der Farm.

Ellis nahm sich die Freiheit, Gerardo Grüße von Marilyn auszurichten, und musste insgeheim grinsen, als er rot wurde und sich sichtlich zu freuen schien.

Er stellte sie den anderen vor, unter anderem zwei seiner Söhne, die beide ebenfalls für Carmen arbeiteten. Sie sahen unglaublich gut aus und begrüßten Ellis herzlich. Der ältere, Hector, sah seinem Vater ähnlich, nur mit geraden Zähnen und ohne die tiefen Falten im Gesicht. Sein Englisch war, genau wie seine Manieren, tadellos. Er erzählte ihr von seiner Reise durch Europa, ein ganzes Jahr, auf der er sich ein paar jungen Leuten angeschlossen hatte, die hauptsächlich Englisch untereinander sprachen. Dann verriet er, dass die Party eigentlich als Überraschung für Señora Velasquez gedacht gewesen war, dass sie aber viel zu clever war und die Vorbereitung sofort bemerkt hatte.

Der jüngste, Arturo, sprach kaum Englisch, strahlte sie dafür aber die ganze Zeit über an, und es war nicht zu übersehen, dass er mit ihr flirten wollte. Wahrscheinlich war er höchstens siebzehn, und er wäre besser nicht Arturo, sondern Romeo genannt worden.

Hier am Feuer fühlte sie sich zum ersten Mal seit ihrer Ankunft willkommen und begann, sich zu entspannen. Sie amüsierte sich, trank Champagner und lachte über die Witze, auch wenn sie die meisten nicht verstand. Als Hector ihr ein Kompliment seines kleinen Bruders übersetzte, musste sie so herzhaft lachen, dass sie den Kopf in den Nacken warf. Als sie danach einen Blick auf die anderen Gäste warf, sah sie, dass Lucas plötzlich zu ihnen ans *asado* gekommen war und nur ein paar Plätze von ihr entfernt mitten in der Gruppe saß. Und sie mit Argusaugen beobachtete.

Nachdem er sie vorhin noch nicht mal eine Sekunde lang ansehen konnte, schien er jetzt keine Sekunde mehr wegsehen zu wollen. Sie mochte seinen prüfenden Blick nicht und starrte deshalb einfach zurück.

Er sah fast noch besser aus, als sie es in Erinnerung hatte. Heute trug er dunkelblaue Chinos und ein blassblaues Baumwollhemd, das seine Sonnenbräune, aber vor allem seine erstaunlichen blauen Augen betonte. Jetzt, wo sie ihm direkt gegenübersaß, erkannte sie sogar, dass sie grün gesprenkelt waren, wie das blaugrüne Wasser einer Lagune, und sie hatte tatsächlich das Gefühl, in seine Augen einzutauchen und darin zu versinken.

Überrascht von ihren Gedankengängen, riss sie sich zusammen und stellte schnell ihr Glas ab, das gerade erst wieder von einem aufmerksamen Arturo aufgefüllt worden war. Der Alkohol schien ihr zu Kopfe zu steigen, und ihr wurde leicht schwindelig. Fast hatte sie das Gefühl, keinen festen Boden mehr unter den Füßen zu haben.

Plötzlich drehten sich alle Gäste im Garten abrupt zum Haus um und fingen an, begeistert zu klatschen. Der Ehrengast zeigte sich.

Der Taumel war sofort vergessen, genau wie Lucas, und Ellis stand auf, um freien Blick auf eine Frau zu haben, die – fast sah es so aus, als ob sie zögerte – aus dem Haus trat und jedem der Anwesenden ein freundliches Lächeln schenkte. Sie war wunderschön. Die Gäste rissen sich darum, sie als Erste zu begrüßen – sie gratulierten ihr lautstark zum Geburtstag, beschwerten sich, sie so lange nicht gesehen zu haben, küssten sie auf die Wange und nahmen ihre Hand. Während sie sich durch die Menge arbeitete und direkt auf Ellis zukam, konnte sie an nichts anderes denken, als daran, ob diese unglaublich schöne Erscheinung tatsächlich die exotische junge Frau auf dem Foto war.

Ellis war sich fast sicher – dieselbe Frisur, derselbe Teint, dasselbe Lächeln –, und doch hatte sie, je näher Carmen ihr kam, kaum mehr Augen für ihre Gastgeberin. Das Gesicht der Frau verschwamm, als hätte plötzlich jemand das Bild in ihrem Gehirn gepixelt. Denn sie war nicht allein, und die Begleitung an ihrer Seite war ein blonder Mann. Dieselbe Statur, dieselbe Größe.

Es war unmöglich. Das konnte nicht wahr sein.

Es ging einfach nicht.

Er war es nicht.

Natürlich war er es nicht.

Ellis schloss die Augen und atmete tief durch.

Sie versuchte, sich zu beruhigen, aber als sie die Augen wieder öffnete, wurde es nur noch schlimmer.

Die ganze Welt um sie herum drehte sich.

Als sie auf dem Boden aufprallte, gab es ein dumpfes Geräusch.

# 19

Als sie wieder zu sich kam, hatte man sie bereits in das kühle Haus getragen und in einem der Gästezimmer auf ein Bett gelegt. Sie versuchte die Augen zu öffnen, aber es war, als nähme sie alles durch eine Nebelwand wahr. Sie wollte sagen, dass es ihr gut ging, sie wollte aufstehen, aber dann begann sich alles wieder zu drehen. Wohlmeinende Hände drückten sie sanft wieder in die Kissen, und sie wehrte sich nicht, sondern gehorchte wie ein braves Kind und ließ es zu, dass man ihr die Schuhe auszog und sie leicht mit einem kühlen Laken zudeckte, während noch mehr Hände ein Glas Wasser an ihre seltsamerweise völlig trockenen Lippen führten.

Die Stimme, die immerzu leise mit ihr sprach, klang zuerst so sanft und irgendwie vertraut, aber kurz darauf war alles wieder dunkel und weit weg, als befänden sich alle außer ihr in einem anderen Zimmer.

Und dann tauchte ein anderes Gesicht vor ihr auf, und wieder machte ihr Herz einen Satz beim Anblick der hellen Haare und den blauen Augen. Doch als sie sich auf das Gesicht konzentrierte und es aus der Nähe klar sehen konnte, war sie ganz sicher, dass dieser Mann nicht derjenige war, für den sie ihn einen kurzen Moment lang gehalten hatte.

Er war nicht ihr Vater, obwohl er dasselbe Lächeln hatte. Auch seine Stimme war ähnlich, und sie vergewisserte sich immer wieder, während er ihren Puls maß, ihr die Hand auf die Stirn legte und anschließend ihren Hinterkopf untersuchte, der furchtbar wehtat, als er ihn berührte, dass er es nicht war. Er sprach ein gutes Englisch, hatte aber einen starken Akzent.

»Elizabeth, mein Name ist Valentin Rossi. Ich bin der Arzt von Señora Velasquez. Sie haben sich den Kopf schwer angeschlagen, als Sie in Ohnmacht gefallen sind. Ich gebe Ihnen ein leichtes Schmerzmittel gegen die Schmerzen und die Schwellung. Ich denke, Sie werden dann erst mal schlafen …«

Protestierend richtete sie sich wieder auf, wurde aber sofort sanft zurückgehalten. Als ihr Kopf wieder auf dem kühlen Leinenbezug des Kissens lag, begannen die Geräusche immer dumpfer und leiser zu werden, als würde jemand die Lautstärke eines Radios ganz langsam drosseln. Wieder wurde ihr schwindelig, doch diesmal verlor sie nicht das Bewusstsein, sondern fiel in einen tiefen, traumlosen Schlaf.

Als sie aufschreckte, war es düster im Zimmer, und alles war in Sepiatöne getaucht. Verwirrt, orientierungslos und mit hämmernden Kopfschmerzen versuchte sie aufzustehen, aber das dünne Laken über ihrem Körper fühlte sich schwer an wie Blei. Also ließ sie sich wieder zurückfallen und schloss die Augen. Sie hörte Musikfetzen aus dem Garten, und einen Moment lang fragte sie sich, wo sie war, aber plötzlich sagte jemand etwas zu ihr, eine Frauenstimme, beruhigend und tröstend, dann spürte sie eine kühle Hand, die kurz auf ihrer Stirn lag.

Sie wollte aufwachen, aber sie war wie unter Drogen, sie konnte es nicht anders beschreiben. Als wären ihr Körper und ihr Geist eine Hülle aus Stahl, und in ihrem Inneren wäre nichts als schwappende Flüssigkeit.

Und wieder redete jemand ihr gut zu: »Alles ist gut, schlaf weiter, ich bin hier, und du bist in Sicherheit.«

Ein Vogel weckte sie mit seinem Gezwitscher, und statt Sepia breitete sich Sonnenlicht in ihrem unbekannten Zimmer aus. Die Tür zu einem Balkon stand offen, und eine frische Brise, geschwängert von Blumenduft, wehte durchs Zimmer.

Einen Moment lang genoss sie die Stille und den Frieden, doch dann wurde sie unruhig, weil sie nicht wusste, wo sie war. Bilder tauchten auf, Erinnerungsfetzen kehrten zurück, an die Party, an Carmen, diesen Mann.

Natürlich war er nicht ihr Vater, aber für einen verrückten, buchstäblich herzzerreißenden Moment hatte sie gedacht ... gehofft ... Denn wo sonst hätte Alexander hingehen sollen, wenn er sie zurückließ? Tief in ihrem Herzen hatte sie immer geglaubt zu wissen, dass ihr Vater sie wirklich geliebt hatte, und deshalb fiel es ihr so schwer, den Gedanken zu akzeptieren, dass er tatsächlich vorgehabt haben könnte, sie zu verlassen.

Für die Liebe, für seine wahre Liebe – und wenn sie ehrlich war, konnte sie das sogar verstehen. Aber seine einzige Tochter im Unklaren lassen? Und in diesem Augenblick wurde ihr klar, dass es ihr das Herz gebrochen hätte, wenn sie ihn gestern hier angetroffen hätte. Aber das hätte er ihr nie angetan, und deshalb war sie sich mit einem Mal ganz sicher: Er war tot, und mit dieser traurigen Erkenntnis wurde sie gleichzeitig von einer unglaublich großen Welle aus Erleichterung mitgerissen. Endlich konnte sie sein Verschwinden akzeptieren. Endlich konnte sie ihn gehen lassen und bekam den Kopf frei, um sich ganz darauf zu konzentrieren, was ihm zugestoßen war, und vor allem, warum. Und instinktiv wusste sie, dass dies hier genau der richtige Ort war, um die Antwort auf ihre Frage zu suchen.

Als könnte Carmen ihre Gedanken lesen, steckte sie in dem Moment zaghaft den Kopf durch die Tür, als Ellis die Augen geschlossen hatte, um noch einmal an ihren Vater zu denken.

»Entschuldigen Sie, Elizabeth, ich hatte angeklopft, und da Sie nicht geantwortet haben, dachte ich, Sie schlafen noch.«

Ellis bekam so starkes Herzklopfen, dass sie Angst hatte, Carmen würde sehen, wie das Laken bebte. Sie musste sich zwingen zu atmen, statt die Luft anzuhalten. Sie wollte etwas sagen, aber sie konnte nicht.

Carmen sah sie aufmerksam an und lächelte, aber ihr Gesicht sah sorgenvoll aus.

»Ich habe mich Ihnen noch gar nicht vorgestellt. Ich bin Carmen, wir hätten uns gestern beinahe kennengelernt.«

Ellis erwiderte wenigstens das Lächeln und setzte sich mühsam und umständlich auf, um Zeit zu gewinnen.

»Darf ich hereinkommen?«

»Natürlich.«

Carmen betrat das Zimmer, schloss leise die Tür und kam ans Bett. »Wissen Sie, wo Sie sind?«

Ellis nickte.

»Wissen Sie, was gestern passiert ist?«

Ellis nickte noch einmal und schaffte es, endlich ein Wort zu sagen, auch wenn sie ihre eigene Stimme nicht erkannte. »Ich bin ohnmächtig geworden, während Ihrer Party … es tut mir sehr leid …«

»Bitte, nein, nein, nein, machen Sie sich deswegen bitte

keine Gedanken, ich hoffe einfach nur, dass es Ihnen mittlerweile wieder besser geht.«

»Irgendwie schon, aber ganz sicher bin ich mir nicht …«

»Ach, mein liebes Kind!« Carmen setzte sich zu Ellis aufs Bett und lächelte sie zuversichtlich an. »Wir haben uns große Sorgen gemacht, und …«

»Bestimmt war der Jetlag daran schuld«, unterbrach Ellis sie, »und ich hatte nichts Vernünftiges gegessen, weil ich so viel unterwegs war …«

»Genau das hat der Arzt auch gesagt. Er meinte, Sie hätten nicht auf sich geachtet, dazu die ungewohnte Hitze und Sonne. Aber wenn Sie sich heute noch sehr schwach fühlen, sieht er wirklich gerne noch mal nach Ihnen.«

Ellis schüttelte heftig den Kopf und wünschte sich noch im selben Augenblick, sie hätte es gelassen, denn es war die denkbar schlechteste Methode, um herauszufinden, wie stark er immer noch schmerzte.

»Nein, danke, das ist nicht nötig. Es geht mir gut. Es tut mir nur so leid, wenn ich Ihre Party gestört habe. Sie waren so nett, mich einzuladen, dabei bin ich doch vorgestern quasi aus dem Nichts hier aufgetaucht, und auch dafür möchte ich mich entschuldigen …« Ihr war klar, dass sie sich um Kopf und Kragen redete, aber sie konnte einfach nicht aufhören. »Und dann haben Sie mich trotzdem noch auf Ihre Party eingeladen, und ich bereite Ihnen dann solche Umstände …«

Aber Carmen blieb unbeirrt freundlich, lächelte, beugte sich zu Ellis vor und nahm ihre Hand.

»Schschschsch, das ist alles gar kein Problem, machen Sie sich keine Sorgen, Elizabeth. Um ehrlich zu sein, aber das bleibt unter uns, hatte ich von Anfang an keine Lust auf diese Party. Sie haben mir einen guten Grund gegeben, mich zurückzuziehen, und dafür sollte ich mich bei Ihnen bedanken. Und jetzt«, sie tätschelte Ellis' Hand, »wäre es schön, wenn Sie mir beim Frühstück Gesellschaft leisten würden, was meinen Sie? Oder soll ich Esperanza bitten, Ihnen ein Tablett ans Bett zu bringen?«

Ellis traute sich kaum, dieser großzügigen und hilfsbereiten Frau ins Gesicht zu schauen. Sie hatte ihr nichts als Lügen erzählt und Schwierigkeiten bereitet, und trotzdem wurde sie so herzlich von ihr aufgenommen. Für einen Moment war sie zu überwältigt, um überhaupt ein Wort herauszubringen.

Carmen interpretierte ihr Schweigen als Zögern und versuchte, ihren Gast zu überreden. »Es ist herrliches Wetter, kommen Sie doch zu mir nach unten auf die Veranda. Vielleicht können Sie dann einen Happen essen. Esperanza ist eine hervorragende Köchin, sie macht die besten *churros* in ganz Argentinien. Ein oder zwei davon, ein bisschen Saft, eine Tasse Kaffee, und schon werden Sie sich viel besser fühlen, das verspreche ich Ihnen. Und«, fügte sie schnell hinzu, als sie dachte, Ellis wolle ihr widersprechen, »Lucas hat mir gesagt, dass Sie mich sprechen wollten. Also können Sie mir beim Frühstück erzählen, worum es geht, und wir unterhalten uns in Ruhe.«

So sehr hatte sie gehofft, diese Worte von ihr zu hören: sich unterhalten. Und trotzdem stellten sich mit der Dankbarkeit auch postwendend Schuldgefühle ein. *Reiß dich zusammen, Ellis!,* befahl sie sich. Sie hatte nichts Kriminelles getan, sondern nur damit hinterm Berg gehalten, wer sie wirklich war.

»Wenn es Ihnen recht ist, komme ich gerne nach unten«, sagte sie leise.

»Natürlich ist es mir recht. Aber nur unter einer Bedingung.«

»Und die wäre?«, fragte Ellis und war gleich auf der Hut.

Doch Carmen lächelte noch immer. »Dass Sie etwas essen! Sie müssen mir versprechen, etwas zu essen, denn wenn nicht, schaden Sie Ihrer Gesundheit. Nicht nur wegen Ohnmachtsanfällen auf Geburtstagspartys«, jetzt zwinkerte Carmen ihr zu, »sondern vor allem, weil Esperanza Sie umbringt, wenn Sie ihr Essen nicht anrühren.«

Mit diesen Worten verabschiedete Carmen sich, und Ellis schwang die Füße aus dem Bett.

Sie sah sich zum ersten Mal richtig in dem Zimmer um und stellte fest, dass man alles für sie zurechtgelegt hatte, was sie brauchte: Handtücher, Seife, eine Zahnbürste, einen Kamm, sogar ihre Sachen waren gewaschen und gebügelt worden. Kurz ging ihr durch den Kopf, wer sie wohl ausgezogen hatte, denn sie konnte sich an nichts erinnern, vermutete aber, dass es die resolute Esperanza gewesen war.

Kaum dachte sie an den Moment zurück, in dem sie in Ohnmacht gefallen war, fielen ihr auch wieder die blauen Augen ein, in denen sie kurz vor dem Sturz versunken war. Sie erinnerte sich auch an seine Stimme, ruhig und besänftigend, als er sie ins Zimmer getragen und vorsichtig aufs Bett gelegt hatte. Denn sie war sich plötzlich ganz sicher, dass er es gewesen war, der sie getragen hatte, und fragte sich, warum er seine Meinung über sie so plötzlich geändert hatte, dass er ihr zu Hilfe geeilt war.

Nachdem sie sich wie in Zeitlupe gewaschen und angezogen hatte, folgte sie Carmens Wegbeschreibung zur Veranda und hatte wieder freien Blick auf den überwältigenden Garten. Sie widerstand der Versuchung, sich zuerst im Haus umzusehen. Es war nicht so weitläufig wie das Great House, aber immer noch riesig, doch schon auf den Fluren wurde deutlich, was der größte Unterschied zwischen den beiden war: Hier war alles voller Leben. Nicht nur durch die Kunst an den Wänden, die Skulpturen in den Ecken, die Pflanzen, die hier genauso üppig wie im Garten wuchsen. Es lag etwas in der Luft, und Ellis hatte das Gefühl, mit jedem Atemzug etwas von dieser undefinierbaren Lebensfreude einzuatmen.

Carmen wartete an einem Tisch auf sie, der frisch eingedeckt war und unter der Last der vollen Platten, Fruchtkörbe und Blumenvasen fast zusammenbrach. Eigentlich konnte nichts mehr darauf Platz finden, aber als Carmen sich erhob, um Ellis zu begrüßen und sie mit einer eleganten Geste bat, sich hinzusetzen, kam Esperanza mit einem riesigen Teller voller noch warmem und verlockend duftendem Gebäck herbeigeeilt.

Ihre Begrüßung fiel weit weniger herzlich aus, es klang eher wie ein rüdes Grunzen.

»Sie zeigt ihre Zuneigung durch das Essen, das sie für uns zubereitet«, sagte Carmen entschuldigend und lachte liebevoll, als Esperanza wütend davonstampfte.

Ellis war einmal mehr überwältigt von Carmens Freundlichkeit. Noch nie hatte sie jemanden getroffen, der den Menschen und dem Leben so gütig und verständnisvoll gegenüberstand. Sie war nun vollkommen sicher, dass Carmen Carlita war. Die Frau, mit der sie hier frühstückte, war die Frau auf dem Foto, das sie im Innenfutter ihres Koffers versteckt hatte. Es konnte gar nicht anders sein, denn sie sah ihr so ähnlich, aber es war vor allem ihr Lächeln, das keinen Zweifel aufkommen ließ. Dieses Lächeln, das auf ihren Lippen lag und ihre Augen zum Strahlen brachte.

Genau wie vorhin, verschlug es Ellis in Carmens Gegenwart erst einmal die Sprache. Gott sei Dank musste sie erst mal nicht viel reden, denn Carmen war eine aufmerksame Gastgeberin und hatte Ellis' Unsicherheit längst bemerkt. Also versorgte sie sie erst mal mit warmen *churros*, Saft und Kaffee und plauderte ungezwungen über die Pflanzen im Garten, ihre Namen auf Spanisch und über ihre Pferde.

Als Carmen das Gefühl hatte, ihr Gast hätte sich entspannt, wechselte sie geschickt das Thema.

»Und Sie sind also Elizabeth.«

Gott sei Dank war es eine rhetorische Frage.

»Und Sie sind aus London. Und mehr weiß ich auch nicht über Sie.«

Jetzt war Ellis an der Reihe, sie spürte Carmens neugierigen Blick auf sich ruhen, brachte aber keinen Ton hervor. Ihre Gedanken rasten hin und her, ihr Kopf tat augenblicklich wieder weh, und der Geruch der *churros* verursachte ihr Übelkeit. Womit sollte sie bloß anfangen? Ellis senkte den Blick, um Carmens auszuweichen.

»Warum bist du hier, Elizabeth? Sag es mir.« Ohne es zu merken, duzte Carmen Ellis plötzlich, doch der Tonfall ihrer Stimme verriet nur Sorge und den Wunsch, der jungen Frau zu helfen, die ihre Tochter hätte sein können.

Ellis räusperte sich und trank einen Schluck Orangensaft. »Ich schreibe«, sagte sie schließlich. Das »Du« war ihr sofort aufgefallen, und sie freute sich so darüber, dass sie fast geweint hätte.

Carmen sah sie so mitfühlend an, als würden diese zwei Worte als Erklärung für alles ausreichen.

»Ah, dann bist du Journalistin.« Sie seufzte so leise, dass man es kaum hören konnte, sie verzog auch keine Miene oder veränderte ihre Körperhaltung, aber Ellis spürte noch im selben Augenblick, wie sich zwischen ihnen eine Wand aufbaute. Carmen saß genauso da wie vorher, die Höflichkeit in Person, doch die Wärme in ihren Augen und ihrem Gesicht war verschwunden. »Und jetzt möchten Sie alles über meinen Ehemann erfahren, vermute ich.« Die Rückkehr zum »Sie« war unvermeidlich gewesen.

»O Gott, nein! Überhaupt nicht!« Sie reagierte so spontan, und ihr Entsetzen wirkte so echt, dass Carmen ihr zu glauben schien und sofort wieder zugänglicher wurde. »Warum bist du dann hier?«, wiederholte sie ihre Frage noch einmal.

»Ich möchte alles über Sie wissen«, gab Ellis zu und traute sich kaum, Carmen direkt anzusehen.

»Über mich?« Carmen war überrascht.

»Ja.«

»Aber warum?« Carmen ließ nicht locker.

Ellis wusste, dass dies die Chance war, endlich mit den Lügen und Halbwahrheiten aufzuhören. Doch irgendetwas hielt sie zurück.

Wie sollte sie denn auch die ganze Wahrheit offenlegen?

Wie sollte sie die einzige Frage, die wirklich wichtig war, so mir nichts dir nichts stellen? »Kannten Sie meinen Vater?«, klang ja noch harmlos, aber »Hatten Sie eine Affäre mit meinem Vater?« – nach so vielen Jahren, in denen die ganze Geschichte geheim gehalten worden war, konnte sie doch nicht mit dem Vorschlaghammer die Mauer des Schweigens einreißen. War es nicht vielleicht schlauer, erst einmal Carmens Vertrauen zu gewinnen und dann ehrlich zu sein?

Sie wusste, dass sie nach Ausflüchten suchte, denn was ihr wirklich fehlte, war der Mut, Dinge auszusprechen, die Carmen wahrscheinlich verletzen würden. Und eine Sache war nicht gelogen – sie wollte alles über sie erfahren, über ihr

Leben und was für ein Mensch sie war. Sie wollte verstehen, warum ihr Vater sich in Carmen verliebt hatte und warum diese Liebe das Herz ihrer Mutter zu Stein werden ließ.

Ellis hatte gar nicht bemerkt, dass sie schon wieder viel zu lange mit einer Antwort gewartet hatte, und erst, als Carmen ihre Hand nahm und noch einmal leise nachfragte »Warum?«, gab sie sich einen Ruck.

»Ich bin keine Journalistin, ehrlich, ich bin Schriftstellerin. Und nein, ich interessiere mich kein bisschen für Ihren Mann. Natürlich möchte ich nicht respektlos erscheinen, wenn ich das so offen sage, aber er ist nicht der Grund, warum ich hierhergekommen bin.«

»Was willst du dann hier?«

Ellis biss sich auf die Lippe. »Meine Mutter ist gestorben«, sie machte eine Pause, »und dann ist gerade erst meine Ehe in die Brüche gegangen ...«

»Ach, meine Liebe, das tut mir sehr leid, gleich zwei so schwierige Erlebnisse in kurzer Zeit.« Die Wand zwischen ihnen brach in sich zusammen, und die ältere Frau lächelte Ellis verständnisvoll an und legte ihr eine Hand auf den Arm. »Ich weiß, wie es sich anfühlt, jemanden zu verlieren, den man liebt.«

Ellis kniff betroffen die Augen zusammen. *Sag es ihr, sag es ihr jetzt, bevor es zu spät ist*, löcherte sie eine innere Stimme. Doch bevor sie Luft holen und ansetzen konnte, redete Carmen schon weiter. Sie war nicht neugierig, sondern wollte nur Trost spenden.

»Es muss sehr hart für dich gewesen sein.«

»Wir standen uns nicht sehr nahe«, antwortete Ellis, und als sie sich selbst zuhörte, schämte sie sich plötzlich. Hatte es an ihr gelegen, dass ihre Mutter sie nicht geliebt hatte, zumindest nicht so, wie man das von Müttern erwarten würde? Oder lag es an Rose und an ihrer Unfähigkeit, ihr eigenes Kind zu lieben?

Carmen spürte Ellis' Unsicherheit und wollte nicht auf dem Thema herumhacken, also wechselte sie – unwissentlich – zum nächsten, bei dem Ellis mindestens genauso viele Geheimnisse hatte

»Also hast du beschlossen, dir eine Auszeit zu nehmen, und bist nach Argentinien geflogen?«

»Ja, so ähnlich. Also nein, eigentlich nicht. Ich bin hier, weil ich Sie kennenlernen wollte.« Endlich mal keine Lüge.

»Du hast den ganzen weiten Weg aus England auf dich genommen, um mich zu treffen? *Nur,* um mich kennenzulernen?« Carmen schüttelte verständnislos den Kopf und runzelte die Stirn, als Ellis nickte.

»Tja, um ehrlich zu sein, wundere ich mich ein bisschen, aber ich fühle mich auch geschmeichelt. Und ich bin natürlich gespannt. Sagst du mir jetzt endlich, warum, Elizabeth?«

Endlich konnte sie ihre vorbereitete Antwort loswerden, ohne zu riskieren, auf ihren Vater oder die Affäre zu sprechen zu kommen. Sie holte tief Luft. »Ich habe vor langer Zeit ein Buch geschrieben, und dann erwarteten natürlich alle, dass das zweite sofort hinterherkommt. Aber mir fiel nichts mehr ein. Dann sah ich eine Ihrer Zeichnungen und habe ein paar Ihrer Gedichte gelesen. Beide haben eine Saite in mir zum Klingen gebracht. Zum ersten Mal seit Jahren fühlte ich mich inspiriert ... und als ich feststellte, dass ich tatsächlich die Gelegenheit geboten bekam, Sie zu besuchen – das mit der Party tut mir echt leid –, da musste ich sie einfach nutzen. Dank Ihnen habe ich endlich wieder eine Idee, wie ...«

»Eine Idee für ein neues Buch?«

»Ja, vielleicht.«

»Du bist also tatsächlich Schriftstellerin.«

»War, und vielleicht werde ich irgendwann wieder eine sein.«

»Und du glaubst, ich könnte dir auf diesem Weg helfen?«

»Das hoffe ich.«

Carmen nickte nachdenklich.

»Du sagtest, du hättest meine Gedichte gelesen?«

»Ein Freund gab mir Ihren Gedichtband.«

»Meinen Gedichtband?«, wiederholte sie. »Im Ernst?«

Angesichts Carmens offensichtlicher Überraschung über das Auftauchen ihres Buches, geriet Ellis kurz in Panik. Sie hatte völlig vergessen, dass es ein Privatdruck war, und vielleicht hatte sie eine Liste geführt, wem sie ein Exemplar geschenkt hatte. Oder vielleicht hatte Alexander das einzige Exemplar bekommen!

Trotz ihrer Nachdenklichkeit wirkte Carmen aber keinesfalls alarmiert, sondern zuckte kurz darauf nur mit den Achseln. »Ehrlicherweise wundert mich das, denn es wurden nur einige wenige Exemplare gedruckt. Eigentlich sollte das Buch nie erscheinen … zu persönlich … Das mag jetzt etwas sonderbar klingen, aber die Veröffentlichung fand gegen meinen Willen statt.«

Ellis fand das gar nicht sonderbar, im Gegenteil, dieses Gefühl kannte sie nur allzu gut. Selbst wenn sie mit Carmen darüber hätte reden können, hütete sie sich, diesen Weg zu beschreiten, denn er führte direkt zu Alexander. Also schwieg sie und hoffte darauf, dass Carmen von sich aus weiterreden würde.

Zu ihrer Enttäuschung schien Carmen plötzlich ganz weit weg zu sein und ihren eigenen Gedanken nachzuhängen. Sie sah auf die Uhr, zog eine Grimasse, und es war ihr anzumerken, dass sie sich gleich mit einer Entschuldigung zurückziehen würde.

»Es tut mir furchtbar leid, aber ich habe gleich eine wichtige Verabredung, die ich fast vergessen hätte.« Sie lachte leise. »Zumindest habe ich mich wirklich angestrengt, sie zu vergessen. Kennst du das Gefühl, wenn man Dinge tun muss, zu denen man absolut keine Lust hat? Ich hoffe, du verzeihst mir, ich hatte ja versprochen, dass wir uns länger unterhalten, aber ich muss jetzt wirklich los.«

»Natürlich.« Ellis war zur Höflichkeit erzogen worden, konnte aber ihre Enttäuschung nicht verhehlen.

Als Carmen sah, wie sehr ihr abrupter Aufbruch Ellis zusetzte, blieb sie noch einen Moment stehen. »Warte, ich habe eine Idee«, sagte sie, »vielleicht möchtest du heute Abend wieder auf die Farm kommen, zum Abendessen? Aber du bist in letzter Zeit zu viel herumgereist, also bleib doch bitte einfach hier und frühstücke gemütlich ohne mich zu Ende. Du musst mindestens zwei bis drei *churros* essen, sonst ist Esperanza enttäuscht. Danach ruh dich aus oder geh schwimmen, spazieren, aber fahre bitte nicht den ganzen Weg zurück zum Hotel. Es wäre eine Schnapsidee, hin und her zu fahren. Wenn du noch über Nacht bleiben möchtest, könntest du unseren Wein probieren, den wir selbst anbauen. Wir können unser Gespräch fortsetzen, und ich erzähle dir alles, was du wissen möchtest. Vielleicht kann ich dir wirklich helfen, dein Buchprojekt konkreter werden zu lassen.«

Diese Einladung konnte – und wollte – sie nicht ablehnen, aber ihre gute Erziehung und die ihr eigene Schüchternheit verhinderten, dass sie spontan zusagte.

»Sind Sie sicher?«, fragte sie stattdessen stotternd. »Also, ich weiß nicht, ich möchte mich wirklich niemandem aufdrängen.«

Carmen wischte ihre Bedenken mit einer Handbewegung vom Tisch. »Unsinn, wir haben viel Platz, und du bist herzlich willkommen. Ich habe mich hier viel zu lange von allem und jedem zurückgezogen, deine Gesellschaft kommt mir sehr gelegen, glaube mir. Also, was meinst du?«

»Wenn Sie sich ganz sicher sind, dann bleibe ich sehr gerne.«

Carmen strahlte Ellis an. »Dann ist das beschlossene Sache. Gerardo fährt heute sowieso in die Stadt, wenn du möchtest, kann er ein paar deiner Sachen im Hotel für dich abholen. Ach ja, und noch etwas. Als die Ältere von uns beiden, würde ich mich freuen, wenn du mich auch duzt. Schließlich teilen wir ja dasselbe Schicksal als Schriftstellerinnen, das verbindet, oder? Aber jetzt muss ich wirklich los.«

Carmen drückte noch einmal ermunternd Ellis' Arm und verschwand im Haus.

Als Ellis allein war, schloss sie die Augen und versuchte, die letzte Viertelstunde ihres Lebens zu verdauen. Sie zitterte vor Anstrengung, die Fassade aufrechtzuerhalten. Natürlich hatte sie sich auf dieses Treffen gefreut, aber wenn sie ehrlich war, hatte sie nicht damit gerechnet, dass Carmen so ein liebenswerter und gütiger Mensch war. In ihrer Vorstellung war sie trotz ihrer Schönheit auf dem Foto immer die Frau gewesen, die ihr vielleicht die Liebe ihres Vaters gestohlen hatte. Die vielleicht daran schuld war, dass er nicht mehr zu ihr ins Krankenhaus gekommen war. Doch nun lasteten die Lügen auf ihrem Gewissen, und sie hatte keine Ahnung, wie sie jemals aus dieser Situation herauskommen sollte, ohne das Wohlwollen Carmens zu verlieren.

# 20

Carmen ging langsam auf dem mit Bäumen gesäumten Weg zu dem großen Stall und trat aus der heißen Sonne ins kühlere Innere. An beiden Längsseiten befanden sich Pferdeboxen, und die Stallburschen unterbrachen kurz ihre Arbeit, um sie zu grüßen. Aus den Boxen reckten die Pferde ihr ihre Köpfe entgegen und wieherten. Obwohl sie wirklich keine Zeit hatte, sagte sie jedem Hallo und ging dann von Pferd zu Pferd für ein paar Streicheleinheiten und geflüsterte Liebkosungen. Erst dann machte sie sich auf zu ihrem eigentlichen Ziel, einem ganz am Ende des langen Gebäudes gelegenen Büro.

Lucas saß an seinem Schreibtisch, vor einem surrenden Computer, und telefonierte. Er nickte ihr kurz zu, ohne sich von seinem Gespräch mit einem französischen Grand-Prix-Reiter ablenken zu lassen. Der Franzose war eine große Nummer in der Welt des Reitsports und hatte bereits drei Pferde ihrer Zucht gekauft. Jetzt war er scharf auf ein weiteres, einen hübschen, fünf Jahre alten Schimmel, aus dem etwas Besonderes werden könnte. Lucas hatte ihn persönlich eingeritten und wollte ihn selbst verkaufen.

Sie ließ sich ihm gegenüber auf einem Lederstuhl nieder und hörte ihm bewundernd zu, wie er ohne jegliche Schwierigkeiten in fließendem Französisch mit einem, wie sie selbst genau wusste, schwierigen Kunden verhandelte.

Zum x-ten Mal in diesem Jahr wollte sie ihm so gerne sagen, wie dankbar und wie stolz sie auf ihn war. Denn sie wusste wirklich nicht, wie sie seit Leandros Tod ohne ihn klargekommen wäre. Dennoch hatte sie nur einen Wunsch: dass er sich das alles nicht so zu Herzen genommen hätte. Er wollte sie vor allem und jedem bewahren, was paradox war, denn sein Beschützerinstinkt stand in krassem Gegensatz zu der Distanziertheit, die er ihr gegenüber seit Neuestem an den Tag legte. Und was sie ihm jetzt zu sagen hatte, würde ihr Verhältnis zueinander kaum bessern. Natürlich reagierte er ganz genau so, wie sie es befürchtet hatte.

»Du hast sie eingeladen zu bleiben? Bist du verrückt? Sie könnte sonst wer sein!«

»Vielleicht bin ich verrückt, aber sie hat etwas an sich, das mich rührt. Frag mich nicht, was es ist, Lucas, aber ich habe einfach das Gefühl, dass sie nur etwas Zeit braucht. Sie möchte so gerne mit mir reden ...«

»Carmen, du weißt aber trotzdem nicht, wer sie ist, sie ist hier wie von ungefähr aufgetaucht!«

»Das stimmt, aber ich kann dir jetzt wenigstens sagen, dass ich mich getäuscht habe und sie keine Journalistin ist.«

»Woher willst du das wissen?«

»Sie hat es mir gesagt. Sie ist Schriftstellerin.«

»Und das macht einen Unterschied?«, rief er laut, und der Hohn in seiner Stimme war nicht zu überhören.

»Lucas, du weißt ganz genau, dass es einen Riesenunterschied macht... Sie ist nicht auf der Suche nach einer Story über Leandro. Ich glaube, was sie zu finden hofft ist Inspiration, vielleicht auch eine Mentorin. Und aus irgendeinem Grund hat sie das Gefühl, sie könnte das bei mir finden.«

»Und darüber freust du dich?«

Carmen zuckte mit den Achseln. »Sie hat etwas an sich …«

»Du kannst Menschen nicht so retten, wie du es mit Tieren machst.«

»Du selbst hast sie doch gerettet, falls du dich noch daran erinnern kannst, also erzähl mir nicht, dass es dir mit ihr nicht genauso geht!«

So gerne er es auch geleugnet hätte, musste er ihr recht geben. »Trotzdem, wie kannst du dir so sicher sein, dass sie die Wahrheit sagt? Menschen lügen, Carmen …« Er sah sie wütend an. »Das wissen wir beide nur allzu gut, oder?«, schob er bissig hinterher.

Sie atmete tief durch, blieb aber bei ihrer Meinung. »Ich habe ihr genau ins Gesicht gesehen, als ich sie nach Leandro gefragt habe, und ich habe ihr hundertprozentig abgenommen, als sie sagte, sie sei nicht an ihm interessiert. Sie hat die Wahrheit gesagt. Sie schreibt an einem Buch, es ist nicht ihr erstes, und sie meinte, meine Arbeit hätte sie inspiriert. Ich glaube, ihr Auftauchen hier, ihr Wunsch, mit mir zu reden, ist so eine Art Forschungsreise.«

»Sie hat ein Buch geschrieben?«

»Ja.«

»Und wie heißt es?«

»Das habe ich sie nicht gefragt.«

Er seufzte verärgert und tippte etwas in seinen Computer.

»Lucas, was machst du da?«

»Ich suche nach ihr.«

Carmen hob entgeistert die Hände. »Im Internet? Meine Güte, Lucas, wie viele Schriftsteller gibt es da draußen wohl, hm? Wir können nicht über jeden einzelnen von ihnen Infos im Internet finden. Außerdem sagte sie, sie hätte nur ein einziges Buch geschrieben, und das sei Jahre her. Und sie war verheiratet, also hieß sie damals vielleicht noch anders. Und du willst wirklich nach Elizabeth Taylor suchen? Bist *du* jetzt verrückt? Dir ist doch klar, wie lange du da suchen kannst.«

Er hörte auf zu tippen. »Sie *war* verheiratet, sagst du?«

Anscheinend war nur diese eine Info bei ihm hängen geblieben. Carmen musterte ihn neugierig und schmunzelte. »Ja, *war* und ist es nicht mehr … Sie ist hübsch, nicht wahr?«

»Das spielt ja wohl kaum eine Rolle bei der Frage, wer sie wirklich ist«, erwiderte er eine Spur zu schnell und sah weg.

»Wie dem auch sei, sie hat mir gesagt, wer sie ist, und ich glaube ihr. Vielleicht solltest du lernen, den Menschen etwas mehr zu vertrauen …« Noch bevor sie den Satz zu Ende gesprochen hatte, bereute sie ihre Worte.

Lucas stand abrupt auf und warf dabei fast seinen Stuhl um. Der Blick, den er ihr zuwarf, war mehr als vorwurfsvoll. »O ja, Carmen, das habe ich mal gelernt. Ich habe darauf vertraut, dass die Menschen, die ich am besten kenne, immer ehrlich zu mir sein werden, und schau dir doch an, was mir das gebracht hat. Verzeih mir, wenn ich jetzt ein *bisschen* vorsichtiger bin als früher.«

Wütend verließ er das Büro, und sie verfluchte sich für ihre unsensible Bemerkung. Natürlich hatte sie sich selbst schon gefragt, ob es richtig war, ob sie um des lieben Friedens willen die junge Frau nicht lieber bitten sollte, abzureisen, denn ihre Anwesenheit schien Lucas auf die Palme zu bringen. Dennoch diktierte ihr Herz ihrem Kopf genau das Gegenteil, und nach allem, was ihr in ihrem Leben widerfahren war, hatte sie sich geschworen, ihrem Herzen immer das letzte Wort zu überlassen.

Seufzend erhob sie sich schwerfällig aus dem Lederstuhl und ging Lucas nach. Von der Stalltür aus beobachtete sie, wie er gerade eins seiner Lieblingspferde aufsattelte, einen stattlichen, rötlich braunen Criollo-Hengst, der bei allen auf dem Gut für sein Temperament und seine Launenhaftigkeit berühmt-berüchtigt war. Doch während Lucas die Sattelgurte festzurrte, blieb Carmello ganz ruhig.

Lucas konnte einfach wahnsinnig gut mit Pferden – um genau zu sein, mit allen Tieren – umgehen. Sie und Leandro hatten ihm immer schon die schwierigen Fälle überlassen, denn seine ruhige Art schien sich auf die Tiere zu übertragen. Carmen wünschte nur, dass er im Moment für sich selbst ein bisschen innere Ruhe und Standfestigkeit finden würde.

Ein Schatten tauchte vor ihr auf, als Gerardo in dem alten Mercedes vorfuhr, den sie noch selbst gefahren hatte, bis es zu beschwerlich geworden war, den störrischen alten Wagen über die schlechten Straßen zu kutschieren. Sie schenkte das Auto kurz entschlossen Gerardo und seiner Familie, und er nahm es nur unter der Bedingung an, dass es jedes Mal, wenn sie einen Chauffeur brauchte, automatisch sein Job war, und sie hatte nur zu gerne zugestimmt.

Sie kannten sich schon eine sehr lange Zeit, über dreißig Jahre, und gerade jetzt, wo sie sich oft einsam fühlte, wusste sie seine Umgänglichkeit und sein Gespür für die richtigen Worte besonders zu schätzen.

»Sind Sie fertig?«, fragte er und sprang auf seinen langen dürren Beinen aus dem Auto, um ihr auf der anderen Seite die Tür aufzuhalten.

Sie nickte. »Ja, danke, Gerardo. Wir können losfahren.« Schon x-mal hatte sie versucht, ihn vom »Sie« abzubringen, aber er bestand darauf und behauptete, er könnte sich niemals überwinden, sie zu duzen.

Sie versuchte, noch einmal Blickkontakt zu Lucas herzustellen, aber er ignorierte sie hartnäckig. Also stieg sie ein, ohne sich von ihm zu verabschieden.

Gerardo liebte es, Auto zu fahren, war aber nicht besonders gut darin, da er die meiste Zeit seines Lebens im Sattel verbracht hatte. Gut gelaunt legte er den ersten Gang ein und fuhr los.

Nachdem sie fünf Minuten lang geschwiegen hatte, was ungewöhnlich war, fragte Gerardo beunruhigt: »Ist alles in Ordnung?«

»Ja, natürlich.«

»Sicher?«, hakte er fünf Minuten später nach.

Sie schüttelte den Kopf, als wollte sie so die düstere Stimmung verjagen, und lächelte ihn entschuldigend an. »Mir geht nur so viel durch den Kopf, Gerardo. Bitte verzeih mir. Danke, dass du mich fährst. Und ich fürchte, ich muss dich noch um einen weiteren Gefallen bitten, wenn du mich bei Valentin abgesetzt hast. Würde es dir etwas ausmachen, in dem Hotel der jungen Elizabeth vorbeizufahren und ihre Sachen abzuholen? Ich habe sie eingeladen, noch eine Nacht bei uns zu verbringen.«

»Klar, kein Problem.«

»Es macht dir wirklich nichts aus?«

»Nein, natürlich nicht. Und ich bin froh, dass Sie sie eingeladen haben.«

»Tatsächlich. Dann findest du es gut, dass sie bleibt.«

»Ja.«

»Magst du sie?«

»O ja. Sie ist ein nettes Mädchen.«

»Möchtest du wissen, warum sie hier ist?«

Gerardo zuckte mit den Achseln. »Möchten Sie's mir erzählen?«

»Sie ist keine Journalistin.«

»Das war mir klar.«

»Ach ja?«

»Ja sicher. In letzter Zeit habe ich so viele von denen auf einem Haufen gesehen, dass ich sie so schnell herausfischen könnte wie die Gesichter meiner Söhne.« Er schüttelte den Kopf. »Sie ist keine Journalistin«, sagte er bestimmt.

Carmen lachte. »Und möchtest du jetzt wissen, warum sie hier ist oder nicht?«

»Pah.« Er zuckte noch mal mit den Achseln und zog ein Gesicht, als interessiere ihn das überhaupt nicht. »Sie ist ein guter Mensch. Man muss nicht immer genau wissen, warum gute Menschen in dein Leben treten, man muss nur dankbar dafür sein.«

»Ich wünschte mir, Lucas wäre genauso philosophisch, denn er ist überhaupt nicht glücklich über ihr Aufkreuzen.«

»Lucas ist momentan über so gut wie gar nichts glücklich«, Gerardo setzte wieder sein schiefes, liebenswürdiges Lächeln auf, »aber lassen Sie ihn einfach in Ruhe seine Arbeit machen, dann wird er irgendwann wieder normal werden.«

»Meinst du wirklich?«

»Ich weiß es. Alles wird einfacher, je mehr Zeit vergeht.«

»Nicht alles, mein lieber Freund.« Für einen Moment musste sie die Augen schließen, dann atmete sie tief durch und sah ihn von der Seite an. »Es ist im Augenblick so schwierig mit ihm, Gerardo, und dass er sich so in die Arbeit stürzt, macht es auch nicht besser. Es kommt mir vor, als wolle er sich die ganze Zeit etwas beweisen.«

»Die Fußstapfen, in die er treten will, sind groß. Und er weiß selbst am besten, dass man viel von demjenigen erwartet, dem viel gegeben wurde.« Gerardo erwiderte ihren Blick. »Aber Sie machen sich zu viele Sorgen. Er war eine gute Wahl. Da sind sich alle einig. Er hat schon viel erreicht.«

»Aber ich habe gegen Leandros ausdrücklichen Wunsch gehandelt.«

»Und das war das einzig Richtige.«

»Er wollte, dass du die Verantwortung übernimmst, Gerardo, das weißt du.«

»Natürlich, aber das heißt noch lange nicht, dass es für mich das Richtige gewesen wäre.«

»Wie kommt es, dass du nicht wütend auf mich bist?«

»Warum sollte ich denn wütend sein?«

»Du hast nicht das Gefühl, dass ich einem Jüngeren den Vorzug vor dir gegeben habe?«

»Sie haben das Richtige getan. Ich bin glücklich mit dem, was ich tue, und ich bin zu eingefahren in meiner Denk- und Arbeitsweise, als dass ich der Aufgabe so gewachsen wäre wie Lucas. Können Sie sich vorstellen, dass ich den halben Tag im Büro herumsitze? Mit meinem schrecklichen Englisch mit Kunden verhandele, oder schlimmer noch, mit meinem nicht vorhandenen Französisch oder Deutsch? Sie brauchen jemanden wie Lucas, um das Geschäft weiter auszubauen. Ich könnte das nicht. Leandro hat sich geirrt, wie in so vielem ... Lucas ist ein guter Mann, Carmen, und ein noch besserer Geschäftsmann.«

Carmen seufzte, nickte aber schließlich. »Um ehrlich zu

sein, überrascht es mich, dass er noch bei uns ist. Er ist viel zu gut für unseren kleinen Betrieb.«

»Er ist loyal«, sagte Gerardo achselzuckend.

»Und ich nütze diese Loyalität aus?«

»Nein, natürlich nicht.« Gerardo drehte sich kurz zu ihr um und lächelte, in der Hoffnung, sein Lächeln würde sie beruhigen. »Wissen Sie, manchmal geht es nicht darum, dass die anderen einem verzeihen, sondern nur darum, dass man erkennt, wie sehr man sich selbst verzeihen muss, vor allem dann, wenn man alle Entscheidungen mit guten Absichten getroffen hat.«

Carmen biss sich auf die Oberlippe, legte ihre Hand auf seine, die auf dem Schaltknüppel lag, und drückte sie kurz. »Du bist ein guter Freund, Gerardo.«

»Ach, Carmen, ich bin ein alter Idiot, mehr nicht. Aber ich bleibe dabei, Sie haben das einzig Richtige getan … Vertrauen Sie darauf, und vertrauen Sie sich selbst. Am Ende wird sich alles zum Guten wenden.«

# 21

Nachdem Carmen gegangen war, blieb sie noch auf der Veranda sitzen und bemühte sich, Esperanza milde zu stimmen. Ihr Appetit war in der Tat zurückgekommen, und als Esperanza plötzlich wie ein Wachhund auftauchte, war Ellis beruhigt, ihr anzusehen, dass sie erkennbar zufrieden die Krümel der *churros* auf Ellis' Teller zur Kenntnis nahm.

Nach dem Frühstück nahm sie das Haus in Augenschein und wanderte, so weit sie sich traute, durch das Haus. Selbst die Flure waren wunderschön dekoriert, und der Stil war ihr so vertraut, dass sie beinahe das Gefühl hatte, selbst am Werk gewesen zu sein. Das Great House war von Rose auch mit erlesenem Geschmack eingerichtet worden, löste aber bei seinen Besuchern eher ein Gefühl der Beklommenheit aus, als müsse man gerade sitzen und Knie und Ellbogen brav zusammenpressen.

In Carmens Wohnzimmer, durch das sie von der Veranda aus geschlendert war, wollte man nur die Schuhe von den Füßen kicken und sich entspannt in einen Sessel fallen lassen. Es schien der größte Raum des Hauses zu sein. Der Boden war mit warmen Terrakottafliesen ausgelegt, auf dem zwei einladende Sofas in L-Form standen, in denen man sich verlieren konnte, übersät mit Kissen und Überwürfen aus Seide, Samt oder Wildleder, einige von ihnen bestickt. Die vorherrschenden Farben müssten sich eigentlich beißen, taten es aber nicht: Bernsteingelb, Türkis mit Sonnengelb, intensiv und schön wie Schmucksteine. Zwischen den Sofas stand ein riesiger Couchtisch voller Bücher und Zeitschriften, die nicht nur zum Angeben dalagen, sondern tatsächlich gelesen wurden. Überall standen Kerzen herum – sogar in Vogelkäfigen, in denen es keine Vögel mehr gab –, die schon oft angezündet und in lustige Formen verschmolzen waren, oder Laternen mit Buntglas. Alles in dem Raum war farbenfroh und versprühte gute Laune.

Kam man aus dem Wohnzimmer, erreichte man durch einen Flur das Esszimmer, das eigentlich durch einen schweren Holztisch und mindestens zwölf Stühle hätte schwer wirken müssen, aber wieder wurde die Strenge der Möbel durch Kerzen und Kissen und Farben aufgelockert. Als Gast überblickte man von diesem einladenden Raum aus einen geschlossenen Innenhof, in dem sich Wasser- und Windspiele, Kieselsteine und Statuen abwechselten, dazu Pflanzen, die in der Hauptsache wegen ihres Dufts, der diesem Rückzugsort eine so friedliche Note verlieh, den Vorzug bekommen hatten.

Doch am allermeisten beeindruckte Ellis die Kunst, die überall im Haus verteilt war. Zum Teil waren es Werke von Carmen, erkennbar an dem CV in der unteren Ecke, die Ellis an die Illustrationen in Carmens Gedichtband erinnerten. Andere Arbeiten waren weniger abstrakt, zarte Porträts wie das von ihrem Vater, Bilder der Bergkette, die man von der Veranda aus sah, oder vor Kraft strotzende Gemälde Andalusischer Pferde. Es waren auch Künstler dazwischen, deren Werke sie offensichtlich sammelte, wobei die beiden vorherrschenden Themen Natur und Farbe waren. Und es gab Skulpturen aus Holz, Bronze oder Stein. Jede einzelne von ihnen war so fantastisch gearbeitet, dass man nur die Hand ausstrecken und sie berühren wollte.

Die Sammlung verriet viel über die Künstlerin Carmen, aber wenig über das, wonach Ellis suchte: eine Spur von ihrem Vater. Außer vielleicht, dass sie jetzt noch besser verstand, warum sie ihm so gut gefallen hatte. Denn so wie dieses Haus die Antithese zu seinem eigenen Haus in Cornwall darstellte, so sehr war diese schöne Südamerikanerin die Antithese zu ihrer Mutter.

Wärme gegen Kälte.

Sonne gegen Schnee.

Ein exotischer Blumenduft.

Doch Rose war der Züchter und Carmen die Blüte.

Plötzlich fiel Ellis auf, dass trotz der vielen und üppigen Pflanzen, die im ganzen Haus, im Garten und im Innenhof verteilt waren, nirgendwo eine einzige Lilie zu sehen war. Und da war noch etwas, wonach sie gesucht und das sie merkwürdigerweise nirgends entdeckt hatte. Und die vollkommene Abwesenheit machte das Fehlen noch sichtbarer: Es gab keine Fotos. Nicht ein einziges. Nirgendwo.

Natürlich gab es noch mehr Räume im ersten Stock. Doch trotz ihrer fast schon verrückten Neugier, jede Tür dort oben zu öffnen und alles in sich aufzusaugen, brachte sie es nicht über sich. Es kam ihr falsch vor. Die große, geschwungene Marmortreppe, die von der Eingangshalle nach oben führte und aussah, als stamme sie direkt aus dem Filmset von »Vom Winde verweht«, war mit einem Mal ein unüberwindliches Hindernis zwischen ihr und dem Obergeschoss. Sie wollte nicht aufdringlich sein und ihre Nase in die Zimmer fremder

Leute stecken, und obwohl sie mit Fug und Recht nach oben gehen konnte, da ihr Zimmer dort lag, wusste sie doch ganz genau, dass sie es nur tat, um herumzuschnüffeln. Carmen war weggefahren, und Lucas hatte ein Pferd aufgesattelt, sie hatte die beiden vor der Scheune von der Veranda aus gesehen.

Als sie so mit sich rang, tauchte plötzlich Esperanza auf dem oberen Treppenabsatz auf und winkte sie herauf. »Komm, kommen Sie!«

Ellis wusste nicht, was sie tun sollte, und das Winken wurde ungeduldiger.

»Kommen Sie!«, wiederholte Esperanza. »Ich habe nicht den ganzen Tag Zeit!«

Der Hausdrachen führte sie in ihr Gästezimmer und zeigte auf ihre Sachen, die vom Hotel hergebracht worden waren. Dankbar zog sie sich um und tauschte das Sommerkleid gegen bequeme Shorts, ein kühles Leinentop und ihre geliebten Flipflops.

Als sie wieder aus dem Zimmer kam, war Esperanza verschwunden und der Flur vollkommen leer. Diesmal konnte sie ihre Neugier nicht bezwingen: Sie vermutete, dass das Zimmer am Ende des Flurs Carmens war. Warum sie sich da so sicher war, wusste sie nicht, sie hatte nur so ein Gefühl. Als würden diese vier Wände sie magnetisch anziehen.

Vorsichtig öffnete sie die Tür und reckte den Kopf ins Zimmer. Ihre Augen mussten sich erst an das gedämpfte Licht gewöhnen, bis sie endlich sah, worauf sie so sehr gehofft hatte: Fotografien. Und zwar unglaublich viele, an den Wänden, auf den Tischen, Kommoden, Regalen, einfach überall. In bunt gemischten Rahmen, Reihe hinter Reihe auf nahezu allen freien Flächen.

Der Drang, das Zimmer zu betreten und sich alles aus der Nähe anzusehen, war überwältigend, doch ihre Füße in den Flipflops schienen Wurzeln geschlagen zu haben und rührten sich nicht vom Fleck.

»*Señorita! Señorita!*« Ellis erstarrte, als sie Esperanzas Stimme hörte.

Sie hielt den Atem an, schloss leise die Tür und ging schnell nach unten.

Esperanza wartete auf der Veranda auf sie – vor einem frisch für das Mittagessen eingedeckten Tisch.

»Vielen Dank«, brachte Ellis stotternd heraus, denn sie hatte das Gefühl, das Frühstück sei gerade mal zehn Minuten her. Fassungslos starrte sie auf einen Teller mit einem gigantischen Sandwich, belegt mit Unmengen von Salami und drei Pfund Käse, den Esperanza ihr unter die Nase hielt. »Aber eigentlich wollte ich gerade einen Spaziergang machen. Ein bisschen frische Luft schnappen.«

Als Antwort darauf wickelte Esperanza das Sandwich in eine Serviette ein. »Picknick«, sagte sie, und ihr Gesichtsausdruck duldete keinen Widerspruch.

Resigniert nahm Ellis, die immer noch satt war von den *churros,* das Sandwich vom Teller, bedankte sich und wunderte sich im Stillen, das ein Stück Brot mit Belag so viel wiegen konnte wie ein Kleinkind.

Eigentlich hatte sie vorgehabt, durch den weitläufigen Garten zu schlendern, aber irgendwie zog es sie Richtung Scheune und Pferde. Es wäre gelogen, wenn sie behauptete, nicht doch insgeheim darauf zu hoffen, Lucas zu begegnen. Sie fühlte sich immer noch unwohl bei dem Gedanken, dass jemand hier, der so nett zu ihr war, möglicherweise immer noch ziemlich schlecht über sie dachte, und sie hoffte auf eine Gelegenheit, ihn davon zu überzeugen, dass sie andere Motive hatte als Klatsch für die Regenbogenpresse.

Da sie die Scheune nicht ohne Erlaubnis betreten wollte und auch, weil sie nicht wusste, wen sie dort treffen würde, ging sie auf einem Weg, der hinter dem Gebäude verlief, weiter. Nach einigen Metern sah sie einen riesigen, massiven Hundezwinger vor sich, in dem mehrere große Hunde im Schatten dösten. Kaum hatten sie ihre Anwesenheit gerochen, kamen sie mit viel Getöse an den Zaun.

Es waren ausgesprochen freundliche Hunde, mit großen, seelenvollen Augen und Ruten wie Peitschen, die sie freundlich wedelnd begrüßten. Elegante, lang gezogene Schnauzen drückten sich gegen den Zaun und legten sich begeistert in Falten, als Ellis ein paar Finger durch den Draht steckte und die gewölbten Hundeköpfe streichelte. Es war schwer zu sagen, wer glücklicher über das Zusammentreffen war – Ellis oder die Hunde. Kurz entschlossen gab Ellis ihrer Sehnsucht, die Hunde in den Arm zu nehmen, nach und betrat, ohne viel nachzudenken, den Zwinger. Sie wurde sofort mit Beschlag belegt und um das Sandwich erleichtert. Sie versuchte noch, es gerecht unter den fünf Hunden aufzuteilen, aber die Hunde überrannten sie förmlich, sodass sie kurz nach Betreten mit zerzausten Haaren, von oben bis unten mit Staub bedeckt und mehreren Hundenasen in den Taschen und im Haar auf dem Boden saß. Ein besonders verschmuster Rüde legte sich gleich bei ihr auf den Schoß und leckte ihr die Finger ab.

Sie war dreckig, voll gesabbert, und sie hätte nicht glücklicher sein können. Hunde waren Ellis' große Liebe, wegen ihrer bedingungslosen und ewigen Treue, ihrer Wärme und ihrem Mitgefühl. Ihr Vater war genauso, und gemeinsam hatten sie immer wieder bei Rose um Erlaubnis gebettelt, einen Welpen ins Haus zu holen, aber ihre Mutter war unnachgiebig geblieben.

Da sie so mit ihren neuen Freunden beschäftigt war, hatte sie nicht gemerkt, dass Lucas mit Carmello auf dem Rückweg zur Scheune und nur noch wenige Meter vom Zwinger entfernt war. Carmello hatte unterwegs bei der Inspektion der Zäune einer abgelegenen Weidefläche ein Hufeisen verloren, und die Strecke nach Hause hatte sich unter der brütend heißen Sonne endlos hingezogen. Lucas' Laune war noch schlechter als bei dem Streit mit Carmen.

Als er sah, dass sie den Hundezwinger ohne Erlaubnis betreten hatte, runzelte er die Stirn. War sie verrückt? Er wusste, dass die Hunde normalerweise harmlos waren, aber darauf konnte man sich nicht verlassen, wenn Fremde auftauchten. Er blieb stehen und beobachtete sie – ihre Ungezwungenheit im Umgang mit den Tieren, ihr Lachen, als sie von ihnen umgeschmissen wurde – und konnte sich das Grinsen kaum verkneifen, denn ihre Freude war ansteckend. Als er weiterging, hörte er, dass sie mit den Hunden redete.

Um sie nicht zu erschrecken, band er das Pferd im Schatten an einem Baum fest und ging Richtung Zwinger.

»Vielen Dank, dass Sie unsere Hunde so vollstopfen, dass sie den ganzen Tag nur noch schlafen werden, anstatt aufzupassen!«, rief er ihr im Gehen zu.

Sie sah sich um und erstarrte mit schuldbewusster Miene, entspannte sich aber wieder, als sie sah, dass er lächelte.

»Mischen Sie sich immer gleich unter Lebewesen, die Sie nicht kennen?« Er betrat den Zwinger und ging leicht in die Hocke, um die Hunde leise auf Spanisch vor sich hin murmelnd zu begrüßen, und zog noch mehr Leckereien aus seiner Hosentasche.

»Nur wenn ich glaube, dass es freundliche Wesen sind.« Sie stand auf und klopfte den Staub so gut es ging ab.

»Woher wollten Sie das denn so sicher wissen?«

Auf die Frage musste sie laut lachen. »Also wirklich! Das Schlimmste, was diese Jungs hier anstellen könnten, wäre, jemanden totzukrutschen oder mit zu viel Liebe zu erdrücken.«

Der große Hund mit einem Fell in der Farbe von Ingwer, der es sich vorhin auf ihrem Schoß bequem gemacht hatte, stupste freundlich, aber bestimmt die anderen Hunde vom Zaun weg. Offensichtlich beanspruchte er die Aufmerksamkeit seines Herrn für sich allein.

»Er ist wunderschön«, geriet Ellis ins Schwärmen. »Wie heißt er?«

»Louis, aber wenn's nach ihm ginge, King Louis. Er gehört mir.«

»Und das weiß er genau und lässt es die anderen auch spüren.« Sie lachte. »Wem gehören die übrigen Hunde?«

»Carmen. Eigentlich sind es Arbeitshunde, aber sie wurden als Welpen, bevor sie zu uns kamen, nicht besonders gut behandelt. Carmen hat sie gerettet, und jetzt verhätschelt sie sie. Meistens lungern sie vor oder im Haus herum und werden gestreichelt und gefüttert. Bis sie richtig fett sind.«

»Von Käse-Salami-Sandwiches.« Sie grinste ihn herausfordernd an. »Wenn Esperanza sie so abfüttert wie mich heute Morgen, dann wundert es mich, dass man noch nicht auf ihnen reiten kann.«

Sie freute sich, als er über ihre Bemerkung lachen musste, anders als gestern.

Offensichtlich dachte er auch gerade an den gestrigen Abend. »Wie geht es Ihnen heute?«

»Danke, gut. Es tut mir wirklich leid, dass ich Ihnen solche Umstände ...«

Er stand auf und unterbrach sie. »Keine Ursache. Hauptsache, Sie fühlen sich wieder besser.«

Sie nickte. »Danke, ja, mir geht's wieder gut.« Sie lief rot an, denn sie wusste einfach nicht, was sie sagen sollte.

»Dann ist ja alles gut.« Er starrte sie schon wieder so unverhohlen an wie auf der Rückfahrt vorgestern im Auto.

»Ich bin wirklich keine Journalistin«, brach es aus ihr heraus.

Er schien sich von ihrem Bedürfnis, sich vor ihm zu rechtfertigen, geschmeichelt zu fühlen. Ein bisschen von oben herab sagte er: »Das hat man mir erzählt.«

Aber zu ihrer Verwunderung fragte er nicht, warum sie denn dann auf die Farm gekommen war. Stattdessen gab er den Hunden einen letzten Klaps und verließ den Zwinger. Schweren Herzens verabschiedete auch sie sich von den Tieren und folgte ihm. Und bevor sie nachdenken konnte, rief sie ihm hinterher: »Interessiert es Sie denn gar nicht, weshalb ich hier bin?«

Die Frage überraschte ihn sichtlich, denn er kam fast ins Stolpern, als er stehen blieb und sich abrupt zu ihr umdrehte. »Möchten Sie es mir den wirklich sagen? Und dabei ehrlich sein? Möchten Sie denn Ihre Geheimnisse teilen, Mrs Taylor?«

Er hatte recht, und das wusste er: Sie hatte Geheimnisse, und obwohl sie ihm so gerne sagen würde, wer sie wirklich war, war sie noch nicht so weit.

Ihr Schweigen reichte ihm als Antwort. »Dann ist es vielleicht das Beste, dass wir uns darauf einigen, uns gegenseitig nicht zu viele Fragen zu stellen.«

Wie schon im Auto gab es wieder diese Spannung zwischen ihnen. Ein Knistern und Prickeln – irgendwie unangenehm, und dann wieder nicht. Gott sei Dank entdeckte sie Carmello im Schatten an einem Baum, und erleichtert, Lucas' prüfendem Blick zu entgehen, ging sie direkt auf den Hengst zu, ohne Angst, ohne auch nur eine Sekunde zu zögern.

»Er ist so brav, so freundlich.« Ellis strahlte Lucas an, während sie das Maul des Pferdes streichelte.

Er hob erstaunt die Augenbrauen, denn dieses über einen Meter siebzig große, äußerst kluge Lebewesen, das ein noch größerer Griesgram war als Esperanza, war in den gesamten sechs Jahren, seit es auf dem Gut lebte, noch nie so beschrieben worden. Lucas liebte sein Pferd von ganzem Herzen, vor allem wegen seiner Loyalität, und es hatte ihm insgeheim immer gut gefallen, dass andere Probleme mit ihm hatten, während er bei ihm sanft wie ein Lamm war.

Und jetzt ließ er sich ausgerechnet von ihr den Nacken kraulen und sogar Küsse aufs Maul geben. Dieser stolze Hengst wurde unter ihren Händen weich wie Wachs, genau wie die Hunde. Plötzlich war es ihm egal, warum sie hergekommen war, wonach sie suchte oder was sie von hier vielleicht mitzunehmen hoffte, denn die Reaktion der Tiere auf sie war die beste Empfehlung, besser noch als ein gutes Wort von Gerardo oder Carmen.

»Sie mögen Tiere.«

Es klang eher wie eine Feststellung, nicht wie eine Frage, aber sie antwortete ihm dennoch.

»Ich liebe sie.« Sie drehte sich mit glänzenden Augen zu ihm um. »Ich liebe sie dafür, dass sie uns nie kritisieren oder rügen und uns immer verzeihen. Obwohl ich mir so sehr wünschen würde, dass sie nie einen Grund hätten, uns Menschen zu verzeihen. Ich freue mich so darüber, dass es den Tieren hier auf der Farm so gut geht. Ich habe wahre Horrorgeschichten darüber gehört, wie manche *galgueros* ihre Hunde nach der Jagdsaison behandeln.«

Sein Mund wurde schmal, da er ihr leider zustimmen musste. »Es stimmt, aber nur zum Teil. Und ganz sicher nicht hier bei uns. Wir kümmern uns um jedes einzelne Tier, manchmal sogar besser als um die Menschen.« Es sollte ein Scherz sein, aber ihr fiel trotzdem auf, dass er den einen Mundwinkel zu einem sarkastischen Lächeln nach unten zog. Er schien mit irgendwas überhaupt nicht einverstanden zu sein.

Ihr prüfender Blick als Reaktion auf seine Worte machte ihn verlegen, als könnte sie seine Gedanken lesen.

»Sie sagten, Sie seien hier aufgewachsen. Leben Ihre Eltern auch noch hier?«

Sie *konnte* seine Gedanken lesen, denn warum fragte sie ihn gerade jetzt danach?

»Ich habe meine Eltern erst vor Kurzem verloren«, sagte er schließlich.

Seine Stimme und seine Haltung verrieten ihr, dass sie ihn auch verloren hatte und jetzt nichts mehr aus ihm herauskriegen würde.

»Ich muss mich verabschieden, es gibt noch viel zu erledigen.« Er löste Carmellos Zügel vom Baum und ging ohne eine Verabschiedung los.

»Ich auch!«, rief sie ihm leise hinterher.

Er zögerte einen Moment, bevor er sich noch einmal zu ihr umdrehte.

»Ich habe meine Eltern auch verloren.«

»Das tut mir leid.«

»Mir auch.«

Schweigend sahen sie sich kurz in die Augen und lächelten sich mitfühlend an. Dann drehte er sich wieder zu Carmello um und machte sich auf den Weg.

# 22

Als Ellis am späten Nachmittag in ihrem Zimmer aufwachte, hatte sie zum ersten Mal seit ihrer Ankunft in Argentinien das Gefühl, wieder sie selbst zu sein, zumindest physisch. Ihre innere Uhr stimmte wieder mit der Zeit auf ihrem Handy überein.

Als es an der Tür klopfte und sie aufmachte, stand Esperanza davor, mit einem Tablett, auf dem sich Zitronentee und ein paar Vanilletörtchen befanden. Wobei Ellis die Leckereien sofort in einer Tüte verstaute – für ihren nächsten Hundebesuch –, kaum dass Esperanza wieder gegangen war.

Esperanza hatte ihr noch mitgeteilt, dass das Abendessen um acht Uhr auf der Veranda gereicht würde. Carmen ließ fragen, ob Ellis nicht Lust hätte, schon früher auf einen Drink zu erscheinen. Zumindest hatte Ellis es sich so aus Esperanzas spärlichen Englischkenntnissen zusammengereimt.

Um halb sieben war sie bereit, nach unten zu gehen, aber es gab noch etwas, das sie dringend erledigen musste: einen Anruf bei Ferdie. Sie hatte den ganzen Tag nicht an ihn gedacht, aber so intensiv von ihm geträumt, dass sie mit furchtbar schlechtem Gewissen aufgestanden war.

Sie checkte ihre Mailbox und hatte tatsächlich eine Nachricht von ihm, die er vor vier Stunden hinterlassen hatte.

»Ellis, mein Schatz, ich hatte heute Morgen Besuch. Ich nehme an, du kannst dir vorstellen, von wem. Er war logischerweise auf der Suche nach dir und dachte wohl, ich verstecke dich in meinem Kleiderschrank. Ich sagte ihm, dass ich nicht weiß, wo du bist, was nicht ganz gelogen ist. Ellis, ich musste ihm aber trotzdem etwas sagen. Wenn er sich vorher noch nicht sicher war, dann, fürchte ich, weiß er jetzt, dass du über Anna und ihn Bescheid weißt. Ich sagte ihm, du wärst verständlicherweise sehr aufgebracht über das, was passiert ist, und dass du für eine Weile weggefahren bist. Dass du nicht mit ihm reden willst, wovon ich nach wie vor ausgehe, und dass es wahrscheinlich am besten wäre, er lässt dich in Ruhe, bis du wieder mit ihm sprechen willst. Ich hoffe, ich habe nichts Falsches getan. Und ich hoffe, es geht dir gut. Bitte melde dich, wenn es geht. Du weißt, dass ich mir immer Sorgen mache. Alles Liebe, Ferdie.«

Er beendete seine Mailbox-Nachrichten immer so, als hätte er gerade einen Brief geschrieben – eine seiner kleinen Marotten, die sie so sehr an ihm liebte. Doch gerade, als sie ihn endlich zurückrufen wollte, piepte ihr Handy, und sie hatte eine neue Nachricht, die wahrscheinlich eingegangen war, während sie Ferdies abgehört hatte. Es war so vorhersehbar, und sie hätte darauf gewettet, dass sie von Edward stammte.

»Ellis, ich verstehe ja, dass wir über ein paar Dinge reden müssen, aber du hättest mich höflicherweise wenigstens mal anrufen können, bevor du von der Erdoberfläche verschwindest …«

Sie verzichtete darauf, sich den Rest anzuhören und löschte die Nachricht. Wie konnte er es wagen, sich selbst so mies zu verhalten und dann ihr Vorgehen zu kritisieren? Es ging mal wieder nur um ihn. Wie immer, wurde ihr jetzt so richtig klar. Sie hatte sich mit Absicht jemanden ausgesucht, der davon ausging, dass sich alles im Leben nur um ihn dreht, weil sie selbst nicht wusste, wie man sich ein eigenes Leben aufbaute. Und genau deshalb war ihre Ehe aus dem Ruder gelaufen, als sie anfing, zu hinterfragen, warum sich alles in ihrem gemeinsamen Leben nach seinen Plänen und Erwartungen richtete.

Vor lauter Wut und in der Absicht, Edward wieder aus ihren Gedanken zu vertreiben, schmiss sie das Handy aufs Bett und beschloss, Ferdie später anzurufen. Dann ging sie nach unten.

Carmen erwartete sie bereits an demselben Tisch wie am Morgen. Sie sah blass aus, begrüßte sie aber herzlich und küsste sie auf beide Wangen.

»Hallo, meine Liebe, hattest du einen schönen Tag? Esperanza meinte, du wärst spazieren gegangen und hättest nachmittags geschlafen? Das ist gut …«

Aha, Esperanza hatte also den lieben langen Tag ein Auge auf sie. Ellis schickte tausend Stoßgebete gen Himmel, dass sie nicht noch mehr herumgeschnüffelt hatte als ohnehin schon. Sie setzte sich Carmen gegenüber an den Tisch.

»Darf ich hoffen, dass dir das Ausruhen gutgetan hat?«

Ellis beeilte sich, Carmen zu versichern, dass es ihr gut gehe, aber es war offensichtlich, dass Carmen selbst sich aus irgendeinem Grund überhaupt nicht wohlfühlte.

Ellis wusste nicht, was sie sagen sollte, und schwieg, auch wenn es ihr peinlich war.

Carmen beobachtete die junge Frau, die heute Morgen noch so viele Fragen zu haben schien und jetzt auf einmal nichts mehr sagte. Andererseits war sie froh über die Stille und genoss es, angesichts eines berauschenden Sonnenuntergangs am anderen Ende des Gartens schweigend neben Ellis zu sitzen.

Nach einer Viertelstunde kam Esperanza mit einem schweren Silbertablett aus der Küche und stellte mit einem lauten Knall zwei Krüge mit frisch gepresstem Zitronensaft und mehrere schwere Gläser ab. Sie würdigte dem Sonnenuntergang einen kurzen Blick, schnaufte missbilligend und verschwand dann wieder schlurfend im Haus.

Carmen bereitete die Getränke zu, ohne Ellis zu fragen, was sie wollte. Das Eis in den Gläsern begann bereits zu schmelzen und klirrte, als sie Ellis eins der Gläser reichte.

Ellis nahm einen großen Schluck. Was immer es auch war, es schmeckte scharf und süß zugleich, und es war köstlich.

»Vielen Dank.« Sie stellte ihr Glas auf dem Tisch ab und lächelte Carmen an.

»Schmeckt es dir?«

»Sehr gut.«

»Esperanza macht es selbst, aber ich habe da eine Idee, wodurch es noch besser schmecken wird.« Carmen verzog den Mund zu einem verschmitzten Lächeln, als sie hinter sich nach einer Flasche Wodka auf einem Beistelltisch griff und großzügig davon in beide Gläser einschenkte. »Das bleibt unter uns, versprochen?«

»Klar.«

»Salud!« Carmen hob ihr Glas und stieß mit Ellis an. »Ich darf eigentlich nichts trinken, und ich weiß ja nicht, wie es dir gerade geht, ich für meinen Teil brauche das jetzt ganz dringend.«

»Hattest du einen schlimmen Tag?«

»Hm«, Carmen zuckte mit den Achseln. »keinen schlimmen Tag, wohl eher ein schlimmes Jahr. Auf dass dieses hier besser wird!« Sie hob wieder ihr Glas und nahm noch einen herzhaften Schluck. Dann stellte sie es ab und konzentrierte sich ganz auf Ellis. »Aber das gilt wohl für uns beide, denn du hattest bestimmt auch ein schwieriges Jahr, mit deiner Mutter und deinem Ehemann …«

Ellis sah in Carmens Augen so viel Wohlwollen und Herzlichkeit, und diesmal fiel es ihr leicht, ehrlich zu antworten.

»Ich hatte noch gar keine Zeit, groß darüber nachzudenken. Geschweige denn, es zu verarbeiten.«

»Also ist das alles noch nicht lange her?«

Diesmal passte sie auf, was sie sagte. »Nicht sehr. Um ehrlich zu sein, lag das mit meiner Ehe schon lange in der Luft. Aber egal, wie sehr man glaubt, mental auf etwas vorbereitet zu sein – die Realität fühlt sich immer ein bisschen anders an als gedacht.«

»Hast du Schwierigkeiten, mit allem klarzukommen? Weißt du, früher, wenn mir alles über den Kopf gewachsen ist, bin ich in den Bergen wandern gegangen, hoch bis zum Ventana, dem sogenannten Fenster. Hat man dir davon erzählt, oder hast du vielleicht etwas darüber gelesen, dieses Natur-Fenster, nach dem die Gebirgskette benannt ist? Es ist nur ein riesiges Loch in einem Felsen, aber ich habe mich dann mitten in das Loch gestellt und mir alles von der Seele geschrien. Das Echo war so laut, dass garantiert das ganze Tal mein Gebrüll mitbekommen hat. Da ist schon wieder diese verrückte Frau, die immer so schreit. Aber selbst das darf ich nicht mehr machen. Keine Drinks, keine Wanderungen, kein Gebrüll. Ich muss also einen anderen Weg finden, um die Dinge rauszulassen. Es ist nicht gut, wenn man alles in sich hineinfrisst. Es ist sogar ungesund, sowohl für den Körper als für die Seele. Wenn man versucht, etwas in seinem Innersten festzuhalten, das nicht dort sein sollte, dann versucht es, sich seinen Weg nach draußen zu fressen.«

Ellis runzelte die Stirn. »Ich hoffe, dass meine Anwesenheit dir nicht noch mehr Probleme bereitet.«

Carmen schüttelte heftig den Kopf. »Aber nein, ganz und gar nicht! Du wirst mein neues Ventil, genauer gesagt, mein neues Ventana!« Sie lachte. »Du willst alles über mich wissen? Ich kann alles weglassen, was dich vermutlich interessiert, und direkt zu meinen Problemen kommen. Herrje, jetzt schau nicht so schockiert, meine Liebe, das sollte ein Witz sein.«

Ellis war alles andere als geschockt. Im Gegenteil, sie war voller Hoffnung, denn alles, was Carmen Velasquez Sorgen bereitete, war genau das, was sie hören wollte.

Aber Carmen war schon längst zu den Themen übergegangen, von denen sie annahm, dass Ellis deshalb zu ihr gekommen war.

»Du möchtest sicher alles über meine Kunst erfahren, nicht wahr? Nun ja, seit Leandros Tod habe ich wieder mit dem Malen begonnen, und ich finde darin Zuflucht. Meine Arbeiten entstanden immer aus einem Überfluss an Gefühlen. Jeder geht anders mit schwierigen Situationen um. Manche Menschen schreien herum, andere ziehen sich zurück oder laufen weg. Ich male, ich zeichne, und manchmal schreibe ich, und zwar – wie ich finde – ziemlich schlechte Gedichte. Aber nichts davon habe ich für eine öffentliche Anerkennung getan, immer nur für mich selbst. Arbeiten war mein Ausweg, meine Art, geistig gesund zu bleiben.«

»Aber weshalb dachtest du denn überhaupt, verrückt zu werden?«

»Was verletzt uns Frauen denn hier«, sie deutete auf ihren Kopf, »und hier.« Und legte anschließend eine Hand auf ihr Herz. »Liebe, Liebe und noch mal Liebe – sie ließ mich fast durchdrehen. Ich produzierte am laufenden Meter Kunst. Ob es ein Glück oder eher ein Unglück war, dass meine Werke anderen zu gefallen schienen, habe ich immer noch nicht entschieden. Ein Freund verliebte sich in ein Bild, und ich habe es ihm geschenkt. Ein Freund von ihm sah das Bild und wollte auch eins. So ging es los. Leandro kam eines Tages zu einer meiner Ausstellungen, aber als ich ihn kennenlernte, war ich eher so etwas wie eine Bohemienne, unkonventionell und verarmt. Ein Freund hatte ihn in die Galerie geschleppt. Ich glaube, zuerst gefiel ihm das sehr gut, und ich hatte das Gefühl, er bestärkt mich sogar darin, aber als wir hierherzogen, auf seinen Familiensitz, an den Ort, an dem er aufgewachsen war, wollte er nur noch, dass ich ihm eine gute Ehefrau war und meine häuslichen Pflichten erfüllte.«

»Dann hast du die Kunst aus Liebe zu ihm aufgegeben?«

Ihre ohnehin dunklen Augen verdüsterten sich noch mehr. »Nein. Das ist ein Teil des Problems. Ich könnte niemals das, was ich liebe, aufgeben, für niemanden«, murmelte sie kaum hörbar. Und dann schüttelte sie sich ein bisschen, als würde sie dunkle Schatten vertreiben, suchte Blickkontakt zu Ellis und lächelte sie an. »Leandro war mein zweiter Ehemann. Einen Mann zu verlieren, Elizabeth, geht noch als Pech durch, aber beim zweiten passt man besser auf.« Selbstironisch zog sie eine Grimasse, bevor sie weitersprach. »Ich fügte mich seinen Wünschen, aus verschiedenen Gründen. Eine Zeit lang wollte ich nur, dass sich jemand um mich kümmert. Ich fürchte, ich erfüllte in vielerlei Hinsicht weder seine Erwartungen noch seine Begierden, sodass ich tat, was er wollte. Aber genau an diesem Punkt nehmen Beziehungen Schaden. Es geht bei allem darum, die richtige Balance zu finden, ein Gleichgewicht, was sicher nicht einfach ist. Wir bestehen darauf, dass es von Natur aus richtig ist, als Paar leben zu wollen. Aber wie schwer ist es doch, zwei Leben aufrichtig und ernst gemeint in einem Leben unterzubringen, damit beide vollkommen glücklich sind! Vor allem, wenn einer von beiden eigentlich gar nicht dazugehören sollte …«

»Meinst du dich selbst?«, rutschte es Ellis heraus.

Carmen nickte. »Esperanza würde es so sagen: *Se consoló con el próximo hombre despues de una decepción amorosa* …« Sie dachte nach und suchte nach einer Übersetzung. »Ah, ja, vielleicht ist es das. Ich glaube, ihr Engländer sagt so etwas wie sich mit der ›zweiten Wahl trösten‹.«

»Du warst in jemand anderen verliebt?«

Carmen nickte, schien sich aber nicht weiter dazu äußern zu wollen, denn sie richtete ihre Augen neugierig auf Ellis und stellte eine Gegenfrage: »Und was ist mit deinem Ehemann, Elizabeth?«

Da war dieses plötzliche, nervöse Flattern der Augenlider, zusammen mit dem abrupten Senken des Blicks. Carmen kannte diesen Gesichtsausdruck – er verriet Enttäuschung und Desillusionierung. »Wo ist er jetzt?«, fragte sie leise.

Ellis brauchte einen Moment, um ihr zu antworten. »Mein Ehemann«, wiederholte sie, als würde sie das Wort zum ersten Mal laut aussprechen und nichts als falsche Töne hören. »So hat es sich allerdings schon lange nicht mehr angefühlt.«

»Wie denn dann?«

»Gefängniswärter«, lautete ihre prompte Antwort. Sie hob den Kopf ein kleines bisschen und lächelte Carmen beinahe entschuldigend an. »Das ist nicht ganz fair. Ein bisschen übertrieben. Zum Teil habe ich die Tür ja selbst abgeschlossen. Es ist einfach, aus deinem Leben ein Gefängnis zu machen, wenn du dich nur vor der Welt verstecken möchtest.«

»Wovor wolltest du dich verstecken?«

Für eine Antwort auf diese Frage musste Ellis lange nachdenken, aber Carmen wartete geduldig. Je mehr Zeit sie ihr gab, desto ehrlicher würde sie antworten.

»Vor mir selbst?«, sagte Ellis schließlich, denn sie wollte nicht drum herumreden. »Und wo ist er jetzt? Tja, im Moment ist er wahrscheinlich in unserem Haus in London, mit einer Frau, von der ich dachte, sie sei meine Freundin, die aber, wie sich zeigen sollte, vor allem seine Freundin ist.«

»Ah, ich verstehe. Das tut mir leid.«

»Muss es nicht, denn mir tut es überhaupt nicht leid. Wenigstens nicht so, wie man es erwarten sollte.«

»Liebst du ihn nicht mehr?«

Ellis schüttelte den Kopf, dann nickte sie, dann schüttelte sie wieder den Kopf, und zum Schluss lachte sie trocken über sich selbst. »Irgendwie nicht. Jedenfalls nicht so wie am Anfang. Es gibt tatsächlich verschiedene Arten von Liebe, oder?«

Zum ersten Mal an diesem Abend breitete sich Carmens Lächeln auf ihrem ganzen Gesicht aus, bis in die Augen hinein, und sie warf den Kopf in den Nacken.

»Ach, Elizabeth, erzähl mir nichts davon! Es gibt so viele verschiedene Arten von Liebe, und man braucht eine Weile, bis man sie zu unterscheiden lernt. Manchmal glaubt man, verliebt zu sein, mit diesen wirren Gefühlen, die man nicht versteht und deshalb als Verliebtsein interpretiert, aber wenn man sich dann richtig verliebt, wenn man jemanden von ganzem Herzen liebt, dann erst wird man wissen, dass alles vorher überhaupt nichts damit zu tun hatte.«

»Warst du schon mal so verliebt?«

Carmen seufzte. »Ein einziges Mal. Aber ich glaube felsenfest daran, dass man auf diese Art sowieso nur einmal liebt, mit allem, mit Herz und Verstand, mit Körper und Seele.«

»Und war das so bei deinem ersten Ehemann?« Ellis hielt die Luft an, während sie auf die Antwort wartete, und war überrascht, als Carmen lauthals lachte.

»Mein erster Mann! O nein! Das war keine Liebe, niemals. Aber erzähl mir, Elizabeth, wie alt warst du, als du geheiratet hast?«

»Neunzehn.«

»Ich war siebzehn. Wir waren beide viel zu jung. Warum heiratet man so jung? Aus Liebe? Wir bilden uns das vielleicht ein. Ich behaupte nicht, dass es eine Altersgrenze gibt, um sich wirklich mit Haut und Haaren in jemanden zu verlieben, aber in diesem Alter, da ist man doch fast noch ein Kind, ohne jegliche Erfahrung, was die eigenen Gefühle bedeuten. Was wir dann für Liebe halten, ist vielmehr eine Schwärmerei oder eine Empfänglichkeit für Schmeicheleien oder unsere aufkeimende Sexualität. Sag mal, hast du deinen Mann geliebt, als ihr geheiratet habt?«

»Ich hab's geglaubt«, antwortete Ellis ehrlich, »aber heute weiß ich, dass es darum ging, was er mir geben konnte, und nicht darum, wer er war. Ich rede nicht von materiellen Dingen, ich meine Stabilität, Sicherheit, Geborgenheit, Beständigkeit, einen Ausweg aus meiner damaligen Situation.«

Carmen nickte heftig. »Ganz genau, also war es keine wahre Liebe. Und genau deshalb trauerst du ihr nicht hinterher, jetzt, wo deine Zeit mit ihm vorbei ist. Warst du denn schon mal so richtig in jemanden verliebt?«

Darüber musste Ellis erst gar nicht nachdenken und schüttelte den Kopf. Und dann stellte sie die Frage, nach deren Antwort sie sich so sehr sehnte. »Wer war er? Der eine … der, der dein Herz, deinen Verstand, deinen Körper und deine Seele in Besitz nahm?«

Carmen sah sie an, doch ihr Blick schien durch Ellis hindurchzugehen in eine andere Welt. Ihre Augen wurden trüb, und sie atmete scharf ein, als verspürte sie einen unerwarteten, stechenden Schmerz. Ihr sonst sanftes Lächeln wurde so wehmütig, dass es Ellis fast das Herz brach.

In diesem Augenblick kam Esperanza auf die Veranda, wie immer beladen mit Platten voller Essen.

Ellis war kurz davor loszuschreien.

Natürlich unterhielten sie sich beim Essen und bei einer Flasche Wein weiter, aber die Stimmung war anders. Die Intimität und Intensität des Augenblicks war vorbei. Sie war sich nicht sicher, ob Carmen ihre letzte Frage einfach nur vergessen hatte, bis das Ritual mit Esperanza – man bedankte sich für das Essen, wurde bedient und bedankte sich noch einmal – überstanden war, jedenfalls beantwortete sie sie nicht und lenkte das Gespräch in andere Bahnen.

Sie begann wieder, über Kunst zu reden, nicht über ihre eigene, sondern über einen Künstler, den sie erst seit Kurzem sammelte. Sie wollte den jungen Mann unterstützen.

Ellis hörte ihr interessiert zu, hatte aber die ganze Zeit das Porträt ihres Vaters im Hinterkopf. Und dann hatte sie genau deshalb eine Idee, wie sie das Gespräch wieder in die richtigen Bahnen lenken konnte.

»Ist denn deine Arbeit immer ein Ventil, um schlechte Emotionen loszuwerden, oder passiert manchmal auch genau das Gegenteil? Hast du nicht auch den Drang, kreativ zu sein, wenn jemand dir das Gefühl gibt, ein wunderbarer Mensch zu sein? Oder ist die Arbeit ausschließlich dazu da, Negatives herauszulassen?«

»O ja, natürlich sehe ich Schönheit und möchte sie einfangen, aber irgendwie funktioniert es nicht genauso gut. Wenn ich versuche, etwas Schönes zu malen, habe ich das Gefühl, seinen Wert zu verringern. Die Berge, zum Beispiel …« Sie deutete mit der Hand auf einen grandiosen tief orangefarbenen Sonnenuntergang, der das dunkle Blau der Bergkette am Horizont zum Leuchten brachte. »Wie oft habe ich nicht schon versucht, die Berge zu malen! Aber jedes Mal erschaffe ich nichts anderes als ein armseliges Abbild des Realen. Ein unbedeutendes und schwaches Echo statt der tatsächlichen Arie. Was zu funktionieren scheint, sind meine Versuche, aus etwas Hässlichem etwas Schönes zu machen.«

»Und wenn du Menschen zeichnest?«

»Das ist etwas anderes – etwas ganz anderes. Es ist mir das Liebste, aber ich tue es nicht sehr oft. Wenn, dann muss ich ganz besonders inspiriert sein. Ich muss den starken Wunsch verspüren, diese andere Person zu zeichnen. Ich muss das Gesicht sehen und es unbedingt reproduzieren wollen. Es ist schwer zu erklären …«

Sie zuckte mit den Achseln und fragte, ob Ellis noch etwas Wein wolle – und wieder einmal wechselte sie geschickt das Thema. »Schade, dass es nicht unser eigener Wein ist. Wir holen erst morgen Nachschub. Du solltest ihn wirklich probieren, denn wir sind ziemlich stolz auf unser Werk.«

Carmen redete ununterbrochen weiter, über das Essen, die Farm, über Esperanza, die Pferde, über Gerardo und seine Söhne, über Argentinien, die Menschen, seine Flora und Fauna und sogar über die Sterne am Himmel. Es dauerte bis zum Dessert, bis Ellis durch Zufall wieder einen Einstieg fand, um über Carmens Porträts zu sprechen.

Als Esperanza den Nachtisch servierte, fiel Ellis' Blick zufällig auf ihre linke Hand, die ruhig auf dem Tisch lag. Ihr Ehering – sie hatte sich so an ihn gewöhnt, dass ihr das schmale weißgoldene Band gar nicht mehr aufgefallen war.

Ohne richtig nachzudenken nahm sie ihn ab. Aber als sie ihn wegstecken wollte, bemerkte sie, dass sie keine Taschen hatte, und wusste nicht, wohin damit. Sie hob den Blick und sah, dass Carmen sie beobachtete. Sie zog die Schultern verlegen hoch und lachte. Dann fiel ihr etwas ein. »Fändest du es sehr unhöflich, wenn ich den Ring in dem Brunnen vor dem Haus versenke?«

»Tu dir keinen Zwang an«, kicherte Carmen, »aber erlaube mir, dir einen Rat zu geben. Wenn man sich trennt, fällt es einem leicht, alles über Bord zu werfen, was an die Orte erinnert, die man hinter sich gelassen hat und an die man nicht mehr zurückkehren will, geschweige denn erinnert werden will. Man möchte alles ganz dringend so schnell wie möglich loswerden. Ich würde dir raten, den Ring erst mal zur Seite zu legen, statt ihn gleich wegzuwerfen. Und wenn er dir wieder unterkommt und du ihn immer noch nicht mehr behalten willst, verwende ihn für einen guten Zweck. So kannst du schlechte Gefühle in gutes Karma verwandeln.«

Ellis nickte. »So wie du es mit deiner Kunst machst …« Sie steckte den Ring wieder an, allerdings an einen anderen Finger. *Ist ja nur für eine kurze Zeit*, dachte sie. *Bis ich wieder zu Hause bin.* Sie dachte kurz nach und fasste sich ein Herz. Jetzt oder nie – sie musste Carmen dazu bringen, weiter über die Liebe zu reden. »Carmen«, sagte sie schließlich, »du hast gesagt, die Liebe hätte dich verrückt werden lassen. Wegen ihr hättest du so viel gemalt. Was für eine Liebe war das? War es die eine, wahre Liebe? Blieb sie unerwidert? Oder war es eine verlorene Liebe? Hast du deswegen die Gedichte geschrieben? *›Un amor perdido?‹* «

»*Un amor perdido*«, wiederholte Carmen und seufzte. »Das habe ich schon so lange nicht mehr gehört.« Sie sprach nur noch sehr leise und zu Ellis' Entsetzen legte sie plötzlich eine Hand auf die Herzgegend und atmete schwer aus, als wäre sie verletzt.

»Ist alles in Ordnung?«

Carmen schüttelte den Kopf. »Verzeih mir, ich bin sehr erschöpft, Elizabeth. Würdest du es mir sehr übel nehmen, wenn ich mich jetzt zurückzöge und ins Bett ginge?«

»Nein, nein, natürlich nicht.« Ellis stotterte fast und stand auf, als Carmen sich erhob. »Danke für den wunderschönen Abend.«

»Dann sehe ich dich morgen zum Frühstück.« Carmen küsste Ellis leicht auf beide Wangen und machte einen Schritt zurück. Aus irgendeinem Grund berührte sie sanft mit einer Hand Ellis' Gesicht. »Was für ein schönes Gesicht«, sagte sie und runzelte einen Moment lang die Stirn, als würde sie über etwas nachdenken. Doch dann glätteten sich die Falten wieder, und was blieb, war ihr wie so oft wehmütiges Lächeln. »Ich weiß, wie schwer es sein kann, wenn eine Ehe zerbricht. Aber glaub mir, das Leben wird dir die Chance auf die große Liebe noch geben. Gib die Hoffnung nicht auf, Ellis. Wenn du noch nie richtig geliebt hast, liegt es nur daran, dass dir der Richtige noch nicht begegnet ist.«

# 23

Als sie am nächsten Morgen aufwachte, an diesem fremden und doch so faszinierenden Ort, dachte sie über den gestrigen Abend nach und wunderte sich, wie wenig sie im Prinzip über Carmen erfahren hatte – und wie viel über sich selbst.

In England war es jetzt Mittag. Sie wählte seine Mobilfunknummer und war erleichtert, als der Anruf tatsächlich wie erwartet direkt auf der Mailbox landete. Ohne lange Vorrede sagte sie ihm zum ersten Mal seit langer Zeit genau das, was sie loswerden musste.

»Wie kannst du es wagen, mir auf diese anmaßende Art und Weise einen Vortrag über richtig oder falsch zu halten. ›Höflicherweise‹ muss ich, was dich betrifft, überhaupt nichts mehr machen. Dieses Anrecht hast du verspielt, als du angefangen hast, hinter meinem Rücken mit meiner besten Freundin zu schlafen. Abgesehen davon bin ich der Meinung, dass wir das Ganze besser beenden, denn ja, es ist vorbei, wir wissen das beide seit Langem. Und es wäre schön, wenn wir die Sache mit Würde hinter uns bringen, aus Respekt vor unserer gemeinsamen Zeit, die nicht auf Lügen basierte. Und ja, wir werden sicherlich darüber reden, wie wir das am besten hinkriegen. Und zwar dann, wenn ich so weit bin, und nur, wenn ich so weit bin. Also nicht jetzt. Ich werde mich wieder melden, aber in der Zwischenzeit bitte ich dich, so viel Anstand aufzubringen und wenigstens diesmal meine Wünsche zu respektieren, die Ferdie dir ja ziemlich deutlich mitgeteilt hat. Lass mich einfach in Ruhe.«

Es war unglaublich befreiend, ihm so ungeschminkt die Wahrheit zu sagen. Sie stand auf, ging ans Fenster und nahm einen tiefen Atemzug der klaren Bergluft, die am Morgen so frisch und reinigend war. Sie hatte das Gefühl, in einem Meer aus Freiheit zu baden, die ihr die Distanz zu England verschaffte. Und sie begrüßte einen neuen Tag an einem Ort, von dem sie so sehr hoffte, dass er ihr den Start in ein neues Leben ermöglichen würde.

Unter der Dusche und beim Anziehen fragte sie sich, wie lange sie wohl hierbleiben könnte. Da es Carmen so schwer zu fallen schien, über diese mysteriöse Liebe zu sprechen, bei der es sich nur um Alexander handeln konnte, befürchtete sie, ohne Erfolg wieder abreisen zu müssen. Doch schon beim Frühstück wurde klar, dass sie sich völlig umsonst Gedanken gemacht hatte.

Carmen wartete bereits auf sie, wie immer beaufsichtigt von der allgegenwärtigen Esperanza. Sie begrüßte sie herzlich und fragte nach, ob sie gut geschlafen hätte. Dann sorgte sie dafür, dass ihr Teller und ihr Glas gefüllt wurden. »Wie lange hast du vor, in Argentinien zu bleiben?«, fragte Carmen schließlich.

Ellis zuckte mit den Achseln. »Keine Ahnung« erwiderte sie ehrlich.

»Also, wenn es zu deinen Plänen passt, hatte ich gehofft, du würdest noch eine Weile länger bei uns bleiben.« Carmen sah ihren Gast erwartungsvoll an.

Ellis reagierte zuerst mit typisch englischer Zurückhaltung. »Ich möchte mich wirklich nicht aufdrängen.«

»Unsinn, das tust du nicht, schließlich habe ich dich gefragt, und du würdest mir eine Freude machen.«

»Du bist so nett.« Ellis konnte Carmen nicht ins Gesicht sehen und wurde ein bisschen rot, denn angesichts von Carmens Offenheit wirkten ihre eigenen Halbwahrheiten noch beschämender. »Du weißt ja noch nicht einmal, wer ich bin …«, rutschte es ihr heraus.

Doch Carmen lächelte nur und legte ihr beruhigend eine Hand auf den Arm. »Noch ein Grund mehr, dass du bleibst, damit ich weiterhin die Freude habe, dich kennenzulernen. Bitte sag ja, Elizabeth, es wäre so schön, noch eine Weile Gesellschaft zu haben.«

Ellis nickte nur und dachte im Stillen einmal mehr, dass es kein Wunder war, warum ihr Vater sich in diese Frau verliebt hatte. Selbst wenn Ellis hätte abreisen wollen, wäre es ihr unmöglich gewesen, die Einladung abzulehnen. Carmen hatte einfach etwas Besonderes an sich, und es lag nicht nur an ihrer äußeren Erscheinung, die an sich schon atemberaubend war, sie strahlte auch eine fast magnetische Energie und menschliche Wärme aus.

Und dann war da noch etwas, das Ellis wiedererkannte, weil sie es jeden Tag im Spiegel gesehen hatte, seit ihr Vater verschwunden war: Trauer.

Eine Traurigkeit, die so allgegenwärtig und offensichtlich irreparabel war und die sie so zerbrechlich und verletzlich wirken ließ, dass man alles nur Menschenmögliche tun wollte, um sie vor weiteren Enttäuschungen zu bewahren. Ellis verstand mit einem Mal, warum alle, die ihr nahestanden, sie so rigoros beschützen wollten.

Heute Morgen war sie schön wie immer, aber sehr blass. Und sie hatte sich noch nicht fertig angezogen, auf diese wundervoll elegante Art, mit der es manchen Menschen gelang, in einem Seidenschlafanzug und einem achtlos übergeworfenen Morgenmantel umwerfend auszusehen. Zuerst schrieb Ellis diese Nachlässigkeit der am gestrigen Abend entstandenen Vertrautheit zu, aber dann fielen ihr Lucas' Worte wieder ein: ›*Zuletzt ging es ihr sehr schlecht.*‹ Gerade als sie Carmen fragen wollte, ob es ihr gut ginge, kam diese ihr zuvor.

»Ich dachte mir, du möchtest heute vielleicht ein bisschen mehr von der Farm sehen. Ich hätte dich selbst gerne herumgeführt, aber in letzter Zeit ging es mir nicht so gut.«

Ellis sah ihr an, dass sie ihren Zustand herunterzuspielen versuchte.

»Es ist nichts Ernstes, aber mein Arzt besteht darauf, dass ich mich ausruhe. Also habe ich Lucas gefragt, ob er ein paar Stunden Zeit erübrigen kann, um dich herumzuführen. Er fährt heute Morgen in den Weinberg, vielleicht möchtest du ihn ja begleiten.«

Das Angebot löste gemischte Gefühle in ihr aus. »Hat er nicht zu viel zu tun?«

»Oh, nein. Er freut sich darauf.« Carmen ließ sich nicht anmerken, dass sie log. »Und ich freue mich darauf, dich heute beim Abendessen wiederzusehen. Dann können wir unsere Unterhaltung fortsetzen. Vielleicht erzählst du mir von deinem ersten Buch? Es interessiert mich sehr.«

Als Carmen Ellis nach dem Frühstück zur Scheune begleitete, saß Lucas bereits wartend auf dem Fahrersitz in seinem Jeep. Es war nicht zu übersehen, dass er sich überhaupt nicht auf seinen Job als Reiseführer freute. Im Gegenteil, er wirkte, als hätte man ihm eine schwere Bürde aufgetragen. Doch als er sich zu ihnen umdrehte und sie mit einem skeptischen Lächeln begrüßte, freute Ellis sich ehrlich, ihn wiederzusehen – und ermahnte sich sofort, dass *er* nicht der Grund war, warum sie die lange Reise nach Argentinien auf sich genommen hatte.

Gott sei Dank hatte Lucas die Hunde dabei, die ihnen ein Gesprächsthema boten, mit dem sie ihr Unbehagen überspielen konnten.

»Ich dachte, du würdest dich über ihre Gesellschaft freuen – ich darf doch du sagen, oder? Und vielleicht brauchen wir auch etwas Unterstützung.«

»Unterstützung?« Ellis musste lachen, als fünf feuchte Hundenasen wie auf Kommando gleichzeitig versuchten, sich von der Rückbank nach vorne auf ihren Schoß zu drängeln. »Wenn ich diesen Angriff hier überlebe, bin ich erst mal platt!«

In seinen Augen blitzte Humor auf, als er auf eine Kühlbox deutete, die ebenfalls auf der Rückbank stand. »Nicht so platt, wie wenn wir Esperanzas Picknick alleine aufessen müssten.«

Sie fuhren los, aber er fing kein Gespräch an, und da Ellis auch nichts einfiel, genoss sie einfach die Fahrt über einen schmalen Weg, der sie zu einer Straße brachte, die direkt in die Berge zu führen schien.

»Und? Bekommst du, was du brauchst, von Carmen?«

Ellis zuckte zusammen. Die Frage war seltsam formuliert, und sein Englisch war viel zu gut, als dass es an mangelnder Sprachkenntnis liegen könnte. Unterstellte er ihr immer noch böse Absichten?

»Hat Carmen dir erzählt, warum ich hier bin?«

»Sie hat mir das erzählt, was sie weiß«, provozierte er sie und nickte.

Er hatte ja recht mit seiner Vermutung, sie hege Hintergedanken. Und er war clever. Clever und verdammt gut aussehend. Wenn sie nicht aufpasste, würde er ihr auf die Schliche kommen. Und das Schlimmste war, dass sie eigentlich gar nichts dagegen hätte. *Reiß dich zusammen!,* dachte sie. Laut sagte sie: »Ja, wir haben uns unterhalten, den ganzen Abend. Wir haben gestern zusammen gegessen und über ihre Kunst geredet.«

»Ihre Arbeiten sind gut, nicht wahr?«

»Wunderschön«, erwiderte Ellis. *Genau wie dein Gesicht,* dachte sie, als sie ihn ansah.

Die Straße wurde immer holpriger, und Lucas konzentrierte sich aufs Fahren. Ellis lehnte sich in den Sitz zurück und versuchte, sich zu entspannen und die Landschaft zu genießen. Das Sonnenlicht und die atemberaubende Flora und Fauna schafften es schließlich, ihren unentwegt auf Hochtouren rotierenden Verstand zu überlisten. Endlich kehrte ein wenig Ruhe in ihren Kopf ein.

Als sie wieder auf einem planierten Weg zwischen den Weiden unterwegs waren, erfüllte Lucas seine Pflichten als Reiseführer. Er schien alle Tiere gleichzeitig sehen zu können und zeigte ihr Guanakos, lohfarbene Pampashirsche und seltsam verzierte Vögel mit Hauben, die er Tinamous nannte, Pampashühner. Ellis erinnerten sie ein wenig an die Raufußhühner auf dem Grundstück in Cornwall. Er berichtete, wie sehr sie auf Lauffeuer achten mussten und dass es früher mal eine Rinderzucht auf der Farm gegeben hatte, aber Carmen es nicht ertragen hatte, Tiere nur zum Schlachten großzuziehen. Plötzlich schien er seine Rolle zu genießen, denn als er über die geplante Olivenplantage redete, geriet er regelrecht ins Schwärmen. Und damit sie ein Panzerschwein sehen konnte, fuhr er sage und schreibe acht Mal an einer dafür bekannten Stelle vorbei, bis eins der Tiere endlich aufgescheucht war und über eine freie Wiese vor ihnen davonlief.

Ellis vergaß auf einmal alles. Sie dachte nicht mehr daran, warum sie hergekommen war, sie dachte nicht mehr an Edward, an ihre Mutter, ja nicht einmal mehr an ihren Vater. Zum ersten Mal seit sehr, sehr langer Zeit lebte sie nicht in der Vergangenheit oder in der Zukunft, sondern in der Gegenwart. Sie genoss den Augenblick.

Als sie ihr Ziel fast erreicht hatten und die Berge immer näher rückten und die weiten Felder und Wiesen langsam anstiegen, sah sie nach einer Biegung die Weinstöcke, in Reih und Glied geordnet. Er hielt an und drehte sich zu ihr um. »Es ist nur ein kleiner Weinberg, um die zehn Hektar, und unser neuestes Projekt. Wir bauen erst seit vier Jahren Wein an. Anders als bei unseren Pferden folgen wir hier streng einer argentinischen Tradition und nutzen nur Malbec-Trauben. Sie sind sehr anfällig für Krankheiten und Wetterwechsel, aber bis jetzt scheint alles gut zu gehen.«

Lucas stieg aus, ließ die Hunde aus dem Auto und marschierte los. Ellis blieb erst verdutzt sitzen, beeilte sich dann aber, ihm zu folgen.

Grinsend wartete er zwischen den Weinstöcken auf sie und fuhr fort: »Im ersten Jahr haben wir dreitausend Flaschen produziert, jetzt sind wir bei siebentausend. Nächstes Jahr schaffen wir vielleicht neuntausend, wenn nichts dazwischenkommt. Im Moment ist Weinblüte, und wenn alles nach Plan verläuft, werden wir irgendwann zwischen Februar und April mit der Lese beginnen.«

Er blieb abrupt stehen und sah sie direkt an. Sie konnte nicht anders, als in seinem Blick zu versinken, in dem sich der endlose Himmel spiegelte. Doch er redete immer weiter, als bemerke er die Spannung zwischen ihnen nicht.

»Der Weinbau war Carmens Traum, und es ist eine große Freude, hier zu stehen und zu sehen, wie ihre Vision wahr geworden ist. Sie wollte mehr Arbeitsplätze für die Gemeinde schaffen. Dieser Weinberg wird als Kooperative bewirtschaftet. Jeder, der hier arbeitet, erhält nicht nur einen Lohn, sondern besitzt Anteile am Geschäft. Carmen wollte, dass die Arbeiter Wertschätzung bekommen und sich als Eigentümer der Waren fühlen, die sie herstellen. Es funktioniert so gut, dass die Menschen hier sich als Familie fühlen … Sie sind stolz auf alles, was sie erschaffen, und freuen sich jeden Tag auf ihre Arbeit. Ich vermute, für Carmen ist es wie eine Weiterentwicklung ihrer Kunst, sie wollte etwas Schönes und Wunderbares erschaffen.«

Lucas war vor lauter Begeisterung nicht mehr zu stoppen. »In das neue Gebäude, an dem wir da hinten arbeiten«, er deutete auf ein großes Holzhaus hinter ihnen, in der Nähe der Stelle, an der sie geparkt hatten, »kommt eine Art Bodega, dazu ein Laden mit Weinproben, und wir wollen Führungen anbieten. Wir werden auch nicht nur unsere Produkte verkaufen, sondern wollen, dass die Einheimischen Kunsthandwerk aus der Gegend herbringen.«

Ellis betrachtete die fast fertige Bodega und konnte nicht anders, als sie zu bewundern. Mit allem, was Carmen tat, bewies sie Stil und Geschmack. Die Architektur des Holzhauses, die an ein auf den Kopf gestelltes Schiff erinnerte, fügte sich perfekt in die Landschaft ein. Das Gebäude würde riesig werden, groß wie eine Kirche, und man erkannte schon eine einladend große Türöffnung und Rundbogenfenster mit Scheiben in allen Farben des Regenbogens, in denen reife Weintrauben, exotische Blumen, Libellen und Schmetterlinge abgebildet waren.

Ellis verschlug es vor lauter Staunen die Sprache. »Es ist atemberaubend schön«, bekam sie schließlich heraus.

Lucas lächelte und nickte. »Carmen hat alles selbst entworfen, denn dieses Projekt liegt ihr sehr am Herzen. In dem alten Gebäude hier hinten, aus Stein«, wieder folgte Ellis' Blick seinem ausgestreckten Zeigefinger, »wird der Wein produziert.« Er drehte sich um und führte sie zu dem ehemaligen Stall aus Stein. »Es ist momentan der wichtigste Ort, denn hier holen wir die Flaschen, die wir morgen für Carmens Geburtstagsfeier brauchen.«

Ellis war verwirrt. »Aber ich dachte, sie hat vorgestern bereits ihren Geburtstag gefeiert?«

Er verzog das Gesicht. »Ja, ja, schon. Aber Señora Velasquez ist in diesem Jahr ein bisschen wie eure Queen. Sie hat zweimal Geburtstag. Die erste Feier war für ihre Kunden, damit sie ihr gratulieren und unsere Gastfreundschaft genießen und nebenbei unseren Wein probieren. Deshalb sind die Vorräte im Haus aufgebraucht.« Er hob einen Karton mit sechs Flaschen hoch und kam auf sie zu. »Tja, und die Feier morgen ist für Freunde und die Familie.«

»Wenn das so ist«, sagte sie und nahm ihm den Karton ab, damit er einen zweiten zum Auto tragen konnte, »dann sollte ich vielleicht besser vorher abreisen.«

»Ach, warum denn?«, er sah sie mit seinen unergründlichen Augen an, »gehörst du denn nicht zu den Freunden,

Elizabeth Taylor?« Er wartete ihre Antwort erst gar nicht ab, sondern grinste sie schon vorher schelmisch an. »Los, komm, bringen wir den Wein ins Auto. Hast du Hunger?«

»Ehrlich gesagt, ja.« Ellis ließ ihm den Scherz auf ihre Kosten durchgehen und nahm sein freches Grinsen als Friedensangebot an.

Sie trugen insgesamt sechs Kisten zum Auto, bevor sie die Kühltasche von der Rückbank holten. Lucas pfiff die Hunde heran, die begeistert nach kleinen Tieren gejagt hatten.

»Wenn wir ein bisschen weiter nach oben laufen, kann man die Estancia sehen. Es ist nicht weit. Hast du Lust?«

»Klar!«

Sie gingen zehn Minuten bergauf, bis der Weinberg ungefähr zwanzig Meter unter ihnen lag. In ihrem Rücken türmten sich die Berge auf, und vor ihnen war der Ausblick schier endlos. Sie setzte sich ins hohe Gras unter einen Baum, und nicht weit entfernt plätscherte ein kleiner Bach.

Sie konnte nicht glauben, wie brav die Hunde waren. Sie folgten ihnen auf Schritt und Tritt im Entenmarsch, tranken alle gleichzeitig aus dem Bach und legten sich dann zu ihnen in den Schatten unter den Baum, ohne zu betteln.

»Waren die Hunden nur bei mir so außer Rand und Band?«, fragte sie Lucas.

Er öffnete die Kühlbox. »Sie sind sehr gut erzogen. Das müssen sie auch sein, wenn sie sich frei zwischen den Pferden bewegen wollen. Ansonsten ist die Verletzungsgefahr zu groß. Aber heute gibt es ausnahmsweise etwas, weil wir einen Gast haben.« Er schmiss jedem Hund ein Stück Wurst hin. »Aber gehorcht nicht jeder, wenn er dafür eine Belohnung bekommt?«

»Das klingt ganz schön zynisch.«

Er lehnte sich zurück auf die Ellbogen und musterte sie. Ihr fragender Blick entging ihm nicht. »Zynisch oder realistisch? Was meinst du, warum hat Carmen uns heute aufeinander losgelassen?«

»Siehst du das so? Wollte sie nicht einfach mir gegenüber höflich sein, damit ich nicht den ganzen Tag allein verbringen muss? Das reicht doch als Grund, oder?«

»Carmen tut nichts ohne Grund, und ja, sie ist immer höflich, aber nicht in erster Linie.«

»Ich würde dich gerne bitten, mir das zu erklären, aber ich weiß nicht so genau, ob ich dich um noch mehr Gefallen bitten darf.«

Sie hatte gehofft, dass ihn ihre Bemerkung zum Lachen brachte, und als er grinsen musste, traute sie sich, ihm eine weitere Frage zu stellen. »Hat sie dir denn nicht gesagt, warum?«

»Wie du richtig annimmst, wollte sie nicht, dass du den ganzen Tag allein verbringen musst, da sie dich ja schließlich darum gebeten hatte, länger zu bleiben. Aber es ist doch sonnenklar, zumindest für mich, dass da noch mehr dahintersteckt …«

»Und mir ist sonnenklar, dass sie befürchtet, du könntest mit ihrer Einladung an mich nicht einverstanden sein. Wodurch ich noch mehr Fragen habe, die ich nicht stellen werde, da du sie nicht beantworten wirst.«

Er zuckte mit den Achseln. »Sag doch mal ehrlich: Beantwortest du jede Frage, die man dir stellt?«

»Kommt darauf an, wer fragt. Und was sie mich fragen.«

»Okay, ich habe eine Frage an dich.«

»Tatsächlich? Ist das jetzt so ein Quidproquo-Ding?«

»Nein«, antwortete er wie aus der Pistole geschossen und vollkommen ungerührt.

»Mist, dann sind wir jetzt in einer Sackgasse.«

»Die Frage ist sehr wichtig«, insistierte er.

Sie musterte ihn und sah an seiner Miene, dass er es ernst meinte. Widerwillig gab sie klein bei. »Na gut, dann frag.«

Er wartete noch einen Augenblick, schürzte nachdenklich die Lippen, beugte sich zu ihr vor, doch statt ihr eine tiefschürfende und bohrende Frage zu stellen, nahm er eine Flasche Wein zur Hand, die sie zu ihrem Picknick mitgenommen hatten. »Möchtest du etwas Wein?«

»Das ist ja wirklich eine extrem wichtige Frage«, zog Ellis ihn auf.

»Hm.« Er nickte. »Jetzt bist du dran«, er schien tatsächlich Humor zu haben, »schieß los.«

Sie schüttelte erst den Kopf, dann sagte sie todernst: »Möchtest du?«

Er prustete los. »Eins zu null für dich. Aber beantwortest du eine Frage immer mit einer Gegenfrage?«

Wenn er lachte, sah er noch besser aus, und ihr fiel zum ersten Mal bewusst auf, was er für eine schöne Stimme hatte. »Möchtest du wirklich, dass ich darauf antworte?«

»Ha ha, wirklich witzig.« Er schien doch ein bisschen angefressen zu sein. »Ich hätte darauf gewettet, dass du wieder Quidproquo sagst, aber wenn ich dich daran erinnern darf – es geht hier um Malbec, nicht um einen x-beliebigen Chianti.« Nachdem er die Flasche entkorkt hatte, reichte er ihr einen der Becher, die Esperanza eingepackt hatte. »Also gut, ich werde nur diese eine Frage beantworten. Und dann lassen wir das Spielchen. Ich trinke nicht, wenn ich arbeite oder fahre. Daher, nein, ich nehme keinen Wein. Aber du solltest ihn probieren. Pass aber auf, denn du kennst ja das Sprichwort *in vino veritas*.«

»Im Wein liegt die Wahrheit«, wiederholte Ellis und nahm das Glas Wein gerne an. »Wenn nur alles im Leben so einfach wäre. Man füllt alle ab, und schwupps, kommt die Wahrheit unverfälscht ans Licht. Aber danke hierfür.« Sie hob den Becher und prostete ihm zu.

Spöttisch grinsend hob er seinen Becher mit Wasser aus der Kühlbox und stieß mit ihr an. Dann waren beide froh, sich mit Esperanzas Picknick beschäftigen zu können. Wie aus einer Wundertüte tauchten immer mehr Käse- und Wurstsorten, Oliven, selbst gebackenes Brot und *Empanadas* auf, die sie an Blätterteigpasteten aus Cornwall, eine typische regionale Spezialität, die sie schon x-mal mit Ferdie gegessen hatte, erinnerten.

Nachdem Lucas sein erstes Sandwich verschlungen hatte, hörte sie, wie er tief Luft holte, als bereite er sich auf eine schwierige Frage vor. Anscheinend war ihre zynische Bemerkung nicht spurlos an ihm vorübergegangen.

»Also«, begann er, nachdem er sich den Mund abgewischt hatte, als wäre er sich nicht sicher, ob er wirklich weiterreden sollte, »nach welcher Wahrheit suchst du?«

»Ich dachte, wir hätten uns darauf geeinigt, die Fragestunde zu beenden?«

»Stimmt, aber selbst wenn du das typisch Macho findest, erlaube ich mir, trotzdem weiterzufragen.«

Sie hatte keine Lust mehr, ihm länger auszuweichen. »Ich suche nach der Wahrheit bei anderen Menschen. Aber mittlerweile glaube ich manchmal, dass ich es mir damit zu einfach mache. Vielleicht sollte ich zuerst einmal bei mir selbst anfangen.«

Er nickte und schien zu verstehen, was sie damit meinte. »Die Wahrheit aus der Sicht der anderen kann gefährlich sein. Manchmal ist es besser, wenn die Dinge im Verborgenen bleiben.«

»Vielleicht, aber nur, wenn man es schafft, die Vergangenheit loszulassen. Wenn es einem gelingt, weiterzugehen, aber das kann sehr schwer sein, wenn man das Gefühl hat, die Dinge sind nicht abgeschlossen.«

»Redest du über deinen Mann?«

»Nein«, sie schüttelte den Kopf, »das ist schon seit Ewigkeiten vorbei.«

»War es schwer loszulassen?«

»Nein«, antwortete sie mit einem kaum sichtbaren Schulterzucken. »Wir hatten beide bereits losgelassen, das war Teil des Problems. Wir waren nur noch nicht weitergegangen.«

»Und dann bist du stattdessen weggeflogen.«

»So ähnlich.« Sie musste fast lächeln. »Warum gehen, wenn man mit neunhundert Kilometern die Stunde fliegen kann?«

»Und warum ausgerechnet zu uns, zu Carmen, hier zu diesem verlassenen Ort?«

Sie sah ihn von der Seite an. Die Sonnenstrahlen fingen sich in ihren Augen und brachten sie zum Strahlen. »Für jemanden, der Fragen nicht ausstehen kann, stellst du selbst ganz schön viele.«

Er kicherte. »Okay, gewonnen. Ich bin ein Heuchler, aber nicht mit Absicht. Und jetzt«, befahl er, »jetzt wird gegessen. Mit vollem Mund brauchen wir uns nicht zu unterhalten und vermeiden es, uns Dinge an den Kopf zu werfen, die wir besser für uns behalten sollten.«

»Amen.« Ellis nickte. »Aber da wäre noch eine Kleinigkeit, die ich gerne wüsste, bevor wir das Gesprächsembargo in Kraft setzen.«

»Was denn?«

»Na ja, du hast mich gleich am ersten Tag gefragt, wer ich bin, aber wohl vergessen, dich selbst vorzustellen.«

»Stimmt.« Er zögerte, doch dann streckte er ihr die Hand entgegen. »Lucas Espejo.«

»Schön, dich kennenzulernen, Lucas Espejo«, sagte sie und schüttelte seine Hand.

Beide aßen nicht viel, aber dank der Hunde schafften sie es, Esperanzas Kühlbox bis auf den letzten Krümel zu leeren.

Die Rückfahrt zur Farm kam ihr viel kürzer vor als die Hinfahrt zu den Weinbergen, und auch wenn sie sich einzureden versuchte, dass es ihr egal war, war sie enttäuscht, als Lucas vor dem Haus anhielt. Sie stiegen aus und wussten beide nicht so recht, was sie sagen sollten.

»Vielen Dank«, sagte Ellis schließlich, um die peinliche Situation zu beenden.

»Gern geschehen«, antwortete er nicht weniger einfallslos. Immerhin klang es so, als meinte er es ehrlich.

Keiner der beiden bewegte sich vom Fleck. Ellis wollte gerade gehen, als er eine Hand auf ihren Arm legte. »Warte, ich muss noch eine Sache erledigen, und ich dachte mir, das könnte dir gefallen. Möchtest du vielleicht mitkommen?«

Sie versuchte, nicht zu eilfertig zu antworten, was ihr aber komplett misslang. »Ja, sehr gerne.«

Er lächelte. »Du weißt ja noch gar nicht, worum es geht«, zog er sie auf.

»Nein, aber du hast gesagt, es könnte mir gefallen.«

»Stimmt. Würdest du mir bei den Jungs hier behilflich sein?«

»Also, das könnte mir *sehr* gefallen.«

Sie gingen mit den Hunden zum Zwinger und versorgten gemeinsam die Tiere.

»Könnten sie nicht den Rest des Tages bei uns bleiben?«, bat sie ihn, als sich fünf Nasen an den Zaun pressten, während Lucas das Tor des Zwingers verriegelte.

»Warte ab, gleich wirst du sehen, warum ich sie diesmal nicht mitnehme. Hier entlang.« Sie nahmen einen Weg, der Ellis noch gar nicht aufgefallen war. Gesäumt von weißblühenden Myrte-Sträuchern schlängelte er sich zwischen dem Garten des Hauses und den Stallungen hindurch.

Er führte zu einer einsam gelegenen Pferdebox neben einer kleine Koppel. Lucas legte den Zeigefinger vor die Lippen und bedeutete ihr, leise zu sein. Dann nahm er ihre Hand, als wäre es das Normalste der Welt, und führte sie an eine schattige Stelle am Zaun und deutete auf die andere Seite der Koppel, wo eine hübsche Stute im Schatten einiger Bäume graste.

»Das hier«, flüsterte er, »ist der jüngste Neuzugang der Familie Velasquez.«

Zuerst konnte Ellis nichts erkennen, denn das Fohlen hatte sich hinter dem Bauch der Mutter versteckt. Doch als die Stute ein paar Schritte vorwärts machte, tauchte ein kleiner Kopf mit winzigen Ohren auf.

»Oh …« Ellis war von der zierlichen Gestalt so hingerissen, dass ihr buchstäblich die Worte fehlten.

Lucas freute sich sichtlich über ihre Begeisterung. »Es ist erst wenige Tage alt. Und auch wenn es sich langsam daran gewöhnt, uns kommen und gehen zu sehen, ist es noch ein bisschen nervös. Deshalb müssen wir behutsam mit ihm umgehen.«

»Sieh doch nur!«, rief sie leise, als das Fohlen seiner

Mutter auf endlos langen, staksigen Beinen wackelig folgte und immer wieder gegen ihren Bauch stupste. »Sie ist vollkommen.«

»Nicht wahr?«

Das Fohlen war tatsächlich eine Miniaturausgabe seiner Mutter, als hätte man die kleinste und größte Figur einer russischen Matroschka nebeneinandergestellt. Sein Fell war sehr dunkel, aber nicht schwarz, und über seinen süßen Kopf lief ein weißer Zickzackstreifen, wodurch es so aussah, als hätte es weit aufgerissene Augen wie ein scheues Reh.

»Wie viel kosten eure Pferde? Kann ich sie jetzt gleich für mich reservieren?«

»Hm, bei ihm bin ich mir nicht sicher, ob Carmen es überhaupt verkauft. Es ist wirklich etwas Besonderes. Aber falls doch, allerdings erst in einiger Zeit, dann könnte sie um die hunderttausend Euro für es verlangen.«

Ellis schnappte nach Luft. »Du lieber Himmel! Meinst du das ernst? Ich dachte, ich könnte sie vielleicht in meinem Koffer verstecken, allerdings wäre der Zoll bestimmt nicht begeistert.« Es war als Scherz gedacht, doch er reagierte anders als erwartet darauf.

»Wann fliegst du denn?«

»Kannst es wohl kaum noch erwarten …« Sie lächelte, war aber durch seine Reaktion verunsichert.

»Nein, darum geht es nicht.« Er schüttelte heftig den Kopf.

Und wieder herrschte zwischen ihnen dieses ganz bestimmte Schweigen, das sich wie ein roter Faden durch ihre kurze Bekanntschaft zog.

Durch Lucas' Kopfbewegung war die Stute auf sie aufmerksam geworden. Sie wieherte glücklich, als sie Lucas erkannte, und kam im gestreckten Galopp auf ihn zu. Das Fohlen eiferte seiner Mutter nach und hoppelte unbeholfen hinter ihr her.

Es war ein hinreißender Anblick, der das Schweigen zwischen ihnen brach, da beide herzhaft lachen mussten. Die beiden Pferde kamen zum Zaun, und das Fohlen versteckte sich sofort wieder hinter dem Bauch seiner Mutter, die ihrerseits Lucas ekstatisch begrüßte und ihm immer wieder aus den weichen Nüstern ins Haar blies.

»Darf ich vorstellen. Erythrina crista-galli.« Lucas redete sanft auf die Stute ein, als sie mit ihrem Maul gegen seine Tasche stupste. »Wir nennen sie Crista. Sie ist eine unserer besten Zuchtstuten. Ich habe sie gezüchtet, wir sind also schon alte Freunde.«

»Erythrina?«, fragte Ellis. »Woher kommt der Name?«

»Du hast doch im Garten bestimmt diese karminroten Trompetenblüten an den Bäumen gesehen, oder?«

Sie nickte.

»Das sind Erythrina crista-galli, besser bekannt als Korallenbaum. Es ist der Nationalbaum Argentiniens. Carmen gibt unseren Füllen gerne Pflanzennamen.«

»Und wie heißt unsere Kleine hier?«, wollte Ellis wissen. »Hat sie denn schon einen Namen?«

»Natürlich. Siehst du die weiße Flamme?« Er zeigte auf den gezackten Streifen, der ihr süßes Gesicht in zwei Teile zerschnitt.

Sie nickte.

»Carmen findet, es sieht aus wie ein Blitz. Wäre sie ein Junge, hätten wir sie wahrscheinlich Harry Potter genannt.« Er lachte. »Was für ein Glück, dass sie ein Mädchen ist, oder? Ihr Name ist Fulgura – nach einer Lilienart *lilium fulguris*. Aber ich nenne sie insgeheim Lily, es klingt so schön.«

TEIL III

# Mehr als nur eine Wahrheit

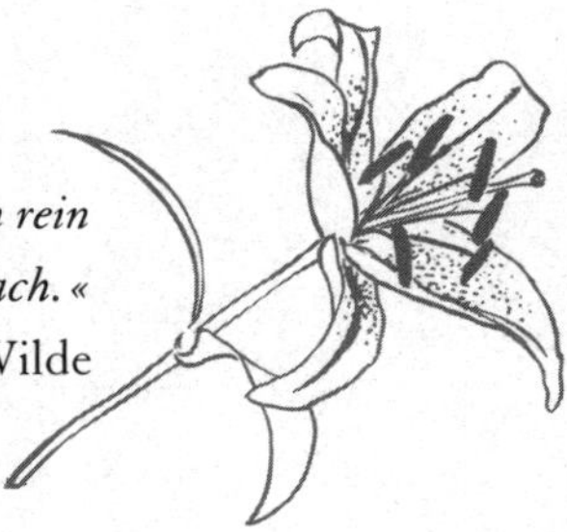

*»Die Wahrheit ist selten rein*
*und niemals einfach.«*
Oscar Wilde

*Er sah sie nicht sofort, da sie in einer dunklen Ecke saß, als ob sie sich vor der Welt verstecken würde. Aber als er die Umgebung in sich aufnahm, was er immer tat, wenn er irgendwo neu war, fiel sie ihm augenblicklich auf, und er spürte, wie sein Herz buchstäblich einen Satz machte.*

*Sie war wunderschön, auf eine zerbrechliche Art und Weise, wie eine zarte Blume. Und sie war sich dessen überhaupt nicht bewusst, was sie in seinen Augen noch schöner werden ließ. Er staunte über sich selbst, dass er sich traute, sie anzusprechen. Sie strahlte eine Unnahbarkeit aus, die sie wie ein schützender Mantel umhüllte, und trotzdem ging er zu ihr an den Tisch. Es ließe sich darüber streiten, wer von beiden überraschter war, dass sie ihn nicht nur freundlich begrüßte, sondern auch noch seiner Bitte entsprach, sich zu ihr setzen zu dürfen.*

*Sie wachte auf, kroch aus dem Bett und stand viel zu lange unter der kalten Dusche, als wolle sie sich bestrafen. Sie zitterte, aber nicht wegen des eiskalten Wassers. Am Wein lag es nicht – für einen so starken und grausamen Kater hatte sie nicht genug getrunken. Es waren die Schuldgefühle, die sie überrollten und in ihr wüteten, als wäre ihr schlecht.*

*Ihre Gefühle schienen sich an ihrer Haut festzukrallen, sie konnte ihre Muskeln nicht mehr kontrollieren. Der Mund war trocken, ihr Atem flach. Es fühlte sich grässlich an.*

*Was hatte sie getan? Und warum? Warum hatte sie es getan?*

*Natürlich wusste sie die Antwort darauf. Weder die intelligente*

*Unterhaltung noch sein Humor oder sein gutes Aussehen hatten den Ausschlag gegeben. Sie hatte es getan, weil sie in seiner Gesellschaft zum ersten Mal seit langer, langer Zeit alles andere vergessen hatte. Sie hatte sich in seiner Aufmerksamkeit gesonnt und die offensichtliche Bewunderung genossen.*

*Es dauerte, bis sie aus dem Badezimmer zurück ins Schlafzimmer gehen konnte. Er schlief noch, sein schmaler braun gebrannter Körper verfing sich in dem weißen Laken.*

*Für einen kurzen Augenblick spürte sie ein ungewohntes Ziehen im Unterleib, als sie sich daran erinnerte, wie sie dort nackt neben ihm gelegen hatte, die Berührungen, die Bewegungen im Gleichklang, sein Atem verbunden mit ihrem.*

*Ihr Blick schien ihn zu wecken, denn er schlug seine schönen dunklen Augen auf, gähnte und lächelte sie an, glücklich darüber, sie zu sehen. Doch als er die Hand ausstreckte und sie leicht berührte, zuckte sie zurück. Wie ein Vogel, der vor dem Käfig floh.*

*In ihren Augen lagen Reue und Angst.*

*Als der Ausdruck in ihren Augen seinen Verstand erreicht hatte, gefror sein Lächeln. Es fiel zu Boden und zersprang in tausend Teile. Und zu seiner Überraschung ging dort auch ein Teil seines Herzens zu Bruch.*

*Auf einmal wusste er, warum er am Abend zuvor auf sie zugegangen war. Er kannte den Mythos, die Legende, an die er nie geglaubt hatte. Bis jetzt.*

*Liebe auf den ersten Blick.*

# 24

Lilium fulguris.

Hätte sie tatsächlich noch einen letzten Zweifel daran gehabt, dass Carmen ihren Vater gekannt hatte, dann löste er sich spätestens durch dieses wunderschöne neue Leben mit dem vielsagenden Namen in Luft auf.

Tränen schossen ihr in die Augen, als Lucas den Namen erwähnte, und sie musste sich wegdrehen, um nicht vor seinen Augen die Fassung zu verlieren.

Natürlich war ihm ihre sonderbare Reaktion aufgefallen, und er fragte, ob alles in Ordnung sei.

»Ja, klar«, beeilte sie sich ihm zu versichern, »ich hab manchmal ein bisschen nah am Wasser gebaut.«

Er schien ihr nicht ganz zu glauben, und als sie auf dem Rückweg zur Estancia kein einziges Wort mehr sagte, war er sich sicher, dass sie – mal wieder – gelogen hatte. Sein Abschied fiel dementsprechend kühl aus.

»Wir sehen uns ja dann wohl zum Abendessen wieder«, rief er ihr über die Schulter zu, ohne ihr die Hand zu geben oder sie zu fragen, was sie den Rest des Tages vorhatte.

Ellis wusste, dass sie ihn wieder verärgert hatte. Doch jetzt, wo sie ihrem Ziel immer näher kam und die Gewissheit stieg, dass Carmen ihr etwas über Alexander sagen könnte, wollte sie einfach nicht aufgeben, nur um Lucas zu besänftigen.

Sie brauchte jemanden zum Reden, und da fiel ihr Ferdie ein. »Ich habe wirklich ein Talent, mir meine Freunde zum Feind zu machen«, sagte sie halblaut zu sich selbst und seufzte. Aber das letzte Gespräch mit ihm hatte sie aus dem Gleichgewicht gebracht – mehr als sie es sich eingestehen wollte. Seine negative Haltung und mangelnde Unterstützung waren so ungewohnt für sie, vor allem bei einer Sache, die ihr so am Herzen lag. Sie hätte ihr Leben darauf verwettet, dass er auf ihrer Seite stehen würde, und war überhaupt nicht auf seine Kritik vorbereitet gewesen.

Sie fragte sich, ob der Schock über Roses Tod Schuld an seinem seltsamen Verhalten war. Schließlich hatte auch er kaum Zeit gehabt, darüber nachzudenken, dazu noch die anstrengende Reise vom Ende der Welt nach England. Vielleicht sollte sie das Gespräch vergessen. Sie stand ja selbst auch ziemlich unter Druck und wollte auf gar keinen Fall ungerecht sein. Er war schließlich der einzige Freund, den sie hatte.

Doch Ellis wurde enttäuscht: Zwar freute Ferdie sich, von ihr zu hören, aber an seiner ablehnenden Haltung ihrer Reise gegenüber hatte sich nichts geändert. Sie erzählte ihm alles, was sie herausgefunden hatte, und war enttäuscht, als er überhaupt nicht beeindruckt zu sein schien.

»Nun ja, das erklärt wohl ziemlich viel«, sagte er nüchtern, als sie mit ihrem Bericht fertig war.

»Mehr fällt dir dazu nicht ein, Ferdie?« Ellis war fassungslos.

Er wollte oder konnte darauf nicht antworten, stattdessen fragte er zurück: »Und du, geht es dir gut, Ellis? Ich mache mir solche Sorgen um dich, es ist so viel passiert, und da wundert es mich nicht, wenn es dir zu viel wird ...«

Natürlich hatte er recht, aber das wollte sie auf gar keinen Fall zugeben. Und da war noch etwas: Er wich ihren Fragen aus und wollte es ganz offensichtlich um jeden Preis vermeiden, mit ihr über Carmen, Alexander oder Rose zu reden. Da er sonst ihr gegenüber immer zu hundert Prozent ehrlich gewesen war, konnte das nur eins bedeuten.

»Ferdie, du verheimlichst mir doch etwas, oder? Was willst du mir nicht erzählen?«

»Ich weiß nicht, was du damit meinst«, sagte er nach einer winzigen Pause, die mehr verriet als jedes gesprochene Wort. Seine Stimme klang gequetscht, und Ellis spürte, wie sie langsam wütend wurde. Noch nie hatte er sie angelogen, und jetzt gab es daran nichts mehr zu rütteln: Er hielt mit irgendetwas – was auch immer es war – hinter dem Berg.

»Ferdie, lüg mich nicht an«, warnte sie ihn, »das habe ich mir von Edward schon viel zu lange gefallen lassen. Wir kennen uns jetzt schon so lange. Sag mir endlich, was los ist.«

»Was soll denn deiner Meinung nach los sein?« Sie hörte ihm an, dass er beleidigt war, weil sie ihn auf eine Stufe mit Edward gestellt hatte. »Ich mache mir einfach nur Sorgen um dich, so weit weg, unter lauter Fremden, und ich finde wirklich, du solltest nach Hause kommen, Ellis.«

»Aber warum? Ich habe dir doch gerade erzählt, was ich alles herausgefunden habe. Außerdem sind alle hier wahnsinnig nett zu mir, du brauchst dir also überhaupt keine Sorgen zu machen, Ferdie. Es geht mir hier besser als zu Hause, also nenne mir einen Grund, warum ich zurückfliegen sollte.«

Und damit brachte sie ihn erneut zum Schweigen.

Ellis' Wut verrauchte so plötzlich, wie sie gekommen war,

und es wurde ihr immer schwerer ums Herz. »Bitte, Ferdie«, versuchte sie es noch einmal, »wir können doch über alles reden, du und ich, oder? Ist etwas passiert? Bist du krank?«

Sie war erleichtert, als er dies umgehend verneinte. »Aber was ist es denn dann?«

»Es fühlt sich einfach nicht richtig an, dass du so weit weg bist, Ellis. Komm einfach schnell nach Hause«, wiederholte er.

»Einfach so? Nach Hause kommen? Ach ja, wo ist denn mein Zuhause? Soll ich etwa allein im Great House wohnen? Ich habe dir doch gesagt, wie wichtig diese Reise für mich ist, und du faselst etwas von nach Hause kommen und nennst mir als einzigen Grund, dass es sich für dich nicht richtig anfühlt, dass ich hier bin. Weißt du was? Für mich schon. Und je länger ich mit dir rede, desto richtiger wird es. Unterhalte ich mich gerade wirklich mit dem Ferdinand Riva, den ich kenne, meinem klugen Freund, den ich über alles liebe? Oder ist an seine Stelle mein diktatorischer Exmann getreten?«

»Das ist unfair, Ellis!«, rief Ferdie gekränkt.

»Genau wie deine Bitte an mich. Sieh's einfach ein, außer du willst mir doch noch erklären, was wirklich los ist.«

Schweigen.

»Ferdie, r-e-d-e mit mir!«

Und wie aus weiter Ferne nahm sie seine Antwort wahr: »Ich rede sehr gerne mit dir, aber erst, wenn du zurück bist.«

Jetzt war es Ellis, die schwieg.

Ein Grund, warum sie ihn so bedingungslos geliebt hatte, war der, dass er das totale Gegenteil ihrer verschwiegenen, verschlossenen Mutter war. Deshalb war der Schock umso größer, dass auch er ein Geheimnis vor ihr hatte.

Sie atmete einmal tief durch und versuchte, das Zittern in ihrer Stimme vor ihm zu verbergen. »Dann haben wir jetzt ein Problem, denn ich komme nicht zurück. Also redest du entweder jetzt mit mir, oder gar nicht.«

Als er wieder nicht antwortete, sondern schwieg, und als die Sekunden so langsam wie Stunden verstrichen, zögerte sie nicht mehr und legte auf.

Sie brauchte eine Weile, um sich wieder zu fangen und um über das Gespräch nachzudenken. Ferdie verheimlichte ihr etwas, und er wollte nicht, dass sie hierblieb – so viel war klar. Doch er sollte sie besser kennen und wissen, dass sein rätselhaftes Schweigen ihren Wunsch, die Wahrheit herauszufinden, nur noch zusätzlich anstachelte. Indem er sie nach London zurückrief, hatte er sie darin bestärkt, in Argentinien zu bleiben. Und noch mehr über ihren Vater herauszufinden. Seine hartnäckige Behauptung, sie sei in Argentinien am falschen Ort, bestärkte sie nur darin, dass die Antworten auf all ihre Fragen genau hier und nicht in London zu finden waren.

Sie konnte es kaum erwarten, sich beim Abendessen weiter mit Carmen zu unterhalten. Doch als sie viel zu früh hinuntergehen wollte, hörte sie aus Carmens Zimmer laute Stimmen.

Als Gast des Hauses sollte sie höflicherweise schnell weitergehen, um nichts mitzubekommen, aber Ellis war so neugierig, dass sie nicht gegen den Drang ankam, an der Tür zu lauschen. Sie erkannte Lucas und Carmen, verstand aber kein Wort, da die beiden sich hitzig auf *Castellano* stritten. Sie war nur erleichtert, dass wenigstens ihr Name nicht fiel.

Esperanzas schlurfende Schritte auf der Treppe ließen sie

erschrocken einen Satz weg von der Tür machen, und sie beeilte sich, möglichst viel Abstand zwischen sich und Carmens Zimmer zu bringen. Im Nachhinein lief sie vor Scham rot an, was aber Gott sei Dank im dämmrigen Licht des Flures nicht zu erkennen war, als sie an Esperanza vorbei nach unten ging. *Du benimmst dich unmöglich, Ellis Taylor,* schimpfte sie sich. Aber insgeheim hätte sie viel darum gegeben, herauszufinden, worüber Lucas und Carmen so heftig in Streit geraten waren.

Auf der Veranda waren ihre Stimmen nur noch als leichtes Donnergrollen im Hintergrund zu hören. Ellis versuchte, sie auszublenden, und sah sich um. Esperanza hatte die Kerzen auf dem gedeckten Tisch und die zahlreichen Windlichter und Laternen bereits angezündet. Die ganze Veranda und der Garten waren in ein sanftes Licht getaucht, und in der Küche drehte Esperanza das Radio lauter; vermutlich hoffte sie, die Gitarrenklänge würden die Streitenden übertönen.

Ellis konzentrierte sich auf die Zikaden und die Musik und ging zum Tisch. Als sie feststellte, dass für drei Personen gedeckt war, setzte sie sich auf den Stuhl, der am nächsten an der Wand stand und auf dem man fast in der üppig blühenden Bougainvillea versank.

Plötzlich knallte oben eine Tür, dann war es still. Auf einmal hörte sie Schritte näher kommen und rutschte tiefer in ihren Stuhl, denn es war Lucas.

Er ging mit großen Schritten über die Veranda zur Mauer, fuhr sich mit beiden Händen durch die Haare und fluchte in seiner Muttersprache vor sich hin. Offensichtlich hatte er sie noch nicht bemerkt, und er sah auch nicht so aus, als wäre ihm an Gesellschaft gelegen. Wütend schlug er mit einer Hand auf die Balustrade, bevor er sich umdrehte und schnurstracks auf einen Beistelltisch zusteuerte, auf dem die Getränke standen. Er goss sich ein großes Glas Bourbon in eins der Kristallgläser ein und kippte es in einem Zug herunter. Als er den Kopf in den Nacken legte, schien er sie aus dem Augenwinkel bemerkt zu haben. Ellis war sich nicht sicher, wie sie sich verraten hatte, denn er sah sie zuerst gar nicht direkt an, sondern erstarrte plötzlich und drehte sich mit vorwurfsvollem Blick zu ihr um, als hätte sie ihm nachspioniert.

»Versteckst du dich hier?«, fragte er mit gerunzelter Stirn.

Sie schüttelte den Kopf. »Nicht mit Absicht. Also, nicht wirklich …«

Aber er schien sich nicht weiter für ihre Rechtfertigungen zu interessieren, und wie schon so oft verblüffte er sie mit einem radikalen Stimmungswechsel, denn er lächelte sie plötzlich an.

»Ach, wahrscheinlich nicht. Aber ich werde mich verstecken. Ich werde mich vor dem Leben mit einer Flasche Bourbon in der Hand verstecken und wie ein Flaschengeist darin verschwinden.« Er lachte höhnisch, schenkte sich noch ein Glas ein und prostete ihr zu. Den zweiten Whiskey kippte er noch schneller hinunter als das erste Glas, bevor er mit der Flasche in der Hand und einem frischen Glas für sie herüberkam und sich ihr gegenüber an den Tisch setzte.

Erst starrte er sie nur wortlos an, dann schob er das frische Glas zu ihr hinüber und sagte: »Ich hoffe, du magst Whiskey.«

»Ja.«

»Gut. Wenigstens eine gute Nachricht.«

Sie zögerte erst, doch dann traute sie sich, ihn zu fragen. »Alles in Ordnung?«

Er schnaubte wütend und stieß einen Lacher aus, der

aber mehr Ähnlichkeit mit einem Krächzen hatte. »In Ordnung?«, wiederholte er. »Soll das ein Witz sein? Was für eine nichtssagende Frage. Aber das gefällt euch Engländern, oder? Ihr mögt euer Leben, nichtssagend und fade. Fade, aber bitte geschmackvoll. Alles muss äußerlich geschmackvoll sein und ist trotzdem unendlich fade.«

Die letzten beiden Worte betonte er so, als läge zwischen ihnen ein Punkt. Sie war intelligent genug, um zu wissen, dass die giftige Bemerkung nicht gegen sie persönlich gerichtet war, deshalb widersprach sie ihm nicht, sondern entgegnete leise: »Findest du es nicht ein bisschen unfair, so zu verallgemeinern?«

»Vielleicht. Aber ist das Leben nicht so? Unfair?«

»Nur wenn wir genau das erwarten«, erwiderte sie.

Ihre Antwort überraschte ihn sichtlich – und sie selbst auch, denn sie hatte das Leben lange genug höchst unfair gefunden.

Er durchbohrte sie jetzt geradezu mit seinem Blick, als würde er versuchen, durch ihre Augen hindurch einen Blick auf ihre Seele erhaschen zu können.

»Nur wenn wir genau das erwarten«, wiederholte er. Er stellte ihre Behauptung nicht infrage, sondern schien sich jedes Wort einzeln auf der Zunge zergehen zu lassen, als wollte er probieren, ob der Geschmack ihm zusagte. »Erklär mir das bitte mal.«

Ellis atmete tief aus, denn sie war sich nicht sicher, ob sie das konnte. Der Satz war ihr plötzlich in den Sinn gekommen, ohne dass sie viel darüber nachgedacht hätte, aber jetzt, wo er nachhakte, musste sie selbst erst einmal überlegen, was genau sie damit meinte.

»Also … ich würde sagen …«, sie tastete sich vorsichtig durch ihren eigenen Gefühlsdschungel, »was ich meine, ist, dass Erwartungen aus bestimmten Situationen entstehen. Wenn uns etwas passiert, kann das Auswirkungen haben wie bei einem Stein, der ins Wasser fällt und dessen Wellen an der Oberfläche immer größere Kreise ziehen. Irgendwann werden unsere Gedanken und Gefühle nicht mehr nur von der Ausgangssituation bestimmt, die eigentlich nur ein kleiner Kreis war, sondern von allem, was damit in Berührung gekommen ist. Dabei müssen wir selbst immer wieder entscheiden, ob wir uns von den Auswirkungen definieren lassen, oder ob wir selbst definieren, was die Auswirkungen sind.«

»Ich bin mir nicht ganz sicher, ob ich dich verstehe«, gab er zu.

»Okay, wenn etwas Schreckliches passiert, wirkt sich das zwangsläufig auf uns aus, aber anschließend haben wir es in der Hand, wie stark. Es kann entweder unser ganzes Leben belasten, oder aber wir akzeptieren, was passiert ist, lernen etwas daraus, lassen es los und blicken nach vorne ...«

Sie redete eigentlich mehr mit sich selbst, aber in der Stimmung, in der er war, bezog er ihre Worte nur auf sich. »Klingt ja toll, aber was ist, wenn man es nicht akzeptieren oder loslassen will?« Er klang wütend. »Weißt du überhaupt, wie es sich anfühlt, wenn dein Leben, so wie du es gekannt hast – und du kanntest es in- und auswendig, du wusstest, wer du warst, du wusstest, was du wolltest –, wenn all das plötzlich nicht mehr existiert? Wenn alles eine einzige riesige Lüge war? Wenn alles, woran du geglaubt hast, auf einer Unwahrheit beruht?«

Zu seiner Überraschung blieb sie ganz ruhig und sah ihn ernst an.

Das Feuer in seinen Augen loderte so intensiv, dass es Überwindung kostete, seinem Blick standzuhalten. Doch Ellis ließ sich nicht beirren und dachte einen Moment nach.

»Ja«, sagte sie schließlich.

»Ja?« Sein Echo klang beinahe dümmlich, so erstaunt war er, dass sie dagegenhielt.

»Ja«, sagte sie noch einmal, »ich weiß ganz genau, wie sich das anfühlt.« Sie blinzelte und blickte zur Seite. Und dann fuhr sie fort, ohne ihn direkt anzusehen, auch wenn sie gar nicht genau wusste, warum. »Wenn ich dir sagen würde, dass ich nicht diejenige bin, für die du mich hältst, wärst du dann sehr wütend?«

Er ließ sich Zeit mit seiner Antwort – so lange, dass sie gezwungen war, ihm ins Gesicht zu sehen.

Doch zu ihrer Überraschung saß ihr nicht mehr der wütende junge Mann gegenüber, sondern jemand, der sie amüsiert anlächelte.

»Ich weiß doch schon, dass du nicht die bist, die du zu sein behauptest, aber vielleicht bist du ja die, die ich glaube, die du bist.«

»Was meinst du damit?«

»Mrs Taylor.« Er sah sie durchdringend an. »Elizabeth«, wiederholte er und schüttelte den Kopf. »Das klingt so bescheuert, dass ich es nicht glauben kann. Aber vielleicht ja Eleonore?« Er wartete auf eine Reaktion, dann schüttelte er den Kopf. »Nein, Eleonore ist es auch nicht. Elle… El…«, riet er weiter und kniff die Augen zusammen. »Ich glaube, El kommt der Sache sehr nahe.« Dann verließ ihn sein Lächeln. »Kein Grund zur Sorge, El, jeder hier hat sein kleines Geheimnis.« Er blickte kurz nach oben zu den Fenstern im ersten Stock und dann abrupt wieder zu ihr.

»Weißt du, was mein Nachname Espejo auf Spanisch bedeutet?«

Sie hatte keine Ahnung, aber selbst wenn sie es gewusst hätte, war sie unfähig, auch nur ein Wort zu sagen. Also schüttelte sie lediglich den Kopf.

»Es bedeutet Spiegel. Mein Name ist Espejo, weil man, wenn man in den Spiegel schaut, immer nur sich selbst sieht. Aber vielleicht ist es gar nicht mein richtiger Name, und trotzdem passt er zu mir. Warum? Weil ich nur das sehen will, was wahr ist, wenn ich mich selbst im Spiegel betrachte.«

Ellis versuchte, in seinem Gesicht die Wahrheit zu sehen, aber es gelang ihr nicht. Und obwohl sie wusste, dass es die falsche Frage war, stellte sie sie trotzdem. »Wie lautet denn dein richtiger Name?«

Und wieder verschloss er sich blitzschnell, als würden Rollläden vor seinen Augen heruntergelassen, und der Krach, mit dem sie auf der Fensterbank aufschlugen, war das Echo ihrer eigenen Dummheit.

Er sah sie enttäuscht an, als hätte sie die Prüfung nicht bestanden. Schweigend kippte er noch ein Glas Whiskey in sich hinein, dann stand er auf und ging wieder ganz an den Rand der Veranda. Sie hörte ihn seufzen und ein paar Worte auf *Castellano* sagen. Als er sich umdrehte und sie ansah, war da nicht nur räumliche Distanz zwischen ihnen, sondern ein unüberwindbarer Abstand aus Unverständnis und Desillusionierung.

In diesem Augenblick wurde ihr klar, wie sehr sie sich zu ihm hingezogen fühlte und wie sehr es sie verletzte, so abgelehnt zu werden. Ohne nachzudenken, stand sie auf und machte einen Schritt auf ihn zu, als könnte sie so die Lücke zwischen ihnen schließen.

Er drehte sich langsam zu ihr um, erwachte wie aus einer Starre, kam plötzlich auf sie zu – und blieb nicht stehen. Kein höflicher Sicherheitsabstand. Er ging einfach weiter, bis er mit ihr zusammenstieß. Durch den Aufprall fiel sie fast in die Bougainvillea hinter ihr.

Und dann küsste er sie.

Er schmeckte säuerlich nach Whiskey, doch für Ellis war es der süßeste Kuss aller Zeiten. Er küsste sie, küsste ihren Mund, ihre Wangen, ihre Stirn, ihre halb geschlossenen Augen.

Sie hatte das Gefühl, dass jeder einzelne Nerv in ihrem Körper plötzlich aus tiefem Schlaf erwachte und in ihr vibrierte, als spiele er Musik auf ihr.

Er lehnte sich leicht zurück, doch sein Mund blieb so dicht vor ihrem, dass sie seinen Atem federleicht auf ihren Lippen spüren konnte. Und lächelte.

Die Stimmen hörten sie gleichzeitig, und gleichzeitig drehten sie sich um. Esperanza und Carmen würden jeden Augenblick auf die Veranda kommen, doch als sie sich in die Augen sahen und darin versanken, als würden sie in ein Vakuum eintauchen, in dem es nur sie beide gab, küsste er sie noch einmal, doch diesmal so sanft und zärtlich, dass sie hinterher überlegte, ob sie diesen Kuss nicht geträumt hatte.

Bevor sie die Augen ganz geöffnet hatte, war er bereits verschwunden. Ellis berührte sanft mit einem Finger ihre Lippen und hatte das Gefühl, sie würden in Flammen stehen. Ihr ganzer Körper prickelte, als wäre er Millionen von Nadelstichen ausgeliefert. Seine Bartstoppeln hatten gekratzt und ihre Wangen durchblutet.

Es hatte seit ihrer ersten Begegnung in der Luft gelegen. Sie hatte nur nicht gewusst, ob er es auch spürte. Jetzt hatte sie den Beweis, und die Erinnerung daran ließ ihre Knie weich werden. Sie holte tief Luft und lehnte sich gegen die Wand, dann stützte sie sich auf dem Tisch ab und setzte sich hin.

Als wäre nichts geschehen.

# 25

Als sie das Buch sah, musste sie nach Luft schnappen: Carmen hielt eine Ausgabe ihres Gedichtbandes in der Hand. Ellis hatte ihr Exemplar aus dem Great House sorgfältig ganz unten in ihrem Koffer versteckt. Und obwohl sie nichts sehnlicher gehofft hatte, als dass Carmen das Gespräch dort anknüpfen würde, wo sie am Vorabend aufgehört hatten, wurde ihr jetzt leicht schwindelig.

Sie stieß ein leichtes Keuchen aus, sodass Carmen ihre Anwesenheit im Schatten der Mauer zwischen der Bougainvillea jetzt erst bemerkte. Strahlend lächelnd kam sie auf sie zu, um sie zu begrüßen.

»Da bist du ja! Ich hoffe, du hast dich nicht mit Absicht versteckt. Wie geht es dir heute Abend?«

»Dasselbe wollte ich dich auch gerade fragen.« Ellis erwiderte das Lächeln und die Küsschen auf beide Wangen. »Ich hoffe, du konntest dich ausruhen.«

Carmen nickte, verzog aber das Gesicht zu einer Grimasse. »Ach, ich hasse es, wenn man mir sagt, ich soll mich ausruhen! Dann fühle ich mich wie eine alte Frau. Aber manchmal wissen die Leute doch, wovon sie reden, denn mir geht es jetzt Gott sei Dank wieder viel besser.«

»Aber es wird alles ... alles wird wieder gut, oder?«,

fragte Ellis zögerlich. »Ich möchte nicht aufdringlich sein, aber …«

Carmen seufzte leise und verdrehte die Augen. »Hm, ich werde wieder gesund.« Sie legte eine Hand auf die Brust. »Mein Herz ist ein bisschen schwach, und je älter ich werde, desto mehr hat es zu kämpfen. Aber mir geht es gut. Wenn ich besser auf mich aufpasse, werde ich sicherlich steinalt. Allerdings bin ich mir nicht ganz sicher, ob mir das gefällt. Ich wäre eigentlich lieber eine kurze Zeit leichtsinnig, anstatt mein restliches Leben lang immer nur vorsichtig zu sein. Was meinst du?« Sie zwinkerte Ellis zu. »Morgen werde ich sechzig, das weißt du ja sicher schon. Kannst du dir vorstellen, wie man sich fühlt, wenn man diese Zahl laut ausspricht?«

»Aber du siehst wirklich überhaupt nicht danach aus!«, versicherte ihr Ellis.

»Das ist nett von dir.«

»Nein, ich meine das wirklich so! Du siehst umwerfend aus!«

»Danke … aber jetzt setz dich wieder.« Sie deutete auf Ellis' Stuhl. »Vielleicht ziehst du ihn ein bisschen aus der Bougainvillea hervor, damit ich dich besser sehen kann? Ja, das ist besser! Also, das Essen kommt hoffentlich gleich. Heute war ein komischer Tag, in vielerlei Hinsicht. Ich bin spät dran, Esperanza ist spät dran, ein einziges Durcheinander.« Sie hob beide Hände eine Geste, die entschuldigend und verzweifelt zugleich wirkte. »Es tut mir so leid, dass du auf mich warten musstest. Ich könnte jetzt lügen und behaupten, ich wusste nicht, was ich anziehen soll, aber ich glaube, du weißt bereits, warum ich dich warten ließ. Und sei jetzt bitte nicht höflich und tu nicht so, als hättest du uns nicht gehört.« Sie lachte, aber es klang nicht sehr überzeugend, genau wie ihr Lächeln.

»Aber geht es dir auch wirklich gut?« Ellis wusste nicht, was sie sonst sagen sollte.

Carmen zuckte mit den Achseln. »Natürlich.«

»Es ist nur so, ich habe gerade Lucas gesehen … vor ein paar Minuten …, und er war … also, er wirkte ein bisschen wütend.«

»Ein bisschen?« Diesmal war ihr Lachen echt. »Ach, ihr Engländer seid so höflich!«

»Na ja, man hat mir heute Abend schon andere Schimpfwörter an den Kopf geschmissen.« Ellis musste grinsen.

»Tatsächlich?« Carmen riss die Augen auf und fing Ellis' Grinsen ein wie einen ansteckenden Virus. »Oh, oh, das tut mir leid, Elizabeth. Er ist zurzeit wirklich sehr wütend, aber obwohl Lucas ein Dickkopf ist, hat er ein gutes Herz. Er wollte dich nicht beleidigen, das versichere ich dir. Wir sind beide nur gerade zwei richtige Dickköpfe.«

»Ich hoffe, es geht um nichts Ernstes. Der Streit … ich möchte nicht zudringlich sein …«

»Ach«, Carmen verzog das Gesicht, »wir sind einfach nicht immer einer Meinung, wie das Gut geführt werden soll. Das ist alles. Also streiten wir uns eben ab und zu. Aber ich weiß wirklich nicht, wie ich die Estancia nach Leandros Tod hätte leiten sollen ohne Lucas. Wenn wir vernünftig miteinander reden, werden wir auch dieses Problem lösen. Aber du weißt ja, wie Männer sind, sie reden nicht, sondern sind einfach schweigend dagegen.«

»Oder brüllen laut herum.«

Carmen prustete los. »Ach ja, jetzt hast du mich erwischt. Normalerweise äußert er sich nicht so lautstark, aber momentan ist er sehr unglücklich mit ein paar Entscheidungen, die ich getroffen habe.«

»Ich bin mir auch nicht sicher, ob es ihm passt, dass ich hiergeblieben bin.«

Carmen zuckte nur mit den Achseln, nickte aber leicht. »Hm, ich glaube, er hat dir unlautere Motive unterstellt.«

»Warum fragt er mich dann nicht einfach, warum ich hier bin? Gelegenheit dazu gab's mehr als genug.«

»Tja, für die meisten wäre das logisch, aber nicht für Lucas. Er findet, wer zu viele Fragen stellt, bekommt nicht immer eine ehrliche Antwort. Er glaubt fest daran, dass Menschen Schicht für Schicht offengelegt werden sollten, als würde man langsam, wie bei einer Zwiebel, die Haut abpellen, statt sie einfach mit dem Messer durchzuschneiden. Nur so würde man an die wahre Persönlichkeit eines Menschen herankommen. Aber bitte nimm das nicht persönlich, im Augenblick verdächtigt er alle und jeden.«

»Warum?«

Carmen seufzte. »Die Umstände haben ihn in seiner normalen Vorsicht noch bestärkt.«

»Geht es um den Tod deines Mannes?«

Sie nickte. »Zum Teil, ja. Er ist immer auf der Hut. Wir hatten hier solche Schwierigkeiten direkt nach Leandros Tod, und so viele Dinge kamen ans Licht …« Sie unterbrach sich selbst und sah Ellis nachdenklich an. »Aber wir sind nicht hier, um über Leandro Velasquez zu reden, also belassen wir es dabei, dass Lucas gute Gründe hat für sein …«, sie suchte nach dem richtigen Wort und entschied sich schließlich für eins, das zwar nicht ganz passte, aber in die richtige Richtung ging, »… sein *unsoziales* Verhalten.«

Ellis stellte fest, dass ihre Neugier am heutigen Abend nicht nur Carmen, sondern auch Lucas galt.

»Was ist eigentlich mit seinen Eltern passiert?«

Carmen runzelte die Stirn. »Ich verstehe nicht ganz …«

»Er hat mir erzählt, seine Eltern wären beide tot.«

Ein Schatten fiel über Carmens Gesicht. »Das hat er dir erzählt?«

»Ja, gestern. Redet er denn normalerweise nicht darüber?«

Carmen schwieg sehr lange, und als sie wieder antwortete, hatte sie einen Ausdruck in den Augen, den Ellis nicht deuten konnte.

»Er hat eine sehr schwere Zeit hinter sich. Und nein, normalerweise redet er nicht über seine Eltern. Aber ich freue mich, dass er sich jemandem gegenüber ein bisschen öffnet. Und, was meinst du, sollen wir ein Glas Wein trinken? Hast du ihn im Weinberg probiert? Er ist sehr gut, oder? Wenn du mich einen Augenblick entschuldigst, hole ich uns eine Flasche. Ich glaube, Esperanza macht *puchero* für uns, das ist ein Fleischeintopf, der sehr gut schmeckt, vor allem mit ein oder zwei Gläsern Estancia Malbec …«

Ellis sah ihr nach. Ganz offensichtlich hatte sie einen wunden Punkt getroffen. Hier ging so vieles vor sich, wovon sie keine Ahnung hatte.

Carmen blieb nicht lange weg, und bevor Ellis ihren Gedanken weiter nachhängen konnte, stand sie schon wieder mit einer Flasche Wein in der Hand vor ihr. Offenbar hatte auch sie sich wieder gefangen, denn sie lächelte wie immer und schenkte ihnen beiden ein großes Glas Rotwein ein. Und dann widmete sie ihre Aufmerksamkeit dem unscheinbaren Gedichtband.

»Du bist also hier, weil du mit mir über das hier reden wolltest, stimmt's?«

»Ja, deswegen bin ich hauptsächlich hergekommen«, antwortete Ellis ehrlich.

Carmen nickte bedächtig. »Dann werde ich dir berichten, wo dieses Buch entstanden ist. Es ist aber eine lange Geschichte. Bist du sicher, dass du sie hören möchtest?«

Ellis nickte so heftig, dass ihr der Nacken wehtat. »Ja, unbedingt, wenn du Lust hast, sie mir zu erzählen.«

»Also gut. Wir sind nicht hier, um über Leandro Velasquez zu reden, aber trotzdem glaube ich, dass ich mit ihm anfangen muss. Leandro hatte seine Geheimnisse und ich meine, aber das ist nur ein Teil unserer gemeinsamen Geschichte. Ich gehe davon aus, dass du den Tratsch über ihn bereits gehört hast. Leider stimmt das meiste wohl, aber im Grunde genommen war er ein guter Ehemann. Ich muss leider zugeben, dass seine Liebschaften auf meine Kappe gehen, denn er wusste, dass ich ihn nicht liebe. Jedenfalls nicht so, wie er es sich gewünscht hätte. Deshalb machte er sich auf die Suche nach der Liebe, die ich ihm nicht bieten konnte. Suchen wir nicht alle nach Liebe? Führen uns unsere Herzen nicht manchmal an Orte, an denen wir nicht sein sollten, und trotzdem suchen wir sie wie unter Zwang im Namen der Liebe auf?«

Ellis nickte.

Carmen atmete tief durch und fuhr fort. »Vor vielen Jahren begegnete ich einem Mann, einem ganz besonderen Mann. Schon als ich noch sehr jung war, liefen mir die Männer hinterher.«

Ellis spürte, dass Carmen nicht arrogant klingen wollte, es war eine schlichte Feststellung.

»Es gab nicht viele Männer in meinem Leben, aber wenn, dann waren sie es, die mich erwählt haben. Mir war noch nie ein Mann begegnet, den *ich* begehrte, nachdem ich ihn nur ein einziges Mal gesehen hatte. Bis er kam. Der Besondere. Er war der einzige Mann, der jemals dieses Gefühl in mir geweckt hat: ›Ich will dich.‹ Ich wollte ihn, vom ersten Augenblick an. In dem Moment, in dem ich mit ihm redete, wusste ich, dass ich ihn liebe. Es fühlte sich überhaupt nicht so an, als träfen wir uns zum ersten Mal, sondern als wäre er verschollen gewesen und ich hätte ihn endlich wiedergefunden. Ich weiß, das klingt irrational, aber wie könnte Liebe rational sein? Wenn sie rational ist, ist es keine Liebe. So eine Entscheidung trifft man nicht mit dem Verstand. Es ist ein Gefühl, ein übermächtiges, überwältigendes, alles verzehrendes Gefühl. Und wenn es echt ist, wie kann es jemals verschwinden? Es spielt keine Rolle, ob man zusammen ist oder eine Millionen Kilometer weit voneinander entfernt, die Liebe bleibt. Wenn Wolken am Himmel sind und man die Sonne nicht sieht, scheint sie ja auch weiter. Von dem Augenblick an, in dem ich ihm in die Augen sah, war er meine Sonne, mein Mond, meine Sterne, meine Welt, mein Herzschlag, mein Blut, mein ein und alles.«

»Wie seid ihr euch begegnet?«, fragte Ellis. Sie war wie verzaubert von Carmens Erzählung.

Carmen senkte leicht den Kopf, als schämte sie sich. »Durch meinen ersten Mann. Wir waren beide verheiratet. Das klingt so furchtbar, und ich hätte nie gedacht, dass ich zu so etwas fähig bin. Mein erster Mann arbeitete für die argentinische Regierung. Wir waren auf einer Party in Buenos Aires, mit unheimlich vielen Leuten, und plötzlich saßen wir nebeneinander am Tisch. Ich glaube daran, dass es Schicksal war. Wir unterhielten uns, sehr lange. Und wir rückten immer näher zusammen. So«, sie beugte sich vor zu Ellis, »Wange an Wange. Es war laut, und nur so konnte man sich verstehen. Zuerst habe ich sein Gesicht gar nicht wahrgenommen, so versessen war ich darauf, mich mit ihm zu unterhalten. Er war intelligent und interessant. Ich hielt ihn für den schlauesten, scharfsinnigsten und faszinierendsten Menschen, dem ich je begegnet war, vielleicht ein bisschen zu zurückhaltend. Ich stellte ihm viele Fragen, und er schaffte es immer wieder, sie zu umschiffen, egal wie ich es anstellte.« Sie legte eine Pause ein und lächelte bei dem Gedanken an die Party. »Ich war begeistert von ihm, magnetisch angezogen, und erst nachdem ich mich kurz entschuldigt hatte und zurückgekommen war, fiel mir die Frau links von ihm auf. Er war in ein Gespräch mit ihr verwickelt, aber als ich näher kam, sah er mich an, unsere Blicken verfingen sich, und er lächelte mich an, als wäre außer uns niemand auf dieser Party. Erst dann stellte ich fest, wie gut er aussah. Und es war um mich geschehen. Ganz und gar. Als hätte mich eine Gefühlswelle mitgerissen, die stärker war als alles, was man sich vorstellen könnte. Ach, Elizabeth, in diesem Augenblick wusste ich einfach, dass ich etwas gefunden hatte, von dem mir gar nicht bewusst gewesen war, wie sehr ich danach gesucht hatte. Ich verliebte mich mit Haut und Haaren. Und mein Leben, das mir vorher zwar nicht perfekt, aber gut vorgekommen war, bestand auf einmal nur noch aus Fehlern, als wäre ich die ganze Zeit in einem verdunkelten Raum gewesen, in dem alles gemütlich aussah. Doch sobald er ins Sonnenlicht getaucht wurde, wirkte alles nur noch schäbig.«

Sie sah die junge Frau an, und in ihren Augen lagen ein Strahlen und eine Wärme, die nur von den Erinnerungen wachgerufen worden waren.

»Er war diese Sonne, Ellis. Er war mein Sonnenlicht, mein Sauerstoff, meine Luft zum Atmen. Ich habe noch nie solche Liebe verspürt, und ich werde mich auf immer glücklich schätzen und gleichzeitig verdammt fühlen, denn diese Liebe war solch ein kostbares Geschenk und ihr Verlust beinahe zu viel, was eine Seele ertragen kann.«

Ellis vergaß beinahe zu atmen, so sehr war sie mit Zuhören beschäftigt. »Was ist passiert?«, bedrängte sie Carmen. »Was ist aus ihm und dir geworden?«

»Wir begannen eine Affäre, wir kamen nicht dagegen an. Er fühlte genauso wie ich. Oder zumindest sagte er mir das. Er war Engländer und arbeitete hier für die Regierung an einem Naturschutzprojekt. Ihm blieben nur ein paar Wochen in Argentinien. Er hatte darum gebeten, nach Norden reisen zu dürfen, nach Venezuela, zum Maracaibo-See ...«

»Für das Catatumbo-Gewitter«, platzte es aus Ellis heraus, aber Carmen schien sich nicht darüber zu wundern, sondern nickte einfach nur.

»Natürlich hast du davon gehört, es ist ja auch ziemlich spektakulär. Mein Mann arrangierte die Reise – für uns alle: Nicolas und mich, Alexander und seine Frau ...«

Als sie hörte, wie Carmen seinen Namen aussprach, lief es Ellis kalt den Rücken hinunter, und sie konnte sich nicht beherrschen, nach ihrer Mutter zu fragen.

»Wie war seine Frau?«

»Seine Frau?« Carmen neigte den Kopf leicht zur Seite, als dächte sie nach. »Hm, man hätte sie eher für Bruder und Schwester gehalten, nicht nur wegen ihrer blonden Haare und blauen Augen, sondern wegen der Art, wie sie miteinander umgingen. Es schien eine sonderbare Beziehung zu sein. Sie waren so unterschiedliche Persönlichkeiten. Ich weiß, ich klinge, als suchte ich nach Ausreden für mein Handeln, aber ehrlich gesagt fand ich sie wirklich hochnäsig, kalt, das totale Gegenteil von ihm. Er war warm und voller Lebensfreude ...« Tränen ließen ihre Augen glitzern, als sie an ihn dachte. »Am Maracaibo-See passierte es dann – unser erstes Mal … wir wurden vom Rest der Gruppe getrennt … rückblickend wohl eher mit Absicht als durch Zufall. Ein furchtbarer Sturm war aufgezogen, und wir suchten Unterschlupf in einer Höhle.«

Ellis kannte die Geschichte so gut. Aber bis zu diesem Augenblick war ihr nicht klar gewesen, dass ihr Vater den wichtigsten Teil ausgeklammert hatte.

»Die restliche Zeit seines Aufenthalts in Argentinien trafen wir uns so oft wie möglich. Als er abreiste, sagte er mir, dass er mich liebte, und versprach, wiederzukommen. Aber ich hörte mehrere Monate nichts von ihm, er war wie vom Erdboden verschluckt. Ich war verzweifelt, am Boden zerstört, und dann erhielt ich einen Brief.«

»Von ihm?«

Carmen nickte. »Er erklärte mir, dass nach langen Jahren fruchtloser Versuche …«, sie machte ein Pause, griff nach ihrem Glas und nahm einen großen Schluck, »… dass er kurz nach seiner Ankunft in England erfahren hatte, Vater zu werden. Er sagte wieder, dass er mich liebte, mich immer lieben würde, aber dass ein gemeinsames Leben nicht richtig wäre …«

»Warum bist du nicht zu ihm gefahren?«

Carmen schüttelte den Kopf. »O nein, das konnte ich nicht. Er hatte sich entschieden. Er blieb, zum Wohle seines ungeborenen Kindes. Das musste ich respektieren. Was ist Liebe ohne Respekt? Allerdings zerbrach danach meine eigene Ehe. Ich konnte meinen Mann nicht mehr in meiner Nähe ertragen, und wenn ich nicht mit dem Mann zusammen sein durfte, den ich liebte, dann wollte ich mit niemandem zusammen sein. Wir ließen uns scheiden. Ich verließ Buenos Aires.

Ich hatte Freunde im Südwesten Frankreichs, und so verrückt es auch klingt – ich fühlte mich besser mit der Vorstellung, dass uns nur ein Ozean und nicht Tausende von Kilometern trennten, auch wenn es nichts daran änderte, dass wir nicht zusammenleben konnten. Dort versuchte ich, ein neues Leben aufzubauen und Glück zu finden, das nicht von der Liebe abhängt. Ich fand neue Freude, aber ich war für viele Jahre sehr einsam. Kein anderer Mann konnte mein Herz erobern. In dieser Phase meines Lebens begann ich zu malen und machte mir als Künstlerin einen Namen. Und genau dann, Elizabeth, schrieb ich dieses Buch. Es sollte nie veröffentlicht werden, aber eines Tages las es ein wohlmeinender Freund, der einen Verleger kannte, und so schien es nicht mehr in meiner Hand zu liegen …«

Ellis nickte und wünschte, sie könnte geradeheraus sagen, wie gut sie diese Situation verstand.

»Es wurden nur wenige Exemplare gedruckt, aber sie scheinen immer noch an unerwarteter Stelle aufzutauchen, als würde das Schicksal sie über die Erde wehen …«

Carmen nahm ihr Exemplar in die Hand und schlug eine beliebige Seite auf. Dann begann sie zu lesen und gleichzeitig zu übersetzen.

*»Für mein Herz, wo immer es das Schicksal hintrug,*
*da es seitdem nie mehr in meiner Brust schlug.*
*Du nahmst es mit, als du gingst,*
*die Einsamkeit mich seitdem verschlingt.*
*Jeder Schlag, den ich spüre, ist eine Qual,*
*meine Brust ein leerer Ort, komm doch zurück,*
*ein einziges Mal… «*

Ellis hielt es fast nicht aus, Carmen dabei zuzuhören, wie sie diese aufrichtigen Worte mit rauer, melodischer Stimme vortrug, doch auch Carmen selbst wurde von ihren Erinnerungen überwältigt.

Sie konnte nicht weiterlesen, schlug das Buch zu, ließ es auf ihren Schoß fallen, schloss die Augen und schwieg. Und nach einer Pause, in der Ellis die Luft anhielt, begann sie – zuerst mit noch geschlossenen Augen – weiterzuerzählen.

»Jemanden zu verlieren, den man so sehr liebt, tötet dich von Innen heraus. Von außen betrachtet bist du noch am Leben, aber im Inneren deines Körpers befindet sich nur noch ein Geist. Ein Gespenst, für immer heimgesucht.« Sie nahm das Buch plötzlich wieder in die Hand und schüttelte es wütend, bevor sie es auf den Tisch warf. »Ich dachte, mit diesem Ding hier könnte ich das Gespenst verjagen! Doch stattdessen brachen nur die Wunden wieder auf und infizierten sich, als hätte man das rohe Fleisch mit einer rostigen Rasierklinge bearbeitet. Während ich das hier schrieb, war ich zerbrochen. Ich versuchte, mich zusammenzusetzen, aber es gelang mir nicht, denn es gab nur eine einzige Möglichkeit, mich zu heilen: Alexander. Jeden Tag dachte ich an ihn, immerzu, er war in meinen Gedanken, meinen Träumen. Ich konnte ihn nicht abschütteln. Wie sollen wir auch das Herz erklären? Wissenschaftler sezieren es und bauen künstliche Herzen, aber werden wir je wirklich verstehen, wie seine Gefühle zustande kommen? Ein Herz schlägt nicht nur, es ist nicht nur eine Pumpe, die das Blut durch unseren Körper jagt. Es fühlt … es fühlt.«

Sie hielt wieder inne und atmete tief ein. Dann fuhr sie fort: »Ich dachte, ich würde nie wieder lächeln. Und dann traf ich Leandro. Er war zu Besuch bei Freunden von Freunden … Er war charmant, sah gut aus, war intelligent, aber vor allem hartnäckig. Egal, wie viele Hindernisse ich zwischen uns errichtete – er gab einfach nicht auf. Ich war so einsam, war seit so vielen Jahren haltlos und allein, und ich dachte, ich würde Argentinien nie wiedersehen. Genau wie Alexander ...«

»Und, hast du ihn noch mal gesehen?«

Carmen nickte. »O ja, aber es verging noch etwas Zeit. Leandro machte seit unserem ersten Treffen keinen Hehl daraus, dass er an mir interessiert war. Ich dachte, ich hätte ihm deutlich zu verstehen gegeben, dass ich nichts von ihm wollte. Aber er kam immer wieder. Ein ganzes Jahr lang. Wir verbrachten immer mehr Zeit zusammen, wir redeten, und er brachte mich zum Lachen. Ich wusste, ich liebte ihn nicht, nicht auf diese einzigartige Weise. Obwohl ich niemals mehr so für jemanden empfinden würde, entwickelte ich langsam Gefühle für ihn. Er war so gut zu mir. Und ich war so einsam. Ich vermisste es, für jemanden das Wichtigste zu sein. Und ich vermisste Zärtlichkeit, einfach nur berührt zu werden.« Sie strich sich mit einer Hand über die Wange. »Starke Arme, die dich festhalten. Einen Kuss. Haut gegen Haut. Ich hatte um meiner selbst willen so lange versucht, stark zu sein, und am Ende gab ich nach. In unserer ersten gemeinsamen Nacht konnte ich nicht mit ihm schlafen. Er sagte, es sei ihm egal, und dann hielt er mich einfach im Arm, bis ich eingeschlafen war. Er eroberte einen Teil von mir durch diese Liebenswürdigkeit, dieses Verständnis. Am nächsten Tag reiste er wieder ab, nach Argentinien, und ich wusste, dass er mir einen Heiratsantrag machen würde. Ich war mir so sicher, ihn abzulehnen, aber dann hörte ich mich Ja sagen. Die Entscheidung war gefallen, ich würde mein Leben in Frankreich beenden und ihm nach Argentinien folgen ...«

Sie ließ den Kopf hängen und legte ihre Hände in den Schoß. Dann redete sie ruhig weiter, ohne aufzusehen.

»In der darauffolgenden Woche hatte ich eine Vernissage, meine letzte Ausstellung vor meiner Abreise nach Argentinien. Und plötzlich stand er da, am anderen Ende der Galerie, mitten unter den vielen Gästen. Ich könnte schwören, dass mein Herz einen Moment lang zu schlagen aufhörte. Ich dachte, ich hätte Wahnvorstellungen, weil ich mich so lange Zeit so sehr nach ihm gesehnt hatte, dass meine Augen mir jetzt vorgaukelten, was ich sehen wollte. Doch er war es, aus Fleisch und Blut. Er stand da, er stand einfach da …«

Wieder unterbrach sie sich einen Moment und nahm einen großen Schluck Wein, als müsse sie sich wiederbeleben. Dann fuhr sie mit brüchiger Stimme fort: »Offensichtlich segelte er seit Jahren dorthin, zwei- bis dreimal im Jahr. Ich stellte jedoch nur selten aus, dies war das erste Mal seit über einem Jahr. Er hatte eine Galerie in der Nähe besucht, wie schon so oft, aber an meiner kam er zum ersten Mal vorbei – und sah meinen Namen. Unsere Wege hätten sich so oft beinahe gekreuzt, und dennoch blieben wir so weit voneinander entfernt. Doch endlich, endlich brachte das Schicksal uns wieder zusammen, und es war, als wären wir nie getrennt gewesen. Er sollte eigentlich noch am selben Tag zurücksegeln, blieb aber bei mir. Drei Tage lang. Und diese Tage, Elizabeth, waren die schönsten meines Lebens. Es war, als klebten wir aneinander fest, wir konnten nicht aufhören, uns zu berühren. Ich musste immer wieder überprüfen, ob er es auch wirklich war, und wir liebten uns, immer und immer wieder.« Sie schloss die Augen und seufzte. »Wir redeten und redeten, als hingen unsere Leben davon ab. Er sagte, er hätte jeden Tag an mich gedacht. An jedem Tag, an dem ich voller Sehnsucht war, hatte er mich genauso sehr vermisst. Und er erzählte von seiner Tochter, die er sehr liebte …«

Ellis atmete tief durch und presste die Fingernägel in die Handflächen, während sie weiter zuhörte.

»… und dass er und seine Frau wie Fremde zusammenlebten. Wir waren uns einig, dass jetzt wir beide an der Reihe waren, dass wir zusammen sein würden, dass wir eine Lösung finden würden, damit er seine Tochter so oft wie möglich sehen könnte. Er würde nach Hause segeln und tun, was getan werden musste, und dann würde er nach höchstens ein paar Tagen wieder zu mir zurückkehren. Also küsste ich ihn zum Abschied, aber ich spürte bereits etwas, als er mich an diesem Tag wieder allein ließ. Einen Schmerz, den ich noch nie zuvor verspürt hatte. Als hätte mir jemand von hinten eine Faust in den Brustkorb gerammt und mein Herz gepackt, um es langsam aus meinem Rücken zu zerren. Jetzt weiß ich, dass es eine Art sechster Sinn war, eine Vorahnung, ein Teil von mir, der bereits Bescheid wusste … aber ich redete mir ein, er würde bald wieder zurück sein. Ich kehrte in mein Haus zurück, packte meine Sachen wieder aus und schrieb Leandro, dass es mir leidtäte, ich aber nicht nach Argentinien zurückkommen könnte. Und dann wartete ich … und wartete … und wartete. Aus Tagen wurden Wochen, aus Wochen Monate« – sie flüsterte nur noch –, »und er kam nie zurück.«

Sie hob den Kopf und sah Ellis in die Augen, die ihrem Blick nicht standhalten konnte, weil der Schmerz in Carmens Ausdruck so unglaublich groß war. »Ich habe nie wieder etwas von ihm gehört.« Sie verfiel in ein tiefes Schweigen.

Ellis hielt die Luft an und wartete darauf, dass sie weiterreden würde, doch Carmen schwieg. Ellis hatte so viele Fragen: Wann war das passiert? Hat Carmen nie nach Alexander gesucht? Wollte er zu ihr zurückkehren, als er verschwand? Ist er deshalb in dieser Nacht losgesegelt? Doch sie brachte es nicht übers Herz, sie zu stellen, denn Carmens Erschöpfung war nicht zu übersehen. Außerdem – was wusste sie schon über das Verschwinden ihres Vaters? Wahrscheinlich noch weniger als Ellis.

In diesem Augenblick brachte Esperanza das Essen und präsentierte stolz den *puchero*, der herrlich roch und eine Augenweide war. Und trotzdem machte keine der beiden Frauen Anstalten zu essen, nachdem Esperanza wieder gegangen war.

»Erst viele Jahre später«, begann Carmen plötzlich weiterzuerzählen, »fand ich heraus, dass er vor einiger Zeit verstorben war. Weißt du, manchmal spüre ich seine Nähe immer noch, als wäre er im selben Zimmer mit mir. Stünde einfach hinter mir. Sein Atem verfängt sich in meinen Haaren, und die Härchen an meinem Nacken stellen sich auf«, gedankenverloren berührte sie mit einer Hand ihren Nacken und lächelte, »und wenn ich die Augen schließe, fühle ich seine Arme, die mich festhalten, seine Lippen, genau hier.« Wieder schloss sie die Augen und berührte eine Stelle am Hals, dicht unter dem Ohr. Sie ließ ihre Hand eine Weile dort liegen, als klammerte sie sich an der Erinnerung fest. Sie schien von innen heraus zu strahlen, und ihr Körper vibrierte wie Dunst im Sonnenlicht. Und dann sprach sie weiter, langsam und sehr leise. »Ich dachte, ich wüsste, was Liebe ist.« Plötzlich riss sie die Augen auf und starrte Ellis mit einem Ausdruck in den Augen an, der einem brennenden Feuer gleichkam. »Aber das hier … das hier … ließ alles andere verblassen und völlig unbedeutend werden. Ich lebte ohne ihn weiter, aber in einem Leben ohne Farbe, ohne Sonnenlicht, alles war grau und fahl. Ich habe wirklich versucht zu leben, und ich habe meinen Weg gefunden, habe hier und da glückliche und erfüllte Momente erlebt. Dennoch fühlt es sich an, als wäre mein Leben mal halb voll, mal halb leer, aber niemals komplett.«

Bei diesen Worten schossen Tränen in ihre Augen, und sie weinte, als würde sie den Schmerz einer Wunde spüren, die niemals verheilt und zu einem festen Bestandteil ihres Lebens geworden war. Natürlich wurde der Schmerz mit der Zeit dumpfer, aber er war immer da und würde immer da sein, in jedem Augenblick ihres Lebens.

Als Ellis dies klar wurde, musste sie auch weinen, nicht nur um Carmen und ihrer Geschichte willen, die sie tief berührte, sondern auch um ihrer selbst willen.

Wie schon so oft in den letzten Tagen vergaß Carmen ihr eigenes Unglück vor Sorge um die junge Frau. »Ach herrje, sieh mich an, was erzähle ich dir meine traurige Geschichte, wo du doch selbst so viel Kummer hast!«

»Alles nicht so schlimm.«

»Und trotzdem musst du weinen?«

»O ja, ich weine ständig … wenn ich mir einen Zeh stoße, einen Fingernagel abbreche oder guten Wein trinke.« Ellis hob das Glas. »Aufs Weinen.«

Sie versuchte, sich hinter einem Scherz zu verstecken, aber die Traurigkeit in ihren Augen war so offensichtlich, vor allem für jemanden, für den dieses Gefühl seit Jahren ein treuer Begleiter war.

Carmen schüttelte nachdenklich den Kopf. »Hör mir gut zu, denn ich weiß wahrlich, wovon ich rede. Ich sehe und spüre deinen Schmerz. Lass ihn los, Elizabeth. Du musst ihn loslassen. Denn wenn du zu lange versuchst, an Gefühlen festzuhalten, zeigen sie sich an anderer Stelle. Sie machen dich krank, und es ist besser, man weint, schreit, wütet, statt alles in sich hineinzufressen. Wenn du sie in dir einsperrst, fressen sie sich nach draußen, durch dein Fleisch. Die Ärzte behaupten, mein Herz sei durch einen Virus geschädigt worden, aber ich kenne den wahren Grund: Als er nicht zurückkam, ist es gebrochen. Ich habe es gespürt, buchstäblich, und die Wahrheit ist, dass der Bruch irreparabel ist.«

# 26

Carmen war erschöpft, und sie hatte keine Kraft mehr, ihren Worten noch etwas hinzuzufügen. Daher aßen sie schweigend, vereint in ihrem Verständnis füreinander. Keine Sekunde lang fühlten sie sich in ihrem schweigenden Miteinander unwohl, und als sie ins Bett gingen, umarmten sie sich mit Tränen in den Augen.

Am nächsten Morgen – Ellis hatte soeben geduscht – stattete Carmen ihr bereits einen Besuch ab. Carmen sah so viel erholter aus, beinahe so, als hätte der gestrige Abend eine kathartische Wirkung gehabt.

Für Ellis jedenfalls traf das zu, obwohl sie kaum geschlafen und stundenlang über Carmens Geschichte nachgedacht hatte. Sie sah ihren Vater jetzt in einem ganz anderen Licht – klarer, deutlicher, ohne ihn zu verurteilen.

Und dann war da ja noch die Sache mit Lucas. Erst als sie im Geiste noch mal jedes Detail aus Carmens Erzählung durchgegangen war, fiel ihr der Kuss wieder ein, und selbst wenn sie vorher müde genug zum Schlafen gewesen wäre, ließ die Erinnerung seiner Lippen auf ihrem Mund sie senkrecht im Bett sitzen. Wie sollte sie sich bei ihrer nächsten Begegnung ihm gegenüber verhalten? Erst als die Sonne bereits aufging, hatte sie sich wieder hingelegt und war endlich eingeschlummert.

Jetzt wollte sie Carmen tausend Fragen stellen, über ihren Vater und über Lucas, aber Carmen überraschte sie mit einem Geschenk, das sie hinter ihrem Rücken versteckte.

»Heute ist doch dein Geburtstag!«, rief Ellis lachend. »Nur du solltest Geschenke bekommen.«

»Wir haben heute ein kleines Abenteuer vor«, erwiderte Carmen und wirkte tatsächlich ein bisschen aufgeregt. »Reitest du?«

»Früher schon«, antwortete Ellis und ließ sich von Carmens Aufregung anstecken, denn sie ahnte schon, was jetzt kommen würde.

Carmen grinste übers ganze Gesicht. »Das ist sehr gut, denn diese Sachen hier sind für dich.« Sie reichte Ellis ein Paar Reitstiefel und Breeches.

»Die hier«, sie hielt die Reithose hoch, »gehörten mir, als ich ungefähr so alt war wie du. Sie sind noch ganz neu, auch wenn sie schon lange in meinem Kleiderschrank herumliegen. Ich glaube, sie waren damals zu klein für mein Hinterteil, aber ich kann nun mal nichts wegschmeißen. Wenn man in Armut aufwächst wie ich – und wir waren wirklich sehr arm! –, behält man alles, egal ob es von Nutzen ist oder nicht. Leandro hat sich darüber immer königlich amüsiert und mich damit aufgezogen. Aber was diese Hose angeht, hatte ich recht, denn jetzt ist sie genau das, was du brauchst.«

Die Stiefel passten wie angegossen; die Reithose war etwas zu weit, was besser war als zu eng.

Carmen musterte sie mit einem zufriedenen Lächeln und war offensichtlich angetan vom Ergebnis ihrer Geschenke. »Perfekt.«

»Danke. Du bist so nett zu mir, und ich habe ein schlechtes Gewissen, weil es dein Geburtstag ist und ich kein Geschenk für *dich* habe.«

»Unsinn. Deine Gesellschaft ist mir Geschenk genug. Und jetzt muss ich los und mich fertig machen. Esperanza bringt dir gleich ein kleines Frühstück hoch, und bitte iss etwas, du brauchst mehr Po, damit die Hose sitzt. Wir treffen uns in einer Stunde an der Scheune.«

Die Gruppe, die sich an der Scheune versammelte, war längst nicht so glamourös wie die Gäste auf der Party am zweiten Tag nach ihrer Ankunft. Obwohl der Abend erst drei Tage zurücklag, kam es Ellis wie eine Ewigkeit vor.

Und genauso lange hatte sie nicht mehr auf einem Pferd gesessen, zuletzt als kleines Mädchen. Als sie sah, wie alle anderen ganz selbstverständlich aufsaßen und die Pferde im Griff hatten, wurde ihr ein bisschen mulmig zumute. Und vor lauter Angst bemerkte sie weder die bewundernden Blicke der übrigen Gäste und Stallburschen, noch konnte sie Lucas irgendwo in der Nähe entdecken. Stattdessen wurde sie herzlich von Gerardo und seinen Söhnen begrüßt, Hector und Arturo, sowie den beiden mittleren, die er ihr als Hugo und Marcello vorstellte. Er nannte ihr noch die Namen einiger Angestellter und mehrere Arbeiter vom Weinberg, die Ellis bereits auf dem Gut gesehen hatte, und stellte sie einer Gruppe vor, die Gerardo als alte Freunde von Carmen beschrieb. Sie alle begrüßten Ellis genauso warmherzig und freundlich wie Carmen bei ihrer ersten Begegnung.

Die Stimmung war gelöst, nur sie konnte sich nicht entspannen. Noch immer hatte sie ihn nicht entdeckt, und sie fragte sich die ganze Zeit, wie er ihr gegenübertreten würde.

Denn sie wusste, dass er ihr ein Geheimnis anvertraut hatte, auch wenn sie seiner Meinung nach dessen nicht würdig gewesen war.

Und dann sah sie ihn. Er unterhielt sich mit einem der jungen Mädchen, das im Stall bei den Pferden arbeitete, und sie hing an seinen Lippen und sog jedes Wort in sich auf. *Wohl eher ein Fan statt Pferdepflegerin*, dachte Ellis. Unwillkürlich machte sie einen Schritt zurück, als er plötzlich ihren Blick einfing und sie anstarrte, während jetzt das Mädchen auf ihn einredete. Seine Miene verriet keine Regung, aber seine Augen schienen sie zu durchbohren. Alles wurde ganz still, die Morgensonne flimmerte auf den feuchten Wiesen, und die Zikaden wiederholten immer und immer wieder ihr melodisches Lied. Einen Augenblick lang fürchtete Ellis, sie würde gleich wieder in Ohnmacht fallen. Ihr Kopf wurde immer schwerer, doch sie konnte den Blick nicht abwenden von ihm, auch wenn sie ihr Gesicht am liebsten in den Händen verborgen hätte. Das Mädchen rief jetzt zum dritten Mal seinen Namen und stapfte schließlich wütend mit dem Fuß auf, als er immer noch nicht reagierte. Erst bei ihrem vierten Versuch sah Lucas zur Seite und nahm das Gespräch wieder auf, aber nur, um es halbwegs höflich zu beenden.

Dann ging er zu einer Reihe angebundener Pferde, überlegte kurz und entschied sich für einen Wallach, einen Apfelschimmel, den er zu Ellis hinüberführte.

»Guten Morgen, *El.*« Er betonte ihren Namen und redete viel zu laut. »Wie geht es dir an diesem wunderschönen Morgen? Wie ich sehe, hat Gerardo dich allen Gästen vorgestellt. Bleibt mir nur noch, dich mit Alvaro bekannt zu machen. Auf Spanisch bedeutet sein Name ›edler Hüter‹, was sehr zutreffend ist, da er heute auf dich aufpassen wird. Aber du wirkst ein bisschen ängstlich. Liegt es an dem Pferd? Keine Sorge, er wird schon keinen Satz machen …«, er senkte die Stimme, »zumindest nicht, während alle zusehen.«

Seine Stimme verriet nichts, aber an dem Glitzern in seinen Augen erkannte Ellis, dass er sie piesacken wollte. Sie war tatsächlich froh über seinen Scherz auf ihre Kosten, denn so verlief ihr Wiedersehen in sicherem Fahrwasser.

»Ich habe keine Angst«, widersprach sie ihm unverfroren und hielt seinem Blick lächelnd stand. »Er ist wunderschön.« Sie wollte das Pferd am Hals kraulen, musste sich dafür aber auf die Zehenspitzen stellen. »Und *unglaublich* groß.« Jetzt grinste sie ihn schelmisch an. »Was für ein weiter Weg bis zum Boden …«

»Du kannst doch reiten, oder?«

»Früher schon, aber es ist wirklich viele Jahre her.«

»Na ja, die richtigen Klamotten hast du ja an – und sie stehen dir übrigens ausgesprochen gut.« Als er sie von oben bis unten musterte und ihm zu gefallen schien, was er sah, bekam sie wackelige Knie. Sein Blick wanderte über ihren Körper, und er ließ sich dabei aufreizend viel Zeit. »Allerdings fehlt dir etwas sehr Wichtiges.«

»Ach ja?«

»Unbedingt.«

Zu ihrer Überraschung nahm er den breiten Gaucho-Filzhut ab, der ihm so gut stand, und setzte ihn ihr auf. »So, jetzt bist du bereit für einen Ausritt.«

Das Stallmädchen hatte sie während der ganzen Zeit nicht eine Sekunde aus den Augen gelassen und lief sofort los, um Lucas einen anderen Hut zu holen. Sie war sehr schlank und hatte endlos lange Beine, dazu lange blonde Haare, die ihr wie ein Wasserfall über den Rücken fielen. Ihre Bewunderung für

Lucas war nicht zu übersehen, und Ellis stellte erstaunt fest, dass sie so etwas wie einen Stich verspürte, als er sich mit einem strahlenden Lächeln bei ihr bedankte.

Doch er wandte ihr schnell wieder den Rücken zu, drehte sich zu Ellis um und formte mit beiden Händen einen Steigbügel.

»Los, gib mir deinen Fuß«, befahl er ihr, nachdem sie erst ihn kurz verständnislos angeschaut und dann wie gebannt dem Mädchen hinterhergestarrt hatte.

Ellis blinzelte wütend, erwachte wieder zum Leben und gehorchte. Er manövrierte sie mit Leichtigkeit in den Sattel, sodass sie befürchtete, gleich wieder mit viel Schwung auf der anderen Seite abzusteigen. Gott sei Dank schaffte sie es, sich rechtzeitig festzuhalten, und stellte überrascht fest, dass der schmale Sattel bequemer war und sich das Sitzen auf einem Pferderücken vertrauter anfühlte, als sie gedacht hatte. Sie schien doch noch nicht alles verlernt zu haben.

»Und, wann hat man dir das letzte Mal so elegant in den Sattel geholfen?«, scherzte er mit dem üblichen Grinsen im Gesicht, mit dem er sie seit ihrer ersten Begegnung aufzog. »Es ist ein sehr gutes Pferd, ihr Engländer würdet es ›bombensicher‹ nennen. Es ruht in sich und ist trotzdem keineswegs langweilig zu reiten.«

Während er Alvaros Vorzüge pries, stieß er ihren Fuß nach vorne, um die Gurte zu überprüfen und die Steigbügel einzustellen, bevor er das Pferd an der Flanke tätschelte und ausrief: »Alles bestens, los geht's!« Er sah sie so provozierend an, dass sie so rot anlief wie das Pferdemädchen, das ihm einen neuen Hut geholt hatte.

Er drehte sich betont lässig um und schlenderte gemächlich zu einem Stallburschen, der verängstigt einen unruhigen und zähnefletschenden Carmello im Zaum zu halten versuchte. Dann sprang er geschmeidig wie ein Kunstturner in den Sattel.

Falls er die Absicht gehabt hatte, sie zu beeindrucken, dann war ihm das bestens gelungen. Und falls er sie durcheinanderbringen wollte, ebenso. An jedem Tag, den sie ihn kannte, hatte er ihr ein anderes Gesicht von sich gezeigt, und nach seinem gestrigen furiosen Auftritt wirkte er heute geläutert und glänzend gelaunt, geradezu jovial.

Doch dann kam Gerardo mit einer wunderschönen Stute zu Lucas und gestikulierte wild in Richtung Haus.

»Was ist los?«, fragte Lucas und wendete Carmello in die angedeutete Richtung. Ellis folgte seinem Blick und sah Carmen auf die Scheune zukommen.

Sie sah umwerfend aus.

Sie trug Stiefel, Breeches und ein weißes Hemd. Ihre Haare glänzten, und sie hatte sie in weichen Wellen locker mit einem bernsteinfarbenen Seidentuch aus dem Gesicht gebunden, sodass ihr goldener Hautton und die Farbe ihrer Augen noch stärker als sonst betont wurden. Auf ihrem Weg begrüßte sie alle Anwesenden mit einem strahlenden Lächeln, das diese mit begeisterten Ausrufen erwiderten.

Nur Lucas war der Spaß vergangen. Sofort war sein Gesicht wieder genauso finster wie gestern, als er auf die Veranda gekommen war.

»Was machst du hier?«, fragte er verärgert, als sie die Zügel der Stute von Gerardo übernahm.

»Ich reite aus.«

»Du fährst im Jeep mit.«

»Nein«, widersprach sie ihm mit fester Stimme. »Ich reite mit euch mit.«

»Aber wir haben uns doch gestern darauf geeinigt, dass du mit Esperanza und der Ausrüstung mitfährst.«

»Und den halben Spaß meiner Geburtstagsparty verpasse? Das glaube ich nicht.«

Er senkte die Stimme und redete leise auf *Castellano* auf sie ein.

Sie hörte ihm ruhig zu, dann lächelte sie, schüttelte den Kopf und antwortete ihm auf Englisch: »Danke, Lucas, ich weiß deine Fürsorge zu schätzen, aber ich möchte ausreiten, und es geht mir gut …«

Er schien ihr widersprechen zu wollen, aber der Blick, mit dem sie ihn stoppte, war aus Stahl.

»… und deshalb *werde* ich ausreiten.«

Sie standen sich gegenüber wie Duellanten, doch dann zuckten nur seine Mundwinkel, und er nickte, wendete Carmello und entfernte sich von der Gruppe bis zum Zaun, von wo aus er dem Rest der Gäste dabei zusah, wie sie aufsaßen und sich fertig machten.

Gerardo half Carmen in den Sattel, und sie ritt los und gesellte sich neben Ellis, die ihr Pferd erst zögerlich, aber schließlich immer sicherer führte.

»Sieh nur, Elizabeth die Jägerin, du reitest ganz wunderbar.«

»Na ja, immerhin bin ich noch nicht runtergefallen, und es macht mir ziemlich viel Spaß. Danke für die geliehenen Sachen. Und ich wollte mich auch für gestern Abend bedanken und dass du mir die Geschichte von dir und Alexander anvertraut hast …«

Carmen nickte und lächelte ein bisschen gequält. »Ich hoffe, es hat dir geholfen. Ist dein Buchprojekt etwas konkreter geworden?«

Ellis seufzte. »Ehrlich gesagt bin ich mir da nicht so sicher.«

»Schreibblockade?«

»Eine, die schon zehn Jahre dauert.«

»Worum ging es in deinem ersten Buch?«

»Um den Tod meines Vaters«, antwortete Ellis, ohne zu zögern. Da sie nicht weiter über ihren ersten Roman reden wollte, wechselte sie schnell das Thema. »Ist zwischen dir und Lucas wieder alles in Ordnung?« Sie warf kurz einen Blick über die Schulter zu ihm zurück.

»Alles ist ganz wunderbar. Lucas macht sich um mich einfach viel zu viel Sorgen. Was völlig unnötig ist, denn es geht mir so weit gut. Doch ab und zu ist das ja auch ganz schön, oder? Wenn sich jemand Sorgen um einen macht, nicht wahr? Auch wenn manche Leute gelegentlich übers Ziel hinausschießen.« Den letzten Satz sagte sie absichtlich lauter, als er gerade an ihnen vorbeiritt, und warf ihm einen scharfen Blick zu.

Lucas murmelte etwas Unverständliches vor sich hin und gab seinem Pferd leicht Sporen, um schnell von Carmen wegzukommen.

Ellis bewunderte, wie gekonnt er galoppierte, und musste zugeben, dass sie sogar ein bisschen neidisch war. »Er reitet so gut«, sagte sie zu Carmen. Erst jetzt stellte sie fest, dass Carmen sie dabei beobachtete hatte, wie sie Lucas bestaunte, und errötete leicht.

Carmen nickte nur. »Er wird es dir sicher selbst erzählen, aber er wurde quasi im Sattel geboren. Gerardo brachte ihm das Reiten bei, bevor er richtig laufen konnte.«

Sein Können war nicht zu übersehen. Das Pferd war Wachs unter seinen Händen und reagierte auf die kleinste Bewegung der Zügel, die er locker in einer Hand hielt, als wäre es kinderleicht, dieses tänzelnde Vollblut unter Kontrolle zu halten.

»Was für ein Mann ist er?«, fragte Ellis zu ihrer eigenen Überraschung. Offensichtlich war ihre Neugier stärker als ihre Zurückhaltung.

Carmen begann zu strahlen, und ihr Lächeln verriet, wie sehr sie Lucas mochte. »Ein guter Mann«, sagte sie mit Nachdruck. »Obwohl er ein Dickkopf ist und«, sie warf einen missbilligenden Blick in seine Richtung, »oft denkt, er sei im Recht, selbst wenn er es ganz offensichtlich nicht ist. Aber er ist freundlich und fair und arbeitet wirklich sehr viel. Jeder auf der Estancia respektiert und liebt ihn.«

»Manche mehr als andere«, entfuhr es Ellis mit einem schiefen Lächeln, als sie an das Stallmädchen dachte.

Carmen konnte nicht an sich halten und prustete lachend los, einerseits wegen der Richtung, die das Gespräch genommen hatte – Ellis' Interesse an Lucas –, andererseits über die Tatsache, dass Ellis Dinge aussprach, die sie wahrscheinlich lieber nur insgeheim gedacht hätte. »O ja«, sagte sie schließlich, »er hat schon ein paar gebrochene Herzen im Schlepptau, aber er selbst scheint davon nichts zu merken.«

»Also gibt es niemanden in seinem Leben.«

»Laut Lucas nicht. Gibt es in deinem Leben jemanden, Elizabeth? Außer deinem herumstreunenden und offensichtlich ziemlich dummen Ehemann?«

Die beiden Frauen lächelten sich an. »Ich habe Ferdie«, antwortete Ellis automatisch, ohne darüber nachzudenken, was sie da sagte. Doch dann zuckte sie innerlich zusammen, aus zwei Gründen, und fragte sich, ob das überhaupt noch stimmte. Erstens hatten Ferdie und sie sich noch nie vorher gestritten, und es war schrecklich, ohne ihn zurechtkommen zu müssen. Zweitens fiel ihr, wenn auch zu spät, ein, dass Carmen Ferdie möglicherweise kannte. Obwohl Ferdie nach wie vor darauf beharrte, Carmen nicht zu kennen – und Ellis sich nicht sicher war, ob sie ihm Glauben schenkte –, hatten Carmen und Alexander sich genau zu dem Zeitpunkt kennengelernt, als Alexander auch Ferdie begegnet war.

»Ferdie?«, hakte Carmen interessiert nach.

»Ferdinand Riva. Er ist mein … mein Onkel. Wir stehen uns sehr nahe.«

»Der Bruder deiner Mutter oder deines Vaters?«, wollte Carmen wissen.

Ellis stellte fest, dass sie nicht mehr lügen wollte. »Weder noch, er ist ein Nennonkel, aber er ist wichtiger für mich als alle anderen, auch wenn ich gar keinen echten Onkel habe, meine Eltern waren Einzelkinder. Er ist auch mein Patenonkel. Und wie ein Vater, seit ich meinen eigenen verloren habe.«

»Was ist mit deinem Vater passiert?«

Ellis senkte den Blick. Fast war sie sich mittlerweile sicher, dass sie Carmen endlich sagen wollte, wer sie wirklich war, aber jetzt war nicht der richtige Moment, also machte sie wieder innerlich einen Rückzieher. »Ich rede nicht gern darüber. Was vielleicht seltsam ist, da ich ja ein Buch darüber geschrieben habe …«

»Ich finde das nicht seltsam.« Carmen sah mitfühlend zu ihr hinüber. »Du weißt, dass ich dich verstehe. Manchmal ist es leichter, etwas niederzuschreiben, was man nicht laut aussprechen kann, das hast du ja selbst bereits gespürt. Wenn man jemanden, den man liebt, verliert, ist dieser Verlust das Schlimmste, was einem auf dieser Welt passieren kann, und manchmal ist das Reden darüber noch schlimmer.«

Schweigend, aber in ihren Gedanken tief verbunden, ritten sie nebeneinander durch die Pampa. Ellis war froh über den geborgten Hut, denn die Sonne prallte von einem wolkenlosen blauen Himmel auf sie herab. Es war völlig windstill und warm. Die Luft war erfüllt vom Gesang der Zikaden, und Raubvögel riefen sich gegenseitig traurige Nachrichten zu. Dazwischen hörte man das Schnauben der Pferde, Gesprächsfetzen und Gelächter.

Doch als Lucas wieder an ihrer Seite auftauchte und weiterritt, um bei den Gästen nachzufragen, ob alles in Ordnung sei, lag noch etwas in der Luft. Denn auch wenn Ellis und Lucas das Flüstern und Tuscheln nicht bemerkten, so war es den anderen nicht verborgen geblieben, wie sich ihre Gefühle füreinander, die am gestrigen Abend zum ersten Mal zum Vorschein gekommen waren, immer stärker in ihren Blicken und Gesten ablesen ließen. Alle konnten es sehen, nur sie selbst nicht.

Nach einem eineinhalbstündigen Ritt durch die Pampa erreichten sie die Ausläufer der Bergkette, doch statt hinaufzuklettern, bogen sie links ab und folgten dem Fuß der Berge eine ganze Weile an einem Bach entlang, der schließlich in einen kleinen Wasserfall an einem See mündete.

Sie waren am Ziel.

Die Jeeps waren schon lange vorher da gewesen. Gerardo und Hector, die nicht mitgeritten waren, und ein halbes Dutzend anderer Helfer wurden bereits von Esperanza beim Ausladen der Ausrüstung herumkommandiert. Die Pferde wurden am See getränkt und dann im Schatten der Bäume angebunden und abgesattelt. Ellis stieg ab und wollte die Helfer bei den Pferden unterstützen, war sich aber einen Moment lang nicht sicher, ob sie überhaupt noch laufen konnte. Auf dem Pferd hatte sie sich richtig wohlgefühlt, aber jetzt protestierten ihre Muskeln, und ihre Beine waren so wackelig, als wären sie zu schwach, um ihren Körper zu tragen. Es erinnerte sie daran, wie sie einmal mit Alexander nach einem Segeltörn wieder an Land gegangen war. Ob es an dem Gedanken an ihren Vater oder an ihrer Erschöpfung lag, wusste sie nicht, aber sie stolperte – und Lucas war zur Stelle, um sie aufzufangen. Er packte sie gerade noch rechtzeitig am Ellbogen und sah sie besorgt an.

»Alles in Ordnung?«

Sie nickte nur, denn sie konnte unmöglich zugeben, dass die Berührung seiner Hand sie noch schwächer werden ließ und ihre Benommenheit verstärkte.

»Gut, denn hier gibt es noch viel zu tun, wenn wir unser Lager vor der Dunkelheit aufschlagen wollen.« Er grinste sie an. »Und ich habe das Gefühl, dass die meisten der Leute hier am liebsten schon jetzt die Weinkorken knallen lassen möchten.«

Er beobachtete sie bei der Arbeit, und es gefiel ihm, wie sie unkompliziert überall mit Hand anlegte und sich nicht wie eine Prinzessin in den Schatten setzte, um den anderen bei der Arbeit zuzusehen. Sie lud die schwere Ausrüstung für das *asado* ab, um das sich selbstverständlich Gerardo und seine Söhne kümmern würden, und begann damit, eine Grube für das Feuer auszuheben. Dann half sie beim Aufbau der Zelte und dem Verteilen der Planen, Teppiche, Lampen, Buntglaslaternen und Kissen, die das Lager in eine wunderschöne Beduinen-Oase für Carmens Feier verwandelten.

Auf Esperanzas Drängen hin unterbrachen alle ihre Arbeit, um selbst gebackenes Brot, scharfen Käse, fleischige Oliven und die ersten Flaschen Malbec aus dem Weinkeller der

Estancia zu genießen, genau wie Lucas es vorausgesagt hatte. Doch sie schafften es trotzdem, das Lager fertigzustellen, bevor die Sonne hinter den Bergen versank.

Alles war bereit und sah wunderschön aus.

Das *asado* loderte, und Gerardo und seine Söhne legten saftige Steaks auf den Grill. Esperanza hatte bei dem ersten Hinweis auf den Sonnenuntergang damit begonnen, die Kerzen in den Windlichtern anzuzünden, sodass ihr Camp bei Einbruch der Dunkelheit zu einer magischen Oase am See verwandelt wurde. Viele der Gäste hatten Instrumente mitgebracht, Geigen und Gitarren, und scheuten sich nicht aufzuspielen.

Der Wein floss in Strömen, alle unterhielten sich angeregt, und die Luft war erfüllt von fröhlichem Gelächter.

Ellis saß mittendrin und hörte einfach nur zu. Gebannt lauschte sie den Gesprächen, und auch wenn sie kaum etwas verstand, als das Geschnatter immer schneller wurde und sie an die Hufe der Pferde im Galopp auf dem Pampasgras erinnerte, genoss sie die Melodien der Stimmen und die Musik im Hintergrund und ließ sich einfach treiben.

Irgendwann tauchte Lucas neben ihr auf, um ihr Glas nachzufüllen, doch zu ihrer Überraschung setzte er sich neben sie, statt gleich wieder weiterzuziehen.

Wieder überkam sie dieses seltsame, beinahe unbeschreibliche Gefühl, als würde sie eine Hand auf eine Plasmalampe legen und dabei zusehen, wie die bunten Lichter auf die Wärme der Berührung reagierten und dorthin tanzten. Nach letzter Nacht war sie fest entschlossen, ihn zu fragen, warum er sie geküsst hatte, aber bevor sie sich die Frage zurechtlegen konnte, gab es einen Tumult am *asado*, und beide drehten sich um.

Gerardo wurde von seinen Söhnen widerwillig zu einer freien Stelle zwischen dem Feuer und einer Gruppe gezerrt, die sich dort versammelt hatte.

»Was haben die mit ihm vor?«, fragte sie Lucas, statt den Kuss zu erwähnen.

»Sie werden für Carmen tanzen«, erklärte er ihr, »es ist ihr Geburtstagsgeschenk für sie. Seine Söhne lieben es, damit anzugeben, wie gut sie tanzen können, aber es gelingt ihnen höchst selten, Gerardo zur Teilnahme zu überreden.«

Die drei Männer, die die ganze Zeit dezent Musik gespielt hatten, wurden lauter und erhöhten den Rhythmus ihrer Melodie, sodass statt angenehmer, romantischer Hintergrundmusik plötzlich mitreißende Klänge zu hören waren.

Die fünf Tänzer nahmen eine identische Haltung ein – wie Balletttänzer in der vierten Position – und reckten die Köpfe nach oben.

Und dann ging das Spektakel los.

Der Tanz erinnerte Ellis an traditionelle irische Tänze, nur gab es mehr stolz geschwellte Brustkörbe und imponierende Posen. Es ging hitzig und rasant zu, mit stampfenden Füßen, und die Zuschauer klatschten und johlten, während auf der »Bühne« gesprungen und gekickt wurde.

»Und, gefällt es dir?«, fragte Lucas. Die Freude in ihrem Gesicht gefiel ihm mindestens genauso gut wie der Tanz selbst.

»Sie sind unglaublich!«, rief Ellis begeistert, ohne den Blick abzuwenden.

»Er heißt Malambo und ist ein traditioneller Tanz aus der Gegend. Eigentlich ist es mehr als ein Tanz, die *gauchos* stellen damit ihre Kraft, Beweglichkeit und Schnelligkeit zur Schau.«

»Kannst du das auch?«

»Ein paar Rosen, aber längst nicht so gut. Warum glaubst du wohl, verstecke ich mich hier bei dir? So können sie mich nicht wegzerren und zum Mitmachen zwingen.«

Diesmal sah sie zu ihm auf. »Versteckst du dich?«, wiederholte sie seine Worte als Anspielung auf seine Frage am Abend zuvor, als er sie unter der Bougainvillea entdeckt hatte.

Beide mussten an diesen Augenblick zurückdenken, und beide wussten, dass der andere es tat. Aber als einzige Antwort umspielte ein rätselhaftes Lächeln seine Lippen. Doch bevor sie darauf reagieren konnte, endete gerade der Tanz, und alle klatschten und grölten begeistert los. Carmen stand auf, um sich bei den Tänzern zu bedanken, und als sie ihre Begeisterung zeigte, wandelte sich die Stimmung, und alle forderten sie auf, ebenfalls aufzutreten.

»Sing etwas, bitte sing etwas«, rief erst einer der Gäste, doch die anderen stimmten sofort mit ein. Einen Moment lang wirkte sie unangenehm überrascht, und es sah so aus, als würde sie ablehnen, aber dann suchte sie Ellis in der Menge und sah sie einen Moment lang durchdringend an. Schließlich lächelte sie und nickte.

Aus der Reaktion der Gäste, die begeistert mit den Füßen stapften, schloss Ellis, dass dies ein besonderer, selten gewährter Augenblick war. Carmen beugte sich zu den Musikern vor und flüsterte ihnen etwas zu. Daraufhin begann der Gitarrist ein Solo zu spielen, und ein erwartungsvolles Schweigen breitete sich aus.

Und dann hörte Ellis Carmens Stimme. Sie war so schön wie sie selbst, rein und klar, und sie ergriff Ellis und schien sie auf einer Woge von Gefühlen gen Himmel zu tragen. Es machte nichts, dass sie auf Spanisch sang, denn Ellis verstand trotzdem jedes einzelne Wort. Carmen sang in der universell gültigen Sprache – der Sprache einer verlorenen Liebe.

Ellis spürte, wie sich die Haare auf ihren Armen aufstellten. Sie spürte jeden einzelnen Stich von Carmens Schmerz, während sie ihrer tragenden Sopranstimme in der milden Nacht lauschte.

Nicht nur Carmen, sondern auch ihre Zuhörer hatten Tränen in den Augen, und als sie endete, blieb es einen Moment lang still, bevor der unvermeidliche Applaus losbrach.

Doch Carmen brach den Bann, indem sie die Arme in die Luft warf und mit wackeliger Stimme rief: »Soll das hier ein Fest sein? *Ven con nosotros! Bailemos!*«

Alle klatschten, erwachten wieder zum Leben und fassten sich an den Händen. Auf Carmens Nicken hin stimmten die Musiker ein feuriges Lied an, und plötzlich tanzten alle und ließen sich von der mitreißenden Melodie anstecken.

Die Einzige, die sich nicht von der Stelle bewegte, war Ellis. Carmen kam zu ihr und nahm sie an die Hand. »Komm, Ellis, das ist eine Party, keine Trauerfeier, also komm mit und lass uns tanzen!«

Ellis schluckte den Kloß im Hals hinunter, der sich dort angesammelt hatte, ergriff Carmens Hand, doch sie bewegte sich keinen Zentimeter. Im Gegenteil, sie zog Carmen zurück, die sich automatisch nach vorne gelehnt hatte, um zu der tanzenden Menge zurückzukehren. Dann ließ Ellis Carmens Hand eine Sekunde lang los, griff mit beiden Händen nach hinten, öffnete den Verschluss der Silberkette, die sie immer trug, und legte sie Carmen um, bevor diese protestieren konnte.

»Was ist das?«, fragte Carmen und berührte das silberne Medaillon mit einer Hand.

»Es war ein Geschenk meines Vaters, und jetzt schenke ich es dir. Alles Gute zum Geburtstag!«

»O nein, das kann ich nicht annehmen!«, rief Carmen. »Bitte sei mir nicht böse, es ist eine reizende Idee, und der Anhänger ist wunderschön. Ich fühle mich geehrt, aber wenn es ein Geschenk deines Vaters war, darfst du es nicht mir geben. Ich werde das nicht zulassen!«

Doch Ellis schüttelte nur den Kopf. »Bitte, ich möchte es wirklich. Bitte glaub mir, es ist mein innigster Wunsch, ich wollte noch nie etwas so sehr, wie dir diese Kette schenken!«

Carmen hörte nicht auf sie und wollte das Geschenk zurückgeben.

»Bitte, Carmen, bitte«, wiederholte Ellis und ergriff Carmens Hände, um sie davon abzuhalten, den Verschluss zu öffnen. »Ich kenne meinen Vater, und er hätte es auch gewollt.«

Die ältere Frau runzelte die Stirn, aber als Ellis die Arme sinken ließ, machte auch sie keine Anstalten mehr, ihr das Geschenk zurückzugeben. Sanft berührte sie Ellis' Wange. »Bist du dir auch ganz sicher?«

»Absolut.«

»Dann werde ich die Kette behalten und danke dir von Herzen. Aber bitte hör mir zu: Wenn es eines Tages zu schmerzlich für dich sein sollte, sie nicht mehr zu tragen, gehört sie wieder dir. Nur unter dieser Bedingung werde ich das Geschenk annehmen.

»Einverstanden.« Ellis streckte Carmen die rechte Hand entgegen, und sie schlug ein. Doch anstatt ihr Versprechen mit Händeschütteln zu besiegeln, ließ sie Ellis' Hand nicht mehr los und zog sie mit sich in die Menge, und die beiden Frauen tanzten gemeinsam.

Das Fest dauerte bis weit in die Nacht hinein, und alle

feierten und tranken. Obwohl irgendwann nur noch ein paar wenige Gäste auf waren, hatten Ellis und Lucas keine Gelegenheit mehr gefunden, miteinander zu reden. Immer saßen oder standen Leute zwischen ihnen, sodass sich nur ihre Blicke treffen konnten. Sie lächelten sich an, drehten sich zueinander um und suchten den anderen in der Menge. Als endlich alle anderen in ihre Zelte gegangen und sie unter einem klaren Sternenhimmel allein waren, kam Lucas zu ihr und reichte ihr eine Hand.

Ellis zögerte keinen Augenblick und ergriff sie.

Wortlos tanzten sie in der Stille der Nacht miteinander. Und sie brauchten weder Worte noch Musik, um sich im Gleichklang zu bewegen. Ihre Hände berührten sich, ihre Körper blieben den Bruchteil eines Wimpernschlags zu lange aneinandergeschmiegt, und all das beantwortete Ellis' Frage klarer, als es gesprochene Worte könnten.

Warum hatte er sie geküsst?

Sie wusste es jetzt.

Er hatte sie geküsst, weil er es aus tiefstem Herzen so gewollt hatte.

# 27

Sie wusste nur noch vage, wie sie in ihr Zelt gekommen war. In ihrer Erinnerung, die wegen der vielen Gläser Wein verschwommen war, sah sie sich erschöpft in ihren Schlafsack kriechen, als bereits die Sonne aufging.

Kurze Zeit später wachte sie bereits wieder auf. Eigentlich müsste sie einen grauenhaften Kater haben, aber als sie aus dem Zelt in den sonnigen Vormittag kletterte, fühlte sich der neue Tag leicht und frisch an. Die mutigsten Gäste schwammen sich bereits fröhlich ihre benommenen Köpfe im eiskalten Wasser des Sees frei.

Lucas war auch gerade dabei, sich bis auf die Unterhose auszuziehen, und sie kam nicht umhin, seinen muskulösen Körper zu bewundern, den er offensichtlich gerne zur Schau stellte.

»Manche Frauen beurteilen Männer nach ihren Schuhen. Ich nicht, ich beurteile sie nach ihren Unterhosen.« Komischerweise fiel ihr Annas Lieblingssatz gerade jetzt ein, und ihr ging kurz durch den Kopf, wie wohl Edwards Vorliebe für weiße Rippenstrickslips mit seitlichem Eingriff bei ihr abgeschnitten hatte. Bei dem Gedanken musste sie grinsen, und ihr Grinsen wurde noch breiter, als sie feststellte, dass außer Belustigung kein anderes Gefühl in ihr aufstieg. *Schon seltsam,* dachte sie, *wie weit weg dieser Teil meines Lebens bereits ist.* Sie setzte sich ans Ufer und genoss die herrliche Sonne und den tiefblauen Himmel, das Gezwitscher der Vögel und die Gesellschaft der anderen Gäste. Und plötzlich verspürte sie einen vollkommenen Moment des Glücks und fragte sich, ob sie genau in diesem Augenblick vielleicht noch andere Abschnitte ihres Lebens hinter sich ließ.

Lucas war unterdessen mit einem Kopfsprung ins Wasser eingetaucht und kam erst am anderen Ende des Sees wieder an die Oberfläche. Als er auftauchte und sich die Haare schüttelte, war sein Gesicht umgeben von Tausenden funkelnden Wassertropfen. Er winkte ihr zu, und als sie keine Anstalten machte, sondern einfach nur sitzen blieb und ihn mit einem rätselhaften Lächeln ansah, kam er mit kräftigen Zügen zu ihr geschwommen.

»Kommst du auch ins Wasser?«, fragte er und hielt sich ungefähr einen Meter von ihr entfernt über Wasser.

Sie schüttelte den Kopf.

»Schwimmst du nicht gerne?«

»Doch.«

»Aber so schlecht, wie du reitest, oder?«, zog er sie auf, aber sie biss nicht an.

»Ich finde es gerade sehr schön, einfach nur so dazusitzen.«

»Los, komm rein. Ich passe auf, dass du nicht ertrinkst.«

Ellis sah sich um. Esperanza und ein paar Gäste bereiteten an dem immer noch glimmenden Feuer des *asado* Frühstück. Die meisten anderen Frauen hatten sich ohne Skrupel bis auf die Unterwäsche ausgezogen und plantschten mit lautem Geschrei im See herum. Eine ältere Frau, eine Freundin von Carmen, die am lautesten lachte und letzte Nacht wie ein

Irrwisch getanzt und getrunken hatte, hatte sich sogar ganz ausgezogen.

Kurz entschlossen stand Ellis auf, zog sich aus und ging in das kalte Wasser, ohne eine Miene zu verziehen. Sie blieb kurz stehen, als sie auf Brusthöhe genau vor ihm stand, dann tauchte sie unter und schwamm genau wie er etwa fünfzehn Meter weiter weg, bis sie am anderen Ufer angekommen war.

Er schwamm zu ihr hin und lachte die ganze Zeit, aber außer Vergnügen lag noch ein anderer Ausdruck auf seinem Gesicht, der sie zutiefst befriedigte. Sie hatte ihn überrascht, ja viel mehr noch, sie hatte ihn beeindruckt, und das nicht nur mit ihren Schwimmkünsten.

»Ich bin auf einer Insel aufgewachsen«, feixte sie, als er näher kam. »Entweder schwimmt man dort wie ein Fisch, oder man geht unter. Jedenfalls hat mein Vater mir das immer gesagt …«

Natürlich war Cornwall keine Insel, aber für sie hatte es sich immer so angefühlt, weil sie vom Meer umgeben und durch den Fluss Tamar vom Festland abgeschnitten waren. Außerdem lag das Great House so isoliert, dass es tatsächlich eine Insel für sich war, vor allem ohne ihren Vater.

»Wie war dein Vater so?«

»Wunderbar«, antworte sie, ohne zu zögern. »Und deiner?«

Er dachte einen Moment nach. »Distanziert«, sagte er schließlich, und das Zucken um seinen Mund herum war schwer zu deuten. Doch er schien die Erinnerungen schnell beiseitezuschieben und grinste sie schon wieder an wie ein Schuljunge, der er einst gewesen war. »Wer als Erster am anderen Ufer ist, gewinnt!«, rief er ihr unvermittelt zu und tauchte unter.

»Du schummelst!«, rief Ellis empört und tauchte hinter ihm her.

Trotz seines Vorsprungs tauchten sie fast gleichzeitig auf, ungefähr sechs Meter vom anderen Ufer entfernt, und begannen sofort, mit kräftigen Armbewegungen loszukraulen. Irgendwie schaffte sie es, ihn zu überholen, aber dann wurde sie von einer Hand am rechten Knöchel festgehalten, zurück und nach unten gezogen.

Unter Wasser zog er sie zwischen die smaragdgrünen Algen, in denen das gebrochene Sonnenlicht tanzte. Zuerst wehrte sie sich gegen ihn, Arme und Beine verstrickten sich ineinander, und beide mussten gegen das Lachen ankämpfen, um genug Luft zu behalten. Und dann trafen sich ihre Blicke, und ihre Münder folgten, und sie kämpfte nicht mehr gegen ihn an, um das Rennen zu gewinnen. Sie ertrank, ertrank in einem tiefen, lang ersehnten Kuss.

Beide schossen an die Wasseroberfläche und schnappten nach Luft. Anschließend strich er ihr eine nasse Haarsträhne aus der Stirn und streichelte mit dem Daumen zärtlich über ihre Lippen. Ohne noch irgendetwas um sich herum wahrzunehmen, lächelten sie sich an und schwammen im Einklang zurück ans Ufer.

Carmen kam als Letzte aus ihrem Zelt, als alle anderen bereits beim Frühstück saßen und Esperanzas starken Kaffee genossen. Lucas saß neben Ellis. Sie redeten kein Wort miteinander, aber ihre Körper rutschten unweigerlich immer näher aneinander, bis sich ihre Oberschenkel fest berührten.

Es war noch heißer als gestern, die Sonne hing knallorange am blauen Himmel, und es wehte kein Lüftchen. Alle genossen diesen herrlichen Morgen, nur Gerardo blickte mitten beim Frühstück plötzlich nach oben und schnüffelte in der Luft herum, fast wie ein Wachhund, und schüttelte anschließend sorgenvoll den Kopf. »Es wird einen Sturm geben«, sagte er, »wir sollten früher als geplant aufbrechen.«

Für Ellis sah der Tag perfekt aus, aber alle anderen beugten sich seiner Weisheit und begannen zu packen. Jeder machte mit, und alles, was sie gestern so sorgfältig aufgebaut und geschmückt hatten, wurde jetzt eilig zusammengewürfelt und in den Jeeps verstaut. Drei Stunden später, als sie gerade dabei waren, die letzte Tasche auf die Ladefläche zu hieven, kamen die ersten grauen Wolken über die Berge angerauscht, und die Sonne verschwand hinter ihnen.

Der Sturm holte die Reiter ein, als sie die Hälfte der Strecke hinter sich gebracht hatten. Carmen, erschöpft vom Tanzen und der langen Feier, war bereits mit Esperanza im Konvoi der Jeeps mitgefahren. Gerardo ritt Carmens Pferd, und Arturo hatte das Pferd einer älteren Dame übernommen. Von der ausgelassenen Stimmung vom Vortag war nichts mehr übrig, Gerardo trieb die Reiter an und warf immer wieder besorgte Blicke gen Himmel. Der Sturm wurde spürbar stärker, und die dunklen Wolken kamen immer näher.

Mehrere Pferde spürten bereits das nahende Unwetter und wurden unruhig; sie rollten mit den Augen und zuckten mit den Ohren. Als der erste Blitz über den Bergen aufleuchtete, gefolgt von einem Donnerschlag, bockte der junge Hengst, auf dem Arturo ritt, und hätte einen ungeübten Reiter abgeworfen. Selbst der so bombensichere Alvaro zuckte hektisch mit den Ohren.

Ellis fühlte sich sicher, denn Lucas ritt an ihrer Seite auf einem Carmello, der gelassen und in sich ruhend wirkte, so lange sein Herr und Meister auf ihm saß.

»Schaffen wir es noch rechtzeitig?«, fragte Ellis, als ein zweiter Blitz Alvaro seitlich ausscheren ließ.

Lucas nickte. »Wenn wir unser Tempo beibehalten, sollte es klappen. Wir kommen gleich zur Pampa. Ab da geht's schneller vorwärts, falls das für dich okay ist?«

Ellis nickte und hielt die Zügel enger.

Lucas ritt nach vorne zu Gerardo, um sich mit ihm zu beraten. Als sich das weite, flache Land vor ihnen öffnete, gab Gerardo seinem Pferd kaum sichtbar die Sporen und galoppierte auf Carmens Pferd voraus. Die restlichen Reiter folgten ihm.

Alle schienen bei dem Tempo mithalten zu können, und Ellis genoss es mit jeder Minute mehr, sich dem Rhythmus der Pferdehufe anzupassen und einen eigenen Donnerschlag zu produzieren. Arturo ritt neben ihr, und sie fühlte sich sicher in seiner Gegenwart. Sie hatte ganz vergessen, wie berauschend es sein konnte, sich auf dem Rücken eines Pferdes davontragen zu lassen. Sie lachte lauthals los und trieb Alvaro an.

Als in ihrer Nähe ein Blitz einschlug, war Arturo darauf gefasst und hielt sein Pferd so gut im Zaum, dass es nicht bockte. Doch dann tauchte auf dem Weg pfeilschnell eine Schlange auf, und der junge Hengst wieherte vor Angst und stieg auf. Als er wieder zu Boden ging, trat er mit einem Vorderhuf Alvaro in die Flanke.

Ellis spürte in derselben Sekunde, wie ihr Pferd sich versteifte und aufbäumte, als wolle es auf einen Bären losgehen. Es drehte sich in die andere Richtung und raste los. Dorthin zurück, von wo es gerade gekommen war.

Sie verlor nicht die Nerven, denn ihr war klar, dass Alvaro dieses waghalsige Tempo nicht lange durchhalten würde, vor allem nicht, wenn das Gelände wieder uneben und steinig war. Sie musste nur so lange im Sattel bleiben, bis er müde wurde. Doch dann geschah alles wie in Zeitlupe: Alvaro musste abrupt ausweichen, als der Weg sich zwischen den Bäumen rechts und links aufteilte, Ellis rutschte mit einem Fuß aus dem Steigbügel, und als Alvaro nach rechts bog, rutschte Ellis links vom Pferd. Die Schrecksekunde, als ihr bewusst wurde, sie würde vom Pferd fallen, war schlimmer als der Sturz selbst.

Sie hatte sich nicht ernsthaft verletzt, das spürte sie, denn ein Busch hatte sie aufgefangen. Außer Atem und erschöpft blieb sie so liegen wie sie gefallen war, und dankte dem Himmel dafür, dass der Sturz so glimpflich verlaufen war.

Lucas war ihr sofort gefolgt und so nah hinter ihr gewesen, dass er den Sturz beobachtet – und Alvaro gesehen hatte, der im Galopp im Wald verschwand.

Er sprang aus dem Sattel, bevor Carmello überhaupt zum Stehen gekommen war, und rannte mit dem Pferd am Zügel zu ihr hin.

Im ersten Augenblick waren seine wunderschönen Augen voller Sorge und Angst, als er auf sie hinabblickte, doch dann lächelte sie ihn an, und er konnte nicht anders, als vor Erleichterung laut zu lachen.

»Das ist nicht sonderlich lustig!«, rief sie und versuchte, sich aus dem Busch zu befreien. Aber sein Lachen war ansteckend, und als er ihr die Hand reichte, um ihr aus dem Gestrüpp zu helfen, fing auch sie an zu lachen.

»Na also, ich wusste doch, dass du nicht reiten kannst«, scherzte er, bevor seine Miene ernst wurde. Es war erst Nachmittag, doch der Wald war urplötzlich in Dunkelheit getaucht. »Wir müssen uns einen Unterschlupf suchen. Alvaro hat sich aus dem Staub gemacht, und zu zweit schaffen wir es sowieso nicht auf Carmello bis nach Hause in dem Tempo.«

Er half ihr, sich den Staub und die Blätter abzuklopfen, und zupfte kleine Zweige aus ihren Haaren.

Von einer Sekunde auf die andere öffneten sich die Schleusen des Himmels, und der Regen rauschte auf sie herab. Lucas half Ellis aufzusteigen, hielt sie mit einem Arm fest um die Taille. Carmello schien die doppelte Fracht nichts auszumachen und brachte sie auf den mittlerweile glitschigen Steinen sicher durch den Wald bis an den Fuß der Berge, wo sich eine große Höhle auftat, die Ellis auf dem Hinweg nicht bemerkt hatte.

Sie war leer, wurde aber offensichtlich von Wanderern als Schutzhütte genutzt. Aus Stein gehauene Sitzgelegenheiten bildeten einen Kreis um Überreste eines Lagerfeuers. An einer der seitlichen Wände hatte jemand vorausschauend fein säuberlich Holz gestapelt.

Wenn man nach draußen blickte, hatte man das Gefühl, hinter einem Wasserfall zu stehen, so stark regnete es mittlerweile. Ellis begann in ihren nassen Klamotten zu zittern, wusste aber nicht, wie sie sich verhalten sollte. Die Höhle war so geräumig, dass selbst Carmello Schutz fand, und Lucas versorgte erst den schnaubenden Hengst und band ihn an einem in der Wand eingelassenen Eisenring fest. Dann verschwand er im hintersten Teil der Höhle, legte sich flach auf den Boden und streckte seine Arme tief in eine Kluft, die Ellis niemals in der Dunkelheit entdeckt hätte. Er stöhnte laut vor Anstrengung, kehrte aber dann zufrieden mit einer langen Metallbox in der Hand zurück. Als er den Deckel öffnete, tauchten Wasserflaschen, Lebensmittel, Streichhölzer und Decken darin auf.

»Du warst hier schon mal.« Sie verzog das Gesicht, während er ihr eine Decke reichte.

»Sehr, sehr oft. Hier, mach es dir schon mal bequem, während ich ein Feuer anmache.«

Carmen wartete unruhig auf der Veranda der Estancia auf die Rückkehr der Reitergruppe. Obwohl man sonst bis zu den Bergen über die Pampa blicken konnte, war es heute unmöglich, angesichts der Schwärze am helllichten Tag und des dichten Regens irgendetwas zu erkennen. Mindestens drei Mal hatte sie bereits das Prasseln des Regens mit aufschlagenden Hufen verwechselt, und je mehr Zeit verging, desto nervöser wurde sie. Die Gruppe war schon viel zu lange unterwegs; zu gut kannte sie die Strecke, um einzuschätzen, wie lange der Ritt vom See bis zur Farm dauern dürfte, selbst bei diesem Wetter.

Endlich sah sie Gerardo und die anderen auf die Farm galoppieren. Trotz Esperanzas lautstarker, aber vergeblicher Versuche, sie daran zu hindern, setzte sie einen breiten Südwester auf und rannte zu den Ställen.

Ihr Herz schlug vor lauter Erleichterung schneller, aber die Freude war nur von kurzer Dauer, denn sie brauchte nicht lang, um zu bemerken, dass unter den Gesichtern genau die zwei fehlten, die sie am sehnlichsten zurückerwartet hatte.

»Wo sind Lucas und Ellis?«, rief sie Gerardo zu und eilte ihm nach in die trockene Scheune. Er stieg eilig vom Pferd ab und schüttelte das Wasser aus seiner Hutkrempe.

»Da war ein Blitz, und danach tauchte wohl auch noch

eine Schlange auf dem Weg auf, jedenfalls hat Alvaro gebockt und ist durchgegangen. Aber mach dir keine Sorgen«, fügte er eilig hinzu, als er Carmens besorgtes Gesicht bemerkte, »Lucas ist sofort hinter ihr her, den beiden wird schon nichts passieren. Ich war mir sicher, er wollte auf keinen Fall, dass wir alle bei diesem Mistwetter auf sie warten, deshalb bin ich mit dem Rest der Gruppe weitergeritten. Sie sind bestimmt bald da.«

Und tatsächlich hörte man, während er sprach, Hufgeklapper auf dem Hof vor der Scheune. Sie drehten sich erwartungsvoll um, aber alles, was sie zu sehen bekamen, war ein einsamer Alvaro, ohne Reiter, die Zügel lose. Er zitterte am ganzen Körper und hatte Schaum vor dem Mund. Mit weit geöffneten Nüstern schlitterte er beinahe in die Scheune und suchte sofort Zuflucht in seiner leeren Box. Arturo ging sofort zu ihm, um das völlig aufgelöste Pferd zu beruhigen. Carmen wandte sich wieder Gerardo zu, und die Angst in ihren Augen war nicht zu übersehen.

»Gerardo, wir müssen einen Suchtrupp losschicken!«

»Ich übernehme das!«, bot Hector sich sofort an. Er wollte schon aufsteigen, als Gerardo beruhigend eine Hand auf die Zügel seines Pferdes legte.

»Nein. Niemand geht bei diesem Wetter noch mal vor die Tür.« Er drehte sich zu Carmen um. »Wenn Lucas hier wäre, würde er es auch nicht erlauben. Ich verspreche, dass wir losziehen, wenn es wirklich nötig sein sollte, aber bitte denk daran, Carmen, wir reden hier über Lucas, er kennt die Berge und das Wetter hier besser als du und ich. Er wird sich mit ihr und Carmello in Sicherheit gebracht haben ... darauf gebe ich dir mein Wort.«

Ellis gab sich dem Vergnügen hin, Lucas bei der Arbeit zuzusehen, auch wenn sie auf keinen Fall wollte, dass er sah, wie sie ihn mit hungrigen Augen verschlang.

Diese Art von Begierde hatte sie noch nie zuvor verspürt, eine Sehnsucht nach Zärtlichkeit, die so stark war, dass sie sie kaum unter Kontrolle halten konnte. Sie hatte das Gefühl, ihre Hände würden gleich vorschießen, nur um endlich seine Haut zu berühren.

Natürlich hatte er schon längst mitbekommen, dass ihre Augen jeder seiner Bewegungen folgten, und die Atmosphäre zwischen ihnen war so elektrisch aufgeladen wie das Gewitter, das draußen vor der Höhle tobte.

Nachdem er das Feuer angezündet hatte, ging er zu ihr und blieb dicht vor ihr stehen, um sie anzusehen. »Ich kann dir gar nicht sagen, wie ich mich darüber freue, dass wir endlich alleine sind«, flüsterte er in ihr nasses Haar und streichelte ihr Gesicht. Und bevor sie etwas antworten konnte, umschlang er sie mit beiden Armen und hielt sie so fest, dass sie seinem Blick aus diesen unglaublich blauen Augen nicht ausweichen konnte.

Mit seinen Berührungen gab etwas in ihrem Inneren nach, und sie konnte sich kaum mehr halten. Sie schloss die Augen und sah sich in Cornwall auf einer Klippe stehen, und sie fühlte sich, als wäre sie Teil des tosenden Ozeans unter ihr. *Ich bin verloren,* dachte sie, *und trotzdem wurde ich gefunden. Wie kann das sein?*

»Was denkst du gerade?«, flüsterte er und küsste sanft ihren Nacken.

»Sollte man diese Frage jemals stellen?«, neckte sie ihn.

Er lachte leise. »Wahrscheinlich nicht, aber ich würde es trotzdem gerne wissen.«

Sein Gesicht kam ihr mit einem Mal so vertraut vor, der Zug um seinen Mund, die Augen, die Nase, und dennoch hatte sie das Gefühl, noch nie in ihrem Leben so viel Schönheit gesehen zu haben.

»Komm schon, verrate es mir«, insistierte er.

»Ich weiß, es klingt wie ein Klischee, aber es kommt mir so vor, als würde ich dich schon seit einer Ewigkeit kennen.«

Doch ihre Worte amüsierten ihn nicht, im Gegenteil, er blieb ganz ernst und nickte. »Mir geht es mit dir genauso. Vielleicht haben wir uns ja schon in einem anderen Leben kennengelernt.«

»Glaubst du an so etwas?«

»Na sicher. Nichts fängt je an oder endet, alles unterliegt lediglich einem Wandel.«

»Wie bei den Schmetterlingen?«

»Genau, wie bei einem Schmetterling«, flüsterte er und gab ihr einen schmetterlingsgleich leichten Kuss auf die Stirn. »Ich glaube, wir sind alle aus Energie entstanden, und genau wie das Wetter können wir uns verändern. Alles ist vergänglich.«

»Und du?«, sagte sie und erzitterte, als er sein Gesicht gegen ihre Haare presste und tief einatmete. »Bist du auch vergänglich?« Ellis wurde schwindelig, denn seine Worte erinnerten sie an Ferdie, als er ihr am Strand erklärt hatte, warum sie ihre Trauer loslassen musste: *Alles im Leben ist vergänglich, mein Liebling, verstehst du, was dieses Wort bedeutet?*

Er wusste genau, wie sie die Frage meinte, auch ohne das Flackern in ihren Augen, das ihre Unsicherheit verriet, als er sie ernst ansah. »Alles unterliegt einem Wandel, das Leben, aber auch wir selbst, durch den Lauf der Zeit, das ist unvermeidlich, aber hier«, er ließ sie los und ergriff nur ihre Hand und drückte sie an sein Herz, »hier werde ich, genau wie du, für immer standhaft sein, das weiß ich schon jetzt.«

Und er hatte recht. Sie wusste es. Sie verstand es nicht, aber sie wusste es. Und vielleicht war der Moment gekommen, an dem sie aufhören sollte, alles zu hinterfragen, sondern an dem sie einfach akzeptierte, was gerade war.

Doch zuerst musste sie ein Geständnis ablegen, um die letzte Hürde zwischen ihnen zu überwinden.

»Lucas, es gibt da etwas, das ich dir sagen muss …«, setzte sie an.

Doch er schüttelte den Kopf und legte ihr zum Zeichen, dass sie schweigen sollte, sanft den Zeigefinger auf die Lippen. »Nein, da ist nichts. Ich weiß bereits alles, was ich über dich wissen muss. Und ich fange gerade an zu begreifen, dass es egal ist, wo wir herkommen. Wichtig ist nur, wo wir gerade sind.«

Und dann küsste er sie.

Es fühlte sich so anders an als ihr erster Kuss auf der Veranda. Und der unter Wasser. Dieser hier war lang und bedächtig, ohne Eile, schier endlos. In ihrem Körper entzündete sich ein warmes Feuer, das sich überallhin ausbreitete. Als er von ihrem Mund abließ und ihr Gesicht mit Küssen bedeckte, die sich anfühlten wie kühle Regentropfen und die ihre Haut, ihre Seele mit Glück bestäubten, da dachte sie an ein Märchen. An den Kuss, der Tote erweckt. Und endlich verstand sie, was es zu bedeuten hatte, denn sein Kuss, jeder einzelne seiner Küsse, holte sie aus einem lebenslangen Schlaf, und zum ersten Mal in ihrem Leben wusste sie, wie es sich anfühlt, lebendig zu sein.

Nach einer gefühlten Ewigkeit ließen sie voneinander ab. Lucas blickte zum Ausgang der Höhle. »Der Regen hat nachgelassen, wir könnten jetzt nach Hause reiten.«

»Könnten wir.« Sie nickte.

»Wir könnten aber auch hierbleiben«, flüsterte er ihr zu und sah sie dabei unverwandt aus seinen blauen Augen an.

»Könnten wir«, flüsterte sie zurück und sah ihn auffordernd an, bevor sie ihm ihren Mund für den nächsten Kuss darbot.

Wie immer, wenn es stürmte, konnte Carmen nicht schlafen, aber diesmal war da noch ein anderes Gefühl: Unruhe.

Die Gespräche mit Ellis hatten so viele Erinnerungen wachgerüttelt, und wer die junge Frau mit Lucas zusammen sah, musste schon blind oder blöd sein, um die Spannung zwischen ihnen nicht zu bemerken. Sie hatte so eine Liebe nur ein einziges Mal gesehen. Und auch wenn die beiden länger gebraucht hatten, um zu spüren, was zwischen ihnen passierte, hatte Carmen das Spiel sofort wiedererkannt. Diesen Tanz zweier Menschen, die dem Anschein nach in unterschiedliche Richtungen gehen und doch unvermeidlich in der Mitte des Saals aufeinandertreffen.

Carmen stand auf, ging ans Fenster und fragte sich, wo die beiden wohl gelandet waren. Natürlich befanden sie sich in Sicherheit, Lucas kannte diese Gegend wie seine Westentasche, aber dennoch besänftigte diese Gewissheit ihre Unruhe nicht.

In diesem Augenblick zeichnete sich deutlich ein Blitz am Nachthimmel ab, und wie immer in diesen Gewitternächten musste Carmen an Alexander denken. Sofort schossen Tränen in ihre Augen, und ihr Herz zog sich zusammen.

Sie erinnerte sich noch so genau an den Tag, an dem sie sich mit Alexander inmitten eines Sturms davongeschlichen hatte, um endlich mit ihm allein sein zu können. Wie oft hatte sie in all den Jahren an dieses zeitlich begrenzte Paradies gedacht und sich mit jeder Faser ihres Körpers gewünscht, ein Wunder würde geschehen und sie an diesen Ort zurückbringen, nur um ihn noch ein Mal im Arm zu halten, ihn noch ein Mal zu berühren, seine Stimme zu hören, sein schönes Gesicht anzuschauen.

Sie seufzte so schwer und so tief, als würde sie ihre eigene Seele aushauchen, dann drehte sie sich entschlossen um und suchte wetterfeste Kleidung zusammen, Gummistiefel, einen Mantel, zog sich alles über und schlich sich unbemerkt aus dem Haus.

Der Regen hatte aufgehört, aber es zuckten immer noch Blitze über die Bergspitzen in der Ferne. Die Luft war feucht und frisch und roch nach Gras, Bäumen und Erde. Sie atmete tief durch.

Den Weg zum Weinberg kannte sie so gut, dass sie keine Taschenlampe brauchte. Ihre Augen gewöhnten sich schnell an die Dunkelheit, wie immer, wenn sie in ihren schlaflosen Nächten heimlich zum Weinberg schlich und dort ihren Gedanken an Alexander freien Lauf ließ. Es war ein langer Spaziergang, aber sie war jedes Mal so in ihre Gedanken vertieft, dass es ihr gar nicht auffiel.

Sie brauchte diesen Ort, um sich mit ihren Erinnerungen zu verbinden. Ihm hätte es so gut dort gefallen, vor allem die Bodega.

Wenn sie ihn so sehr vermisste, kam sie immer an diesen Ort, um vor dem kirchenähnlichen Gebäude zu sitzen und sich mit ihm zu unterhalten, als säße er neben ihr. Und sie könnte schwören, dass sie ihn manchmal hörte, wenn er ihr etwas zuflüsterte.

Sie erreichte ein kleines Wäldchen und kam ihrem Ziel immer näher. Eigentlich war dies der Lieblingsteil ihres Spaziergangs, durch hohe Bäume, die sich im Dunkel der Nacht etwas zuflüsterten. Vielleicht war es eine Art sechster Sinn, vielleicht war es auch der Umschwung der Luft von mild zu beißend, aber als die Bäume weniger wurden und die Sicht durch die Blätter freier wurde, wusste sie bereits, dass irgendetwas nicht in Ordnung war. Sie ging schneller, und als sie um die Kurve aufs freie Feld stieß, wo sich vor ihr der Weinberg den Hügel hinaufzog, sah sie das unheilvolle orange Glühen und keuchte vor Schreck.

»Oh, *dio mio*! *NO!* Bitte nicht!«

Und sie rannte los.

## 28

Sie schlief trotz des einfachen Lagers so gut wie seit ihrer Kindheit nicht mehr, als ihr Vater sie liebevoll zudeckte und in den Schlaf sang. Und als sie am nächsten Morgen aufwachte, lag Lucas neben ihr und schmiegte sich mit seinem nackten Körper an ihren. Sie passten so perfekt wie Puzzleteile ineinander, und zwischen ihnen hatte nicht einmal ein Luftzug Platz. Er war bereits wach und strich ihr Haar am Nacken beiseite, um darauf sanfte Küsse zu verteilen. Dann zog er mit dem Finger eine unsichtbare Linie über die Kurven ihres Körpers und drehte sie zu sich um.

Sie schloss für einen Moment die Augen und gab sich seinen Küssen und Liebkosungen hin. Und dann fiel es ihr plötzlich wieder ein – sie musste ihm die Wahrheit sagen!

»Lucas«, flüsterte sie, als seine Lippen die ihren berührten, »ich muss dir etwas sagen … wer ich bin, warum ich hier bin …«

Er unterbrach seine Küsse, stützte sich ein wenig auf den Ellbogen ab, um ihr besser in die Augen sehen zu können. Dann nickte er. »Du wirst es mir bald sagen, und ich möchte wirklich alles über dich wissen. Es gibt da ein paar Dinge, die wir uns gegenseitig sagen sollten. Aber wir haben noch das ganze Leben Zeit, einander zuzuhören und alles aus unserer

Vergangenheit ans Licht zu bringen. Doch jetzt ... hier ... «, mit einer warmen Hand folgte er sanft den Rundungen ihrer Hüften, » jetzt möchte ich, dass wir einfach nur wir selbst sind, und nicht, wer wir zu sein dachten. Verstehst du, was ich meine? «

Sie hielt seinen Blick fest und tauchte ein in das Blau seiner Augen, als könnte sie alles, was wichtig war, darin lesen, ohne Vorbehalte. Und dann nickte auch sie. » Besser, als du denkst «, erwiderte sie und hob den Kopf leicht, um ihn auf den Mund zu küssen.

Viel später brachten sie Carmello nach draußen und tränkten ihn an einem Bach, der in der Nähe der Höhle floss. Sie ließen sich am Ufer nieder und genossen den Sonnenaufgang. Die ersten Strahlen saugten die Feuchtigkeit des Regens aus dem Boden und verteilten sie in der frischen Morgenluft.

Lucas beobachtete sie. » Was denkst du gerade? «, fragte er sie zum zweiten Mal und beendete das einvernehmliche Schweigen, in das sie versunken waren.

» Dass ich vergessen hatte, wie gut es sich anfühlt, glücklich zu sein. « Sie sagte geradeheraus, was sie dachte, denn sie wollte vor Lucas nicht auf der Hut sein, so wie vor Edward oder Anna. Trotzdem wich sie seinem Blick aus, weil ihre plötzliche Offenheit in ihren eigenen Ohren ungewohnt klang. Unsicher lächelte sie ihn an. » Ich weiß, es klingt ein bisschen seltsam ... nach großem Drama ... «, fügte sie mit einem peinlichen Kichern hinzu.

Doch er legte einfach nur einen Arm um ihre Schulter, zog sie nahe zu sich heran und hauchte ihr einen Kuss auf den Scheitel. Dann ließ er sie wieder los. » Das klingt nicht nach großem Drama «, sagte er mit ernstem Gesicht und drehte ihren Kopf mit einem Finger an ihrem Kinn zu sich hin, damit sie ihm in die Augen sehen musste. »Aber ich finde es traurig, dass dein Leben dir so mitgespielt hat.«

»Ich kann nicht alles auf das Leben schieben. Ich lerne ja gerade, dass Glück nicht von den Lebensumständen abhängt, sondern von den Entscheidungen, die wir treffen, unabhängig davon, wie unsere Lebenssituation gerade ist. Wir haben immer eine Wahl.«

»Du magst recht haben, aber wenn du es mir gestattest, dann verspreche ich dir, mein Bestes zu geben, damit du dieses Gefühl nie mehr vergisst.«

Ellis gab ihm einen Kuss, und dann schwiegen beide wieder, als hätten sie sich abgesprochen, und genossen einfach nur, wie ihre beiden Körper von der Sonne gewärmt wurden.

»Was denkst *du* gerade?«

»Ganz ehrlich?«

»Immer ganz ehrlich.«

»Dann, ganz ehrlich, denke ich gerade daran, dass ich wirklich, wirklich gerne ...«

»Was denn?«, hauchte sie fast atemlos und hielt seinem Blick stand, als er sich zu ihr vorbeugte.

»... eins von Esperanzas Mega-Frühstücken vertilgen würde!« Er lachte lauthals los und zog sie zu sich heran.

*So fühlt es sich also an, wenn man nach Hause kommt,* dachte Ellis, *genau so.*

Sie packten ihre Sachen und machten sich ein bisschen wehmütig auf den Rückweg. Auf ihrem Ritt zurück sahen sie, welche Spuren der Sturm hinterlassen hatte, denn sie mussten mehrmals abgeknickten Ästen ausweichen. Ein Baum war völlig schwarz und in der Mitte gespalten, weil ein Blitz in ihn eingeschlagen hatte.

Auf der Pampa fiel Carmello in einen leichten Trab. Ellis

fragte sich, ob man ihr das Glück ansehen konnte. Vom Gefühl her müsste sie ein Neonleuchtsignal auf der Stirn tragen, das in grellen Farben blinkte.

Doch als sie Hand in Hand mit Carmello im Schlepptau in den Stall kamen, wurden sie nicht so begrüßt, wie sie es erwartet hatten.

Gerardo und Arturo stießen beim Aufspringen ihre Hocker um, als sie mit fuchtelnden Armen auf sie zuliefen. Beide schossen Wortsalven auf Lucas ab, von denen Ellis kein Wort verstand. Dann wurden sie von den beiden so heftig umarmt, dass sie beinahe umfielen. Ellis hatte Gerardo und seinen Sohn noch nie aufgeregt gesehen, doch Lucas war so beschäftigt, Gerardo zu beruhigen, dass er nicht dazu kam, für Ellis zu übersetzen.

Und als Ellis genauer hinsah, stellte sie fest, dass die beiden Männer furchtbar aussahen: Ihre Kleidung war schwarz verschmiert, genau wie ihre Gesichter und Hände, außerdem konnten sie sich kaum mehr auf den Beinen halten.

Je länger die beiden erzählten, desto blasser wurde Lucas, und deshalb verstand Ellis auch so, dass etwas Schlimmes vorgefallen sein musste.

»Was ist los?«, rief sie dazwischen und hielt Lucas am Arm fest. »Was ist passiert?«

Bestürzt sah er sie an. »Letzte Nacht hat es gebrannt, am Weinberg. Carmen hat es entdeckt und sofort Alarm geschlagen, aber es war zu spät. Gott sei Dank wurde niemand verletzt, aber die Bodega haben wir verloren. Sie ist bis auf den letzten Rest abgebrannt, es ist nichts mehr davon übrig …«

»Nein! Oh, Lucas, das tut mir so leid.«

Er seufzte und verbarg das Gesicht in seinen Händen. »Ich hätte hier sein müssen. Carmen wird am Boden zerstört sein, sie war mit Leib und Seele in das Projekt vernarrt. Ich muss zu ihr.«

»Natürlich, soll ich mitkommen?«

Er schüttelte den Kopf. »Es gibt noch andere Dinge, über die ich mit Carmen unbedingt reden muss.« Er streckte eine Hand aus und berührte sanft ihre Wange. »Versuch, dir nicht zu viele Sorgen zu machen. Später werde ich dir alles erklären, okay? Sobald ich mit Carmen gesprochen habe, gehe ich mit Gerardo zum Weinberg, um den Schaden zu begutachten und um mit den Leuten zu reden. Mal sehen, was wir tun können, damit wir gleich wieder von vorne anfangen können. Ich glaube, wir sollten so schnell wie möglich mit dem Wiederaufbau beginnen.«

»Was kann ich tun? Kann ich dir irgendwie helfen?«

Wieder verneinte er mit einem Kopfschütteln, dann umarmte er sie und küsste sie auf die Stirn. »Danke, aber gib mir zwanzig Minuten, um nach Carmen zu sehen, wie es ihr geht.« Er blickte auf die Uhr. »Am besten treffen wir uns in circa zwei Stunden auf der Veranda, einverstanden? Ich bitte Esperanza, vollen Einsatz zu zeigen. Es war für alle eine lange Nacht, wir sollten uns zu einem guten Essen versammeln.«

Ellis begleitete Lucas zum Haupthaus, und als er im ersten Stock zu Carmen ging, bog sie in die entgegengesetzte Richtung zu ihrem Zimmer ab.

Sie warf Lucas' Hut aufs Bett und zog sich langsam aus. Im Spiegel sah sie zum ersten Mal die Prellung, die sie sich bei ihrem Sturz zugezogen hatte. Und mit der Erinnerung an den Abgang vom Pferd reisten ihre Gedanken sofort weiter zu der Nacht, die sie in seinen Armen verbracht hatte. Ein glückliches Lächeln breitete sich auf ihrem Gesicht aus, trotz der traurigen Nachricht über das Feuer.

Sie duschte schnell, auch wenn sie am liebsten seinen Geruch für immer auf ihrer Haut konserviert hätte, und zog sich frische Klamotten an.

Als sie gerade in die Schuhe schlüpfen wollte, hörte sie seine Stimme auf dem Flur. Offensichtlich verließ er gerade Carmens Zimmer. Sie konnte nicht anders – sie wollte ihn unbedingt noch einmal sehen, bevor er zum Weinberg reiten würde – und öffnete die Tür. Doch irgendetwas hielt sie davon ab, nach ihm zu rufen.

Carmen und Lucas standen eng beieinander auf dem Flur und unterhielten sich leise, beinahe flüsternd, mit ernsten Gesichtern. Beide seufzten schwer und traurig, und dann drehte er sich weg, um zu gehen. Doch dann zögerte er, rief nach ihr und kam noch mal zurück. Und diesmal lächelte er sie an, als er ihr etwas sagte. Es war dasselbe Lächeln, mit dem er sie am Morgen angesehen hatte.

Sie wusste, dass er Carmen gerade von ihnen erzählte, und fragte sich, warum. Warum war sie die erste Person, der er es erzählen wollte?

Carmen erwiderte sein Lächeln, aber selbst von ihrer Warte aus konnte Ellis sehen, dass sie plötzlich Tränen in den Augen hatte, obwohl sie sie tapfer zurückhielt.

Und dann umarmten sich die beiden.

Und als sie sich aus der Umarmung lösten, berührte er sanft mit der Hand ihre Wange.

Ellis schluckte ein Keuchen hinunter und hielt sich die Hand vor den Mund. Ihre Gedanken rasten, und instinktiv trat sie einen Schritt zurück in die Dunkelheit ihres Zimmers.

War er deshalb so wütend und dennoch voller Sorge um sie?

Waren er und Carmen …?

Natürlich gab es einen massiven Altersunterschied zwischen den beiden, aber Carmen war so wunderschön. Irgendwann hatte sie kurz darüber nachgedacht, ob er und sie ein Paar waren, die Idee dann aber wieder fallen lassen.

Sie konnte Lucas nicht mehr sehen, aber als er noch etwas sagte, drang jedes seiner Worte zu ihr durch.

»*Te veré en el desayuno, Mama.*«

Mama.

Mutter.

Lucas bemerkte sie nicht, als er eilig davonhastete, doch Carmen sah sie aus dem Augenwinkel, als sie sich umdrehte, um zurück in ihr Zimmer zu gehen.

»Da bist du ja!«, rief sie freudig aus und kam mit ausgestreckten Armen auf Ellis zu.

Wie benebelt ging Ellis ihr entgegen und ließ sich umarmen.

»Wie schön, dich zu sehen!«, rief Carmen mit tränenreicher Stimme erleichtert aus. »Ach, es tut so gut, dich zu sehen! Wir haben uns solche Sorgen um dich gemacht! Lucas hat mir erzählt, was passiert ist. Ich wollte unbedingt einen Suchtrupp losschicken, aber Gerardo hielt es für pure Zeitverschwendung. Er meinte, du wärst bei Lucas und daher in Sicherheit. Und dann noch das Feuer! Gott sei Dank bist du in Sicherheit, Gott sei Dank ist euch beiden nichts passiert. Mir bricht das Herz, wenn ich an meine Bodega denke, aber wie Lucas schon sagte, wir können sie wieder aufbauen, und wir werden sie auch wieder aufbauen, besser als vorher, da bin ich mir sicher. Nur Menschen kann man eben nicht so leicht wieder ersetzen, Menschen nicht.«

Carmen drückte sie noch einmal fest, und bei dieser Umarmung ließ sie ihren Tränen freien Lauf. Ellis spürte die Tropfen auf ihrer Schulter. Sie wusste, an wen Carmen dachte, sie wollte sie trösten, doch gleichzeitig wurde ihr Blick wie magisch angezogen, durch die offen stehende Tür ins Innere von Carmens Zimmer.

Und deshalb widersprach sie Carmen nicht, als diese sie an der Hand nahm. »Komm, meine Liebe, komm mit, das musst du sehen. Hier bewahre ich all die Dinge auf, die mir besonders am Herzen liegen.«

Ellis folgte ihr schweigend. Carmen führte sie direkt zu dem Schreibtisch, auf dem die Fotos standen.

Er war auf fast jedem darauf zu sehen. Sie streckte die Hand aus und hob eins hoch, auf dem er kaum älter als zwanzig sein konnte. Er sah so jung aus. Und schließlich fand sie ihre Stimme wieder und fragte krächzend: »Lucas ist dein Sohn?« Sie stellte das Foto wieder ab und wandte sich an Carmen.

Carmen kaute verlegen auf ihrer Lippe herum. »Ja, ja, das ist er«, antwortete sie verlegen. »Nur wollte er in letzter Zeit nichts mehr davon wissen. Es tut mir wirklich leid, dass ich es nicht richtiggestellt habe, als du mir erzählt hast, er hätte dir gesagt, seine beiden Eltern seien tot. Aber ich wusste einfach nicht, was ich sagen sollte! Vieles stand zwischen uns in letzter Zeit, und Lucas war so … ich weiß nicht … distanziert, glaube ich. Ich spürte, dass er mit seinen Worten eine Wahrheit aussprach, seine Wahrheit. Er hatte das Gefühl, uns beide verloren zu haben, mich und seinen Vater … aber uns so zu verleugnen … zu sagen, wir wären tot … nun ja, das zeigt mir, dass er immer noch sehr wütend auf mich war. Und auf Leandro. Ich hatte gehofft, wir wären schon einen Schritt aufeinander zugegangen … aber er wollte nicht mit mir reden. Egal, wie oft ich es versucht habe. Ich dachte mir, dir würde er sich vielleicht öffnen, und ich hoffte, er würde mit dir über alles reden, was er erst vor Kurzem erfahren hat… aber ich sah ja auch, wie ihr euch näherkamt, und es hätte ihm nicht gefallen, dass ich dir etwas erzähle, was er dir lieber selbst sagen würde, wenn er fand, der richtige Zeitpunkt sei da.«

Sie stellte sich neben Ellis und nahm dasselbe Foto in die Hand, das Ellis gerade abgestellt hatte. Die Liebe in ihrem Blick war nicht zu übersehen, als sie es mit den Augen verschlang. »Auf diesem hier kam er gerade von der Universität zurück, ganz blass nach der Zeit in New York, und doch so gut aussehend, findest du nicht auch?«

Ellis musste grinsen. »Sehr«, sagte sie und nahm ein anderes in die Hand, auf dem ein süßer dunkelhaariger Junge, der vielleicht drei oder vier Jahre alt war, ohne eine Spur von Angst auf einem extrem hohen Andalusier-Hengst saß und in die Kamera strahlte.

Carmen lächelte, als sie ihren Sohn so klein sah. »Er hatte vor nichts Angst, damals schon, und war immer gut gelaunt, ein glücklicher Junge, ein guter Junge. Und jetzt ist so ein guter junger Mann aus ihm geworden. Ach, meine Liebe, ich kann dir gar nicht sagen, wie glücklich es mich macht, dass er jemanden gefunden hat, der ihn wieder strahlen lässt.«

Aber Ellis' Blick lag schon längst nicht mehr auf dem Kinderfoto von Lucas. Eine Zeichnung neben Carmens Bett hatte ihre Aufmerksamkeit auf sich gezogen, und zwar so stark, dass sie wortlos vom Schreibtisch weggegangen war und nun vor dem Bild stand und es verwundert anstarrte.

Es war leicht als eine Zeichnung von Carmen wiederzuerkennen, selbst ohne das CV in der Ecke. Derselbe wunderschöne, ausdrucksstarke Strich.

Carmen stand plötzlich hinter ihr, und weil ihr nicht klar war, dass Ellis natürlich wusste, wer dort abgebildet war, rief sie: »Das ist er! Das ist mein Alexander.«

Dann hielt sie Lucas' Foto neben die Zeichnung. »Findest du nicht auch, dass er dieselben Augen hat wie sein Vater?«

Ellis brauchte einen Moment, um das eben Gesagte zu verdauen.

»Die Wahrheit ist, dass wir deshalb in Streit gerieten. Leandro war immer sehr gut zu ihm, daher waren wir alle sehr überrascht, dass er Lucas ganz und gar von seinem Testament ausgeschlossen hatte. Also musste ich ihm den Grund nennen. Es war richtig, ihm die Wahrheit zu sagen, aber er hat sie sehr schlecht aufgenommen. Und er war sehr wütend auf mich, dass ich es ihm so lange nicht gesagt hatte …«

»Dass du ihm *was* so lange nicht gesagt hast?« Ellis' Stimme war nur noch ein Krächzen, aber sie stellte die Frage trotzdem, obwohl sie in ihrem Herzen, das plötzlich erkaltete und nicht mehr schlagen wollte, bereits wusste, wie die Antwort lauten würde.

»Dass der Mann, den er für seinen Vater hielt, nicht sein biologischer Vater war. Dass sein Vater …« Carmen senkte den Kopf und hatte wieder Tränen in den Augen, als sie sich erinnerte. Ihr Schmerz, der so frisch zu sein schien wie am ersten Tag, umklammerte plötzlich auch Ellis' Herz und drohte, ihr die Kehle zuzudrücken.

»Dass *Alexander* sein Vater ist.«

# 29

Ferdie hatte so oft versucht, Ellis anzurufen, dass ihm die Finger vom Tippen auf der winzigen Tastatur wehtaten.

»Los, komm schon, Ellis, geh ran!« Beschwörend redete er auf den Telefonhörer in seinem Büro ein, doch das Einzige, was er zu hören bekam, war Ellis' Stimme, als sein Anruf zum wiederholten Mal auf die Mailbox umgeleitet wurde.

Nervös ging er auf und ab und raufte sich die Haare. Wo steckte sie bloß? Mittlerweile hatte er mehrere Tage nichts von ihr gehört. Insgeheim wusste er natürlich, warum, und auch wenn es ihn zutiefst enttäuschte, dass sie ihn nicht zurückrief, überraschte es ihn nicht besonders.

Sie hatten sich noch nie gestritten, und er wusste, dass diese Unstimmigkeit bei ihrem letzten Anruf allein seine Schuld war. Es war idiotisch von ihm gewesen, nicht auf sie einzugehen, und es war kein Wunder, dass sie ihn mit Edward verglich.

Er wusste, dass er sich falsch verhielt.

Und dass er mit seinem Verhalten alles nur noch schwieriger machte.

Dabei war er dafür da, sie zu beschützen. Hatte er ihr das nicht am Strand vor so vielen Jahren versprochen? Er war es doch gewesen, der ihr erklärt hat, dass es keine Garantie darauf gibt, dass alles im Leben so bleibt, wie es ist. Er erinnerte sich wie heute an den Satz, den er ihr mit auf den Weg gegeben hatte: »Manchmal ist es uns nicht vorbestimmt, die Dinge, die wir am meisten lieben, zu behalten. In einer idealen Welt wäre das anders, aber so läuft das nun mal nicht. Es gibt keinen ersichtlichen Grund, kein Gerecht oder Ungerecht, die Dinge passieren einfach. Alles im Leben ist vergänglich, mein Liebling, verstehst du, was dieses Wort bedeutet?«

Seine einzige Entschuldigung für sein Versagen war, dass er immer noch unter Schock stand. Denn er hatte solche Angst, nun auch noch den letzten Menschen auf der Welt, den er aus tiefstem Herzen liebte, zu verlieren. Doch seine ungelenke Art, mit der Situation umzugehen, hatte alles nur noch schlimmer gemacht.

Erschöpft ließ er sich in seinen Schreibtischstuhl fallen. Sein Blick streifte ein paar Fotos, die dort schon seit Jahren standen und nun eine ganz andere Bedeutung bekommen hatten. Rose lächelte ihn mit demselben Lächeln aus einem Silberrahmen an, das sie auch für den Maler im Treppenhaus aufgesetzt hatte.

In diesem Augenblick fiel es ihm wieder ein, und er richtete sich kerzengerade auf. Hatte Rose nicht diese komische Bemerkung gemacht, nach dem Strandspaziergang? Er war noch auf eine Tasse Tee geblieben, und ganz gegen ihre sonstige Gewohnheit hatte sie das Thema auf Ellis gelenkt. Normalerweise verlor sie kein Wort über sie, doch diesmal hatte sie den Kopf schief gelegt und aus heiterem Himmel gefragt: »Wirst du für sie da sein, Ferdie?«

Wie konnte er das nur vergessen? Aber da es für ihn eine Selbstverständlichkeit war, für Ellis da zu sein, hatte er keinen Gedanken mehr an diesen Nachmittag verschwendet und sie nur damit aufgezogen, ob sie auf ihre alten Tage sentimental werden wolle.

Zum hundertsten Mal nahm er den Brief in die Hand und breitete ihn vor sich aus.

»Was hast du dir nur dabei gedacht?«, fragte er in die Stille seines Büros hinein. »Was soll ich denn jetzt deiner Meinung nach tun?«

Er las und las den Brief, und als er jedes Wort auswendig kannte, griff er erneut zum Telefon und wählte ihre Nummer. Und als wieder nur die Mailbox ansprang und er unverrichteter Dinge auflegen musste, wusste er auf einmal, was er zu tun hatte. Was er sofort hätte tun sollen.

Er musste Ellis die Wahrheit sagen und darauf vertrauen, dass das Band zwischen ihnen stark genug war, diese neuen Erkenntnisse zu verarbeiten.

Eilig stand er auf, faltete den Brief hektisch zusammen und steckte ihn in die Brusttasche seines Hemdes. Er hatte eine Entscheidung getroffen, und nichts und niemand konnten ihn jetzt noch davon abhalten.

# 30

Carmen drehte sich zu ihr um, und das immer präsente Lächeln verschwand aus ihrem Gesicht, als sie sah, wie blass Ellis geworden war. »Elizabeth«, sagte sie, »ist alles in Ordnung? Wird dir wieder schwindelig?«

Sie nickte, denn sie hatte tatsächlich das Gefühl, gleich umzukippen, allerdings aus anderen Gründen, als Carmen sich zusammenreimte.

»Soll ich dir ein Glas Wasser holen?«

Ellis schüttelte den Kopf und schaffte es, einen Halbsatz herauszupressen. »Entschuldigst du mich einen Augenblick, ich …«

»Aber natürlich, meine Liebe, brauchst du Hilfe? Soll ich nach Lucas rufen?«

»Nein, nein, nein, bitte nicht!«, wehrte sie sich, »Mir ist nur ein bisschen warm. Ich lege mich noch mal kurz hin, und dann …«

Sie rannte förmlich davon, weg aus Carmens Zimmer, weg von den Fotos, weg von den letzten zehn Minuten, von diesem Gespräch, das einfach nicht stattgefunden haben durfte.

In ihrem Zimmer schaffte sie es mit letzter Kraft, sich an dem Nachttisch abzustützen, um nicht zu Boden zu fallen.

Sie bekam kaum mehr Luft, als hätte sie einen Marathonlauf hinter sich.

Lucas war Alexanders Sohn? Lucas war … war ihr … war ihr Halbbruder?

Der Gedanke löste eine Welle von Übelkeit in ihr aus, und sie hielt sich eine Hand vor den Mund und rannte ins Bad. Keuchend blieb sie am Waschbecken stehen und sah in den Spiegel. *Nein,* dachte sie, *ich darf diesen Gedanken nicht zu Ende denken. Ich darf mir nicht vorstellen, was das heißt. Für uns. Für ihn.*

Sie musste jetzt auf ihren Instinkt vertrauen, und der riet ihr, so schnell wie möglich von hier zu verschwinden. Sie hatte keine Zeit zu weinen, doch wie durch einen Nebel aus ungeweinten Tränen sammelte sie hektisch ihre Sachen zusammen, warf sie in die Reisetasche und griff nach dem Autoschlüssel auf ihrem Nachttisch. Und floh.

Blindlings rannte sie zum Auto, warf ihre Tasche auf den Rücksitz und stieg ein.

Sie brauchte mehrere Anläufe, um den Schlüssel endlich in die Zündung zu bekommen, und als sie es endlich geschafft hatte, rammte sie den Gang hinein, drückte das Gaspedal durch und raste mit quietschenden Reifen die Einfahrt hinunter, weg durch das Tor, durch das sie so voller Hoffnung mit Lucas neben sich auf die Estancia zugefahren war.

Sie versuchte, an nichts zu denken, aber sie schaffte es nicht, ihn aus ihrer Erinnerung zu verbannen, denn seine Berührungen, seine Küsse, seine liebenden Worte waren noch keine vierundzwanzig Stunden her.

»Lucas!«, schrie sie der Windschutzscheibe entgegen, und als sein Name in der Fahrerkabine auf sie zurückprallte, weinte sie. Tränen liefen ihr übers Gesicht, wenn sie daran dachte, wie nahe sie sich gewesen waren. So nahe, wie sie es niemals für möglich gehalten hatte. Sie schrie und weinte und weinte und schrie. Sie bekam keine Luft mehr, verschluckte sich, hustete, rief seinen Namen, schlug auf das Lenkrad ein – und bemerkte erst, als es zu spät war, dass sie die Kontrolle über das Auto verloren hatte.

Diesmal schloss sie nicht die Augen wie auf dem Weg zur Beerdigung ihrer Mutter, sondern rammte den Fuß auf die Bremse und schaffte es immerhin, den Wagen über ein zerfurchtes Feld zu manövrieren, bis er nach circa zwanzig Metern von allein stehen blieb. Der Motor ging aus, und sie war in Sicherheit. Doch statt den Wagen zu verlassen, bewegte sie sich nicht von der Stelle, sondern saß einfach nur da und zitterte am ganzen Körper. In ihrem Kopf rasten Gedanken und Bilder kreuz und quer, aber nicht von Lucas, sondern seltsamerweise aus der Vergangenheit. Erinnerungen an die Zeit, als ihr Vater verschwunden war, und an die Nacht ein paar Tage davor, in der sie mit ihrer Mutter im Wagen unterwegs gewesen war. Die Nacht, in der sie beide im Auto verunglückten.

Bislang war der Unfall immer in einen Nebel getaucht gewesen, kurze Erinnerungsblitze an Rose am Steuer, an das Quietschen der Reifen, den lauten Knall und an die Stille, das Schweigen.

Doch jetzt kam alles zurück, als würde sie jede Sekunde noch einmal erleben. Sie sah ihre Mutter am Steuer, ihr blasses, verkniffenes Gesicht, sie sah ihre Kleidung, sie roch den Duft nach Maiglöckchen, und sie hörte, ganz deutlich, wie sie redete, aber nicht mit ihr, sondern mit sich selbst.

Die Worte waren unverständlich, wie eine Endlosschleife mit dem immer gleichen Satz. Und dann erinnerte sie sich.

Die Worte ihrer Mutter waren unverständlich, weil sie lallte. Sie lallte so stark, dass man nichts davon verstehen konnte.

Ihre Mutter war bei dem Unfall betrunken gewesen. Sturzbetrunken.

Carmen machte sich solche Sorgen um Ellis, dass sie sich, kaum dass die zwei Stunden um waren, auf die Suche nach Lucas machte. Sie fand ihn wie verabredet auf der Terrasse, und zum ersten Mal seit langer Zeit begrüßte er sie mit einem herzlichen Lächeln, das sie so sehr vermisst hatte. Er stand auf und rückte ihr einen Stuhl zurecht.

Doch Carmen schüttelte den Kopf. »Ich denke, du solltest erst einmal nach Ellis sehen, bevor wir etwas essen.«

»Warum? Hast du sie gesehen? Was ist los?«

»Ich habe mit ihr gesprochen, direkt nachdem du gegangen warst. Sie meinte, sie fühle sich nicht wohl und ging auf ihr Zimmer. Ehrlich gesagt sah sie wirklich nicht gut aus.«

»Die letzte Nacht war völlig verrückt«, grinste er versonnen, »ich werde mal nach ihr sehen, ob alles in Ordnung ist.«

Lucas klopfte an, doch niemand antwortete. Als er sich daraufhin im Zimmer umsah, fiel ihm auf, dass nur noch die Breeches seiner Mutter ordentlich gefaltet über dem Stuhl hingen und die Reitstiefel nebeneinander am Fenster standen. Ihre anderen Sachen waren verschwunden.

Sofort rannte er zurück auf die Veranda, doch Carmen war immer noch alleine da. Er rannte in die Küche und fragte Esperanza, ob sie Ellis gesehen hatte, doch auch sie wusste nicht, wo sie steckte.

Erst als er aus dem Haus in Richtung Ställe lief, um nachzusehen, ob sie sich bei den Pferden oder den Hunden versteckte, fiel ihm auf, dass ihr Auto verschwunden war.

»Wo ist denn ihr Auto?«, rief in diesem Augenblick Carmen, die ihm unruhig aus dem Haus nach draußen gefolgt war.

»Ich weiß es nicht! Aber warum ist sie weg? Warum sollte sie ... einfach ohne ein Wort abhauen? Ich verstehe das nicht ... alles war doch in Ordnung ...« Er runzelte die Stirn und sah Carmen an. »Worüber habt ihr geredet? Was hast du zu ihr gesagt, als du sie gesehen hast?«

Carmen zuckte wegen seines scharfen Tons zusammen. »Sie hat sich alte Familienfotos angesehen. Erst von dir ... sie wusste nicht, dass ich deine Mutter bin.«

»Es tut mir leid«, er sah beschämt zu Boden, »ich wollte dich damit nicht verletzen.«

»Ist schon gut«, besänftigend legte Carmen eine Hand auf seinen Arm, »du weißt, wie sehr es *mir* leidtut. Und wie sehr ich hoffe, dass Leandros Vermächtnis nicht nur aus Bitterkeit besteht.«

Beim Klang des Namens biss er sich auf die Lippe, nickte aber trotzdem zustimmend, doch dann galt seine Sorge wieder einzig und allein Ellis. »War Ellis irgendwie verstört, weil du meine Mutter bist?«

Carmen dachte nach und schüttelte anschließend den Kopf. »Überrascht vielleicht, aber nicht verstört oder geschockt.«

»Worüber habt ihr denn geredet? War das alles?«

»Das, und dann habe ich ihr meine Zeichnung von Alexander gezeigt und ihr erzählt, dass er und nicht Leandro dein Vater ist –« Carmen brach mitten im Satz ab und wurde kalkweiß. »*Ay dios mío!* Du lieber Himmel! Nein, das darf nicht sein!«

»Was? Was hast du?«, bedrängte Lucas sie.

Aber sie schüttelte nur den Kopf. »Nein, nein, das ist unmöglich. Ich hätte es gemerkt, ich hätte es garantiert gemerkt, wenn ... das ist lächerlich ... nein! « Sie sah ihren Sohn an und versuchte, ihn abzulenken. »Hör nicht auf mich, Lucas, ich rede dummes Zeug. Wir sollten sie einfach schnell finden, meinst du nicht auch? «

Erleichtert sah sie ihm hinterher, als er zu seinem Jeep rannte, um Ellis hinterherzufahren, denn Gott sei Dank hatte er nicht daran gedacht, sie zu fragen, welcher Gedanke sie so aus der Bahn geworfen hatte. Sie würde ihn auch nicht laut aussprechen, bevor sie nicht absolut sicher war.

Als sie neben ihm im Auto saß, hoffte sie inständig, dass sie sich irrte.

Ellis brauchte ein paar Minuten, um zu sich zu kommen. Als sie ihre Fassung wiedererlangt hatte, schaffte sie es, das Auto erneut zu starten und von der holperigen Wiese zurück auf die Straße zu manövrieren. Wie im Blindflug fand sie den Weg zurück ins Hotel.

Sie war nur ein paar Tage weggewesen, aber es kam ihr vor, als hätte sie ein ganzes Leben woanders verbracht. Der Drang, gleich bis zum Flughafen nach Buenos Aires zu fahren, war stark. Sie hatte ihren Pass dabei, eine Reisetasche, und den Rest hätte sie sich von Marilyn nach England schicken lassen können. Warum sie es dennoch nicht tat, lag an ihrer strengen Erziehung: Sie hatte eine Rechnung zu bezahlen, und so banal dieser Aspekt im Chaos ihrer Gefühle auch zu sein schien, kam sie nicht gegen Roses Prinzipien an. Sie wollte nicht einfach verschwinden und ihre Wirtin mit der unbeglichenen Rechnung sitzen lassen.

Marylin stand an der Rezeption, als Ellis durch die Hoteltür geschlichen kam und begrüßte sie wie eine verlorene

Tochter. »Elizabeth Taylor, wo hast du denn die ganze Zeit gesteckt? Hallo, meine Liebe!«

Als Ellis näher kam und Marilyn in das gequälte und von Tränen verschmierte Gesicht der jungen Frau blickte, verschwand die Fröhlichkeit schlagartig aus ihrer Stimme, und sie runzelte besorgt die Stirn. Mitleidig ergriff sie Ellis' Hände, die so kalt waren wie Eisblöcke, und fragte: »Meine liebe Freundin, was ist passiert? Was ist los?« Sanft legte sie einen Finger an Ellis' Kinn und hob es leicht an, damit sie ihr in die Augen sehen konnte.

»Ich muss meine Rechnung bezahlen«, quetschte Ellis mit einer Stimme hervor, die an einen Roboter erinnerte. Und obwohl nicht zu übersehen war, wie sehr sie sich zusammenreißen wollte, brach sie anschließend in Tränen aus.

Marilyn umarmte sie wortlos und tätschelte ihr erst den Rücken, dann nahm sie Ellis an die Hand und führte sie hinaus in den Garten, in dem sie alleine waren. Sie bugsierte sie in eine geschützte Ecke und zog ein frisches Taschentuch aus der Tasche ihres Rockes.

»Hier, nimm das. Und dann bleibst du am besten hier sitzen, während ich Tee hole. Und wenn du reden willst, dann reden wir, okay? Und wenn nicht, sitzen wir einfach nur da.«

Ellis nahm dankbar das Taschentuch entgegen und putze sich die Nase. »Es ist mir furchtbar peinlich …«

»Ach was, das muss es nicht. Werde einfach wieder glücklich. Ich beeile mich. Und du bleibst hier sitzen.«

Marilyn hielt ihr Versprechen und kam rasch zurück, doch keineswegs mit einer Kanne Tee.

Ellis dachte im ersten Augenblick, sie sehe Gespenster, als neben Marilyn ein besorgtes und so vertrautes Gesicht auftauchte. Doch dann fiel ihr ein Stein vom Herzen, als sie sich sicher war, dass es kein Trugbild war, und dass er trotz ihrer letzten scharfen Auseinandersetzung den weiten Weg auf sich genommen hatte, um zu ihr zu kommen. Denn er war der einzige Mensch auf der Welt, den sie jetzt sehen wollte.

Sie fragte nicht, warum er gekommen war, sie sprang einfach nur auf und ließ sich in seine ausgebreiteten Arme fallen. »Oh, Ferdie! Ferdie! Gott sei Dank!«

Marilyn beobachtete die Reaktion ihrer neuen Freundin auf den Neuankömmling und war erleichtert. Sie hatte ihn an der Rezeption angetroffen, noch bevor sie das Teewasser aufsetzen konnte, und er hatte eindringlich nach Ellis gefragt. Wegen Ellis' aufgelösten Zustands hatte sie kurz gezögert, ob sie ihm verraten sollte, dass sie da war. Schließlich hätte ja auch er der Grund für ihren Zusammenbruch sein können. Doch Ferdie hatte so ein offenes, freundliches Gesicht, und als er ihr eilig erklärte, er sei der Patenonkel der jungen Frau, war Marilyn ihm einfach nur dankbar für sein Auftauchen und brachte ihn sofort zu ihr. Sie wusste zwar nicht, was vorgefallen war, aber sie war klug genug, um zu wissen, dass Ellis jetzt so viele vertraute Menschen um sich brauchte wie möglich.

Als sie zum zweiten Mal loszog, um Tee zu kochen, ließ sie sich ausgiebig Zeit.

Ferdie hingegen blickte auf das tränenüberströmte Gesicht seiner Patentochter hinab und stellte besorgt fest, dass sie wirklich erschreckend blass war.

»Ellis, mein Schatz, was ist denn los?«, fragte er, doch als Antwort kamen nur ein herzzerreißendes Schluchzen und ein paar wirre Worte, die er nicht verstand.

Er hatte sich völlig umsonst Sorgen gemacht, wie sie seine

Ankunft aufnehmen würde, und als er sie fest im Arm hielt und daran dachte, was er ihr sagen wollte, war er sich auf einmal ganz sicher, dass diese Neuigkeit sie nur noch stärker aneinander binden würde.

»Ellis«, sagte er behutsam, »Ellis, versuche, tief ein- und auszuatmen.« Er schloss sie noch fester in seine Arme. »Ich bin da, du bist in Sicherheit. Atme einfach nur, atme, meine Liebe.«

Er hielt sie eng umschlungen und murmelte ihr tröstende Worte ins Ohr, bis er merkte, dass sie ihm zuhörte und ihre Atmung weniger abgehackt und flach wurde. »Was ist passiert?«, wiederholte er seine Frage. »Willst du es mir nicht erzählen?«

Ellis befürchtete zuerst, nie wieder ein Wort über die Lippen bringen zu können, aber nachdem sie sich geräuspert und tief Luft geholt hatte, brachen die Sätze nur so aus ihr heraus, ein einziger Wortschwall, eine Lawine, aus der er sich kaum einen Reim machen konnte. Doch auch wenn er nicht ganz genau verstand, worum es im Einzelnen ging, dankte er dem lieben Gott dafür, dass er gekommen war. Denn er konnte ihr den Schmerz nehmen und sie glücklich machen. Und das war das Einzige, was zählte.

Also strich er ihr nur übers Haar, wie er es als Kind schon bei ihr getan hatte, und ließ sie sich erst mal beruhigen. »Alles wird gut, Ellis, das verspreche ich dir, alles wird gut.«

Es dauerte, bis seine Worte zu Ellis durchdrangen, denn erst nach ein paar Minuten riss sie sich von ihm los und starrte ihn aus weit aufgerissenen, rot geweinten Augen an. »Nein, Ferdie! Wie kannst du so etwas sagen! Er ist mein Bruder, verstehst du das nicht? Er ist mein Bruder.« Schluchzend schlug sie eine Hand vor den Mund, als sie erneut eine Welle von Übelkeit verspürte und die Augen schloss, um sie zu bekämpfen.

Deshalb entging ihr zuerst, dass Ferdie heftig den Kopf schüttelte. »Nein«, sagte er, »nein, Ellis, er ist nicht dein Bruder, nein, beruhige dich …«

Ungläubig hörte sie ihm zu und sah ihn skeptisch an. »Was? Was meinst du damit?« Sie holte tief Luft. »Lucas ist Carmens Sohn, ihr gemeinsamer Sohn mit Alexander, *meinem* Vater!«

Ferdie sammelte seinen ganzen Mut zusammen und richtete sich gerade auf. Dann ergriff er ihre Hände, suchte ihren Blick und sah ihr fest und entschlossen in die Augen. »Ellis«, er räusperte sich, »ich weiß nicht genau, wie ich es dir beibringen soll, aber ich glaube, das Beste ist, ich sage es so, wie es ist … Meine liebe Ellis, Alexander …«, er holte tief Luft, »Alexander ist *nicht* dein Vater.«

# 31

*Mein lieber Ferdie,*
*warum werden uns viele Dinge erst klar, wenn es zu spät ist? Vielleicht liegt es an dem Gefühl, dass uns die Zeit zwischen den Fingern zerrinnt und wir erst dann verstehen, was wirklich wichtig ist im Leben. Wir begreifen langsam, dass das, was wir für unsere Stärken gehalten haben, in Wirklichkeit unsere Fehler sind, geboren aus unseren Schwächen. Ich war so eine Idiotin. Ich habe dich belogen, und ich habe Ellis belogen, aber am meisten habe ich mich belogen, mein ganzes Leben lang. Mein Leben ist eine einzige Lüge, ein vergeudetes, egoistisches Leben, das langsam zu Ende geht. Ich weiß nicht warum, aber ich spüre deutlich, dass ich wohl nicht mehr lange leben werde, und ich weiß jetzt, ich darf meine Geheimnisse nicht mit ins Grab nehmen. Denn ich würde nur wieder egoistisch handeln.*

*Also, ich wusste es. Ich wusste es immer. Was Alexander zugestoßen ist.*

*Ach, Alexander. Wie schön er war. Ich bin mir selbst nach so vielen Jahren nicht sicher, ob es Eifersucht war, aber ich wollte ihn nicht gehen lassen. Niemals.*

*Obwohl ich damals schon ganz genau spürte, dass ich ihn nicht würde halten können. Niemals.*

*Vor allem deshalb nicht, weil sein Bleiben von Anfang an auf einer Lüge beruhte.*

*Es gibt keine andere Möglichkeit, es auszusprechen, mein lieber Ferdie, als offen und ehrlich, wenigstens jetzt.*

*Als du mir vor so vielen Jahren diese eine Frage gestellt hast, habe ich dir nicht ehrlich geantwortet. Und ich frage mich seitdem, wie anders alles womöglich gekommen wäre, wenn ich den Mut dazu gehabt hätte.*

*Du hattest recht mit deiner Frage, und ich war im Unrecht, es zu leugnen, deshalb sage ich jetzt die Wahrheit: Sie ist von dir, Ferdie, Ellis ist deine Tochter.*

*Ich weiß genau, dass du dich an Carmen, oder Carlita, wie alle sie nannten, erinnerst. Und ich weiß, dass du über die beiden Bescheid wusstest, nicht bei unserer ersten Begegnung, aber danach. Diese Nacht, Ferdinand. Ich muss oft an diese Nacht zurückdenken. Wir beide allein in diesem Hotel in Buenos Aires. Ich bereue, dir nicht gleich gesagt zu haben, wer ich wirklich war, obwohl ich sehr genau wusste, wer du warst. Und ich verspreche, ich handelte nicht nur aus Rache, nicht nur, weil ich mich so leer fühlte. Du warst, bist so gut aussehend und charmant, und du ließest mich für einen Augenblick leben, wo sich doch in mir alles so tot anfühlte. Ich frage mich manchmal, was passiert wäre … wenn es nicht wegen ihr … wegen mir …*

*Diese Frau. Ich wollte, dass sie genauso leidet wie ich. Ich dachte wirklich, sie wäre endgültig aus meinem Leben verschwunden. MEINEM Leben, MEIN Ehemann. Heute habe ich begriffen, dass man Liebe nur schenken kann, nicht nehmen.*

*Ich hätte ihn gehen lassen sollen. Denn durch mein Festhalten an ihm haben wir ihn alle verloren.*

*Erinnerst du dich an den Unfall, Ferdie? Als ich das Auto zu Schrott gefahren habe? Er hatte mir an diesem Abend gesagt, dass sie sich wiedergesehen haben und dass er zu ihr gehen wollte. Er wollte mich verlassen und mit ihr zusammen sein. Ich war so wütend und warf ihm an den Kopf, er würde Ellis nie wiedersehen, und dann habe ich mich betrunken und sie ins Auto gesetzt und bin losgefahren. Mir war klar, dass er nirgendwo hingehen würde, bis sie wieder aufgetaucht war. Und dann war sie so krank wegen des Unfalls, und ich konnte an seinem Gesicht sehen, wie sehr er sie liebte. Und wenn er sein Gesicht zu mir drehte, konnte ich sehen, wie sehr er mich hasste.*

*In dieser Nacht sagte er mir, was ich selbst längst wusste. Ich sei nicht in der Lage, Mutter zu sein, und er würde so lange bleiben, bis es ihr gut genug gehe, und dann würde er sie mitnehmen. Er wollte mich verlassen und mir gleichzeitig mein Kind wegnehmen. Der einzige Weg, ihn davon abzuhalten, war, ihm zu sagen, dass er dazu kein Recht hatte. Indem ich ihm die Wahrheit sagte. Dass sie nicht sein Kind war. Sondern deins.*

*Er ist daran zerbrochen, Ferdinand.*

*Und genau das hatte ich beabsichtigt, denn ich war an ihm zerbrochen. Und doch hasste ich mich im selben Augenblick für meine Worte.*

*Außerdem hatte ich so den einzigen Grund zunichte gemacht, der ihn vielleicht dazu bewegt hätte, dazubleiben. Stattdessen ging er weg, mitten in diesem schrecklichen Regensturm. Er verließ einfach das Haus mit einer Reisetasche, sonst nichts. Ich folgte ihm zum Hafen, wo sein Boot lag, und flehte ihn an zu bleiben, aber er hörte mir gar nicht zu, und weil er nicht auf meine Worte hören wollte, musste ich es ihn irgendwie spüren lassen … also schlug ich ihn, und wir kämpften, besser gesagt, ich schlug auf ihn ein, und er versuchte, mich davon abzuhalten. Ich schlug immer wieder zu, beschimpfte ihn, wollte ihn aufhalten. Er wich mir aus und wollte nur weg von mir, runter von dem*

*Boot und abhauen, aber ich ließ seinen Arm nicht los. Das Deck war rutschig vom Regen, und er fiel hin und schlug mit dem Kopf auf, fest, so fest, dass ich eine Sekunde lang dachte, er würde gar nicht mehr aufstehen. Doch er schaffte es, und der Blick, den er mir zuwarf, war so voller Abscheu, so vorwurfsvoll, dass stattdessen ich von Bord ging und dabei zusah, wie er aufbrach.*

*Aus einer grässlichen Schnittwunde auf seiner Stirn lief ihm das Blut in Strömen übers Gesicht, und trotzdem segelte er los. Das Einzige, was er wollte, war, von mir wegzukommen, und deshalb segelte er los, hinaus in dieses furchtbare Unwetter. Er konnte vor lauter Blut fast nichts mehr sehen, und trotzdem segelte er los.*

*Ich hätte es nicht zulassen dürfen, Ferdie, er hatte sicher eine Gehirnerschütterung, aber ich unternahm nichts, sondern sah zu, wie er mich verließ. Manchmal denke ich, vielleicht war es nur ein Traum. Und dann wieder kenne ich die Wahrheit ganz genau: Ich wollte nicht, dass sie ihn bekommt, also überließ ich ihn stattdessen der See.*

*Zwischendurch versuche ich mir einzureden, dass ich nichts hätte tun können, dass es zwecklos gewesen wäre, selbst wenn ich noch einmal versucht hätte, ihn aufzuhalten oder wenn ich jemanden geholt hätte, der ihn davon hätte abbringen können. Aber es macht einen großen Unterschied, zu wissen, dass man nichts tun kann, oder eben zu wissen, dass man nichts getan hat.*

*Wie du siehst, ist alles meine Schuld.*

*Er ging wegen mir.*

*Er starb wegen mir.*

*Es gibt dafür keine Ausreden mehr, und es gibt nichts mehr zu verbergen.*

*Deshalb biete ich dir die Wahrheit an und hoffe im Austausch auf deine Vergebung.*

*Du warst mir immer ein zuverlässiger Freund. Ich habe deine Freundschaft weder zu schätzen gewusst, noch habe ich sie verdient. Doch ich weiß, dass du, als mein Freund, weise mit der Wahrheit umgehen wirst.*

*Und was dich und mich betrifft, in jener Nacht, so habe ich mein Fehlverhalten jahrelang mit seinem vor mir gerechtfertigt. Ich habe meine Schuld mit seiner entschuldigt. Er war derjenige, der mit dem Verrat angefangen hatte… Aber ich bin mir bewusst, vom ersten Augenblick an, dass ein Fehlverhalten nicht ein anderes rechtfertigt.*

*Ich habe dir Unrecht getan, Ferdie. Ich weiß, dass du mich geliebt hast. Ich wusste es immer. Auf meine Art habe ich dich auch geliebt, selbst wenn ich es dir nie gezeigt habe, und ich durfte diese Liebe nie stärker werden lassen, denn wer war ich schon? Ich verdiente es nicht, jemanden zu lieben oder geliebt zu werden…*

*Rose*

Genau wie Ferdie las Ellis den zerknitterten Brief immer und immer wieder. Ferdie beobachtete sie die ganze Zeit ganz genau, und ihm war angst und bange. Am liebsten hätte er sie einfach wieder in den Arm genommen, doch er spürte instinktiv, dass er sie jetzt in Ruhe lassen musste.

Natürlich wusste er, welche Frage sie ihm als Allererstes stellen würde, und ganz egal, wie oft er seine aufrichtige Antwort geprobt hatte, fühlte er sich immer noch nicht in der Lage, sie zu beantworten.

»Wie lange hast du diesen Brief schon?«

Als es so weit war, ertappte er sich dabei, wie ein Schuljunge alles richtig machen zu wollen. Also antwortete er ihr aus tiefster Seele: »Er wartete auf mich, als ich aus Cornwall nach London zurückkam.«

»Warum hast du es mir nicht sofort erzählt?« Ihre Stimme zitterte, und sie brachte die Worte nur mühsam heraus.

»Ich hatte Angst. Angst, dich zu verlieren. Du bedeutest mir alles, Ellis. Ich weiß, dass es nicht richtig war, ich hätte es dir sofort sagen müssen. Ich hatte den Schlüssel zu allen Fragen in der Hand, auf deren Antwort du schon so lange wartest. Die Wahrheit lag direkt vor mir ... und ich habe dir nichts gesagt. Wegen meiner eigenen, egoistischen, kleinen Ängste habe ich sie dir vorenthalten. Wahrscheinlich habe ich nicht das Recht, dich darum zu bitten, aber kannst du mir verzeihen?«

Endlich suchte er ihren Blick, und sie sah, dass seine dunklen Augen voller Tränen waren. Sie hatte Ferdie noch nie zuvor weinen sehen. Und trotz der widersprüchlichen Gefühle in ihrem Herzen konnte sie nicht anders und musste ihn umarmen, so wie er es sich ersehnt hatte.

»Ich brauche nur etwas Zeit«, flüsterte sie ihm ins Ohr. »Es ist ... alles ... so viel.« Ihr fehlten die Worte, und sie hatte nicht mehr die Kraft, weiterzureden.

Ferdie verstand sie nur allzu gut, und egal wie sehr er sich danach sehnte, mit ihr über alles zu reden, nickte er stumm und verständnisvoll. Immerhin wusste er schon viel länger Bescheid, und selbst er kämpfte noch damit, die Neuigkeiten zu verdauen. Für Ellis war alles noch viel schlimmer. Herauszufinden, dass sie nicht Alexanders Tochter war, würde sie niederschmettern. Dieser überlebensgroße Held, den sie innig geliebt hatte, selbst, als er schon von ihr gegangen war, hatte ihr ganzes Leben beherrscht. So eindeutig die Tochter ihres Vaters, und dann doch nicht.

Als sie aufstand und wortlos im hinteren Teil des Gartens verschwand, wünschte er sich nichts mehr, als sie zu begleiten, um sie zu trösten, wann immer sie Trost brauchte. Doch er wusste, dass er sie ziehen lassen musste.

Ellis' erste Gedanken galten Rose. Warum nur hatte sie sich so verhalten? Selbst in ihrem letzten Brief hatte sie kaum ein Wort über ihre Tochter verloren. Hatte sie ihrer Mutter wirklich so wenig bedeutet? Diese Frau, die ihr schon immer so fremd gewesen war, entfernte sich nun noch weiter von ihr. Wie hatte Rose so viele Jahre schweigen können, aus purer Selbstsucht? Ferdie und ihre Mutter hatten eine Affäre?

Ellis konnte keinen klaren Gedanken fassen, denn so sehr sie sich auch anstrengte und versuchte, sich an eine Geste, ein Wort, irgendein Anzeichen zu erinnern – es kam nichts: Rose war ihre kaltherzige Mutter und Ferdie ihr netter Patenonkel. Und ab jetzt ihr Vater.

Es ergab keinen Sinn, aber trotzdem spürte sie instinktiv, dass diese neuen Tatsachen der Wahrheit entsprachen. Sie lieferten ihr das Warum, nach dem sie ihr ganzes Leben als Erwachsene gesucht hatte.

Ziellos und gedankenverloren wanderte sie durch den Garten und stand plötzlich vor dem Swimmingpool. Sie wünschte, sie könnte einfach hineinspringen und sich wieder wie im See auf den Boden sinken lassen. Und dann dort unten bleiben, in einer Luftblase, abgeschieden vom Rest der Welt.

Erschöpft setzte sie sich an den Rand und ließ die Füße ins Wasser gleiten. Die Kühle auf der Haut brachte sie zum Zittern. Dann atmete sie tief durch.

Das Puzzle war komplett. Endlich.

Sie hatte immer geahnt, dass es für diese Geschichte kein

Happy End geben würde, unabhängig von Erklärungen, Ausreden, Schuldzuweisungen oder Umständen. Aber das hier?

Zu erfahren, dass ihre eigene Mutter in den Tod ihres Vaters verwickelt ist, genau wie sie selbst, wenn auch unwissentlich?

Ein Gedanke schoss ihr durch den Kopf und drängte sich in den Vordergrund.

*Dein Vater. Ist nicht. Dein Vater.*

Ellis wurde schwindelig, und sie musste nach Luft schnappen, so schwer legte sich das Dämmern der Wahrheit auf ihre Brust.

Sie war hierhergekommen, um ihn zu finden, doch stattdessen hatte sie ihn ganz und gar verloren.

Sie lehnte sich nach hinten, weil sie Angst hatte, bewusstlos im Pool zu versinken. Als sie sich beruhigt hatte, rutschte sie vom Rand des Pools weg nach hinten, blieb aber auf dem Gras sitzen und blickte nach oben in den strahlend blauen Himmel.

Alles begann sich zu drehen, als stünde die Welt auf dem Kopf. Sie hatte das Gefühl zu fliegen, doch statt mit einer Bruchlandung zu sich zu kommen, schienen sich ihre Gedanken neu anzuordnen.

*Lass ihn los, Elizabeth. Du musst ihn loslassen,* hörte sie plötzlich Carmens Stimme, so deutlich, als säße sie neben ihr.

Sie hatte Alexander nicht erst heute verloren, sondern vor langer, langer Zeit. Und vielleicht war ihr heute wirklich ein ganz wertvoller Mensch genommen worden, doch letztendlich im Tausch für zwei neue Gefährten in ihrem Leben: Lucas und Carmen.

Plötzlich versiegten die Tränen, und sie hatte nur noch den

Drang zu lachen. Ihr ganzes Leben lag noch vor ihr, und die Klarheit, mit der sie auf einmal ihre Zukunft vor sich sah, war ein vollkommen neues, befreiendes Gefühl für sie.

Sie stand auf und rannte zurück zu Ferdie, der den Atem anhielt und das Gefühl hatte, jede Sekunde, die es noch dauerte, bis sie bei ihm war, zu ersticken. Doch dann sah er ihr Gesicht, das immer noch tränenverschmiert war, und hörte gleichzeitig ihr Lachen, als sie in seine Arme fiel. Das einzige Gefühl, das er jetzt hatte, war Dankbarkeit.

Noch nie in seinem Leben war Lucas so erleichtert gewesen wie in dem Augenblick, als er Ellis' Auto vor dem kleinen Hotel stehen sah. Während der ganzen Fahrt in die Stadt hatte Carmen sich geweigert, auch nur ein Wort über das Thema zu verlieren, und ihr Schweigen hatte stärker an seinen Nerven gezerrt, als er sich anmerken lassen wollte. Auf einmal war ihm klar geworden, wie wenig er über Ellis und sie über ihn wusste. Es hatte keine Rolle gespielt, denn wenn sie zusammen waren, war alles andere bedeutungslos. Siedend heiß fiel ihm plötzlich ein, dass er noch nicht einmal ihren richtigen Namen kannte. Und er erinnerte sich auf einmal daran, dass sie ihm zweimal etwas Wichtiges hatte sagen wollen.

Mit jedem Schritt in die Hotellobby wurde er nervöser, und als niemand an der Rezeption zu sehen war, rannte er wie von einer unsichtbaren Kraft angezogen direkt in den Garten.

»Ellis!«, rief er und konnte vor Erleichterung endlich wieder durchatmen. Und dann erst sah er den Mann, der sie fest umschlungen hielt, sah ihr verweintes Gesicht und blieb wie angewurzelt stehen. Nach der ersten Schrecksekunde ging er zu den beiden hin, befreite sie sanft, aber bestimmend aus Ferdies Armen, als bitte er mit Nachdruck um den nächsten Tanz, hielt sie fest und sagte: »Ellis, was ist hier los?«

Ellis antwortete nicht, sondern weinte, übermannt von dem Gefühl, ihn erst verloren und doch wiedergefunden zu haben.

Lucas warf Ferdie einen vorwurfsvollen Blick zu, da er nicht einzuschätzen vermochte, ob sie vor Glück oder vor Schreck weinte. »Verdammt noch mal, was ist hier eigentlich los?«

Bevor irgendjemand etwas sagen konnte, kam Carmen in den Garten geeilt und rief: »Gott sei Dank, da bist du ja! Was ist nur passiert? Warum bist du weggefahren?«

Da Ellis immer noch schluchzte und kein Wort herausbrachte, fasste Ferdie sich ein Herz.

*»Señora Velasquez?«*

*»Si?«,* antwortete Carmen und nahm erst jetzt den älteren Herrn so richtig wahr, der neben Lucas und Ellis stand.

*»Mi nombre es Ferdinand Riva …«*

Carmen riss die Augen auf, als sie erst den Namen und dann auch das Gesicht wiedererkannte. Sie erschauerte, denn plötzlich hatte sie eine dunkle Vorahnung. Ängstlich sah sie zu Ellis. »Ferdinand Riva? Señor Riva ist dein Patenonkel?«

Doch zu ihrer Überraschung prustete Ellis laut los und machte dabei ein Geräusch, das eine Mischung war aus Seufzer, Liebeskummer, Freudenschrei und Erschöpfung. »Offensichtlich ja und dann doch wieder nicht. Lucas, Carmen … darf ich euch«, sie holte tief Luft, »darf ich euch meinen … Vater vorstellen?«

Ab jetzt übernahm Ferdie mit seiner gewohnt unaufgeregten und umgänglichen Art. Er zog Carmen zur Seite und redete kurz mit ihr, bevor er ihr den Brief reichte, den Ellis ihm zurückgegeben hatte. Er sah zu, wie bei der Lektüre alle Farbe aus ihrem Gesicht wich und sie immer wieder leise rief: *»Dios mío!«* Er machte sich auf einen Zusammenbruch gefasst, doch als sie den Brief faltete und den Kopf hob, nickte sie ihm nur zu und hielt für einen kurzen Moment seine Hand, als sie ihm den Brief wiedergab. Dann ging sie zu Lucas, der Ellis immer noch eng umschlungen festhielt. Mit Tränen in den wunderschönen bernsteinfarbenen Augen legte sie ihre Arme um die beiden, ohne ein Wort zu sagen.

»Was ist los?«, fragte Lucas, »was hast du?«

*»Ay mi niño precioso«,* murmelte sie und presste ihr Gesicht gegen Ellis' Haare, »kein Wunder, kein Wunder ...«

»Es tut mir leid«, flüsterte Ellis, »es tut mir so wahnsinnig leid.«

»Nein!«, rief Carmen bewegt. »Nein, das muss es nicht. Es braucht dir nicht leidzutun, denn ich bin einfach nur froh, dass du zu mir gekommen bist.«

»Carmen?« Lucas klang ungeduldig und hatte die Stirn gerunzelt. »Carmen, was meinst du damit?«

Carmen seufzte und ließ die beiden los. Dann malte sie sanft mit einer Hand Ellis' Gesichtszüge nach und widmete ihre Aufmerksamkeit schließlich ihrem Sohn. »Lucas, das ist Ellis James ...«

Zuerst sah er sie verständnislos an, doch als ihm dämmerte, was seine Mutter gerade gesagt hatte, stieß er einen Schrei aus, wich zurück und wurde aschfahl, genau wie Ellis, als sie den Schock verarbeiten musste, dass Lucas Alexanders Sohn war. Er begann am ganzen Körper zu zittern. »Alexanders Tochter?«, krächzte er, und seine Stimme versagte ihm fast, als er das Unaussprechliche aussprechen musste.

Doch Carmen schüttelte energisch den Kopf, griff nach seinem Arm und zog ihn zu sich heran, bis er ihr direkt ins Gesicht sah. »Ja und nein. Sieh mich an, Lucas, und hör mir genau zu. Dieser Mann hier, Ferdinand«, sie streckte ihre Hand nach Ferdie aus, der sich neben sie stellte und sie ergriff, »ist Ellis' Vater. Sie hat es selbst gerade erst herausgefunden. Er ist ihr leiblicher Vater, nicht Alexander. Ihr seid nicht blutsverwandt, hörst du? Ihr seid nicht miteinander verwandt!«

Nachdem sie im Garten des Hotels Tee getrunken und sich ein bisschen beruhigt hatten, beschlossen sie, zurück auf die Estancia zu fahren. Ellis behielt ihr Zimmer, Ferdie checkte im Hotel ein, und dann nahm sie ihn in ihrem Auto mit. Lucas und Carmen fuhren in Lucas' Wagen zurück. Sie trafen sich alle auf der Veranda, wo Esperanza das Essen warm gehalten hatte. Carmen lud sie alle ein, Platz zu nehmen, doch Lucas blieb allein an der Balustrade stehen und sah in die Ferne, genau wie am Abend ihres ersten Kusses. Als er sich endlich umdrehte, musterte er Ellis mit undurchdringlicher Miene und setzte sich weit weg von ihr.

Ferdie zog Roses Brief aus der Tasche. »Lucas, du musst diesen Brief lesen. Er ist von Rose, Ellis' Mutter.« Er sah den jungen Mann ernst an, der immer noch keine Miene verzog. »Sie hat ihn zwei Wochen vor ihrem Tod bei ihrem Testamentsvollstrecker hinterlegt, mit der Anweisung, dass er mir nach ihrer Beerdigung zugestellt wird. Er ist unter dem Einfluss von Trauer, Schuld, Tabletten und Alkohol entstanden, doch er enthält genug Wahrheiten, die unser aller Leben von Grund auf verändern.« Überwältigt von seinen Gefühlen, griff er nach Ellis' Hand und drückte sie, bevor er weiterreden konnte. »Wahrheiten, die Licht auf etwas werfen, das uns alle seit Jahren verwirrt und gepeinigt hat. Ich werde versuchen, mich auf das zu konzentrieren, was dich betrifft ...« Ferdie räusperte sich und holte tief Luft. »Dein Vater Alexander verschwand vor fünfundzwanzig Jahren auf hoher See. Er hatte Cornwall verlassen«, er warf einen tröstenden Blick auf Ellis, »um zu Carmen zu segeln, nach Frankreich. Er hatte es schon lange vorgehabt, aber sicher nicht an diesem Abend, als ein furchtbares Unwetter tobte. Doch er war blind vor Wut und Enttäuschung ... und deshalb segelte er wohl wider besseres Wissen los. Ich kann gut verstehen«, jetzt galt sein Blick Carmen, »dass er unbedingt zu Carmen wollte, zu der Frau, die er liebte und bei der er Trost und Verständnis finden würde. Deshalb segelte er los, obwohl er an Land hätte bleiben sollen ...«

Ferdie brach die Stimme, und sein Mund war so trocken, dass er einen Schluck Wasser trinken musste. Als er sich wieder gesammelt hatte, fuhr er fort und berichtete Lucas ganz genau, was passiert war, bis er zu dem Unfall kam. »Rose hatte zu viel getrunken und baute einen Unfall. Ellis landete im Krankenhaus. Als Alexander Rose anschrie, er würde sie mitnehmen nach Frankreich, sagte sie ihm die Wahrheit.« Wieder musste er abrechen und nach Ellis' Hand greifen. »Die Erkenntnis, dass er nicht dein Vater ist, muss ihm das Herz gebrochen haben, denn es ist eine unumstößliche Wahrheit, dass er dich geliebt und vergöttert hat ...«

Lucas räusperte sich. »Und du hattest keine Ahnung, dass Ellis eigentlich deine Tochter ist?«, fragte er skeptisch.

Ferdie überging die Frage zunächst. »Als Rose und ich uns begegneten, hatte ich keine Ahnung, wer sie wirklich war. Ich war aus Buenos Aires angereist, um Alexander zu interviewen. Wir wohnten im selben Hotel, doch als ich an der Rezeption nach ihm fragte, hieß es, er sei nicht da. Er hatte mir eine Nachricht hinterlassen, er würde sich verspäten und könne mich erst am nächsten Tag treffen. Ehrlich gesagt war ich ganz froh über die Verschiebung, egal aus welchem Grund«, er lächelte Carmen verständnisvoll an, »denn ich hatte eine lange Anreise aus New York hinter mir und war davor gerade erst aus Kanada zurückgekommen.«

Carmen unterbrach ihn. »Ja, ich war der Grund«, sagte sie schuldbewusst. »Er war mit mir zusammen, da er bald nach England zurückkehren würde und wir jede freie Minute miteinander verbringen wollten.«

Ferdie nickte. »Rose wusste Bescheid, und natürlich gab sie dir die Schuld aber dann auch wieder nicht. Rose kannte sich selbst gut genug. Sie war sich ihrer Unzulänglichkeiten, ihrer Barschheit sehr wohl bewusst. Sie wusste, dass Alexander und sie aus den falschen Gründen zusammen waren ... weigerte sich aber, ihn gehen zu lassen. Nun ja, ich traf sie an diesem Abend in der Hotelbar. Sie saß allein an einem Tisch, und ich fand, sie war die schönste Frau, die ich je gesehen hatte. Wenn es tatsächlich so etwas wie Liebe auf den ersten Blick gibt, dann ist sie mir in diesem Augenblick begegnet. Leider war sie auch die traurigste Frau, die ich je gesehen hatte. Und ich glaube, dieser Eindruck verlieh mir den Mut, mich quasi selbst an ihren Tisch einzuladen. Wir unterhielten uns, wir tranken, und ich flirtete und war überrascht, als sie darauf reagierte. Um ehrlich zu sein, ich denke, ihr ging es genauso. Aber sie wusste, dass ihr Mann in diesem Moment in deinem Bett lag, und so gab es immer ...«, er schien in seinen Erinnerungen zu versinken, fuhr aber dann fort, »... deshalb stand immer etwas zwischen uns.«

Er seufzte. »Am nächsten Tag interviewte ich Alexander, und wir verstanden uns auf Anhieb. Eigentlich sollte unser Gespräch nur eine Stunde dauern, aber wir redeten drei Stunden lang. Danach waren wir befreundet, und er lud mich ein, abends mit ihm und seiner Frau zu essen.« Bei dem Gedanken an das Abendessen verdüsterte sich sein Gesicht vor lauter Schmerz, und er runzelte die Stirn. »Ihr wisst alle, was mich dort erwartete. Rose tat so, als wären wir uns nie begegnet, sie zuckte mit keiner Wimper im Angesicht der Wahrheit. Danach ging ich den beiden aus dem Weg, aber Alexander ließ nicht locker. Er war ein loyaler Freund und hatte beschlossen, wir wären Seelenverwandte. Also sorgte er dafür, dass der Kontakt nicht abbrach, obwohl ich mein Bestes tat, so weit weg wie möglich zu sein. Nach England kehrte ich erst nach seinem Tod zurück …«

»Und es ging dir nie durch den Kopf, dass ich deine Tochter sein könnte?«, hakte Ellis nach.

»Natürlich«, er seufzte, »sehr oft sogar, und ich habe sie gefragt, kurz nach Alexanders Verschwinden. Doch Rose lachte mich aus und meinte, ich solle mich nicht lächerlich machen. Wortwörtlich sagte sie: ›Sieht sie so aus, als könnte sie von dir sein?‹ Sie hatte ja recht, du hast nichts von mir, obwohl ich jetzt, da die Wahrheit ans Licht gekommen ist, ein bisschen was von meiner Mutter in dir wiedererkenne. Damals jedenfalls habe ich ihr geglaubt, und auch wenn du Rose so ähnlich siehst, fand ich zumindest damals, du siehst auch ihm ähnlich … Alexander …«

»Sie ist ein Abbild ihrer Mutter«, mischte Carmen sich ein, »und deshalb kam sie mir bekannt vor, aber ich wusste nicht, woher.« Carmen drehte eine Strähne von Ellis' aschblondem Haar um ihren Finger. »Wärst du die Tochter von Alexander, hätte ich dich sofort erkannt, da bin ich mir sicher. Doch bitte glaube mir, Ellis, in jeder anderen Beziehung bist du wie er. Dein Vater hat dich angebetet, und er hatte nie vor, dich zu verlassen. Wir haben so oft und lange darüber gesprochen, wie wir dich möglichst viel bei uns haben könnten … du warst der einzige Grund, warum er in diesem Sommer nicht bei mir geblieben ist. Er wünschte es sich so sehr, er wollte nicht zurück, aber das stand außer Frage, wegen dir.«

»*Ich* wünschte mir, er hätte es nicht getan. Denn dann wäre er noch am Leben und jetzt bei uns …« Ellis weinte leise vor sich hin.

Ferdie biss sich auf die Unterlippe, bis sie weiß wurde. »Ach, Ellis«, sagte er mit zittriger Stimme, »ich weiß, es ist ein Schock für dich, aber ich hoffe dennoch, du siehst nicht nur das Schlimme. Alexander war im wahrsten Sinne des Wortes dein Vater, und ich weiß, dass er das in deinem Herzen auch immer bleiben wird … das ist uns beiden klar … Bitte verzeih mir, dass ich so unglaublich glücklich darüber bin, dass du meine Tochter bist. Ich liebe dich, Ellis, du warst immer wie eine Tochter für mich, die ich nicht …«

Sie unterbrach ihn mitten im Satz, indem sie ihm um den Hals fiel und fest an sich drückte.

»Manche Leute haben nur einen Dad«, flüsterte sie ihm ins Ohr und drückte ihre tränenfeuchte Wange gegen seine. »Ich habe das Glück, gleich zwei davon abgekriegt zu haben. Und beide sind verdammt toll. Ich liebe dich auch, Ferdie. Auf immer und ewig.«

Lucas hatte seit seiner Frage, die Ferdie übergangen hatte, kein Wort mehr gesagt, weder zu Carmen noch zu Ferdie oder Ellis. Er folgte Ellis mit den Augen, als sie Ferdie losließ und wieder zu ihrem Platz ging.

Als Ellis seinen Blick auf sich spürte und ihn ansah, lief es ihr kalt den Rücken hinunter.

»Entschuldigt mich bitte«, sagte sie und warf ihren Stuhl um, als sie sich hastig wegdrehte, »ich muss … ich kann nicht …« Und bevor jemand etwas sagen konnte, rannte sie weg von der Veranda.

Während Ferdie und Carmen ihr noch hinterherblickten, sprang Lucas schon auf. »Entschuldigt mich bitte«, rief er ihnen über die Schulter zu, »ich muss … ich kann nicht …«

Er wusste genau, wo er nach ihr suchen musste, und erreichte den Hundezwinger genau in dem Augenblick als sie gerade wieder das Tor schließen wollte.

Wortlos betrat er das Gehege und setzte sich neben sie auf den staubigen Boden. In Sekundenschnelle scharten sich die Hunde auf der Suche nach Leckereien und Streicheleinheiten um sie herum.

Als sie sich schließlich in die Augen sahen, erkannte jeder von ihnen im Blick des anderen dieselbe Angst und Verwirrtheit und Hoffnung. Gefühle, von denen sie wussten, dass sie sich in den eigenen Augen offenbarten.

»Ich hätte dir von Anfang an sagen müssen, wer ich wirklich bin«, flüsterte sie mit brüchiger Stimme.

Doch Lucas schüttelte den Kopf, und zu ihrer großen Überraschung lächelte er sie an. »Ich wusste doch sofort, dass du nicht die ganze Wahrheit gesagt hast. Allerdings muss ich hinzufügen, dass du gute Arbeit geleistet hast, nicht die zu sein, von der du dachtest, dass du sie bist.«

Ellis wusste nicht, ob sie lachen oder weinen sollte. »Weißt du, ich bin hierhergekommen, weil ich gehofft habe, Antworten zu finden auf die vielen Fragen, die sich seit dem Tod meines Vaters aufgestaut hatten. Und plötzlich finde ich so viel mehr.« Sie sah ihn aus weit aufgerissenen Augen an. »Ich liebe dich, Lucas. Ich habe *dich* hier gefunden. Und für eine kurze Weile hatte ich das Gefühl, nicht immer in der Vergangenheit wühlen zu müssen und glaubte, eine strahlende, wunderschöne Zukunft vor mir zu sehen. Aber was wird jetzt aus uns, Lucas? Die Wahrheit ist ans Licht gekommen, und nichts ist mehr wie vorher, oder? Betrifft das auch uns?«

Sie schlug die Hände vors Gesicht und begann zu schluchzen.

Lucas ergriff vorsichtig ihre Hände und löste sie sanft von ihrem Gesicht. Dann zog er sie ganz nah zu sich heran und küsste die Tränen aus ihrem Gesicht, bis keine einzige mehr zu sehen war.

»Vieles hat sich verändert, das stimmt«, sagte er ernst, »aber erinnerst du dich daran, was ich dir letzte Nacht gesagt habe? Dass alles einem Wandel unterliegt?«

Sie nickte, und er spürte, wie ihr Körper sich anspannte. »Wir auch?«, sagte sie schließlich so leise, dass er sie kaum hören konnte.

»Erinnerst du dich *an alles,* was ich dir letzte Nacht gesagt habe?« Er nahm ihre rechte Hand und legte sie auf sein Herz. »Jedes einzelne Wort habe ich so gemeint, wie ich es gesagt habe. Es ist *wirklich* egal, wo wir herkommen. Wichtig ist nur, wo wir gerade sind ...«

Sie kaute auf ihrer Lippe herum, nickte und traute sich endlich, die Frage zu stellen, die ihr auf der Seele lag. »Und wo sind wir im Moment?«

Als Antwort küsste er sie sanft auf den Mund und versenkte seinen Blick in ihrem. Was sie sah, war Ehrlichkeit, Liebe und Treue.

»Wir sind dort, wo wir für den Rest unseres Lebens sein werden, das verspreche ich dir«, flüsterte er ihr als Antwort ins Ohr. »Wir sind zusammen.«

# TEIL IV

# Das Lilienhaus

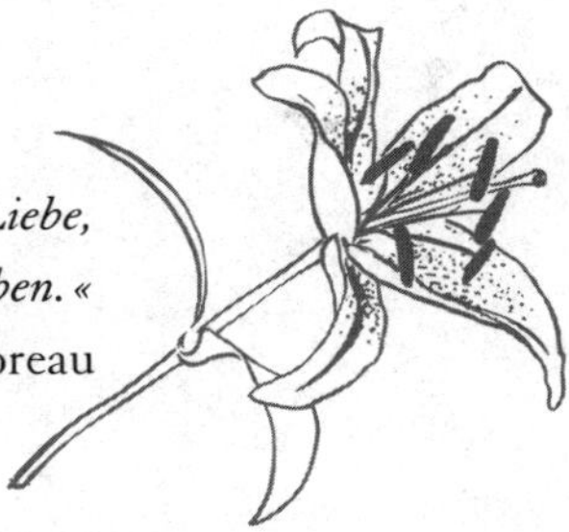

*»Es gibt kein Mittel gegen die Liebe,*
*als noch mehr zu lieben.«*
Henry David Thoreau

# 32

Es fühlte sich seltsam an, nicht mehr als Tochter von Alexander James nach Cornwall zurückzukehren und trotzdem in ihrem Zimmer im Great House aufzuwachen, in demselben Bett, in dem er ihr vor so langer Zeit Gute Nacht gesagt hatte.

Alles war anders, aber vor allem deshalb, weil Ellis an diesem Morgen die Augen aufschlug und zum ersten Mal in ihrem Leben glücklich war, im Great House zu sein. Sie spürte noch Lucas' Wärme an sich, wo sein Körper sie die ganze Nacht umschlungen gehalten hatte.

Die ersten Sonnenstrahlen suchten sich einen Weg durch die zugezogenen Vorhänge. Ellis genoss die Stille und dachte an die letzten Wochen zurück.

Sie war mit Ferdie allein durch Argentinien gereist, damit sie sich an die neuen Rollen gewöhnen konnten, und danach war sie zusammen mit Lucas nach London geflogen. Ellis hatte sich gleich mit Edward getroffen, auf neutralem Boden in einem Restaurant, um die Scheidungsmodalitäten zu besprechen. Er wohnte bereits mit Anna zusammen und hatte wohl erwartet, sie würde ihm eine Szene machen. Doch stattdessen kam sie in Lucas' Begleitung, der mit Argusaugen über sie wachte, und statt der Szene bekam er alles, was er wollte, wenn er nur einer schnellen Scheidung zustimmte.

Danach zeigte sie Lucas ein paar Tage lang Oxford, damit er sehen konnte, wo *sein* Vater Alexander studiert und gearbeitet hatte, bevor sie nach Cornwall weiterfuhren. Gestern Abend waren sie schließlich am Ziel ihrer Reise angekommen: im Great House.

Alles gehörte nun ihr, denn ihre Mutter hatte ihr alles vererbt. Sie hatte sich insgeheim seit Tagen vor dem Betreten des Hauses gefürchtet, doch mit Lucas an ihrer Seite schien sich alles hier auf unerklärliche Weise zu verändern.

Als Erstes wollte er das ganze Haus besichtigen, und sie hatte nach kurzem Zögern zugestimmt. Er wanderte durch die Küche, die Bibliothek, sah sich alles an und sagte kein Wort. Im Treppenhaus blieb er vor Roses Porträt stehen, legte einen Augenblick den Kopf schief, und ging weiter in den ersten Stock.

Selbst als sie ins Gewächshaus kamen, wo normalerweise jeder Besucher vor Begeisterung nicht mit Lob an sich halten konnte, verzog er keine Miene, und sie war froh, dass er es schnell wieder verließ, da sie keinerlei Wunsch hegte, auch nur eine Minute länger als nötig dort zu bleiben.

Erst als sie auf die Terrasse kamen, von der aus man freien Blick über die grünen Wiesen bis zum Meer hatte, stellte er sich vor sie und sah sie lächelnd an. »Hier bist du also aufgewachsen«, sagte er.

»Kannst du es nicht ausstehen?«, platzte es aus ihr heraus, weil sie nicht wusste, wie sie sein Schweigen deuten sollte.

»Nicht ausstehen?«, rief er überrascht. »Spinnst du? Wie denn das? Dieser Ort hier ist einer der schönsten, den ich je gesehen habe, das Haus, die Landschaft.« Er breitete die

Arme aus. »Es ist unglaublich, einfach unglaublich.« Dann nahm er sie an die Hand und begann seinen Rundgang von vorne, aber diesmal redete er wie ein Wasserfall und erklärte ihr die Architektur, die Kunst und den Garten, als sei sie die Touristin und er der Führer.

Ellis lächelte bei dem Gedanken an seine Begeisterung und räkelte sich ausgiebig. Danach vergrub sie ihr Gesicht in seinem Kopfkissen und stand schließlich auf, um nach ihm zu suchen.

Sie brauchte nicht lang, denn seit der Nacht in der Höhle waren sie wie durch ein hauchzartes, unsichtbares Band miteinander verbunden, durch das sie immer wieder so schnell wie möglich zueinanderfanden.

Er stand auf der Terrasse und blickte über die weitläufigen Wiesen, auf denen ein silbriger Schimmer aus Morgentau in der Sonne glitzerte.

Wortlos stellte sie sich hinter ihn, schmiegte sich an ihn, legte beide Arme um seine Taille und ihren Kopf auf seine Schulter.

Er neigte seinen Kopf zu ihrem, bis seine Wange auf ihrem Haar ruhte, und nahm ihre kalten Hände in seine.

Eine Weile standen sie einfach nur da und sahen zu, wie die blasse Wintersonne sich anstrengte, den Dunst zu lichten.

»Was wirst du mit dem Haus und dem Grundstück anfangen, Ellis?«, fragte er schließlich.

»Du meinst wohl, was *wir* damit anfangen werden? Es gehört genauso gut dir wie mir.«

Er ließ ihre Hände los und drehte sich um, damit er ihr in die Augen schauen konnte. Dann schüttelte er den Kopf und runzelte die Stirn. »Red keinen Quatsch.«

»Tu ich nicht, ich meine es ernst. Ich kenne meinen Vater«,

sagte sie nach kurzem Zögern und korrigierte sich, »*deinen* Vater. Er hätte es so und nicht anders gewollt, wenn er von dir gewusst hätte. Er hätte dafür gesorgt, dass die Hälfte des Hauses dir gehört…, und außerdem«, sie hob die Stimme, um ihn davon abzuhalten, ihr zu widersprechen, »und außerdem möchte ich das auch. *Mi casa es tu casa*.«

Ihre Sentimentalität brachte ihn mindestens genauso sehr zum Lachen wie ihr schlimmer Akzent, wenn sie Spanisch redete. »Und du weißt«, sagte er und sah ihr dabei fest in die Augen, »dass mein Zuhause immer dort sein wird, wo du bist.«

Ellis erwiderte sein Lächeln. »Abgemacht, dann sind wir uns einig. Die Frage lautet also: Was werden *wir* mit dem Haus und dem Grundstück anfangen?«

Sie hatte erwartet, dass er genau wie sie keine Idee hatte, daher überraschte es sie, als er sie begeistert anstrahlte. »Na ja, ich würde sagen, normalerweise wohnt man in so einem Haus.«

»Du willst hier wohnen? In diesem dunklen, alten Kasten voller Gespenster?«

»Ich denke, wir sollten es zumindest mal in Erwägung ziehen. Ist das so abwegig?«

»Aber was ist mit Argentinien? Mit der Estancia, deiner Aufgabe dort, deiner Mutter?« Ihre Stimme wurde mit jedem Einwand schriller, denn sie fand es in der Tat abwegig, ins Great House einzuziehen.

»Ich hatte nie vor, für immer und ewig auf der Ranch zu bleiben. Carmen weiß das…«

»Und was in Gottes Namen würden wir hier tun…?«

»Also das lässt sich einfach beantworten«, unterbrach er sie, bevor sie weitere Bedenken äußern konnte. »Sieh dir das alles an, Ellis«, er streckte ein Hand aus und malte einen riesigen Bogen in die Luft, als wolle er die grandiose Aussicht mit einem Pinselstrich einfangen, »sieh es dir genau an. Und dann schließe die Augen und stell dir vor, wir sind wieder auf der Estancia. Was siehst du dort, was du hier nicht siehst? Komm, tu mir den Gefallen, mach die Augen zu. Was siehst du dort, was du hier nicht siehst?«

»Sonne!« Ellis lachte und machte die Augen gleich wieder auf.

»Die kommt mit dem Sommer.«

»Aha, glaubst du das? Es tut mir sehr leid, Lucas, aber du wirst sehr schnell begreifen, dass wir in England sind und es für Sonnenschein keine Garantie gibt.«

»Bitte, Ellis, versuch's noch mal, tu's für mich.«

Sie seufzte, schloss aber gehorsam die Augen.

»Und?«, fragte er, als sie schwieg.

»Freundliche Gesichter, Carmen, Gerardo und die Jungs, Esperanza, die Hunde …« Sie machte die Augen auf und sah ihn fast flehentlich an. »Alles, Lucas, was uns glücklich macht.«

»Die Hunde bringen wir hierher, und unsere Freunde und Familie werden uns nicht lange allein lassen. Wir wissen doch ganz genau, Ellis, dass wir jedes Problem bewältigen können, so lange wir beide zusammen sind. Und jetzt denk noch mal nach«, insistierte er lächelnd. »Du hast genau die Sache vergessen, die ich dir hier seit Stunden klarmachen will«, scherzte er. »Ich gebe dir einen Tipp: Was war das Erste, was ich dir gezeigt habe, als wir uns zum ersten Mal begegnet sind?«

»Wie man sicherstellt, dass das Auto vollgetankt ist?«

Er musste lachen und zog sie in seine Arme und küsste sie. »Ich liebe dich, Ellis James, aber was liebe ich fast genauso sehr? Was würde diesem schönen, großen, alten, ungenutzten Haus neues Leben einhauchen? Was kannst du dir auf diesen wunderschönen, satten, grünen Wiesen vorstellen, und was würde ihren Anblick noch atemberaubender machen?«

Ellis folgte seinem Blick, und plötzlich verstand sie, was er meinte. »Die Pferde …« Sie hielt die Luft an.

»Ja, *mi amor*«, antwortete er, »die Pferde.«

# 33

Ein Jahr später war das Haus weder dunkel noch erfüllt von Gespenstern, sondern hell und voller Leben. Mittlerweile wohnten dort mehr Menschen als in den drei Jahrzehnten davor zusammen, wobei vor allem der jüngste Hausbewohner neue Töne und nicht zu bändigende Energie bei seinem Einzug mitgebracht hatte. Nicht nur im Haus, sondern auch für Ellis und Lucas hatte sich – wieder einmal – alles verändert, denn aus zwei wurden drei. Das Great House war ihr neues Zuhause, ein glückliches.

Ellis lag noch im Bett, denn Lucas hatte sie und ihre Tochter schlafen lassen. Er selbst war früh aufgestanden, denn der heutige Tag war ein besonderer: Alles war vorbereitet für die Neuankömmlinge, deren Ankunft sehnsüchtig erwartet wurde.

Das sonnendurchflutete Schlafzimmer war einst von Alexander bewohnt worden, und doch war das Einzige, was an ihn erinnerte, Carmens Zeichnung aus seinem Arbeitszimmer, die jetzt über Ellis' Ankleidekommode hing. In seiner Gesellschaft befand sich noch eine Zeichnung, signiert mit dem Kürzel CV, eines mindestens ebenso gut aussehenden Mannes: Ferdie. Es war ein Weihnachtsgeschenk von Carmen an Ellis, und sowohl Lucas als auch sie waren sich sofort einig gewesen, die beiden Männer nebeneinanderzuhängen.

Als Ellis hörte, wie ihr Handy wegen einer SMS piepste, wachte sie endgültig aus ihrem Dämmerschlaf auf und tastete nach dem Telefon auf dem Nachttisch. Verschlafen setzte sie sich auf, rieb sich die Augen und klickte auf das Nachrichten-Symbol. Sofort war sie hellwach und stieß vor Begeisterung einen kleinen Schrei aus, schlug sich aber im selben Augenblick die Hand vor den Mund, um den Ton zu ersticken.

Voller Zärtlichkeit sah sie auf das winzige Wesen in der Wiege neben ihrem Bett und spürte wieder, wie ihr Herz vor Liebe fast platzte. Sechs Wochen und drei Tage war sie alt. Sie hatte den Mund ihres Vaters geerbt und die klaren blauen Augen ihrer Mutter, und ganz zweifellos fanden sich in ihrem Gesicht die Züge ihres Großvaters Alexander, in der Form ihrer winzigen Brauen und des Kinns. Es gab nur einen Makel: Sie hatte immer noch keinen Namen. Alle riefen sie »Baby« und Lucas *»niñita«,* wenn er auf *Castellano* mit ihr sprach.

Ellis war sich sehr wohl bewusst darüber, dass sie schnellstens einen richtigen Namen für sie auswählen mussten, bevor einer dieser Kosenamen an ihr kleben blieb. Doch sie hatten schon so viele Namen ausprobiert – und genauso viele nach einem, spätestens zwei Tagen wieder verworfen, denn keiner hatte sich richtig angefühlt.

Als sie ihre Tochter betrachtete, vergaß sie wie immer für einen Moment alles um sich herum, und als hätte das Kind den liebenden Blick seiner Mutter auf sich gespürt, schlug es die Augen auf, blinzelte und räkelte sich.

»Guten Morgen, meine Kleine«, murmelte Ellis und hob

sie aus dem Bettchen. »Sie sind bald da, wir müssen uns beeilen, deinem Vater die gute Nachricht zu überbringen.«

Und wie jeden Morgen fiel ihr Blick kurz auf die Fotos auf ihrer Kommode. Heute freute sie sich besonders, Carmen und ihre »argentinische Familie«, wie sie sie nannten, mit einem Lächeln zu begrüßen. Denn Hector – die SMS war von ihm – würde bald hier sein, und mit ihm die zweite Lieferung der wertvollen Velasquez-Andalusier, die auf dem englischen Ableger der Estancia sehnsüchtig erwartet wurden.

Ellis wusch und wickelte die Kleine in Windeseile und zog sich selbst schnell an. Ihre Tochter verpackte sie geschickt in einem Tragetuch, um die Hände frei zu haben. Dann ging sie mit ihr ans Fenster, von wo aus man freien Blick auf die neu gebauten Ställe und den Hof hatte. Sie entdeckte Lucas, der vertieft in ein Gespräch mit Arturo war.

Arturo, mittlerweile zwanzig Jahre alt, war bei der ersten Ladung Pferde mitgekommen, um zu bleiben. Seitdem hatte er jeden Tag an Selbstvertrauen gewonnen und glich seinem Vater nicht nur äußerlich, sondern auch in Sachen Arbeitsmoral und charismatischem Umgang mit den Pferden. Sie nannten ihn scherzhaft ihren »englischen Gerardo«, genau wie die Estancia ihr »englischer Ableger« war. Alles, was sie jetzt noch brauchten, war eine »englische Esperanza«, die Ellis im Haushalt half, doch ihnen war klar, dass Esperanza ein Unikat war, für die es in England keinen Doppelgänger gab. Stattdessen hatten sie eine ziemlich mürrische Haushälterin aus Cornwall eingestellt, deren gewöhnungsbedürftige schlechte Laune Esperanzas einmaliger Art zu meckern nicht das Wasser reichen konnte, ihnen aber ein heimeliges Gefühl vermittelte und ihr Verhalten durch hervorragende Kochkünste ausglich.

Ellis versuchte, Lucas' Aufmerksamkeit zu wecken und winkte ihm zu, aber die beiden Männer unterhielten sich so intensiv, dass er sie nicht bemerkte. Als sie gerade hinausgehen wollte, sah sie, dass er just in dem Moment den Weg ins Haus eingeschlagen hatte.

Sie kannte ihn so gut, dass sie wusste, er würde durch das Gewächshaus hineinkommen, also beeilte sie sich, um ihn dort abzufangen. Der schnellste Weg von den Ställen durch die Küche ins Haus führte durch die Orangerie, die zu Lucas' liebstem Aufenthaltsort geworden war. Die Küche war zwar der Lebensmittelpunkt der englischen Estancia, eine Mischung aus Aufenthaltsraum und Büro, doch im Glashaus hatte Lucas das Gefühl, ein bisschen von der Wärme und den Gerüchen seiner Heimat einsaugen zu können. Er traf sich dort regelmäßig mit dem stillen Gärtner, bei dem es sich, wie sich herausgestellt hatte, um einen netten älteren Herrn aus dem Dorf handelte, der Rose versprochen hatte, sich so lange er lebte um die Lilien zu kümmern.

Ellis gönnte es Lucas, im Gewächshaus sein Heimweh zu lindern, aber sie selbst betrat diesen Ort nur, wenn es sich absolut nicht vermeiden ließ. Sie war über die Fakten aus dem Brief hinweggekommen und hatte akzeptiert, dass Alexanders Tod ein tragischer Unfall gewesen war, für den Rose nicht allein verantwortlich war. Was sie jedoch nicht vergessen konnte, war die Enttäuschung, ihrer Mutter so wenig zu bedeuten, dass sie ihre eigene Tochter in diesem Abschiedsbrief kaum erwähnte.

Im Gegensatz zu allen anderen Räumen im Haus, aus denen die Düsternis vertrieben worden war und fröhliche Farben, Kissen und Kunstwerke eine Atmosphäre wie auf der Estancia erschufen, erinnerte im Gewächshaus jedes Detail nach wie vor an Rose. Ellis konnte sich dort nicht entspannen. Sie hatte gehofft, durch Schwangerschaft und Geburt ihre eigene Mutter besser zu verstehen, doch genau das Gegenteil war eingetreten. Sobald sie ihre eigene kleine Tochter ansah, wurde sie so von Liebe erfüllt, dass sie Roses kaltes und abweisendes Verhalten ihr gegenüber noch weniger nachvollziehen konnte.

Lucas atmete wie immer erst einmal tief durch und genoss es, wie die Wärme seinen ausgekühlten Körper umhüllte. Der Herbst galt als mild, aber für Lucas herrschte hier im Vergleich zu seiner Heimat tiefster Winter. *Wenn doch Ellis bloß auch so gerne hier wäre,* dachte er. *Ich würde noch viel mehr Zeit hier verbringen.*

Wenn er darüber nachdachte, hatte Ellis seit ihrer Rückkehr aus Argentinien das Glashaus genau zweimal betreten. Die ersten Monate waren sie meistens in Alexanders Arbeitszimmer gewesen, hatten die Reisetagebücher gelesen und seine Fotos angeschaut. Mehr über seinen biologischen Vater zu erfahren, war wichtig für ihn gewesen, aber mindestens genauso wichtig war das, was er auf diese Art über Ellis' Leben erfuhr. Und komischerweise hatte diese Suche nach seinem Vater und die Neugier auf das kleine Mädchen, das er jetzt als junge Frau so sehr liebte, in ihm das Bedürfnis wachsen lassen, auch die Frau zu verstehen, die sie alle zu dem gemacht hatte, was sie heute waren: Rose.

Für jemanden, der so leidenschaftlich und gleichzeitig auch so zielstrebig war wie Lucas, war es schwer zu verstehen, wie jemand einerseits so hart und verletzend sein – so beschrieb sie sich ja selbst in dem Brief – und andererseits so viel Liebe und Pflege in das Gewächshaus stecken konnte. Jemand, der so viel Leben und Schönheit geschaffen hatte, konnte doch nicht ganz und gar herzlos sein?

Er wusste aus eigener Erfahrung, wie es sich anfühlte, von den Menschen, die man liebt, belogen und hintergangen zu werden. Er wusste, wie leicht er an der Verbitterung gegenüber diesem Mann, den er für seinen Vater gehalten und innig geliebt hatte, hätte festhalten können. Er wusste, dass die Erinnerung an die Art und Weise, wie Leandro ihn behandelt hatte, seine Seele von innen heraus hätte auffressen können.

Ohne die Begegnung mit Ellis wäre er diesen Weg vielleicht auch gegangen. Und so war er felsenfest davon überzeugt, dass man Rose Verständnis entgegenbringen musste, nicht Verdammung. Er wünschte nur, er könnte Ellis irgendwie dabei helfen, es genauso zu sehen. Denn die Tatsache, dass sie das Gewächshaus immer noch nicht betreten wollte, obwohl die Wahrheit ans Licht gekommen war, zeigte ihm, dass sie die Vergangenheit noch nicht völlig losgelassen hatte. Instinktiv spürte er, dass sie ihrer Mutter verzeihen musste und dass erst dann die Gespenster der Vergangenheit ihre Macht über sie verlieren würden.

Ein bisschen wehmütig erinnerte er sich an die Abreise aus Argentinien. Er hatte seiner Mutter verziehen und dachte jedes Mal, wenn er das Gewächshaus betrat, wie sehr es ihr gefallen hätte. Ellis und er hätten sie am liebsten gleich mit nach England genommen, doch ihr Herz war zu schwach gewesen. Bei ihrem letzten Telefonat jedoch hatte er gespürt, dass sie zu Kräften kam, als würde ihr das Wissen um die Umstände, warum die Liebe ihres Lebens sie verlassen hatte, neuen Lebensmut schenken. Die Wahrheit, nicht die Zeit heilte ihre Wunden, und Lucas hoffte sehr darauf, ihr endlich die englische Estancia zeigen zu können, auch wenn sie trotz der großen Entfernung sowieso Teil des neuen Unternehmens war. Immerhin hatte sie ihnen als Startkapital die ersten Zuchtpferde geschenkt, und die heutige Lieferung, allesamt Velasquez-Pferde, war der Beweis dafür, dass ihr Unternehmen florierte, denn sie hatten sie wie alle anderen Kunden auch bezahlt. Sein Traum, von dem er Ellis am ersten Tag im Great House erzählt hatte, war Wirklichkeit geworden.

Ohne es zu bemerken, hatte er sich ganz in Gedanken vertieft an den Tisch gesetzt, an dem Rose diese Welt verlassen hatte. Nichts hatte sich seitdem verändert, nur der Gärtner stellte immer wieder eine frische Lilie in die kleine Vase. Alle übrigen Dinge lagen unberührt da, denn Ellis wollte nichts davon wissen oder wegräumen, und er respektierte ihre Entscheidung.

Lucas seufzte. Vielleicht sollte er endlich mal aufräumen, auch wenn er heute viel zu viel zu tun hatte. Beherzt griff er nach dem Stapel Zeitschriften, um sie zumindest mal außer Sichtweite zu verstauen, als er mitten in der Bewegung erstarrte.

Unter der kleinen Vase, in der die Lilie gerade voll erblüht war, lag etwas, das sich kaum von der milchig weißen Tischoberfläche abhob.

Ein Brief. Noch ein Brief.

## 34

Seit über einer Viertelstunde wartete Ellis in der Küche auf Lucas, doch außer den Hunden, die sie zusammen mit der ersten Fuhre Pferde aus Argentinien hergebracht hatten, leistete ihr niemand Gesellschaft. Normalerweise hätte sie Teewasser aufgesetzt und in aller Seelenruhe auf ihn gewartet, aber jetzt wollte sie ihm endlich die SMS überbringen.

»Na gut, meine Kleine«, murmelte sie und küsste ihre Tochter sanft auf den Kopf, »dann müssen wir wohl die Höhle des Löwen betreten, auch wenn's schwerfällt.«

Mit einem unguten Gefühl verließ sie die Küche und ging durch die Bibliothek zu der verzierten Buntglastür, die in die Orangerie führte. Statt direkt hineinzugehen, blieb sie zögernd davor stehen und horchte, ob sie nicht doch seine Schritte hören konnte, die ihr sagten, dass er auf dem Weg zu ihnen war.

Sie seufzte ungeduldig und auch ein bisschen wütend, denn er wusste genau, dass sie das Gewächshaus lieber mied.

Schließlich blieb ihr nichts anderes übrig, als die Tür zu öffnen. »Lucas«, rief sie, »bist du da?«

Sie konnte ihn zuerst nicht sehen, denn die üppig wuchernden Pflanzen verbauten die Sicht auf ihn. Erst als sie sich vorsichtig ein paar Schritte in den Dschungel vorgewagt hatte, sah sie ihn völlig reglos dort sitzen. Instinktiv drückte sie ihre Tochter noch fester an sich, als müsse sie sich wappnen. »Lucas?«, rief sie noch einmal. »Was hast du? Geh da weg! Was ist mit dir?«

Doch er schien sie nicht zu hören, und Ellis konnte sich vor lauter Angst, ihm könnte etwas zugestoßen sein, keinen Zentimeter mehr vorwärtsbewegen. Stocksteif stand sie da, als plötzlich ein Schmetterling um sie herumflog. Es war nichts Ungewöhnliches, denn das Gewächshaus war das Paradies auf Erden für sie, doch dieser hier verschwand nicht wie üblich nach ein, zwei Umrundungen, sondern ließ sich auf ihrem Ärmel nieder.

Ellis hielt die Luft an und flüsterte: »Sieh nur, er kommt wegen dir, meine Kleine, nur wegen dir.« Lächelnd erinnerte sie sich an das Gespräch mit Lucas, als sie ineinander verschlungen vor nun mehr beinahe zwei Jahren in der Höhle gelegen hatten, und er sie so schmetterlingsgleich geküsst hatte.

Die Zeit schien stillzustehen. Ellis erschauerte und suchte, wie um sich zu trösten, den Blick ihrer Tochter. Ihre strahlend blauen Augen ruhten in denen ihrer Mutter, doch als der Schmetterling seine Flügel in der Wärme eines Sonnenstrahls ausbreitete, widmete sie ihre Aufmerksamkeit der kleinen Kreatur und begann, zum ersten Mal in ihrem Leben begeistert zu brabbeln und zu giggeln – so laut, dass es bis in den hintersten Winkel des Gewächshauses drang.

»Ellis?«, hörte sie Lucas rufen. »Ellis, bist du das?« Beim Klang seiner Stimme hob der Schmetterling ab und flog davon.

Die Überraschung, sie im Glashaus zu sehen, war seiner Stimme anzuhören.

Ellis atmete tief durch, fasste sich ein Herz und machte

einen Schritt auf ihn zu, hin zu dem Tisch, an dem ihre Mutter gestorben war. Es war ein seltsamer Anblick, jemanden dort sitzen zu sehen, und sie war kurz davor, sich einfach umzudrehen und wegzulaufen, als er ihr sein Gesicht zuwandte.

Es war kreidebleich.

Ihr Ärger, dass er sich ausgerechnet an diesen Platz zurückgezogen hatte, wich der Sorge um ihn, und sie erwachte aus ihrer Starre.

»Lucas!«, rief sie und eilte zu ihm, »Lucas, du siehst furchtbar aus. Was hast du?«

Wortlos streckte er ihr eine Hand entgegen, in der er etwas fest umklammert hielt.

»Was ist das?«, fragte sie mit gerunzelter Stirn. Plötzlich lastete die Schwüle des Gewächshauses wie Blei auf ihr, und sie schaffte es nicht mehr, sich in dem grellen Sonnenlicht auf irgendetwas zu konzentrieren. Natürlich wusste sie, was das war – sie wussten es beide. Ihre Worte waren lediglich der Versuch, Zeit zu gewinnen, um das Unvermeidliche anzunehmen.

Es war ein cremefarbener Briefumschlag, auf dem ihr Name stand, in der Handschrift ihrer Mutter. Zumindest war der Umschlag irgendwann mal cremefarben gewesen, aber mittlerweile hatte die Sonne die eine Ecke, die dem Licht ausgesetzt gewesen war, in ein merkwürdiges bräunliches Gelb verwandelt. Der Rest war übersät mit Erd- und Wasserflecken von dem Blumenwechsel und den dreckigen Händen des Gärtners.

Nur ihr Name stach klar und deutlich aus allem hervor.

»Wo hast du ihn gefunden?«, fragte sie mit heiserer Stimme.

»Unter der Vase«, sagte er und deutete auf die Lilie. »Er

war nahezu unsichtbar. Ich habe ihn nur entdeckt, weil ich fand, es sei an der Zeit, die Zeitschriften woanders hinzuräumen.« Er berührte den Stapel, den er beiseitegeschoben hatte und auf dem immer noch Roses Brille lag.

Ellis sah den Brief an, als sei er eine tickende Zeitbombe, deren Explosion unmittelbar bevorstand. »Was steht drin?«

»Er ist an dich adressiert.«

»Du hast ihn nicht geöffnet?«

»Natürlich nicht.«

Sie reagierte nicht, kaute nur auf ihrer Unterlippe herum und streichelte abwesend über das Köpfchen ihrer Tochter. »Machst du ihn auf?«, bat sie ihn schließlich.

Lucas nickte, aber bevor er damit begann, stand er auf und schubste sanft Ellis auf den Stuhl. Dann küsste er seine Tochter und legte eine Hand beruhigend auf Ellis' Wange, bevor er sich auf den gegenüberliegenden Stuhl niederließ.

Für Ellis dauerte es eine halbe Ewigkeit, bis er den Umschlag geöffnet und den innen liegenden Papierbogen entfaltet hatte. Aber statt ihn ihr laut vorzulesen, wie sie es sich erhofft hatte, las er ihn schweigend, dann reichte er ihn wortlos an sie weiter.

Sie sah ihn verwirrt an. Was könnte ihre Mutter dort verewigt haben, das er ihr nicht vorlesen wollte?

Er sah, wie durcheinander sie war, und lächelte sie aufmunternd an. »Vertraust du mir, Ellis?«

»Das weißt du doch, selbstverständlich.«

»Dann vertrau darauf, dass hier etwas steht, das du selbst lesen solltest.«

Sie hielt seinem Blick stand und nickte schließlich. Senkte den Blick auf das Blatt Papier, das er ihr übergeben hatte, schloss für einen kurzen Moment die Augen und konzentrierte sich auf das winzige Herz, das an ihrer Brust schlug. Dann las sie, was ihre Mutter ihr zu sagen hatte.

Anders als bei Ferdie hatte sie sich kurz gefasst.

Aber ebenfalls anders als bei Ferdie, kam sie präzise auf den Punkt.

Genau wie es für ihre Mutter typisch war. Nur dass Ellis dieses eine Mal mehr als glücklich darüber war, denn diese Worte zu hören, hatte sie sich ihr Leben lang gewünscht und sich längst damit abgefunden, dass dies nie der Fall sein würde.

*Elis, du bist die schönste Blume, die dieses Gewächshaus je gesehen hat, und ich werde es auf immer und ewig bedauern, dir nie gezeigt zu haben, wie sehr ich dich liebe. Ich hoffe, du wirst eines Tages dein Herz dazu bringen, mir zu verzeihen. x*

Lucas beobachtete sie ganz genau, sagte aber nichts, und so saßen sie ein paar Minuten lang schweigend da. Er wollte ihr die Zeit geben, das Gelesene zu verdauen.

Als er gerade leise ihren Namen sagen wollte, drangen aufgeregte Stimmen in voller Lautstärke über den Hof ins Gewächshaus.

»Lucas, Ellis, *ven pronto, ellos están aquí!*«

»Was, sie sind schon da?« Der nachdenkliche, besorgte Ausdruck verschwand aus Lucas' Gesicht, und ein strahlendes Lächeln breitete sich dort aus.

Ellis tauchte wie aus einem lähmenden Nebel auf und spürte, wie von einer Sekunde auf die andere erwartungsvolle Freude ihren Körper von innen erwärmte.

»Deshalb habe ich dich doch gesucht! Hector hat mir heute Morgen eine SMS geschrieben, dass sie schon ganz in der Nähe sind!«

Lucas wollte auf den Hof stürmen, doch dann hielt er inne und nahm sie in den Arm. »Ellis, was das hier betrifft«, er zeigte auf den Brief, den sie bei Arturos Rufen auf den Tisch gelegt hatte, »geht es dir gut damit?«

Sie nickte erst, dann schüttelte sie den Kopf. »Um ehrlich zu sein, ich weiß nicht, was ich fühle, aber ich will in diesem Moment auch nicht über die Vergangenheit nachdenken, sondern mich darauf freuen, was uns da draußen erwartet, unsere Zukunft ...«

Lucas lächelte sie zärtlich an und nahm sie an der Hand. »Na, dann los, lass uns gehen und Hector mit den Pferden in England willkommen heißen.«

Sie verließen das Glashaus Hand in Hand durch die Tür, die auf den Hof ging, und blieben überrascht wieder stehen. Vor ihnen bauten sich zwei Pferdeboxen auf.

»Hatten wir nicht vier Pferde bestellt, drei Zuchtstuten und einen Hengst?«, fragte Ellis ihren Mann verwirrt. »Die passen doch in eine Box, oder?«

Die zweite Box war zwar kleiner als die erste, aber auch Lucas schien davon völlig überrascht zu sein. Doch bevor sie nachfragen konnten, sprang Hector aus der Fahrerkabine des ersten Lkws und lief mit ausgebreiteten Armen freudestrahlend auf sie zu. Er begrüßte sie mit einem Wortschwall auf *Castellano,* und sowohl Lucas als auch Ellis vergaßen alles um sich herum und freuten sich nur noch, ihn zu sehen.

Arturo lief sofort zu seinem Bruder, als er seine Stimme hörte, und begann spielerisch mit ihm zu raufen. Die beiden redeten ununterbrochen aufeinander ein und balgten sich wie kleine Kinder. Es war offensichtlich, dass sie sich unglaublich vermisst hatten. Als sie mit ihrem Begrüßungsritual fertig waren, nahm Hector seinen Bruder in den Schwitzkasten und zog ihn mit in Richtung Lucas und Ellis, die dem Schauspiel lachend zugesehen hatten.

Lucas und Hector fielen sich in die Arme und begrüßten sich enthusiastisch.

»Ach, mein Freund«, rief Hector und packte Lucas an der Schulter, um ihn zu mustern, »was hast du mir gefehlt! Hättest du mir bei deiner Abreise verraten, dass du nicht mehr nach Argentinien zurückkehrst, wärst du mir nicht entwischt! Aber wenigstens hast du mich von der Gesellschaft dieses kleinen Idioten hier erlöst«, er knuffte Arturo spielerisch in die Rippen, »weil er jetzt bei dir arbeitet, und deshalb vergebe ich dir.«

Als Hectors Blick auf Ellis und ihre Tochter fiel, schlug er sofort leisere Töne an. »Meine zwei Hübschen«, sagte er und streckte Ellis mit einem hoffnungsvollen Lächeln die Arme entgegen. »Darf ich?«

Geschickt löste Ellis das Tragetuch. »Natürlich!«, rief sie und überreichte sie ihm.

Sanft wie ein Lamm nahm er sie ihrer Mutter ab und gab Ellis noch ein Küsschen auf die Wange.

Lucas beobachtete seinen Freund dabei, wie er seine Tochter anhimmelte, konnte seine Neugier aber nicht länger im Zaum halten. »Wir hatten doch nur eine Box bestellt? Los, sag schon, was hat es mit der zweiten auf sich? Oder gab es ein Problem?«

»O nein, keine Probleme, überhaupt nicht, alles in bester Ordnung!« Und dann zeigte er auf den zweiten, kleineren Lkw und grinste. »Das ist eine Überraschung für euch.« Er strahlte übers ganze Gesicht aus lauter Vorfreude, das Geheimnis verraten zu dürfen.

»Eine Überraschung?«

»Ja genau, etwas, wovon ihr keinen blassen Schimmer habt«, neckte Hector die beiden. »Wenn ihr uns helft, die Box zu öffnen, werdet ihr herausfinden, was es ist.«

Die Stallburschen hatten auf Lucas' Handzeichen hin bereits damit begonnen, die große Box zu öffnen und die Pferde herauszuführen, damit sie nach der langen Reise sorgfältig untersucht werden konnten. Also ging Lucas mit großen Schritten zu der kleinen Box und half Arturo, den Riegel aufzuschieben und die Türen aufzuschlagen.

»Was ist da drin, Hector?«, fragte Ellis neugierig, weil sie nichts sehen konnte.

»Carmen schickt ein Geschenk für ihre Enkeltochter«, antwortete er stolz.

»Aber was für ein Geschenk benötigt denn eine ganze Pferdebox für sich allein?«, wunderte Ellis sich.

»Tja, ich glaube, deine Frage beantwortet sich gerade von selbst«, meinte Hector und deutete auf den Lkw.

Es war unmöglich, den weißen gegabelten Blitz auf ihrer Stirn nicht sofort wiederzuerkennen, genauso wie die unglaublich großen Augen: es war Fulgura. Aber die Überraschung war perfekt, als hinter dem Tier noch lauter Menschen auf steifen Beinen aus der Box staksten. Und obwohl Ellis ganz genau wusste, dass man niemals schreiend auf ein Pferd zu rennen sollte, konnte sie in diesem Augenblick nicht anders.

Sie waren alle mitgereist: Carmen, Gerardo, sogar die griesgrämige Esperanza, der es überhaupt nicht gefallen hatte, sich die letzten paar Minuten ihrer Reise von Heathrow in der Pferdebox verstecken zu müssen. Und dann tauchte auch noch Ferdie auf, mit dem Ellis noch am Vorabend telefoniert hatte.

»Ich weiß nicht, ob ich dich schimpfen oder umarmen soll!«, rief Ellis. »Warum hast du mir nichts davon erzählt?«

»Damit ich die Überraschung kaputt mache? O nein, niemals.« Ferdie drückte sie so fest, dass sie fast keine Luft mehr bekam.

Nachdem er sie wieder losgelassen hatte, rannte Ellis halb weinend, halb schluchzend von einem zum anderen und konnte ihr Glück nicht fassen.

»Ehrlich gesagt«, mischte Carmen sich ein, »ist die einzige echte Überraschung, dass wir es mit Fulgura durch den Zoll geschafft haben. Der Papierkram dauerte ewig, und wir waren kurz davor, sie vor lauter Verzweiflung einfach in einen Koffer zu packen, damit wir noch rechtzeitig bei euch ankommen.« Sie strahlte übers ganze Gesicht, als ihre Schwiegertochter sie nun schon zum vierten Mal umarmte und an sich drückte.

»Wie lange werdet ihr bleiben?«, rief Ellis.

»So lange es dauern wird, bis du die Nase voll hast von uns und auf Knien darum flehst, dass wir nach Argentinien zurückfliegen«, scherzte Carmen.

»Niemals!«, rief Ellis. »Ihr bleibt einfach für immer.«

»Na ja, vielleicht nicht ganz so lang, aber so lange es irgendwie geht. Wir haben einen neuen Manager auf der Estancia, und er ist unglaublich gut, fast so gut wie Lucas, nicht wahr, Gerardo?«

»Also … ich bin mir nicht sicher, ob das möglich ist«, erwiderte Gerardo, der vor lauter Aufregung, seinen Ziehsohn Lucas wiederzusehen, ganz rot im Gesicht war. »Aber ich denke, dass es durchaus möglich ist, die Verantwortung für die Estancia eine Weile in seine Hände zu legen.«

»Das sehe ich genauso«, meinte Carmen schmunzelnd und

beugte sich zu Ellis vor. »Außerdem sieht er unglaublich gut aus«, sagte sie etwas leiser, als wollte sie Ellis ein Geheimnis anvertrauen, dabei redete sie aber immer noch laut genug, dass alle mithören konnten, »und auch ich sehe jetzt die Anziehungskraft, die jüngere Männer haben können … Genug jetzt, Ellis, wo ist sie? Ich kann keine Sekunde länger warten! Wo ist meine Enkeltochter?«

Hector, der sie immer noch im Arm schaukelte, trat einen Schritt vor. »Ich glaube, meine Liebe, du kommst zu spät. Ich habe sie bereits mit Beschlag belegt. Und außerdem lächelt sie die ganze Zeit ihren lieben Onkel Hector an, also kann ich sie auf gar keinen Fall weitergeben, das würde ihr nicht gefallen, ganz und gar nicht …«

Ellis sah ihrer neuen Familie dabei zu, wie sie ihre Tochter bewunderten. Der Gedanke, dass sie für den Rest ihres Lebens auf die Liebe dieser wunderbaren Menschen zählen konnte, machte sie unglaublich glücklich. Sie sah zu Lucas hinüber und dankte dem Himmel dafür, dass er in ihr Leben getreten war. Und zum ersten Mal konnte sie sich vorstellen, was es bedeutet hätte, ihn zu verlieren. Was aus ihr geworden wäre, wenn man ihn ihr weggenommen hätte, aus welchen Gründen auch immer. Durch einen grausamen Schicksalsschlag oder durch ihr eigenes Verhalten. Wäre dann aus ihr auch ein gebrochener Mensch geworden, der einsam in der Orangerie sitzt, mit einer Flasche Gin als einzigem Trost?

Sie spürte, wie ihr Tränen in die Augen schossen, und wischte sie unauffällig weg, dankbar dafür, dass sie nur Freudentränen weinen musste. Lucas hatte ihre Stimmung bemerkt und stellte sich ganz dicht neben sie und ergriff ihre Hand.

Carmen, der es gelungen war, Hector das Baby zu entwenden, sah zu den beiden auf. »Ach Lucas, ach Ellis«, sagte sie mit tränenerstickter Stimme. Ellis wusste, warum – Carmen hatte die Ähnlichkeit ihrer Enkeltochter mit Alexander bemerkt. »Sie ist so wunderschön! Und sie hat immer noch keinen Namen?« Die Frage klang ein bisschen vorwurfsvoll.

»Doch«, sagte Ellis mit fester Stimme, »hat sie.«

Alle sahen sie überrascht an, vor allem Lucas.

»Tatsächlich?«, sagte er leise zu ihr.

Ellis nickte. »Ja. Sie heißt Lily. Lily Carmen ...«, sie zögerte einen Moment, doch dann fuhr sie lächelnd fort: »Rose. Ihr Name ist Lily Carmen Rose.«

»Lily Carmen Rose«, wiederholte Lucas, als würde er ausprobieren, wie der Name sich anfühlte.

Ellis nickte wieder. »Was sagst du dazu?«

Einen Augenblick lang war Ellis sich nicht sicher, wie sie seine Miene interpretieren sollte, doch dann breitete sich ein glückliches Lächeln auf seinem Gesicht aus, und seine schönen blauen Augen leuchteten, als er sich zu ihr umdrehte und sie in den Arm nahm.

»Was ich dazu sage, ist, *mi amor,* dass jetzt endlich alles so ist, wie es sein sollte.«

Danksagung

Ich habe das Glück, dass einige der wunderbarsten Frauen Teil meines Lebens sind, die ich dazu noch als meine Freundinnen bezeichnen darf. Ohne sie hätte ich das letzte Jahr nicht bewältigt, genauso wenig wie dieses Buch. Daher danke ich der großartigen Julia Eisele, meiner Übersetzerin Frauke Brodd und allen anderen Mitstreiterinnen im Piper Verlag, meiner bewundernswerten Schwester Louise, meiner Mum Diane und meiner Schwägerin Julia, meinen sagenhaften Für-immer-und-ewig-»Nugels« Barbie und Imogen, meiner ein bisschen verrückten Freundin und Autorenkollegin Alex, meiner wunderschönen Ayeshea, meinen umwerfenden Girls Naomi, Laura, Miela und Emma-Louise, den wunderbaren Girls der Billy-Ritchie-Society, Andrea, Nadin, Nicole und Ines, meinen Berliner Freundinnen Sandra und Tabia, den beeindruckenden Ladies der LLC, Kris, Katrin, Tina und allen anderen.

Mein Dank gilt außerdem den vielen wunderbaren Frauen, die ich durch meine Arbeit, das Schreiben, kennengelernt habe: Katrin, Kris, Tina, Aylin, Adriana und Anna, Jasmin, Ulrike, Sandra, Janine, Sabine, Britt, Fatos … am liebsten würde ich euch alle nennen, aber ich habe Angst, jemanden zu vergessen!

Doch ich bin sicher, dass ihr alle wisst, wer gemeint ist, und selbst wenn euer Name hier nicht auftaucht, trage ich euch in meinem Herzen …

Und dann danke ich natürlich noch allen, die meine Bücher lesen. Ihr alle gebt mir Kraft.

Danke!